빨간 마후라 하늘에 등불을 켜고

장지량 구술
이계홍 정리

광주 서중 육상부 시절. 1936년 베를린올림픽 금메달리스트인 손기정 선수의 사인이 들어 있다.

1944년 1월 일본 육사(60기) 입교 직후 도쿄의 한 사진관에서.

일본 육사 1학년 때(1944) 체육복을 입고.

태릉 육사(5기) 시절 〈보병 교육의 지침〉 교재를 만들며(1948. 4). 오른쪽에서 네 번째가 장지량.

미 공군대학 입교를 앞두고(1951. 4).
왼쪽부터 김영환, 장지량, 김신.

1953년 12월 1일 사천 제1훈련비행단장 임
명 때 임지로 떠나는 김영환(오른쪽) 대령
을 환송하며(강릉비행장). 김 단장은 내 공
군 일생에 지울 수 없는 인물이다. 이 사진
이 그와 함께 찍은 마지막 사진이다.

강릉제10전투비행단 전대장 시절(1952).

강릉10전투비행 전대장(대령) 시절(1953. 2) 전투조종사들과 함께. 중앙이 장지량 전대장, 장 전대장 왼쪽이 미 고문단 대위, 이 중 전사한 전투조종사가 많아 이 사진을 볼 때마다 감회가 깊다. 공군 영웅 김금성(앞줄 오른쪽에서 두 번째), 이기협(맨 오른쪽) 대대장의 모습이 보인다.

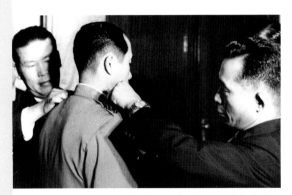

박정희 대통령이 제9대 공군참모총장 임명장 수여와 함께 중장 계급장을 달아주고 있다(1966. 8. 1).

미 대사관 무관 시절(1955).

주미 대사관 공군 무관 시절 미국의 영화제작자를 인솔, 경무대 이승만 대통령을 예방하며(1955. 9).

MACH BUSTER'S CLUB

THIS CERTIFIES THAT

Col. Chang Chi Ryang

IS A MEMBER IN GOOD STANDING AND HAS
EXCEEDED THE SPEED OF SOUND IN AN

F-86 SABRE JET

North American Aviation, Inc.
LOS ANGELES, DOWNEY, FRESNO, CALIFORNIA AND COLUMBUS, OHIO

음속돌파증명서(1954).

제10전투비행단장 시절(1953).

공군참모총장 시절(1966) 전용기 F-5전투기 앞에서.

351고지 폭격 때 정찰을 위해 F-51기에 탑승하는 장지량 대령(1953).

공군참모총장 시절(1967. 2) 우방국인 자유중국을 방문해 장제스 총통과 함께.
중앙이 장제스, 장제스 왼쪽이 김신 대사, 오른쪽이 장지량 총장.

공군참모총장 시절 박정희 대통령과 한강 백사장에서 열린 에어쇼를 참관하며(1967. 10. 2).
앞줄 왼쪽부터 박 대통령 차녀 박근영, 박 대통령, 장지량, 박지만 군, 박근혜(현 한나라당
총재, 그 당시 여고생이었다).

1968년 6월 한 행사에서 대통령 부인 육영수 여사를 모시고 테이프 컷팅을 한 장지량 공군참모총장 부인 송광희 여사(왼쪽), 송 여사 오른쪽으로 유엔군사령관 부인, 육영수 여사, 최영희 국방장관 부인.

판문점 군사정전위 한국측 수석 대표 시절(1963. 왼쪽에서 두 번째).

공군참모총장 임명 때(1966), 퇴임 직전(1968. 8).

공군참모총장 취임식 때(1966. 8. 1). 왼쪽부터 김용배 육군총장, 김성은 국방장관, 박원석 전임 공군총장, 박정희 대통령, 장지량 신임 공군총장, 장창국 합참의장, 함명수 해군총장.

공군참모총장 시절 맥코엘 미 공군참모총장을 한국에 초청해 담소하고 있다(1967).

판문점 군사정전위 한국 대표 시절 체코, 폴란드 등 중립국 대표를 서울로 초청해 만찬을 하며(1963).

공군참모총장 시절 국군의 날 축하 행사 에어쇼를 마치고 서울 경회루에서 열린 연회에서 박정희 대통령에게 UN군사령부 프리드맨 참모장(미 공군 중장) 내외를 소개하는 장지량 총장(장 장군 뒤에 미얀마 아웅산에서 숨진 이범석 전 외무장관 모습이 보인다).

공군 28년 동안 받은 계급장과 각종 훈장 및 각 나라에서 받은 윙(1941년 일본 육사와 항공사관학교-1968년 공군참모총장 때까지).

주 필리핀 대사 시절(1972) 김동조 외무장관과 함께 마르코스 대통령을 예방하며. 왼쪽이 장지량, 그 오른쪽이 김동조 외무장관, 맨오른쪽 티로나 필리핀 대사, 그 옆이 로물로 필리핀 외무장관.

필리핀 대사 시절(1975) 대사관저에서 라모스 필리핀 경비사령관(육군 준장)에게 충무훈장을 수여하며. 라모스 사령관은 한국전 참전 용사였으며, 후에 필리핀 대통령이 되었다.

필리핀 대사 시절(1975) 대한항공 조중훈 회장과 동생 조중건 사장을 필리핀 로물로 외무장관에게 소개하며. 이때 한-필리핀 직항노선을 타결짓기 위해 조 회장을 초청했다. 왼쪽부터 조중건, 장지량, 조중훈, 로물로 씨.

덴마크 대사 시절(1976).
덴마크 여왕이 주최한 연회에
부부 동반으로 참석, 여왕과
악수를 나누고 있다.

박태준 전 포항제철 회장과 함께(1989).
대한중석 사장 시절 미국 중석제련공장
에 파견한 기술자들이 후에 포항제철 건
설 주역이 되었다.

성우회 회장 시절(2001. 1) 김대중 대통령이 성우회 간부들을 청와대로 초청,
오찬을 갖기에 앞서 악수를 나누고 있다.

공군참모총장
임명 후 찍은 가
족사진(1966).
앞줄 왼쪽부터
막내딸 영은, 장
장군, 아내 송광
희 여사, 3남 석
환. 뒷줄 왼쪽부
터 장남 대환,
장녀 효경, 차남
유환.

폴란드에서 아내와 장남 대환
(매일경제 회장)과 함께(1999).

아내와 세계 일주 여행을 하며.

빨간 마후라
하늘에 등불을 켜고

장지량 구술 | 이계홍 정리

이미지북

● 작가의 말

　'그 때 그 이야기-빨간 마후라 하늘에 등불을 켜고'는 지난 2005년 1월 부터 만 1년 동안 120여 회에 걸쳐 국방일보에 연재되었던 전 공군참모총장 장지량 장군(81)의 공군 일대기다. 장 장군의 일대기를 취재해 달라는 국방일보 측의 위촉을 받고 필자는 2004년 가을부터 매주 한 차례씩 장 장군을 면담했다.

　장 장군의 놀라운 기억력과 사실에 대한 분명한 구술은 한 점 흐트러짐이 없었다. 이 중에는 6·25 전쟁 와중에 인민군이 접수한 합천 해인사를 폭격하라는 미 고문단의 명령을 거부한 점이라든지, 1·21 사태와 미 정보 수집함 푸에블로 호 납치 사건 등 일촉즉발의 긴급한 상황에서 당시 중앙정보부장의 모함에도 불구하고 의연하게 대처해 나간 일화 등이 가감없이 전달되고 있다. 역사를 뒤바꾸어 놓을 만한 역사적 사건들도 파노라마처럼 펼쳐진다.

　장 장군의 인생관은 투철한 자유 이념과 호국 정신이다. 뼈대 있는 집안의 후손으로서 쉽게 시류에 휩쓸리거나 영합하지 않고, 이 땅의 양심 세력으로서 따뜻한 휴머니스트로서 살아온 삶이다. 그런 모습이 진정한 선비 정신, 굳이 말한다면 '노블리스 오블리제'의 전형이 아닌가 한다.

　세상은 곤고하고 핍진하다. 자신의 이념이 옳다고 믿는 한 상대방을 배척하고 외면한다. 눈에 핏발을 세워 대립하기도 한다. 해방 공간의 모습이 그랬을 것이다. 이 과정에서 하루아침에 가까운 친구가 좌로 돌변하고 우로 휩쓸려갔다. 장 장군은 우편에 서 있더라도 좌로 돌아선 친구들의 내적고뇌를 살폈고, 우편에 선 친구들에게 가슴 따뜻한 휴머니스트로서의 임무에 충실하라고 충고하는 것을 잊지 않았다. 이 과정에서 좌건 우건 잃어버린 인재들에 대해 안타까워한다.

14

필자가 '휴먼스토리'를 쓰기로 작정한 것은 직접적으로는 언론 현업에서 물러난 뒤 '1인 기자'의 마음으로 일을 해 보자고 나섰던 결과이고, 기왕이면 언론 현장에서 인물의 인터뷰를 주로 해 온 작업의 연장선상에서 성취해 보려는 욕구 때문이었다.

휴먼스토리는 소설보다 더 감동적일 수 있다. 가공성보다 현장성과 실물성이 담보되기 때문이다. 험난한 나라의 격동기를 살아온 사람들의 삶의 과정은 다른 나라 사람에게서 찾아볼 수 없는 특별한 체험이고 사연들이다. 그리고 그것은 바로 우리의 현대사이고 사적으로는 인물사이며, 세계적으로는 희귀한 소재가 되는 것이다.

인물 탐사 작업은 기자적 현장 접근성과 작가적 서술 기법, 역사를 관통하는 역사관, 균형 잡힌 시각, 사려 깊은 통찰력을 갖춘 사람이 다루는 것이 효과적일 것이라는 생각을 한다. 필자는 여기에 부합한 인물이며, 따라서 이제 제 길로 들어섰다는 안도에 젖는다.

5년 가까이 이 작업에 매달리다 보니 벌써 네 권의 저작물이 나왔다. 한때 언론 현업에서 퇴출됐을 때 좌절하고 방황했지만 새롭게 시야를 넓히자 더 신명나는 작업이 나를 기다리고 있다. 그래서 지금이 전성기가 아닌가 하는 쾌감도 맛본다.

어려운 여건에도 불구하고 선뜻 책을 펴낸 출판사와 그 동안 연재 지면을 제공해 준 국방일보사에 감사의 말씀드린다.

2006년 6월

이 계 홍

차 례―빨간 마후라 하늘에 등불을 켜고

제1부 나의 성장기―소년 시절과 결혼

"나도 김일성 장군처럼 될 거다" ▶20
광주 서중 수석 합격과 집단 구타 사건 ▶25   일본 육사 합격 ▶32
내 안의 이중성 ▶36   종전과 일본 육사 교정에서의 피살 사건 ▶43
해방과 귀국선 ▶48   나주 민립중학교 교사 시절 ▶54
"국방경비대는 미국 놈들 앞잡이야!" ▶59
신혼의 단꿈과 암울한 민족의 미래 ▶62

제2부 육사 입교와 6·25 그리고 빨간 마후라

육사 5기생으로 입교하다 ▶66   육사 3등 졸업이 운명을 바꾸다 ▶75
한반도 분단은 일본의 책임 ▶78   독도는 '도쿠도'일 뿐 다케시마가 아니다 ▶82
전주 3연대 시절 체중이 45kg으로 줄고 ▶85   항공기지사령부 창설 ▶88
김구 선생과 나 ▶99   잃어버린 사람들 ▶103
F-51 전투기 도입 및 비행장 확보 계획 ▶113
6·25 발발과 공군의 해산 ▶117   오폭과 사기 저하 ▶125
한국 지형을 모르는 미 공군 ▶128   김정렬 비행단장의 깊은 뜻 ▶131
13일의 금요일 ▶134   평양 미림비행장 점령 ▶137
박범집 공군참모차장의 전사 ▶140   사천비행장으로 옮기다 ▶144
남부군 지휘부 일망타진 ▶148   해인사 폭격 명령을 거부하다 ▶150
공군 첫 단독 작전 ▶156   공군 위상 새로이 한 에어쇼 ▶160
'빨간 마후라' 제정 이야기 ▶164   '빨간 마후라' 영화 이야기 ▶168
'피의 능선' 351고지 폭격 ▶173   부친 별세와 미국 동성훈장 ▶179
100회 출격 보유자들 ▶182   잊을 수 없는 사람들 ▶188
공군의 6·25 결산 ▶205

제3부 미 대사관 무관에서 공군참모차장까지

미 대사관 무관 시절 ▶210   한국 공군의 장비 현대화 ▶213
영화 '전송가' 이야기 ▶217   할리우드에 한국 옷이 없다 ▶222
가난한 나라 무관의 귀국길 ▶225
공군 본부 작전국장과 3군사관학교 통합 안 ▶228
미 군사 원조를 최대한 받아내라 ▶231   전투기 조종중 산소마스크 고장 ▶240
박정희 장군과 나 ▶243   대한중석의 12억 흑자 ▶249
대한배드민턴협회장이 되다 ▶256   공군참모차장과 자유의 집 ▶258
핑퐁처럼 왔다 갔다 한 보직 ▶262

제4부 공군참모총장 그리고 나의 군인관

참모총장 첫 임무-인사카드의 출신도를 지우며 ▶268
공군과 해병대는 영원한 전우 ▶270   대통령 전용기 조난 ▶276
대통령과 소통령 ▶279   "고속도로가 짝발이입니다" ▶283
영하 30도의 산 정상 비상 착륙 ▶287
제대 군인들의 기술 교육 ▶290
고속도로 비상활주로 건설 ▶293   꿈에 그리던 팬텀기를 보유하다 ▶298
서울 시내 비행기 추락과 관제탑의 통신 지휘 ▶303
1·21 사태와 격동의 나날 ▶308
"박정희 목 따러 왔시다" ▶311
프에블로 호 납치 ▶315   "확 부숴버리고 새 판을 짜?" ▶319
"김일성 숙소도 찾아냈다!" ▶323   김형욱 중앙정보부장과의 악연 ▶328
특공대 훈련 ▶331   미군 책임자의 긴급 전화 ▶334
무서운 음모 ▶340   전역 그리고 나의 군인관 ▶345

제5부 다시 조국의 부름을 받고—해외 주재 대사 시절

에티오피아 대사-기적의 콜레라 백신 ▶350

폐허가 된 코리아 빌리지 ▶354

23년 만의 에티오피아 UN 찬성표 ▶361

"한국인이 저지른 만행을 아시오?" ▶366

로물로 장관과 나 ▶370

격동기, 현대사의 전환점 ▶373

"박정희 대통령은 럭키맨이야" ▶376

격세지감의 필리핀 고속도로 건설 ▶379

서울—마닐라간 직항노선을 개설하고 ▶383

난장판의 덴마크 대사관 ▶386

북한 대사 추방령 ▶390

서울에 덴마크 상주 대사관 설치 ▶395

제6부 스포츠와 나 그리고 가족 이야기

88서울올림픽 유치 신청에 열정을 바치고 ▶400

대한배드민턴협회장을 맡으며 ▶404

52년의 골프 인생 ▶406

나의 가족 이야기 ▶416

작가의 말 ▶14

장지량 장군 연보 ▶433

제1부

나의 성장기
소년 시절과 결혼

"나도 김일성 장군처럼 될 거다"

1930년대 초 내 나이 7, 8살 때의 일로 기억된다. 밤에 잠을 잘 때마다 허공에 붕 떠서 날아다니는 꿈을 곧잘 꾸었다. 멀리 보이는 금성산(전남 나주시 외곽)이나 삼십 리 밖 칡산('식산'이라고도 불렀다) 정상에서 날아와 집 앞에 사뿐히 내려앉고, 어떤 때는 우리 집 지붕에서 날아 마당에 살짝 내리는 꿈이다. 갑자기 꿍 떨어지는 것이 아니라 새나 잠자리처럼 가볍게 날아서 내려앉는 것이다.

마을에서 얼마 떨어지지 않은 송정리 벌판에서는 매일 비행기가 뜨고 내렸다. 송정리 주변 드넓은 평야에는 일본군이 중국과 만주로 나가는 전투기 중간 기착지로 사용하고, 또 전투기를 출격시키기 위해 닦아 놓은 비행장이 있었다. 인근 마을 청년들과 광주·나주·영광·함평·송정리 학생들이 활주로를 닦는 강제 노역에 동원되어 조성한 비행장이다. 나는 그 곳에서 하루에도 몇 차례씩 뜨고 내리는 비행기(전투기)를 보고 새처럼 하늘을 나는 꿈을 꾸었던 것 같다.

맹모삼천지교(孟母 三遷之敎) 교훈처럼 어린이는 주변 환경의 영향을 받고 자란다. 공동묘지 근처에 살 때는 온종일 상여놀이만 하고, 물건을 파는 시장 주변으로 이사하면 장사꾼 흉내만 내고, 서당 근처로 이사하자 글을 읽고 예절을 흉내내며 놀았던 맹자처럼 나도 비행기가 뜨고 내리는 광경을 보면서 한없이 하늘을 날고 싶은 꿈을 키웠던 것 같다.

빨간 마후라 하늘에 등불을 켜고

이 꿈이 평생 나에게 하늘에 등불을 켜고 사는 희망의 삶을 주었다. 그것은 고향이 나에게 베푼 선물이며, 한 인간으로서 또는 사나이로서 살 수 있는 가치를 부여해 준 계기가 되었다.

초등학교 2, 3학년 때의 일이다. 고향인 영산강 상류쪽 나주군 산포면은 학교가 없어서 6㎞ 정도 떨어진 남평보통학교(초등학교)를 다녀야 했다. 어린 나이에 6㎞의 거리는 상당히 멀고 힘든 통학 거리였다. 그래서 아버지는 막내인 나를 적령기가 되었어도 보통학교 대신 마을 서당에 다니도록 했다. 그리고 10살이 되어서야 학교에 보내 주셨다. 상당히 머리가 여문 상태로 보통학교에 들어간 셈이다.

통학길은 언제나 즐겁고 신명이 났다. 가슴을 달아오르게 하는 애기들을 무궁무진하게 들을 수 있는 시간이었던 것이다. 바로 2년 위인 강제원과 4년 위인 강계원 형제는 지금까지 듣지도 못한 애깃거리들을 실타래처럼 풀어놓았다.

이처럼 짧지 않은 통학 거리는 강씨 형제의 애기를 듣는 데 더없이 좋은 시간이었다. 그들의 삼촌이 영어와 러시아 어를 할 줄 알아서 외국 신문과 잡지를 보고 애기해 준 것을 나에게 전해 준 것이었지만, 전하는 사람이나 듣는 사람 모두 함께 꿈에 부풀었다.

"만주 김일성 장군은 말여, 일본 놈들을 주먹 한 방에 대여섯 놈을 조자 버리는디 그 힘이 장사라고 하더랑께. 포수보다 총을 잘 쏘고……."

"근디, 김일성 장군이 누구여?"

"동에 번쩍 서에 번쩍 하는 신출귀몰하는 홍길동 같은 사람이여. 일본 육군사관학교를 나온 장군인디, 말을 잘 타는 기병이랴. 우리나라를 찾기 위해 만주로 탈출해서 독립군을 길러 갖고 왜놈 군을 보는 족족 한 방으로 보내 버린댜."

"그 장군이 말을 잘 탄다고? 얼마나 잘 타는디?"

무엇보다 말을 잘 탄다는 사실이 내 호기심을 한없이 자극했다.

"기병 출신잉께 허벌나게 잘 타지. 백두산에서 아침 먹고 말을 달리면 지리산, 무등산에 와서 점심을 먹는다는겨. 한나절밖에 안 걸린당께."

금방 본 것처럼 말해 주는 데는 나도 홀리지 않을 수 없었다. 그들에 따르면 김일성 장군은 그대로 신화이자 전설적인 영웅이었다.

"제원이 성(형) 나도 일본 육사 가면 그렇게 될 수 있을까?"

"니가 육사 간다고야? 쬐그만한디 될 것인가 모르것다."

강제원이 말하자 그의 형 강계원이 나섰다.

"니가 보통학교 2학년이제……. 그려, 어른이 되면 클 것잉께 갈 수 있을 것이여……, 넌 영리헝께 말이여. 암 가고도 남을 것이여."

나주는 반일(反日)과 배일(排日)의 중심 고을이었다. 1929년 광주학생 항일운동의 중심인물들이 광주로 기차 통학하던 나주 출신 서중(광주고보) 학생들이었고, 그로부터 10년이 지난 지금도 그 후유증을 앓으면서 고향 사람들은 일본에 대한 적개심과 저항 의식을 키우고 있었다.

나주는 기름진 평야가 질펀하게 뻗어 있어 풍요로울 뿐 아니라 유림 등 학자와 의병이 많이 배출된 자존심 강한 고을이었다. 왜놈 꼴 보기 싫다고 철로도 내주지 않아 철도가 나주 시내를 관통하지 못하고 멀리 돌아서 났을 정도였다.

1929년 11월 3일, 광주-나주 통학 기차 안에서 일본인 학생(광주 동중 학생)들이 한국 여학생(전남욱고녀=전남여고)을 희롱한 것이 도화선이 되어 일어난 광주학생항일운동은 전국으로 들불처럼 번져 1919년 3·1 운동 후 10년 만에 다시 조선독립운동의 불씨가 당겨지기 시작했다. 일본 제국주의는 이를 제압하기 위해 나주 지역의 많은 학생과 유지들을 체포해 고문하고 죽였다. 이에 나주 사람들은 일본 제국주의에 대한 공포심보다 복수심으로 불타오르고 있었다.

보수적이었지만 기품 있는 양반의 고을이자 자부심 강한 고을로 통하는 나주 사람들은 일본 놈들에게 조선 민족이 당한다는 것이 자존심상 허락하지 않았고, 그래서 저항 의식은 타 지역민보다 훨씬 강했다.

어린이들도 이 영향을 받아 등하굣길에는 늘 이런 얘기들이 주요 화제가 되었으며, 만주에서 일본군과 맞서 싸우는 김일성 장군 얘기만 나오면 어린 소년의 가슴은 풍선처럼 부풀어 올랐다.

빨간 마후라 하늘에 등불을 켜고

1888년 조부 형제가 받은 무과 급제 교지(왼쪽이 조부, 오른쪽이 작은 조부).

　또한 일본 제국주의에 대한 저항 의식은 집안의 내력으로도 이어지고 있었다. 조부님 형제는 구한말(1888년) 똑같이 무과에 급제했고, 그 중 작은 할아버지가 수군만호(水軍萬戶=해군 준장과 소장 사이) 계급으로 복무하다 동학군에 가담해 일본군과 맞서 싸운 장군이었다.

　고종사촌 형(고모 아들) 나재기(羅在基)는 나주 궁삼면의 왕실 토지를 일제의 동양척식회사가 강압적으로 매수해 농민들에게 비싼 소작료를 물리는 등 수탈이 극심해지자 면 농민 대표로 나서 싸우다 다리가 부러지는 부상과 가혹한 고문을 당해 끝내 불구가 되었다(나주 궁삼면 항일운동사건). 그리고 언론인이자 청년운동가인 외삼촌(최종섭)은 상해임시정부 요인(이시영·김창숙)들에게 독립 자금을 모금해 송금하는 비밀 결사의 중심 인물 중 한 분이었다. 또한 나라를 빼앗긴 뒤 탄식처럼 읊조리던 아버지의 넋두리를 나는 지금도 기억한다.

　"왕실 조정이 무능하니 나라를 빼앗기고 또 허약한 문(文)에만 기대니 쓸모없는 형식 논리에만 빠지고, 무인을 등한시하니 나라를 잃고 또 잃어버린 나라를 빼앗을 힘조차 없구나."

　실질과 군대 양성이 나라를 세우는 기초임에도 모든 것을 잃거나 방치하다 끝내 일제 식민지로 전락하고 말았다는 탄식이었다.

　나주 지방은 양반 의식이 강해 우리 집 가풍도 그런 일면이 있었다. 두

분 조부 형제의 경력에서 보듯 현실 중심의 무과적(武科的) 기질을 가지셨다. 이런 가풍 속에서 자란 나는 상급생 강제원의 애기를 듣고 일본 육사를 꿈꾸게 되었다. 무엇보다 김일성 장군과 같은 인물이 되고 싶었다. 그래서 학교 가는 길에 강제원 형에게 물었다.

"형, 김일성 장군이 정말 허벌나게 잘 싸우는 장군이여?"

"그려. 독립군 대장이랑께. 축지법을 쓰는 장군이여. 백두산, 금강산, 지리산을 폴짝폴짝 뛰어 댕기면서 일본 놈들을 조자부러."

자꾸 듣는 얘기였지만 언제 들어도 통쾌했다. 그의 존재가 현실적이지 못했기 때문에 영웅담은 더 확대되고 과장되었을 것이다. 그렇지만 그런 인물이 있다는 사실이 부푼 꿈과 기개를 안겨 주기에 충분했다. 우리의 큰 기대치만큼 그렇게 믿고 싶었던 것이고, 그래서 당장의 현실로 인식되었던 셈이다. 그러나 강제원 형도 김일성 장군에 대한 지식이 그 정도 수준에 머물러 있었다. 똑같은 말이 되풀이 될 뿐 새로운 사실이 없었다. 나중에 알게 된 사실이지만 김일성 장군은 본명이 김광서로 일본 육사 23기 출신이며 나이는 50대 후반이었다. 8·15 해방과 더불어 북한을 지배한 김일성(본명 김성주)과는 다른 인물이었다.

그런데 내 중학교 진학을 앞두고 아버지와 큰형 사이에 의견 충돌이 있었다. 아버지와 큰형은 일반 중학교보다 한 달 먼저 시험을 치르는 광주 사범학교에 테스트삼아 응시토록 했는데 나는 거뜬히 합격했다. 그런데 아버지는 기왕 합격했으니 관비 혜택과 직업 보장을 들어 사범학교에 입학하기를 주장했고, 큰형은 시험삼아 본 것이니 장래를 생각해 광주서중에 들어가기를 권했다. 열 살 터울의 맏형은 공업학교를 나와 군청에 근무하는 이상주의자로 든든한 내 후견인이었다.

"아버지, 동채(내 아명)는 언제나 수석입니다. 머리 좋은 쟤를 농촌에서 교사로 썩히기에는 재능이 아깝습니다. 크게 써먹어야지요."

큰형은 내 장래를 크게 잡고 아버지를 설득했다. 그리고 아버지는 타당한 큰형의 논리에 밀려 완고한 고집을 접었다. 큰형의 이상론이 아버지의 현실론을 이긴 것이다.

빨간 마후라 하늘에 등불을 켜고

광주 서중 수석 합격과 집단 구타 사건

1940년 광주 서중학교 입학시험에서 나는 큰형의 기대대로 수석 합격했다. 수석 합격자는 1반 반장, 2등은 2반 반장, 3등은 3반 반장을 했다. 그런데 많은 합격자를 낸 광주 시내 서석초등학교 출신들의 텃세가 심했다. 촌놈 취급을 할 뿐 도무지 나를 반장으로 대접하지 않았다.

5월 1일은 개교기념일이었다. 이를 기념해 1학년부터 5학년까지 전교생을 대상으로 10,000m 단축 마라톤 대회가 열렸다. 광주-송정리 중간 지점을 왕복하는 코스였다. 나는 마라톤이라면 자신이 있었다. 남평초등학교 통학 거리 6㎞를 5년 동안 내내 뛰어다녀 자연스럽게 마라토너가 되었던 것이다. 그래서 광주 시내 출신이 대부분인 그들이 나를 따를 수 없었다. 비록 내가 1학년이었지만 나이로는 3학년생이나 다름없는 연령이었다.

반환 지점쯤에 이르자 내 앞에는 아무도 없었다. 한참 달리다 뒤를 돌아보니 졸업반인 육상부장이 가쁜 숨을 몰아쉬며 내 뒤를 따르고 있었다. 명색이 육상부장인 그가 내 뒤에 처져 헐떡거리고 있는 것이다. 순간 나는 속도를 줄였다. 육상부장의 체면을 세워주고 싶었던 것이다. 속도를 줄이면서 그를 앞세우고 달리는데 굴다리 위에서 지켜보던 일본인 교장 에노모토(木夏)가 버럭 고함을 질렀다.

"이놈아, 왜 달리다 마느냐. 빨리 달려라!"

나는 다시 속도를 냈다. 그러나 교장이 보이지 않자 또 천천히 달리면서

광주 서중 시절(1941년) 육상반에서 활동하며 마라톤 선수로 활약했다.
교내 육상대회에서는 언제나 1등을 했다(앞줄 왼쪽에서부터 네 번째가 나).

육상부장에게 1위 자리를 내주었다. 이 소문은 알게 모르게 순식간에 전염
병처럼 교내에 퍼졌다.

"의리의 1학년 마라토너가 있다……."

이 소문 때문에 육상부장이 나를 육상부로 끌어들였다. 그러자 농구부
와 수영부에서도 난리였다. 다른 아이들보다 공부도 잘하고 모든 운동을
만능으로 하니 다른 운동부에서 욕심을 낼만도 했던 것이다. 이를 계기로
반장으로 인정하지 않던 서석초등학교 출신 애들도 나를 새롭게 보았다.

소년 비행사의 꿈을 품고 있던 나는 글라이더반에 먼저 들어갔다. 운동
부 참여는 선배들의 강제적 권유 때문이었지만 글라이더반은 자발적 참여
였다. 여름방학이 되자 송정리 비행장에서 글라이더 비행 훈련이 있었다.
태평양 전쟁 중이라 학교는 전시에 대비하느라 글라이더반의 비행 훈련을
대대적으로 실시했다. 나는 평소 소망했던 비행사의 꿈이 현실로 다가와
누구보다도 훈련에 열심히 매달렸다.

글라이더반은 초·중·고급반이 있었는데, 나는 1학년이었으므로 초급

광주 서중 1학년 때 실제 글라이더를 타고 비행 훈련을 하고 있다.

반이었다. 초급반이라도 글라이더를 띄우는데 상당한 기술이 필요했다. 1, 2조로 편성된 조원(각 6명)들이 땅에 말뚝을 박아 글라이더를 고정시켜 놓고 이를 굵은 고무줄로 연결해 조원들이 '이치 니(하낫 둘)', '산 지(셋 넷)'하며 고무줄이 팽팽할 정도로 끌고 가면서 잡아당긴다. 더는 고무줄이 늘어나지 않는다 싶을 때 교관이 호루라기를 불면 줄이 팽팽해진 글라이더를 놓는다. 이 때 글라이더는 팽팽한 고무줄의 탄력으로 붕 떠서 날게 된다. 약 15m 높이로 떠서 60~70m 정도 하늘로 비행하는데, 그 글라이더에는 글라이더 반원 중 한 명이 타고 앉아 실제 비행 연습을 하는 것이다.

대부분 훈련을 잘 받지만 조작 미숙이나 운전 미숙, 나아가 돌풍을 만났을 때 동체가 땅바닥에 곤두박질쳐 머리를 다치기도 한다. 심하면 목뼈나 다리, 갈비뼈가 부러지는 반원들도 있었다. 사실 크고 작은 부상을 당하지 않은 글라이더 반원이 없을 정도였다.

그러나 나는 한 번도 부상당하지 않고 글라이더를 가장 많이 탔다. 아마 30회 정도는 탔을 것이다. 이를 지켜본 교관도 별 신통한 놈 다 보았다는 듯이 신기해했다. 그럴수록 나는 소년 비행사가 된 것처럼 허공에 붕 뜨는 기분이었다.

글라이더를 잘 타는 것도 스포츠처럼 적극성과 용기, 담대함, 기초 체력과 순발력이 얼마만큼 있느냐와 직결되었다. 그런데 나는 초등학교 5년간 매일 왕복 10㎞를 달린 기초 체력이 있었다.

유도부에서도 나를 스카우트했다. 기초만 배운 두 달 후 도내 중학교 유도대회에 출전을 했다. 그런데 일본인 학교인 광주 동중학교와는 겨루지 않았다. 교육위원회에서 광주학생항일운동 이후 일본인 학생들과 신체적으로 부딪치는 일을 각별히 유의하는 것 같았다. 반면 타 시·군의 일본인 학생과 겨루도록 했다. 그 때 나와 맞닥뜨린 상대는 순천중 학생으로 일본인이었다. 나는 그를 반 죽여 놓다시피 목을 조르고 팔을 꺾었다.

심판이 나에게 한판승을 주면서도 호되게 꾸짖었다.

"유도는 싸움이 아니다!"

이런 일 때문에 그 후 각종 대회에서도 타 시·군의 일본인 학생들과 부딪치는 경기도 주최 측은 없애버렸다.

전쟁 말기라 젊은 교사들은 모두 전선으로 투입되어 학교에는 교사 수가 절대 부족했다. 이로 인해 역사와 한문·음악 등 많은 과목에서 4학년과 5학년이 합반 수업을 받았다. 어느 날 한문 시험 결과가 나왔는데 5학년보다 4학년 평균 점수가 더 높게 나와 한문 시간에 일본인 교사가 5학년을 닦달했다.

"이놈들, 상급반 성적이 말이 되냐. 동생들보다 공부를 못해 가지고 어디에 써 먹겠나?"

물론 공부를 잘하라는 자극적인 훈계였지만 자존심 상한 5학년생들은 이를 순수하게 받아들이지 않았다. 한문만이 아니라 다른 과목, 심지어 유도나 검도에서도 5학년생들이 4학년 후배들에게 지는 경우가 더러 있었으니 화가 날 법도 했다.

그 무렵 교내에서 이러저러한 사보타지(비밀 쟁의)가 있었다. 일본말 대신 조선말을 사용하자, 새로 부임한 마무시 교장 선생 이름이 '마무시'라는 괴이한 동물 이름과 같아서 뿔 달리고 혓바닥 길게 늘어뜨린 하등동물 만화로 그려 화장실에 붙여놓고, 얼마 후에는 일본 천황 사진에 오줌을 싸서 벽에 걸어둔 사건까지 일어났다. 대단히 불경스런 사건이었다. 나주 군수 아들이자 5학년 1반 반장인 박화진과 동급생 심균우가 주동 인물이었다.

이 사건은 누군가의 밀고로 덜미가 잡혔다. 학교에서는 처음 퇴학 처분 결정을 내렸다. 그런데 이 결정이 학생들을 자극해 제2의 광주학생항일운동을 촉발할 수 있다는 판단 아래 정학 처분으로 쉬쉬 했다. 하지만 광주 경찰서 사찰계 형사들이 주동자를 미행 감시하고 있었다. 이에 화가 난 박화진·심균우 등 10여 명의 상급생들이 밀고자를 색출하기 시작했다.

나는 일본 육사 시험 준비 중이었다. 4학년 1학기만 마치면 4학년생도 응시할 자격이 주어져 전 교과에 전심전력을 쏟았다. 그래서 반장도 거추장스러울 정도였다.

1943년 5월 10일 오후(이 날을 잊지도 않는다) 청소 당번이었던 나는 구마키 담임선생님에게 청소가 끝났음을 보고하고 교실로 가는 중이었다. 그런데 갑자기 4학년 동급생이 달려와 숨넘어가는 목소리로 말했다.

"야, 지금 5학년 선배들이 4학년들을 때려! 오준석이가 뻗었어."

"뭐?"

"밀고자를 잡았다고 패고 있단 말이다!"

"준석이는 그럴 애가 아닌데?"

나는 미심쩍어서 운동장으로 달려갔다. 운동장 건너편 으슥한 탱자울타리 쪽에서 5학년 상급생들이 4학년생 5~6명을 세워놓고 주먹과 몽둥이로 때리고 있었다. 오준석은 벌써 얼굴에 피투성이가 되어 뻗어 있고, 다른 아이들도 얻어터지고 있었다. 구타 주동자는 나주군수 아들인 5학년 반장 박화진이었다. 그의 부친과 내 부친은 친구 사이로 우리도 자연 가깝게 지내고 있던 터였다.

　순간 나는 '아차!' 싶었다. 한문 성적 때문에 4학년생들이 걸리기만을 벼르고 있다는 사실을 깨달았다. 그런데 성동격서라고, 이유는 다른 데서 찾고 있는 것이다.

　"치사한 밀고자 새끼들! 너희들은 쥐새끼 같은 놈들이다!"

　조선말을 쓰자고 했던 점, 천황 사진에 오줌을 싸서 벽에 걸어놓은 사보타지를 4학년생 중 누군가가 밀고했고, 그 중 혐의가 있는 5~6명을 세워놓고 구타한 것이다. 한문 성적이 떨어진 망신까지 더해 보복했다. 그것은 선배로서의 애정어린 체벌이라기보다는 집단 린치였다.

　사실 성적에 관한 한 학교 잘못도 있었다. 교사가 부족하다고 상급생들과 합반을 하고, 시험을 결과를 알려 주고, 성적이 저학년보다 뒤질 경우도 있으니 그들의 자존심이 상할 것도 이해가 되었다. 더군다나 나름대로 뜻 있는 항일정신의 전통을 이어가는 시위 행위를 밀고했으니 더 분개할 만도 했다. 나는 대부분 아는 상급생들이었지만 현재의 사태를 파악하고 반장으로서 정중히 사과했다.

　"잘못했습니다. 용서해 주십시오."

　"이 새끼, 너도 한통속이야!"

　내 뒤에 서 있던 누군가가 소리치며 나를 발길로 걸어찼다. 그와 동시에 사방에서 몽둥이와 함께 주먹이 날아왔다. 나는 곧 쓰러졌고, 온몸에 무자비한 발길질과 몽둥이질이 가해져 나는 순간 한때 정신을 잃었다. 이처럼 군중 심리란 이성을 마비시키고 있었다.

　느닷없이 집단 린치를 당하고 잠깐 의식을 잃고 있을 때 주진석(정래혁 전 상공장관 처남)과 지정무 등 두 상급생이 뒤늦게 나타났다. 그리고는

빨간 마후라 하늘에 등불을 켜고

"반장이 무슨 죄냐?"며 상급생들을 향해 꾸짖었다.

주진석은 우리보다 2년 선배였으나 늑막염을 앓아 한 해 휴학해 1년 선배가 되어 있었다. 그래서 동급생인 박화진도 함부로 대하지 못했다. 두 사람의 등장으로 구타는 중단되고, 나는 친구들의 부축을 받아 집으로 돌아왔다. 그러나 생각할수록 억울했다. 말리러 간 나를 집단 폭행하고, 특히 박화진과는 동향인데다 아버지들도 서로 내왕이 잦은 사이가 아닌가. 그런데도 안면몰수하고 구타당하는 것을 방치했다. 나는 이러한 사실에 환멸이 느껴졌다.

이 사태는 하루 이틀 동안 학교에 알려지지 않았다. 그런데 반장인 내가 학교에 이유 없이 등교하지 않는 데다 얻어맞은 동급생들 중에는 순천·광산 군수와 도청 간부 아들도 끼여 있었다. 이들의 얼굴이 붓고 이마가 깨진 것을 부모들이 자연스럽게 알게 되었고, 학교 측에 항의를 하면서 사태는 걷잡을 수 없이 확대되었다.

광주경찰서에서 대상 학생들에 대한 수사가 시작되었다. 나도 집에서 붙들려가 불고지와 무단결석을 이유로 조사를 받았다. 이 과정에서 담임교사 구마키 선생이 자신에게 먼저 보고하지 않았다고 화를 내며 퇴교시키겠다고 나섰다. 이 때 나는 몸이 만신창이가 된 고통보다 마음의 상처가 더 컸다. 학교를 다니고 싶은 생각이 없었다. 반장으로서 사태 수습을 위해 뛰어든 나를 선배들은 한통속으로 매도해 패고, 경찰서에서나 담임교사는 나를 불고지에 무단결석을 이유로 퇴교 운운하고 있으니 정말 미칠 지경이었다. 억울하게 얻어맞았는데도 벌을 받는 형국이었다.

일본 육사 합격

일주일쯤 지나자 교련 교사 미야케 중위가 사람을 시켜 급히 학교로 오라는 연락이 왔다. 미야케 중위는 내가 2학년 때 소년 비행 학교에 가려고 하자 격려의 말을 해 주었다.

"하사관 학교를 왜 가느냐. 육사를 가서 정식 비행 장교가 되어라. 너는 할 수 있다."

그리고 학과 성적과 교련 성적이 좋으니 육사를 지망해야 한다며 여러 가지 지침을 주기까지 했다. 큰형도 같은 의견이어서 나는 육사를 목표로 공부하는 중이었다. 그러나 나는 이 사건으로 학교를 포기하고 산에 들어가 소설 공부를 하려고 했다. 그런데 미야케 중위의 부름으로 다음 날 아침 학교로 나갔다. 등굣길에 동급생들로부터 미야케 중위가 구마키 교사를 단단히 혼내 주었다는 말을 전해 들었다.

"구마키 선생이 너를 퇴학시키겠다고 공공연히 발언했는데, 미야케 중위가 교육자로서 취할 일이냐며 담임선생을 혼내 줬단다."

당시는 전시 체제라 교련 교사의 힘이 막강해 교장 선생도 함부로 못했다. 그러나 그럴수록 내 설 자리는 좁아졌다. 구마키 선생을 혼내 준 것은 고소했지만 담임선생 밑에서 공부할 수 있을까 하는 걱정이 생겼다. 내가 교관실에 들어서자 미야케 중위가 반갑게 맞아주었다.

"다 알고 있다. 너는 결백하고 남자답다. 학교 다니는 일이 힘들면 집에

빨간 마후라 하늘에 등불을 켜고

서 공부해라. 대신 육사 시험은 꼭 응시해라. 약속하겠나?"

사실 퇴학 처분 운운한 담임교사와 얼굴을 맞대며 학교 생활을 하기는 힘들었다. 이 사실을 미야케 중위도 알고 있었던 것이다.

나는 일본 육사 시험에 응시를 약속하고 집으로 돌아왔다. 이후 미야케 중위는 학교 측에 강력하게 경고했다.

"육사 시험을 앞둔 이 학생을 퇴교 운운하지 말라. 만약 그런 교사가 나오면 가만두지 않겠다."

그리고는 상관인 시즈카와 중좌를 통해 광주경찰서장에게도 나를 오라 가라 하지 말라고 통보했다. 그러나 내가 걱정했던 것은 경찰이 항일 투쟁을 해 온 우리 집안의 내력이 노출될까 하는 점이었다. 다행히도 미야케 중위의 보호 아래 내 가족사는 묻히게 되었다.

1943년 10월, 4개월 동안 집에서 자습하던 나는 일본 육사 시험을 치르기 위해 서울행 기차를 탔다. 시험 장소는 용산역 근방의 용산중학교였다. 시험장에는 응시생들이 구름처럼 모여 있었다.

시험을 치른 얼마 뒤 병중인 숙부가 돌아가셨다. 장례 절차에 따라 상복을 입고 상여를 뒤따르는데 광주 서중 2년 후배인 조카가 방금 광주에서 내려왔다면서 말했다.

"삼촌, 어제 학교 운동장에서 전교 조회가 있었는데……, 교장 선생님이 삼촌 이름을 대면서 5학년도 아닌 4학년 생도가 (일본) 육사에 합격했다고 자랑했어요."

발표 날짜가 늦어져 불합격인 줄 알고 상심해 있었는데 그 말을 듣자 조바심이 나서 견딜 수가 없었다. 나는 상복을 벗어던지고 광주로 올라가 사택의 교장 선생님을 찾아갔다. 그리고 6명의 서중 응시생 중 나만 합격했다는 소식을 들었다. 일본 육사 합격자 총 4,723명 중 조선인 합격자는 나를 포함해 모두 6명이었다. 이 중 4학년 재학중 합격자는 경기중 출신의 이재일과 나 뿐이었다. 나머지 네 명은 경복중·동래중·청주중·성남중 5학년 학생들이었다. 타 민족 중에는 중국의 한족·대만인·몽골인·만주족 등이 있었으나 96%가 일본 본토 출신이었다.

일본 육군사관학교 건물과 육군사관학교(예과) 60기 입교 후의 모습(1944년 2월).

　1944년 1월, 나는 도쿄 교외에 있는 육군사관학교(예과) 60기로 입교했다. 무엇보다 관목숲이 우거진 멋진 교정이 나를 사로잡았다.

　입학한 지 한 달 만에 57기 졸업식이 있었다. 졸업식이 끝나자마자 조선인 출신 선배 두 명이 밤에 우리를 찾아왔다. 조선인 졸업자는 본교 출신과 만주군관학교 출신까지 포함해 모두 6명이었다. 이 중 박정희(전 대통령) 선배는 군적이 만주군관학교여서 곧바로 만주로 떠났고, 다른 졸업생도 개인 사정으로 불참했다. 하지만 김영수(김석원 장군 차남) 선배와 경기중 출신의 김호량 선배가 찾아와 기숙사 밖 소나무 숲으로 우리를 이끌었다. 일석점호가 끝나고 취침 시각이어서 우리는 가슴 두근거리는 마음으로 선배들 앞에 섰다. 사실 이 모임은 선후배 간 최초이자 마지막 모임이었다.

　나는 두 선배로부터 머리가 꼿꼿이 서는 충격적인 말을 들었다.

　"우리 말을 잘 들어라. 일본은 진다. 반드시 패망한다. 조국을 찾을 때를 대비하라. 그리고 꼭 살아남아라. 일본 천황을 위해 죽을 필요가 없다. 살아남는 자만이 큰 일을 하고 조국에 충성하는 길이다."

　날마다 천황 폐하를 위해 목숨을 던지자는 쇠뇌 교육을 받고 있는데 꼭 살아남아야 한다니……. 더군다나 신문이나 방송에서는 매일 일본군의 전승 메시지가 군가의 후렴처럼 나오는 때였다. 바로 이 때 일본 패망 얘

빨간 마후라 하늘에 등불을 켜고

기가 나와 믿을 수 없었다. 패망 얘기 자체가 불경이고 이적으로 몰리는 때였다. 또 이기는 전쟁을 하기 위해 사관학교에 입교했는데 입학하자마자 패망한다는 말이 너무 충격적이어서 이가 떨릴 지경이었다.

그러나 두 선배는 낮으나 단호하게 말을 이어갔다.

"우리는 영원한 동지다. 절대로 기밀을 지켜라. 너희는 학과와 실과에 충실하고 민족적 자존심을 지켜라. 그리고 절대 일본인 생도에게 지지 마라. 앞으로 전쟁은 항공전이다. 너희는 항공과를 지원해 조종사가 돼라. 나라를 찾아 건국하면 우리 군대를 만들 것이다. 두 번 다시 부패하고 무능한 조정, 군대 양성도 외면한 구한말과 같은 썩은 전철을 밟아서는 안 된다. 그러니 끝까지 살아남아야 한다. 천황을 위해서 죽을 수 없는 목숨이다. 최후의 승자는 살아남는 자이다."

목숨을 내놓고 하는 발언이었다. 피로 맺은 동지적 결속력과 신뢰감 없이는 불가능했다(그런데 김영수 선배는 그 해 필리핀 래이태도 전투에서 전사했으며, 김호량 선배는 6·25 때 전사했다. 민족정신이 투철했던 그들의 전사는 인재를 너무 일찍 잃어버렸다는 아쉬움이 너무 크다).

이들 선배들을 만난 한 달 후 영친왕이 조선인 입학생을 왕궁으로 초대했다. 왕궁에서 만난 영친왕은 일본 육군 중장 복장을 하고 있었고, 부인 이방자 여사는 기모노를 입고 있었다. 이방자 여사가 센베 과자와 오차 한 잔씩 따라주었는데 양이 너무 적어 먹은 것 같지 않았다. 영친왕은 우리말을 제대로 구사하지 못했으며, 상당히 복잡한 표정을 짓고 있는 것으로 보아 심적으로 불편해 보인다는 인상을 주었다.

4월 29일은 천황의 생일인 천장절로, 도쿄 요요기 연병장에서 천황이 지켜보는 가운데 생일 축하 관병식이 있었다. 일본군의 위세를 과시하는 행사였다. 그 세를 보면 일본군이 패배한다는 것은 상상할 수 없었다. 나는 사열대 앞 정렬하고 있는 중대 선두에 서 있었는데, 바로 15m 전방에 서 있는 영친왕을 다시 볼 수 있었다. 히로히토는 사열대 위에 히라유키(백설)라는 백마를 타고 있고, 단하에 영친왕이 흰 바탕에 검은 반점이 박힌 히모후리를 타고 있는 그 모습이 초라해 보여 가슴이 아팠다.

내 안의 이중성

　나의 일본 육사 입교 후의 생활은 언제나 표면성과 내심의 이중성으로 갈등하는 경우가 많았다. 조선인 육사생은 대부분 그러했으리라. 겉으로는 일본을 위해 입교한 것이지만 내심은 잃어버린 조국을 생각하고, 특히 배일(排日) 사상이 강한 집안의 영향을 받은 나로서는 더 많은 갈등을 느꼈다.

　나는 입교하자 경기중 출신인 이재일 군과 가까이 지냈다. 같은 4학년 출신으로 자연히 가까워졌다. 저녁 식사 전 1시간 동안의 휴식 시간에 그와 연병장 옆 소나무 숲을 거닐며 많은 이야기를 나눴다. 김영수·김호량 선배의 말을 되새기며 일본 패망 이후 우리 조국의 미래를 점치고 어떻게 대처해야 할 것인가를 논의했다.

　나는 가까운 중학교 친구가 있었다. 오혁종 군은 민족의 70% 이상이 농업에 종사하니 농업을 발전시켜야 한다고 했고(그는 서울 농대에 입학해 농학박사가 되었다), 유광호 군은 상공업을 잘해야 나라가 부흥한다며 기업인이 되겠다고 했다(그는 서울 상대에 진학해 은행장이 되었다). 그러나 나는 강한 군대만이 나라를 세울 수 있다며 군인의 길을 가겠다고 했다.

　두 조부님의 무과 급제와 아버지로부터 왕실의 무능과 군에 대한 푸대접 이야기를 늘 들으며 영향을 받은 결과였다. 군량미를 모래와 섞어 주고 나머지는 착복하는 등(임오군란) 군을 업신여기고, 국제 정보에는 백치나

빨간 마후라 하늘에 등불을 켜고

다름없으면서 우물 안 개구리로 당쟁만 일삼으니 망국의 길을 자초할 수밖에 없었다는 탄식을 귀에 못이 박히도록 들어온 나는 이 점을 이재일 군에게 강조했다.

"그래, 군인의 길을 택한 것은 잘한 거야. 하지만 일본 패망 이후 우리 조국이 무엇을 할 것이냐가 문제야. 지도자는 누구고, 국가 정체는 무엇이며, 나라 이름을 어떻게 해야 할 것이냐를 생각해 봐야 한단 말이다."

"그렇군. 지도자는 만주의 김일성 장군으로 하느냐? 미국에 망명중인 이승만 박사로 할 것이냐? 상하이(上海) 임시정부 주석 김구 선생으로 하느냐? 아니면 영친왕으로 하느냐?"

그 중 나는 김일성 장군을 염두에 두고 있었다. 유소년 시절 나의 신화이자 전설적 영웅인 김일성 장군이 조국을 건설하는데 가장 이상적일 것 같았다. 지도자는 우선 군대를 알아야 한다. 나라를 강하게 해 놓고 국가를 건설해야 하는 것이다. 다행히도 김일성 장군은 일본 육사 23기 기병 출신으로 중위 때 서울로 휴가 나와 1919년 3·1 운동을 만났었다. 그는 이때 뜻을 세우고 동료와 함께 만주로 탈출한 뒤 유격대를 창설해 일본군과 맞서 싸우는 전설적인 영웅이었다.

"국가 체제는 제국이냐, 왕국이냐, 공화정이냐가 문제인데……."

이재일이 이런 고민을 하자 나 역시 같은 고민을 했다. 우리는 이렇게 독립할 조국의 미래를 꿈꾸며 젊음의 야망을 키웠다.

"지도자의 명칭을 총통으로 해야 하나? 미국처럼 대통령으로 해야 하나? 아니면 황제로 해야 하나? 왕으로 해야 하나?"

비록 설익은 계획이었지만 우리는 나라를 되찾았을 때의 청사진을 그려나갔던 것이다.

"동맹 관계는 꼭 전승국과 맺어야 돼. 그래야 우리 길이 크게 열려!"

그러나 일제가 강한 나라라는 점에 이르러서는 김일성 장군처럼 망명할 것도 대비해야 했다. 그래서 망명지는 만주나 몽골·소련을 상상했다. 망명시 이름은 내 본명이 장동채였으므로 '張東日'로, 이재일은 '李東日'로 고치기로 했다. 그리고 나는 중국어와 몽골 어, 이재일은 러시아 어를 하기

일제 시대 교련 모습. 특히 1940년대는 전시 체제라 교련 교사의 힘이 막강했다.

로 했으며, 군대는 항공을 지망하기로 했다. 그 이유는 제트기 획득과 원자폭탄 투하 때문이었다.

나는 초등학교 때 상급생인 강제원이 "김일성 장군은 성냥곽(갑)만한 원자탄을 구하고 있다. 그것을 일본 본토에 터뜨리면 섬 전체가 과자 부스러기처럼 부서져 버린다"는 놀라운 말을 들었다. 그리고 비행기로 떨어뜨려야 효과가 있다는 말에 비행사가 될 꿈에 부풀었다.

일본 육사 1학년 하기 방학 때였다. 귀국해서 광주 서중 모교를 방문했는데, 마침 교장 선생(일본인)이 전교생 앞에서 육사 생활을 소개하도록 했다. 나는 단상에 올라가 일왕의 생도들에 대한 관심도부터 설명하기 시작했다.

일왕에 대한 일본 육사 생도의 충성심은 절대 신앙에 가까웠다. 일왕 역시 육사를 자신의 분신처럼 여겼다. 생도용 무기, 피복, 비품은 일왕의 하사품으로서 황실의 상징인 국화 문장이 새겨져 있었다. 부식도 최고 수준이었으며, 학교장과 교수, 조교(하사관)까지 일본에서 엄선된 최고의 우수자들이었다. 최상의 대우와 함께 철저한 군인 정신을 불어넣어 자부심

빨간 마후라 하늘에 등불을 켜고

과 충성심 강한 군인이 되었던 것이다. 절도 있고 기개가 추상같은 장교가 배출되는 것이다.

이런 반면 대한제국 군대는 구한말 도포자락 휘날리는 양반들의 거드름에 하인처럼 냉대받다가 힘도 써 보지 못하고 일본에 굴복당하고 말았다. 이런 아쉬움을 얘기하려던 찰나 누군가가 헛기침을 했다. 단하의 한국인 교사가 조마조마해 못 보겠다는 표정으로 헛기침을 했다.

그 때서야 나는 정신을 차리고 일본 육사의 일일 학습 과정으로 재빨리 화제를 옮겼다. 만약 한국인 교사의 재치가 아니었다면 나는 '우리가 군을 강하게 키웠더라면 억울하게 나라를 빼앗기지 않았을 것'이라는 결론을 내렸을 것이다. 그랬을 경우 나는 당장 체포되고 육사에서도 퇴교 당했을 것이다. 1944년 전쟁 말기라 일제는 눈에 핏발이 서 있을 때라 생각만 해도 아찔했다.

나는 또다른 일로 퇴교당할 뻔했다. 중학교 2년 때 수영반에서도 활약했는데, 가네보(전 전남방직)방직공장 수영장에서 다이빙을 하다가 무릎이 깨져 수영장이 온통 피로 물들 정도로 중상을 입었다. 그 때 급히 시내 병원으로 후송되어 치료를 받았다. 그런데 간호사가 내 또래의 아리따운 소녀였다. 그녀가 상처를 치료를 해 줄 때는 통증이 없는데, 원장이 해 줄 때는 상처 부위가 쓰리고 아파 그 후에는 그 간호사가 있나 없나를 살핀 다음 병원을 찾을 정도였다.

또 그녀의 출퇴근과 내 등하교 시간이 같아 때로는 함께 걷기도 했다. 그녀와 집 방향이 같았기 때문이다. 그렇게 해서 정이 깊이 들었다. 육사에서 첫 여름방학을 맞아 광주로 올 때 그녀는 다섯 정거장 앞인 장성역까지 마중을 나왔다. 그러나 손 한 번 잡지 못하고 2주일의 방학을 마치고 학교로 돌아왔다. 그런데 어느 날 그녀로부터 편지가 왔다.

그 무렵은 아들이 군대나 징용을 가면 미리 장가를 보내 종자를 받는 일이 흔했다. 군대든 징용이든 살아 돌아온 사람이 별로 없기 때문에 대를 잇기 위해 생긴 풍습이었다. 나 역시도 서로 사귀는 사이라면 정혼하자는

일본 육군사관학교(60기) 시절. 맨 뒷줄 왼쪽에서 세 번째가 장지량(1945년 3월).

말이 양가에서 자연스럽게 흘러나왔다. 그러나 일본 육사는 결혼하면 그 길로 퇴교였으며, 여자와 사귀는 문제도 철저히 금지되었다.

그런데 어느 날 교관(구대장)이 나를 급히 호출했다. 교관실에 달려가자 교관이 험악한 얼굴로 나를 맞았다.

"장 생도, 여동생이 있나?"

"없습니다."

"정말인가?"

그는 우리 가족 사항을 꿰뚫고 있어 내가 형제 중 막내라는 것을 잘 알고 있었다. 그가 책상 서랍에서 편지를 꺼내 보여 주었다. 그 편지봉투는 온통 화사하게 말린 꽃으로 장식되어 있었다.

"발송인은 이모토(여동생)다. 이래도 이모토가 없다구?"

순간 나는 그녀가 보낸 편지임을 직감하고 곧바로 둘러댔다.

"넷, 이모토가 있습니다. 이모님 딸입니다."

그러자 구대장이 말했다.

빨간 마후라 하늘에 등불을 켜고

"소카(그래)? 그러면 편지를 읽어봐도 되겠군?"

순간 나는 죽었다고 생각했다. 틀림없이 사랑의 사연이 담겨있을 텐데, 이 상황에 안 된다고 말할 수도 없었다.

"좋습니다."

대답이 떨어지기가 무섭게 구대장이 칼로 꽃봉투를 조심스레 뜯어냈다. 한참을 읽어 가던 그가 선선히 편지를 내주면서 말했다.

"요씨(좋다). 아름다운 이모토군. 가져가라!"

나는 편지를 받아들고 정신없이 화장실로 들어가 문을 걸어 잠근 뒤 내용을 읽어 내려갔다. 다행히도 책잡힐 내용은 없었다. 후방에서는 쌀 공출에 놋그릇과 철제품을 내놓고 있으며, 식량이 부족해도 일선의 군인들을 생각해 참고 있다는 내용이었다.

그 글의 행간 행간에는 그리움의 사연들이 숨겨져 있었지만, 상당히 분별력과 사려 깊은 내용으로 채워져 있었다. 만약 '보고 싶은 당신, 눈물로 베개를 적시면서 당신이 돌아올 때까지 기다릴 것'이라는 내용이라도 씌어 있었다면 곧바로 퇴교 당했을 것이다.

일본 육사의 예과 생활은 일반 학과와 군사학(군사 훈련)을 이수하는 과정이었다. 일반 학과의 경우 중학교 커리큘럼을 그대로 학습했다. 즉 국어, 역사, 물리, 화학, 수학과 어학(영어·독어·불어·중국어·러시아어) 중의 한 과목을 배웠다. 나는 이재일과의 약속대로 중국어를 택했고, 독학으로 몽골 어를 습득해 나갔다.

내 중국어 실력은 한 마디로 경쟁자가 없을 정도로 두각을 나타냈다. 이는 초등학교 입학하기 전 3년 가까이 서당에 다닌 영향이었다. 천자문을 비롯해 학어집·연주시(聯珠詩) 등 네 권의 서책을 익혔는데, 중국어를 배우면서 아주 유용하게 써 먹을 수 있었다.

수학도 자신감을 주었다. 중학교 때 수학 교사가 징집되어 수학 교사 출신인 교장 선생이 대강(代講)해 주셨는데, 나는 교장 선생의 눈에 들고 싶었다. 또한 교장 선생이 열정적으로 가르쳐 준 수학에 더 많은 흥미를 느꼈다. 그 결과 수학 성적이 다른 학생들보다 월등한 편이었다.

육사 수학 시간의 어느 날 교수가 문제를 출제했는데, 그 문제를 푸는 생도가 아무도 없었다. 그 때 난 번쩍 손을 들고 앞으로 나가 두 개의 흑판을 빼곡히 채우며 문제를 풀자 교수가 깜짝 놀라는 표정을 지었다. 그 문제는 중학교 때 교장 선생이 풀어준 바로 그 문제였던 것이다. 이 때 나는 4,300여 명의 생도들을 깜짝 놀라게 했다.

일본 육사 1년을 거의 마치던 1944년 11월 초 어느 날이었다. 1학년 생도 전원이 야외 훈련을 나갔는데, 휴식 시간에 갑자기 한 생도가 사색이 된 얼굴로 "탄약 주머니를 잃어버렸다"면서 잔뜩 겁먹은 얼굴로 울먹였다. 그리고 이내 구대장(대위)이 다가오더니 물었다.

"어디서 잃은 것 같나?"

"넷, 확실히는 모르지만 강을 건너기 전에는 분명히 있었습니다."

"그러면 강물에 빠뜨렸단 말인가?"

생도가 대답하지 못했다. 내가 생각하기에도 그럴 가능성이 높아 보였다. 사실 다른 것은 몰라도 탄약과 실탄이 들어 있는 탄약 주머니를 잃어버리면 바로 영창감이었다. 지급된 탄약 주머니는 자기 생명처럼 소중히 여겨야 하는 것이다.

순간 나는 생도가 당할 일이 걱정되어 강물 속으로 뛰어들었다. 아키타(秋田) 현의 늦가을은 매우 추웠다. 물 속은 이가 덜덜 떨릴 정도로 차가웠다. 나는 중학 시절 수영 선수 출신답게 이곳 저곳 물 속을 잠수하면서 바닥을 뒤졌다. 10분쯤 지났을까? 한쪽 기슭에서 뭔가 손에 잡혔다. 바로 탄약 주머니였다. 탄약 주머니를 들고 뭍에 오르자 언덕에서 지켜보던 생도들이 일제히 환호성을 질렀으며 구대장이 기뻐했다.

"수고했다. 대단하다. 네 전우 정신이 맘에 든다."

내 전우애는 곧바로 전교에 퍼졌다. 이 같은 사실은 2002년 도쿄에서 열린 제60기 일본 육사 생도 모임에서도 회자되었다. 탄약 주머니를 잃어버린 생도가 참석해 그 때 일을 잊지 않고 내 손을 꼭 잡으며 "고맙다"고 인사를 표시했다.

종전과 일본 육사 교정에서의 피살 사건

조선인 일본 육사 출신은 제1기부터 제61기까지 총 114명이다. 이 중에는 영친왕을 비롯해 노백린·지청천·홍사익, 만주군관학교 예과를 거쳐 일본 육사 57기로 졸업한 박정희 등이 있다. 장군 진급자는 영친왕과 유일한 중장 출신이자 태평양 전쟁 말기 남태평양 포로수용소 소장이었던 홍사익이 있다.

홍사익은 필리핀 포로수용소에서 포로 학대 등의 이유로 종전 직후 전범재판소에 회부되어 처형당했다. 사실 그는 일제에 철저히 이용당한 사람이었다. 일본 군국주의가 온갖 패악질을 한 뒤 그에게 책임을 전가시켜 형장의 이슬로 사라지게 한 것이다.

일본 육사 출신과 친일이라는 등식은 기계적이고 표피적이라는 생각을 한다. 물론 친일한 사람도 없지 않으나 대체로 한국인 생도는 그 집단에서 소외당해 왔으며, 개개인은 그와 상관없이 나라를 찾겠다는 비장한 뜻을 가진 경우가 대부분이었다.

그것은 1945년 8월 15일 일본이 패망하던 날 극명하게 드러났다. 이 날 낮 일왕이 라디오를 통해 "일본의 무조건 항복"을 발표했다. 이 때 육사 교정에서 맨 먼저 피살 사건이 일어났다.

이 날 낮 12시 육사와 항공사관학교(나는 육사 예과 1년을 마치고 항공사관학교 생도로 배속되어 있었다)의 전 장교와 사관후보생이 일왕의 육

제2차 세계대전이 끝난 후 열린 미 군사 법정 전범재판소에서의 홍사익 중장(오른쪽).

성 방송을 듣기 위해 대강당에 모였다. 일왕의 육성을 듣는 것도 이번이 처음이었고 방송도 최초의 일이었다.

항복을 선언하는 방송이라고 예고됐던 터라 일왕의 방송이 끝나기도 전에 일부 장교들이 단상에 뛰어올라 일본도로 스피커의 전선을 절단하며 소동을 벌였다. 울분을 터뜨리며 일본도로 할복하려는 생도도 있었다.

일왕의 무조건 항복에 전 장교와 생도들이 일제히 절규하듯 울부짖었다. 어떤 집단 광기를 보는 것 같은 섬뜩함이 있었다. 이 때 일부 장교들은 최후의 한 사람까지 일왕을 수호하며 미군과 맞서 싸우자면서 일왕이 있는 궁성으로 달려갔다. 그들을 이끈 장교가 3중대 구대장인 우에하라 대위(일본 육사 55기)였다.

우에하라는 궁성 수비사단(근위대)의 사단장을 만나 "일왕의 육성 방송은 잘못된 것이므로 취소해야 한다"며 무조건 항복을 따졌다. 이에 근위사단장이 "일왕의 발언은 하늘의 말씀이기 때문에 취소할 수 없어 성명을 받들어야 한다"고 답변했다. 그러자 우에하라가 그 자리에서 일본도를 빼들어 근위사단장의 목을 치고 항공사관학교로 돌아와 자결하고 말았다.

혼란과 절망감으로 교정은 공황 상태에 빠졌다. 이런 때 1년 선배 김재

빨간 마후라 하늘에 등불을 켜고

곤(59기, 동래고보 출신) 생도가 일왕의 항복 성명을 듣고 혈기를 참지 못해 "조선이 마침내 독립했다!"며 "조선 독립 만세!"를 외쳤다. 이에 격분한 그의 소속 구대장이 총을 뽑아 그 자리에서 사살해 버렸다.

비록 신분은 일본 육사 생도였지만 조국의 독립과 해방을 바라는 마음이 천추에 닿았고, 그래서 일왕의 항복 방송 자리에서 기쁨을 참지 못해 조선 독립 만세를 외치다가 짧은 생을 마감한 것이다.

정도의 차이는 있지만 조선인 일본 육사 생도들은 이런 마음을 갖고 있었으며, 김재곤 생도가 그 단면을 적나라하게 표출한 것이다.

결국 흥분한 일본군 장교에게 목숨을 빼앗긴, 어찌 생각하면 어리석은 죽음을 당했다. 그러나 그는 정직한 대한의 남아였고, 조선인 생도들의 마음을 웅변해 주고 허망하게 떠나간 사람이다. 그는 일제의 마지막 애국자였다.

이렇게 뒤숭숭하던 8월 23일 밤에는 같은 기수의 청주고보 출신 이성구 생도를 일본인 생도들이 죽이려 한다는 첩보가 들어왔다. 일본 군대의 비밀을 가장 많이 알고 있다는 것이 살해의 이유였다. 평소 비밀문서 창고를 자주 드나들었고, 그래서 이적 행위를 할 것이라는 풍문이 돌아 미리 처단해야 한다는 것이었다.

이처럼 조선인 육사 생도는 모두 표적이 되어 가는 상황이었다. 이 때 일본인 생도 중에서 양심적인 오카다 군이 중재에 나섰다.

"조선은 전승국인데 전승국의 청년을 죽이면 반드시 그 책임을 지게 된다. 또 어제의 동기생을 오늘은 적이라고 죽이는 것은 올바른 군인 정신이 아니다. 이성구는 이적 행위를 할 친구가 아니다. 내가 그를 만나 경위를 알아보겠다. 그런 뒤에 결정해도 늦지 않다."

이성구는 오카다와의 면담으로 다행히 오해가 풀려 개죽음만은 면했다. 다음은 내 차례였다. 평상시 내 태도가 못마땅하다는 것이 그 이유였다. 독일의 예처럼 육사 생도는 모두 사살된다는 풍문이 유포되어 육사는 완전 광기 상태에 빠져 있었다. 그래서 후환을 없애자는 극단주의자들의 행동이 극을 치닫고 있는 상황이었다.

이 때 사토 구대장이 나를 찾는다는 전갈이 왔다. 나는 드디어 올 것이 왔구나 하고 비장한 각오를 다지며 구대장실을 찾았다. 사토 구대장 앞에 서자 그가 단도직입적으로 물었다.

"(조국으로) 돌아가겠느냐, 남겠느냐?"

어떻게 대답해야 할까? 말 한 마디가 목숨과 바뀌는 긴박한 상황이었다. 나를 해치기 위한 질문이라면 그들이 원하는 답을 내놓아야 했다. 그런데 어느 것이 정답인지 알 수 없었다. 그러나 이런 때일수록 당당해야 한다고 생각하고 의심의 여지없이 짧게 대답했다.

"조국으로 돌아갑니다."

내 말에 한참을 생각하던 사토가 말했다.

"네가 일본에 남는다면 대학을 보내 주고, 취업을 원한다면 취직시켜 줄 수 있다. 학교에서 그렇게 결정했다. 어떤가?"

"아닙니다. 꼭 돌아가야 합니다. 우리 군대를 만들어야 합니다."

"일본에 보복하기 위해서인가?"

"내 나라를 지켜야 합니다."

한참을 생각에 잠겨 있던 그가 갑자기 허리에 찬 일본도를 뽑아들었다. 번쩍번쩍 빛나는 칼날에 손을 한 번 대더니 밑으로 훑어 내려갔다. 그런 그의 표정에 만감이 서리는 듯했다.

나는 온몸이 오싹했다. 그가 다시 책상 서랍을 뒤져 권총을 꺼내 한참을 바라보더니 나를 향해 총구를 겨눴다. 이런 때는 심장이 멎는 것 같았지만 오히려 마음이 담담해졌다. 쏠 테면 쏘라는 듯이 의연하게 부동자세로 그를 바라보았다. 그러자 그가 천천히 말했다.

"이것은 내가 소위 때 장만한 것이다. 이것을 가지고 가라."

그는 일본도와 권총을 불쑥 던지듯이 나에게 내밀었다. 나는 무슨 뜻인지 몰라 한동안 멍청해졌다. 너무도 극적인 반전인지라 머릿속이 하얗게 비어버린 느낌을 받았다.

"너는 네 나라로 돌아가는 거다. 그것은 너무도 당연하고 정당하다. 너는 정직한 놈이다. 나는 네가 일본에 남아 혼도 없이 살아갈 것이 두려웠

빨간 마후라 하늘에 등불을 켜고

다. 너는 사나이다. 사나이로서 너를 사랑한다."

그가 나에게 일본도와 권총을 다시 내밀면서 말했다.

"패전국인 나는 무장할 수 없다. 그래서 네가 대신 맡는 거다. 신변을 잘 보호하라. 일본은 지금 위험하다. 특히 조선인에 대한 보복이 도처에 도사리고 있다. 꼭 돌아가라. 큰 일을 할 사람이니 무사히 일본을 빠져나가야 한다. 지금 목숨을 잃으면 개죽음이다. 호신용이니 자, 받아라!"

나는 순간 왈칵 울음이 솟구쳐 올라 소리 내어 엉엉 울었다. 주체할 수 없는 눈물을 흘리자 그가 내 등을 어루만졌다. 국적이 서로 다르지만 진짜 사나이로서 대해 준 사람이 또 있었을까. 일본은 저주스럽지만 때로 일본인은 이처럼 존경스런 사람도 있는 것이다.

해방과 귀국선

　나는 숙소로 돌아왔지만 잠을 이룰 수 없었다. 일본도와 권총을 침낭에 숨겨 둔 상태여서 마음은 든든했다. 하지만 일본의 패망과 조국의 미래, 고향의 부모님, 사토 구대장 그리고 조선인 생도들……. 이런 저런 생각으로 잠이 오지 않았다. 그러나 결론은 이 곳을 무사히 빠져 나가는 일이 급하다고 생각했다.

　다음 날 나는 항공사관학교 1기 홍승화 선배와 동급생 이성구·이재일을 만나 귀국 대책을 논의했다. 학교가 위험하고, 일본 자체가 무법천지가 되어가고 있어 도쿄를 벗어나 센자키 현에서 소형 선박을 훔치거나 빼앗아 하루 빨리 일본을 탈주하기로 결론을 지었다.

　그리고는 가능한 빠른 시일 내에 학교에서 가까운 도요카 읍내에 있는 조선인 교포의 유우키(한국 성씨는 장씨) 씨 집에 집결해 탈출하기로 모의하고 헤어졌다. 그런데 홍승화가 견디지 못하고 먼저 튀었다. 조선인 생도는 감시를 받고 있는 데다 그가 갑자기 증발해 버렸으니 남아 있는 우리가 위태롭게 되었다.

　일본인 생도들이 계속 의심의 눈초리로 우리를 감시했다. 그런데 숨을 죽이고 있는 며칠 뒤 밤중에 유유키 씨를 통해 변소 뒤에서 누군가가 나를 기다린다는 전갈이 왔다. 바로 홍승화였다.

　"어쩌자고 혼자 내 빼? 일이 꼬였잖아. 도리없어. 빨리 귀교해."

그 역시 우리가 탈출하지 않자 불안한 나머지 다시 학교로 동태를 살피러 온 것이었다. 그는 나의 설득으로 귀교했지만 곧 학교 영창에 갇혀버렸다. 이렇게 되어 탈출 계획은 무산되고 말았다.

8월 26일, 학교 측이 대기중인 조선인 육사 생도들에게 마침내 귀국 조치를 내렸다. 전혀 뜻밖의 일로, 이 날 홍승화도 석방되었다. 한국인 생도를 가둬 둘 이유나 명분이 없다고 판단했음인지 안전하게 귀국하도록 해야 한다는 것이 학교 측의 방침이었다.

8월 27일, 나는 조선인 생도 16명과 함께 기차를 탔다. 도쿄를 거쳐 히로시마, 시모노세키에 도착했지만 가는 곳마다 폭격으로 모든 곳이 폐허가 되었다. 히로시마는 도시 자체가 없어져버린 상황이었다.

시모노세키에서 백 여 리 떨어진 센자키 현에서 복원선(귀국선 1호)을 타고 부산항에 내린 것은 9월 2일이었다.

귀국선 1호가 부산항에 입항하자 부산 시민들이 부두로 나와 우리를 열렬히 환영했다. 해방과 독립의 조국 품에 안기는 기쁨은 너무도 컸다. 우리는 한없이 꿈에 부풀었다. 들뜬 마음으로 부산의 한 여관으로 들어가 앞으로의 진로를 논의했다.

생도 16명은 이구동성으로 김일성 장군을 추종하기로 결의했다. 그의 영웅적 항일 투쟁은 우리 민족의 정체성을 명료히 했으며, 그런 그를 따라 국가를 세우고 군대를 만들어 국토를 지켜야 한다고 생각했다. 물론 상해 임시 정부의 김구 선생이나 미국에 망명중인 이승만 박사가 있었지만 우리에게는 아직 생경했다. 그들 지도자는 우리에게 너무도 낯설었다는 표현이 적절하리라.

그러나 김일성 장군은 일본 육사 대선배로서 혁혁한 항일 투쟁의 선봉에 선 신화적인 인물이다. 그러나 어떻게 추대하고 모실 것인가 하는 방법론에 이르자 모두들 막연했다. 그의 거처나 구체적인 활동 근거지를 찾아낼 수가 없었던 것이다.

"우리 각자 집으로 돌아가 부모님께 인사를 드리고, 일주일 후 서울에서 다시 만나자. 그 때 결정해도 늦지 않다."

김일성 장군으로 알려진 김광서.
그는 일본 육사 23기 출신이다.

최주종 선배가 제의했다. 후일 서울에서 만나 거취를 보다 분명히 하자는 뜻이었다. 우리는 다음 날 각자의 고향으로 돌아갔다.

희망과 꿈을 안고 고향에 돌아왔으나 상황은 무질서와 혼란이 극에 달해 있었다. 벌써 무슨 무슨 위원회, 무슨 동맹 등 단체와 기관들이 난립했다. 아버지는 더 큰 혼란이 올지 모르니 계속 자중하라고 당부하면서 나라 걱정을 하고 계셨다. 그러나 나는 아버지 말씀을 귓전으로 흘리고, 며칠 후 쌀 네 말을 둘러메고 서울로 향했다.

서울의 혼란상은 더욱 심했다. 나는 종로구 사직동에 사는 동급생 이재일의 집에 숙소를 정했다. 폐교한 경기고녀 교실에 간판을 붙이고, 박승훈 선배를 장으로 모시고 이청천·신태영·김석원 장군 등이 활약하고 있는 곳을 찾았으나 실체가 분명치 않고, 다른 단체는 더 말할 나위가 없었다.

일본에서 돌아와 선후배들이 다시 서울에서 만났지만 난기류의 국면에 무엇을 어떻게 해야 할지 모두들 갈피를 잡지 못했다. 우리가 갈팡질팡하는 사이 최주종 선배가 제안했다.

"다 틀렸다. 평양으로 김일성 장군을 만나러 가자. 김 장군을 모시고 만주에서 1,000명 정도 군대를 양성한 뒤 돌아와 판을 쓸어버리자."

나도 똑같은 생각이었다. 해방 조국의 모습은 너무도 실망적이었고, 한 치 앞을 내다볼 수 없는 국면이라 나라를 걱정하는 젊은이라면 그런 생각을 가지고 있었다. 그래서 평양의 김일성 장군을 만나러 가기로 하고 최주종 선배가 표를 구하기 위해 서울역으로 나갔다.

그런데 평양의 김일성 장군에 대한 평판이 달랐다. 평양에서 온 사람들에 따르면 평양의 김일성 장군이 뭔가 미심쩍다는 것이다. 평양에 입성한 김일성이 전설적인 항일 무장 투쟁의 선봉장 김일성 장군과는 다른 인물이라는 소문이었다. 일본 육사 출신의 김일성 장군은 나보다 37기가 빠른 대선배이기 때문에 정상적으로 학교를 다녔다면 최소한 58세가 되어야 한다. 그런데 새파랗게 젊더라는 것이다. 갓 서른을 넘은 듯한 인물로 장군 타입보다 대중 선동의 정치가 모습이라는 소문이었다.

최주종 선배가 서울역에서 평양행 기차표를 사 두고 나를 기다렸지만 나는 내키지 않아 망설이다 나가지 않았다. 김일성 장군의 실체가 없는데다 모든 것이 불확실해 동태를 좀더 살필 필요가 있다고 생각했다.

내가 나타나지 않자 최주종 선배가 불같이 숙소로 달려왔다.

"뭐야, 이 녀석아! 간다고 했으면 나와야지? 그렇게 실없이 놀 거야?"

"형, 그게 아니고?"

처음으로 선배와 약속을 어겼으나 할 말이 없는 것은 아니었다.

"가겠다는 거야, 안 가겠다는 거야?"

"그게 아니고 좀 생각해 보자니까요."

성질 급한 최 선배가 "사람 놀리느냐"며 평양행 기차표를 찢어버리고 금방이라도 한 대 칠 듯한 표정을 지었다. 만일 그 때 평양에 갔더라면 우리 인생은 180도 달라졌을 것이다. 그만큼 시국은 한 치 앞을 내다볼 수 없을 정도로 불확실한 격동기였다. 순간적인 선택이 평생을 불행한 운명의 구렁텅이에 빠뜨린 경우가 한둘이었던가.

이런 운명의 갈림길은 또 있었다. 이재일의 집에서 숙식하며 그와 함께 밤낮없이 서울 거리를 쏘다니자 일본의 주오대(중앙대) 출신인 이재일 형 이재남이 우리를 불러 꾸짖었다.

"이녀석들! 이 중요한 시기에 술만 마시고 싸돌아다니면 밥이 나오냐, 떡이 나오냐?"

그렇다고 술만 마시고 방황한 것만은 아니었다. 남산에 있는 경성방송 국(현 KBS)을 다른 젊은이들과 함께 지키기도 하고, 몇몇 애국 단체도 찾아다녔다.

이 중 경성방송국은 10여일 지켰는데 누가 밥을 제공하는 것도 아니고,

막연히 지키고 있다는 것도 맥이 빠져서 그만두었다. 생각할수록 신생 조국의 미래가 불투명하고 불확실해 우리 역시 붕 떠 있는 상태였다. 이런 때 책이 손에 잡힐 리는 만무한 일이었다.

"미래를 생각하는 젊은이라면 머리 속에, 가슴 속에 차곡차곡 담아두는 것이 있어야 한다. 공부해라."

"공부할 분위기가 아닌데요."

내가 사실대로 말하자 이재남 형이 나를 독려했다.

"그럼 내일부터 내 사무실에 나와서 공부나 해. 세상이 변했으면 빨리 적응할 줄도 알아야지"

다음 날 나는 화신백화점과 광화문 네거리 사이에 있는 종로 1가 이재남 형의 사무실로 나갔다. 사무실에는 책들이 서가에 즐비하게 꽂혀 있었다. 그 중 이재남 형이 관심 있게 읽어보라며 10여 권의 책을 꺼내 주고 자신은 지방 출장 간다고 사무실을 나갔다.

나는 들뜬 마음과 자신을 추스를 각오로 책에 매달렸다. 책들은 프롤레타리아 혁명사, 맑스의 자본론 그리고 레닌 전집 등이었다. 내용이 생경한 데다 나의 사상과 맞지 않아 도무지 머리에 들어오지 않았다. 그렇게 한 사흘 지내는 사이 주머니 돈이 바닥났다. 숙식비로 맡긴 쌀도 떨어진 상태였다.

지방 출장에서 돌아온 이재남 형에게 용돈을 타오겠다고 말하고 일단 고향으로 내려왔다. 나중에 안 사실이지만 이재남 형은 박헌영이 이끄는 남로당 핵심 간부인 선전부장이었다. 만일 이재남 형이 고향에 가는 것을 만류하고 계속 책읽기를 권했다면 내 장래가 어떻게 되었을까? 나 역시 남로당 열성 청년 당원으로 변신해 있지는 않았을까. 지금 생각하니 아찔한 순간이었다.

고향에 돌아왔지만 고향도 안전하지는 않았다. 내가 집으로 들어서자마자 아버지가 반기기는커녕 한숨을 쉬면서 말씀하셨다.

"왜 하필이면 지금 내려왔느냐?"

"무슨 일이 있었나요?"

  빨간 마후라 하늘에 등불을 켜고

"그렇단다. 나주인민위원회에서 세 번이나 집을 다녀갔다. 너를 보안서장(경찰서장)으로 추대하겠다는 거다."

"보안서장이라뇨?"

"해방되자마자 읍내에 인민위원회가 들어섰는데, 너를 보안서장으로 임명하고 찾아온 것이다. 하지만 그들이 지주나 지식인들을 몰래 잡아다 몸에 돌을 달아 영산강에 빠뜨리고 있다는 소문도 들린다."

아버지는 다시 한 번 한숨을 내쉬면서 나주 인근에 있는 일봉암에 은신해 있으라고 권했다. 일봉암은 고향 마을에서 이십 리 떨어진 조상의 선산이 있는 곳이었다.

아버지는 산지기 집에서 밥을 해 나를 테니 일봉암에서 공부하며 시국을 좀더 관망하라는 것이었다. 이 때 내가 보안서장을 맡았더라면 어떻게 되었을까? 사상적 편견없이 그 자리를 맡았어도 나는 공산분자가 되었으리라. 생각만 해도 역사의 순간순간을 작두날 타는 것 같이 살아온 것만 같다.

나주 민립중학교 교사 시절

아버지는 나에게 지침을 필묵으로 써 주셨다. (해방 공간의) 격동기와 혼란기에는 선동자가 되어서는 안 된다는 것이었다. '선동자(先動者)는 망하고, 말동자(末動者)는 미급하고, 중동자(中動者)는 산다'는 뜻이었다. 혼란기엔 선두에 서지도 말고, 말미에서 서성거리지도 말 것이며, 중간쯤에 서 있다가 살 길을 찾아야 한다는 뜻으로 이해되었다.

"이런 때일수록 목숨을 부지해야 한다. 큰 일을 하려면 반드시 살아야 한다. 절대로 경거망동하지 마라."

일본 육사 1학년에 입교했을 때 두 졸업생 선배가 당부한 말과 똑같은 말을 아버지도 해 주셨다. 당시 주변에 얼마나 많은 개죽음들이 널려 있었던가. 민족과 국가를 위해 유용하게 쓰여야 할 동량들이 너무 많이 사라진 것이다. 그것도 제한된 시공에서 극히 사사로운 경험과 사소한 사건으로 초개처럼 목숨이 절단 났다. 나라의 독립을 위해 끈질기게 살아왔는데, 정작 나라를 찾자 인재들이 비참한 죽음의 골짜기에 허망하게 묻혀버렸으니 안타까운 일이 아닐 수 없다.

일봉암에서 은신할 때 산포면의 비옥한 농토를 경작하던 일본인 지주 다마이(玉井)가 몰래 아버지를 세 차례나 찾아왔다고 한다.

"내 논 8만 평을 일본 육사 출신인 당신의 아들 이름으로 명의를 변경해 주고 떠나고 싶소?"

빨간 마후라 하늘에 등불을 켜고

다마이의 제의였다. 그러나 아버지는 거부했다. 다마이는 며칠 후 다시 찾아와 다급한 표정으로 재차 제의했다.

"당신 아들이 명의를 받아 주면 좋겠소."

그러나 아버지의 마음은 변하지 않았다. 세 차례에 걸쳐 제의한 것을 단호하게 모두 거부했다.

"당신네들이 착취한 땅은 모두 국가 소유다. 내 아들이 농토의 권리를 가질 이유가 없다. 돌아가시오."

다마이는 내가 일본 육사를 다닌 것에 친근감을 가졌을 것이고, 언젠가 재산권을 행사하는데 물정을 아는 내 소유로 해 두면 도움이 되리라 믿었을 것이다.

당시 일본인들이 소유한 농토나 주택 등 부동산, 공장들은 적산가옥이라고 해서 문자깨나 아는 사람들이 자기 앞으로 등록해 부를 축적한 사람이 많았다. 그러나 아버지는 친히 농토를 주고 떠나겠다는 일본인의 제의를 거부했다. 스스로 벌어 쌓은 재산이 아니면 탐해선 안 된다는 것이 군자의 도리라고 여겼던 것이다. 또한 만에 하나 재산을 가졌을 경우 훗날 아들 인생에 흠집이 나지 않을까 하는 마음도 있었을 것이다. 해방 조국에서 큰 일을 해야 하는 아들이 일본인 재산에 탐닉하는 모습을 보인다면 책잡힐 일로 보았을 것은 뻔한 일이다. 해방 조국에서의 아들은 순결하고 한 점 오점이 없어야 한다는 생각을 하셨을 것이다.

1945년 11월 말, 마침내 미 군정이 들어섰다. 그럼에도 불구하고 서울은 더욱 혼란스러워 무법천지가 되어 가고 있었다. 나는 혼란기 자중하는 마음으로 경성대(서울대) 진학을 꿈꾸고 일봉암에서 입시 준비를 하고 있었다. 그런데 갑자기 육사 1년 선배 홍승화가 찾아왔다.

"나주 민립중 교사가 거의 공석이라더군. 고향 후진들이나 가르치자."

해방되자마자 인민공화국이 공포되었으나 미 군정이 들어서자 인민공화국은 불법화됐다. 이로 인해 좌익계 교사들이 모두 사퇴하면서 학교는 공백 상태가 된 것이다.

나주 민립중학교 설립자는 광주에서 벽돌공장을 운영하는 최일숙이었다. 고향의 후진을 기르기 위해 등록금을 거의 받지 않고 학교를 운영해서 인근의 수재들이 몰려든 신생 명문 학교였다. 그러나 그는 사회주의자였다. 자신이 벽돌공장에 남로당 총책인 박헌영을 벽돌공으로 은신시키고 해방과 독립을 대비했던 사람이다. 설립자 최일숙의 영향이 작용했으므로 나주 민립중학은 자연 좌익계 교사들의 세상이었다.

그런데 미 군정이 들어서면서 좌익 활동이 봉쇄되었다. 그래서 이들은 더 큰 활동을 위해 모두 입산해 버렸다. 그 당시 민립중학의 재학생은 300명이었으며, 교사진은 20명 정도였다. 교사 대부분이 물러났으니 학교는 휴교 상태나 다름없었던 것이다.

홍승화로부터 학생들의 딱한 사정을 들은 나는 고향의 중학을 살려야 한다는 신념과 고향 후배들이 더는 향학의 꿈을 저버려선 안 된다고 생각하고 교사직을 수락했다. 교사는 나와 홍승화를 포함해 단 세 명이었다. 나는 수학과 물리를 담당하고 학급 담임도 맡았다.

내 학급 중에는 눈빛이 반짝반짝 빛나는 똑똑한 아이들이 많았다. 신생 조국의 샛별처럼 향학열에 불타는 소년들이었다. 그래서 잠을 잘 때도 뇌리에 또렷이 떠오르는 아이들이었다. 이 가운데 정진기·한갑수·기웅섭 학생이 눈에 띄었으며, 이들은 모두 서울의 명문대에 진학했다. 훗날 정진기 학생은 《매일경제》를 창설했고, 그의 외동딸 현희 양이 내 장남 대환과 결혼해 사돈 관계를 맺은 인연을 쌓았다. 한갑수 학생은 국회의원과 농림부장관을 지냈고, 기웅섭 군은 기업인이 되었다.

나는 대학 진학을 포기했지만 매일 어떤 희열과 보람을 느끼며 학교에 출근했다. 새 교재 작성은 물론 번역과 등사까지 맡았으며, 내가 맡은 수학과 물리는 어려운 일본 육사의 교재를 그대로 사용했다. 그 때문인지는 몰라도 학생들의 실력이 쌓여 대학생 이상이라는 평판이 자자했다. 그 때처럼 신명난 일은 일찍이 없었다.

해방 정국 혼란의 와중에서 고향 아이들을 가르치는 재미는 컸다. 그러나 나주 민립중학교(나주중 전신)가 특수한 여건에 있었던지라 머리 좋은 학생들이 많이 입학했지만 사상적으로는 민족주의적 좌익 성향이 강했다

빨간 마후라 하늘에 등불을 켜고

(당시 학생들의 풍조가 그런 경향이었지만 민립중학생들이 더했다). 이는 무엇보다 설립자 최일숙의 영향이 컸다.

최일숙은 오늘의 시각으로 보면 좌익계였다. 하지만 당시에는 항일투쟁가요 민족운동가였다. 일제 때 박헌영 등 항일투쟁가들을 자신의 벽돌공장 벽돌공으로 은신시키고, 상해 임시정부와 만주·백두산 등지에서 무장투쟁을 하는 항일 투사들에게 군자금을 보내 준 인물이었다. 돈을 벌어도 민족의 앞날을 위해 가치 있게 쓰고 있다는 점 때문에 명망이 높았다. 최일숙은 나주에 변변한 중학교가 없다는 점을 늘 가슴 아프게 생각하고 학교를 세워 거의 무상으로 교육을 시켰다. 전북의 전주와 전남의 나주를 일컬어 전라도라는 이름이 만들어졌듯이, 일찍이 나주는 목사(牧使) 벼슬이 있었던 곳이다(광주는 한 단계 낮은 현).

그런데 조선조 말 단발령 때 양반에게 상놈과 똑같이 상투를 자르라고 하자 자존심 강한 나주 인사들의 저항 운동이 벌어졌다. 이에 정부가 도청 소재지를 광주로 옮겨버렸고, 개화의 신식 학교가 모두 광주에 들어 선 반면 나주에는 중학교 하나도 세워지지 못한 것이다.

선인들의 보수적 옹고집 기질로 나주 발전이 저해됐으며, 그로 인해 인재를 광주로 빼앗겼다는 아쉬움을 잘 알던 최일숙이 사재를 털어 고향에 중학교를 설립했다. 그것도 사립이 아닌 전국 최초의 민립중학을 세웠다. 그의 사상적 기초가 자기를 내세우지 않고, 나주 인민이 세웠음을 강조하기 위해 민립중학으로 학교 명칭을 정한 것이다. 이런 설립 이념 때문에 학풍은 민족주의적 좌익 성향으로 갈 수밖에 없었다. 거기에 학자금이 거의 무상이었으니 가난한 수재들이 근동에서 모여들었다. 그러나 미 군정이 좌익을 불법화하면서 학교는 제 기능을 하지 못했다. 체포령이 내려지자 교사들은 물론 최일숙도 행방을 감추고 말았다.

나는 이념적으로 동조하는 편은 아니지만 최일숙의 애향심과 고향 청소년 교육에 대한 배려, 이를 위해 자신의 재산을 고스란히 사회에 헌납하는 모습을 보고 인간이 세상에 태어나서 어떻게 살아야 하는가를 알게 되었다. 돈 가진 사람이 자신의 명예보다 사회적 약자 편에 서서 묵묵히 일을 하기는 쉬운 일이 아니다.

부임 2개월째인 1946년 2월, 미국에서 활동 중인 이승만 박사가 귀국해 전국을 돌며 순회강연을 벌이다 나주에 도착했다. 그러나 이승만 박사의 노선(미 군정 앞잡이라는 노선)에 반발한 학생들이 대대적으로 이승만 박사 반대 시위를 나주 시내에서 벌였다. 이 때 경찰은 이승만 박사 옹위를 반대하는 학생 시위를 거칠게 진압했다. 이들을 체포하는 과정에서 학생들이 나주 벌판으로 도망가다 두 명이 영산강의 급류에 빠져 죽었다. 광주학생독립운동의 진원지라는 자긍심을 갖고 있던 나주가 발칵 뒤집힐 것은 너무나 당연했다.

청년 학생들이 죽은 학생 시체를 널빤지에 올려 메고 나주 중심가를 돌며 시위를 벌이자 시가지는 완전 무법천지가 되었다. 부임한 지 두 달만에 이 사건이 일어난 것이다. 나는 사상적으로 무색무취했지만 그들에 대한 연민과 걱정으로 밤잠을 이루지 못했다. 그래서 이런 때일수록 자중자애하고 가르치는 일에만 몰두하기로 결심했다. 담당이 물리·화학이라 정치적 성향과는 무관해 다행이었다. 열강만이 고향 후진을 위하는 길이라고 보았기 때문에 가르치는 사명감으로 학생들을 대했다. 그러나 좌우익 광풍에 휩쓸리며 학교는 온전히 돌아가지 못했다.

이윽고 내 인생이 바뀐 계기가 왔다. 1947년 1월 서울대(경성대학이 서울대로 개칭) 이승기 박사 주최의 물리·화학 중등교사연수회에 참여하게 된 것이다. 일년 반 만에 본 서울은 좌우 대결로 인해 그 혼란이 극에 달했고, 이런 이전투구 현장에서 일정 거리를 두고 있다는데 나 스스로 조금은 안도했다. 또 이공학도로서 그런 대결 양상은 나와는 무관한 세계로 받아들여졌다.

이승기 박사의 물리 강의는 나에게 새로운 길을 열어 주었다. 학문의 길이 이처럼 오묘하고 깊은 것인가 하여 저절로 경탄이 나왔다. 이승기 박사는 일본 교토대학 출신으로 세계 최초로 나일론을 발명해 세계적인 명성을 얻은 학자였다(그는 1948년 월북해 김일성의 지원으로 북에 원자력연구소를 설립한 것으로도 유명하다).

"국방경비대는 미국 놈들 앞잡이야!"

나는 육사 동기생 이재일의 집에 숙소를 정하고 물리 수학 연수를 받기 위해 동숭동 서울대로 출퇴근했다. 일과 후에는 이재일과 함께 서울 시내를 배회했다.

그런 어느 날 태릉의 국방경비대를 찾아갔다. 그 곳에는 채병덕 선배(일본 육사 49기)가 1연대장(대령)으로 복무하고 있었다. 이재일과 나는 우리가 갈 길이 무엇인가 고민하다 국방경비대가 창설, 운영되고 있는 것을 보고 일단 찾아가 보기로 했다.

우리 국군의 전신인 조선국방경비대는 1연대 서울 경기, 2연대 대전, 3연대 전주, 4연대 광주, 5연대 부산, 6연대 청주, 7연대를 대구에 두고 신생 국가의 군인을 양성하고 있었다. 반관반민 형태의 군대 조직이었다. 비록 국방경비대가 창설됐지만 나라를 지키는 임무가 아니라 경찰의 치안 임무를 대신 맡는, 이른바 경찰의 보조적 역할을 하는 수준이었다. 그래서 조금은 주저되는 바가 없지 않았다.

채병덕 연대장은 큰 체구에 의자에 비스듬히 앉아서 우리를 맞이하자마자 호통 먼저 쳤다. 그리고 우리가 일본 육사 60기라고 소개하자 호탕하게 웃으며 물었다.

"너희들 잘 왔다. 지금 뭘 하느냐?"

나는 시골에서 중학교 교사를 하고 있고, 이재일은 서울대학 시험 준비

채병덕 초대 육군참모총장.

를 하고 있다고 대답했다. 그러자 당장 불호령이 떨어졌다.

"이놈들아, 뭘 안다고 선생을 하고 대학을 가려고 해. 당장 집어치우고 경비대에 들어와!"

"애들 가르치는 재미도 있습니다."

내 대답에 채 연대장이 큰 소리로 말했다.

"안 돼 이놈아. 당장 들어오라면 들어와! 너희들 할 일이 따로 있어!"

채병덕 연대장은 상대방을 좋아하는 기색이라도 이렇게 거친 말투를 썼다. 그는 후배인 우리를 극진히 아끼는 눈치였다.

"장지량 군, 내려가는 길에 대전 거치지?"

"네."

"잘 됐다. 내려가는 길에 대전 2연대장 김종석 대령을 만나라. 잘 맞아줄 것이다. 내가 아끼는 군인이야."

말하자면 대전 2연대에 입대하라는 지시였다. 나는 연수회를 마치자 귀향길에 대전으로 내려가 김종석 대령을 찾았다.

김종석 대령은 일본 육사 56기로 일본군 대위까지 지냈으며, 8·15 종전 후 3개월까지 오키나와에서 전쟁을 치른 무훈이 뛰어난 장교였다. 당시 오키나와 남부에서는 김종석 대위, 북부에서는 신응균 대위가 혁혁한 전공을 세우고 있어 육사생이라면 모르는 생도가 없었다.

"선배님, 채병덕 1연대장님이 선배님을 찾아뵈라고 해서 귀향길에 찾아뵈었습니다."

"그래 잘 왔다."

그는 반갑게 나를 맞아 유성온천에 데리고 가 따뜻한 점심식사까지 대접했다. 그러나 본론으로 들어가자 얼굴이 갑자기 굳어졌다.

"선배님, 채병덕 1연대장님이 김 연대장님을 찾아뵈면 좋은 길이 있을 것이라고 하셨습니다. 그래서 학교 교사직을 그만 두고 국방경비대에 입대해야 할 것 같습니다."

"뭐야? 국방경비대에 입대를 하겠다구?"

그가 정색을 하며 얼굴을 찌푸리더니 다시 말했다.

"국방경비대에 들어오지 마라. 경비대는 모두 미국 놈들 앞잡이야. 경비대는 미국 놈들 하수인이란 말이다! 이 나라 꼴이 뭐냐!"

나는 깜짝 놀랐다. 경비대가 미국 놈들 앞잡이란 말도 처음 듣거니와 처음 반갑게 맞아 주던 행동과는 달리 국방경비대 입대 의사를 밝히자 얼굴이 험악해지며 들어오지 말라고 하자 나는 적잖게 당황했다.

'서울의 채병덕 연대장은 한시도 지체하지 말고 군에 입대해 힘을 보태라고 하지 않았는가.'

나는 어떻게 처신해야 할지 몰랐다. 그래서 점심을 마치자마자 김 연대장과 헤어져 곧바로 대전 역사로 나왔다.

호남선 열차를 타고 귀로에 올랐지만 마음의 혼란과 갈등은 더욱 심했다. 두 선배의 말이 너무도 달라 누구의 말을 따라야 할지 막막했다. 특히 정국은 한 치 앞을 내다볼 수 없을 정도로 혼미를 거듭하고, 요인 암살과 좌우 대립이 격심해 절망감마저 들던 때였다.

신혼의 단꿈과 암울한 민족의 미래

고도처럼 시골에 박혀 혼자 고민하고 있자니 어떤 비애와 좌절감이 압박해 와 견딜 수 없었다. 이 때 아버지가 결혼을 서둘렀다. 나 역시 결혼을 통한 돌파구를 찾기 위해 혼처에 관심을 두었다.

1947년 2월 10일, 나는 부친의 주선으로 광주에서 교편을 잡고 있는 송광희 양과 결혼했다. 전남여고(당시 전남 욱고녀)를 나와 경성 여자사범학교 전문부 출신인 송 양은 광주의 명문가 송 진사의 손녀딸이었다. 아버지는 일찍 여의었으나 홀어머니가 유치원부터 여학교까지 따라다녀 모녀가 함께 개근상을 받을 정도로 교육열이 높은 집안의 규수였다.

내가 광주 서중학교 시절 마라톤 대회에서 1등으로 달리는 모습을 보고 박수를 치며 응원했었다(여학교 앞에서 나는 더 열심히 달렸다)는 말을 듣고, 이것도 인연이구나 하고 그녀에게 흠뻑 빠졌다. 일본 유학까지 생각했지만 홀어머니가 외로워하고 처녀 혼자 이국땅으로 보내기가 걱정되어 광주에서 교편을 잡도록 했다는 말을 듣고 조신한 숙녀로 키운 가풍으로 생각했다.

나는 송 양이 맘에 들어 특별한 데이트 없이 두 달 만에 식을 올렸다. 귀한 집 외동딸이 막내며느리로 들어오자 누구보다 반갑게 맞아준 이가 아버지였다. 아버지는 친딸처럼 며느리를 귀여워했다.

나는 젊은 아내를 집에 두고, 출근을 위해 나주 시내의 큰형님(나주 세

무서 직원) 집에서 학교를 다녔다. 신혼 때부터 떨어져 살았지만 토요일 방과 후 집으로 가 아내를 만나고 월요일 아침 일찍 집을 떠나왔다. 바로 주말 부부인 셈이다.

신혼의 재미로 어지러운 세상 분위기를 잠시 잊었으나 그렇다고 마음이 편한 것은 아니었다. 진로 때문에 고뇌와 번민이 이어졌다. 불확실한 정국과 불확실한 미래……, 결혼의 단꿈에 젖어 있을수록 그것은 더욱 암울하게 나를 짓눌렀다.

광주 4연대장 때의 정일권 대령.

1947년 4월, 나는 만주군관학교와 일본 육사 출신으로서 광주 4연대장을 맡고 있는 정일권 대령(전 육군참모총장·국무총리)을 찾아갔다. 군에 대한 미련을 버릴 수가 없고, 인맥이라야 군과 관계된 사람밖에 없어 혹시나 하고 찾아간 것이다.

연대 부속실에 들어서자마자 부관이 내 신분을 확인했다.

"무슨 일로 연대장님을 만나러 왔나?"

"저는 일본 육사 출신입니다. 선배님인 정일권 연대장님이 고향에서 복무하고 계시다고 해서 인사차 들렀습니다."

"육사를 나왔다구? 근거가 있나?"

그러나 근거가 있을 리 없었다. 증명서를 휴대하고 다닐 필요가 없는 상황 아닌가.

"그런 것은 없는데요."

"건방진 자식, 자격도 없는 놈이……."

부관이 문을 꽝 닫더니 옆방으로 들어가 버렸다. 완전히 문전박대였다. 나는 그대로 집으로 돌아왔지만 화가 났다. 그래서 육사 예과 때의 사진을 들고 다시 4연대를 찾아갔다. 역시 부관은 쉽게 면회를 시켜 줄 생각이 없었다. 이 일로 부관과 옥신각신하고 있는 사이 밖의 소란스러움 때문에 정일권 연대장이 부속실로 나왔다. 나는 재빨리 정 연대장 앞으로 나가 관등성명을 댔다.

"(일본)육사 60기 장지량 생도입니다!"

"그래?"

정 연대장은 나를 연대장실로 안내했다. 부관이 머쓱한 표정을 지었지만, 연대장의 명령인지라 숨만 씨근벌떡이고 있었다.

"왜 나를 찾았나?"

"네, 시골 중학교에서 아이들을 가르치고 있습니다. 얼마 전 서울에서 채병덕 1연대장님을 만나 뵈었더니 국방경비대에 입대하라고 하셨습니다. 그런데 워낙 정국이 혼미 상태라 주저하고 있습니다."

"이 사람아, 뭘 망설여! 1~2기 선배들은 벌써 중위·대위 계급장을 달고 있는데……. 시골 중학교 교사를 해 봐야 산골 학교 교장 선생님이 전부 아닌가. 몇 달 후면 장교가 되는데……, 빨리 들어와."

나는 용기를 얻었다. 그래서 6월 학교에 사직서를 내고 연고지와 가장 가까운 전북 이리교육대에 응시 원서를 냈다. 필답 고사를 치르고 곧이어 면접 시험장에 들어섰다. 그런데 들어서자마자 면접 담당관 중 한 사람이 소리쳤다.

"장지량 아닌가?"

육사 동기생 조병건이 면접 담당관으로 앉아 있었던 것이다. 조병건은 전주 3연대 대대장(소령)으로서 교육대 시험 책임자로 파견 나와 있었다.

제2부

육사 입교와 6·25
그리고 빨간 마후라

육사 5기생으로 입교하다

일년 반 중학교 교사로 재직하는 동안 일본 육사 동기생 조병건은 국방경비대가 창설되자마자 입대해 육군 소령이 되어 있고, 나는 1연대 교육대 입소를 위해 시험을 치르는 수험생이었다. 그래서 나도 놀랐지만 조병건이 더 놀라면서 개인 면접실로 안내했다.

"이 사람아, 왜 이제 응시했나?"

조병건은 앉자마자 퉁부터 주었다. 우리는 일본 패망과 함께 도쿄에서 함께 나온 이후 2년 가까이 소식을 몰랐기 때문에 할 말이 많았다.

그는 나를 수험생으로 보지 않고 오랫동안 잃어버린 친구를 만난 듯 30분 넘게 이야기를 나누었다. 2~3분이면 족히 끝날 수험생 면접 시간이 길어지자 무슨 일이 일어났나 하고 보조 면접관이 면접실을 들락거렸다. 그럴 때마다 조병건은 "이 수험생을 좀 더 알아볼 것이 있다"며 그를 돌려보내고 말을 이어갔다.

"그래, 계속하자. 홍승화, 최주종, 이성구, 이재일은 어떻게 지내나?"

"이재일은 서울대에 다니고, 홍승화는 나와 학교에 근무하다 전주 사는 형님을 따라 전주 여학교로 옮겨갔어. 그가 전주로 불렀지만 아내가 여학교 교사로 가는 것을 반대해서 나주중(이 때 공립 나주중으로 개칭) 에 그냥 남았어. 그런데 내 길이 아닌 것 같아서 군문을 두드린 거야."

"그래, 잘 왔다 잘 왔어."

빨간 마후라 하늘에 등불을 켜고

"이러다 오해받겠다. 이제 나가봐야겠다."

내가 조금은 불안해서 이렇게 말하자 그가 큰소리로 말했다.

"니 시험 성적이 최곤데…… 어때? 니 신상을 상세히 알아본다고 하면
된다고. 수학은 만점이다."

그의 말을 통해 내가 수석이라는 것을 알 수 있었다. 조병건이 면접시험
성적을 형편없이 줄 리는 만무하기 때문에 수석은 이미 굳어진 셈이었다.
실제로 나는 수석 합격 통지를 받았다.

1연대(태릉) 교육대에 입교한 것은 1947년 폭염이 쏟아지는 7월 초였다.
아내를 시골집에 두고 입대하자니 마음이 착잡했다. 하지만 동기생들이
대위와 소령 계급장을 달고 있어 마음이 급해 한시도 지체할 수가 없었다.
아내는 나와 떨어지는 것이 몹시 슬퍼서 입대 보름 전부터 울음을 달고
살았다. 그래서 그녀 오빠이자 서중학교 1년 선배인 처남 송강재를 통해
곧 합류할 것이라고 안심시키고 간신히 집을 떠나왔다.

그리고 3개월의 교육 과정을 마친 뒤 육사 5기생으로 입교했다. 다시
훈련이 강행되었다. 모든 기구의 편제나 교육 과정이 미국식으로 바뀌었
다. 전에는 일본군·광복군·미군의 혼합 교육 과정이었지만, 경례법에서
부터 교육 커리큘럼에 이르기까지 모두 미국식으로 바뀐 것이다.

이 때 사상적으로 혼란을 겪은 교육생이 아주 많았다. 한때 미군을 적으
로 알고 싸웠던 일본군 출신과 미군을 우군으로 하고 일본과 싸웠던 항일
운동 세력의 만주 유격대 그리고 중국 광복군 출신들, 순수 민간인 출신
등 다양하게 구성된 후보생들이 국가의 정체(正體)가 분명하지 않아 사상
과 이념이 혼재되어 혼란이 가중되었을 것이다.

나는 교과를 성실히 따르는 것만이 앞서 간 동기생들을 따를 수 있다고
보고 교육 프로그램만을 성실히 이행했다. 그런데 나를 못마땅하게 여기
는 하사관이 있었다.

입교할 때 교육대장에게 신고를 하는데 만주군관학교 출신으로 일본
육사 동기생인 정정순이 교육대장으로 나를 맞이했다.

"아, 장지량 아닌가?"

"그래, 나야 나."

동기생이라 나도 말을 트고 반갑게 인사했다. 그런데 교관 중 한 사람인 김 모 중사가 이를 못마땅하게 여긴 모양이었다. 내가 정정순과 반갑게 얘기를 나누고 밖으로 나오자 냅다 호통을 쳤다.

"건방진 자식, 과거 친구 사이라지만 교육대장에게 그럴 수 있어? 군대는 상관과 부하가 있는 공적인 장소란 말이다."

순간 아차 싶었다. 김 모 중사는 피복실로 데려가 복장을 갈아입으라고 명령했다. 신발은 미군 병사의 헌 군화가 지급되었는데 짝짝이 군화였다. 한 짝은 군함처럼 크고, 한 짝은 겨우 발이 들어갈 정도로 작았다.

나는 군화가 짝짝이라며 바꿔 신어야겠다고 말했다.

"바꿔 줄 신발이 어디 있나? 잔소리 말고 신어!"

그는 듣는 척도 하지 않고 오히려 나를 건방진 생도로 노려보았다.

곧이어 전체 집합 명령이 떨어졌다. 구대장이 나오기 전에 김 중사가 줄을 맞추고 '열중 쉬어! 차렷!'을 구령했다. 그런데 나는 발을 맞출 수가 없었다. 신발이 한쪽은 너무 길고, 한쪽은 너무 짧아 맞출 수가 없었다. 대오를 돌아다니던 김 중사가 내 앞에 와 한쪽 발이 앞으로 삐죽 나온 것을 보더니, 나의 성문(무릎)다리를 군화발로 냅다 걷어찼다. 나는 눈에서 불이 날 정도로 아픔을 느끼면서 앞으로 고꾸라졌다.

"일어섯! 교육생이 엄살이 많다!"

나는 기계적으로 일어났지만 한쪽 다리가 잘려 나간 듯한 통증을 느꼈다. 그가 맨 앞줄로 가더니 다시 '열중쉬어! 차렷!'을 구령했다. 그리고 열을 돌아다니다 다시 내 앞에 와 섰다. 역시 군화의 문수가 틀린 지라 한쪽 발이 앞으로 삐죽 나왔다. 그가 또 내 다리를 냅다 걷어찼다. 이렇게 계속 구타를 당하자 나는 지혜가 생겼다. 그가 앞줄로 오면 재빨리 큰 신발 쪽을 뒤쪽으로 살짝 빼서 신발 앞줄을 맞춘 것이다. 그런데 이것을 알고 이번에는 몰래 뒤쪽으로 돌아다니기 시작했다.

그가 뒤에서 움직이기 때문에 언제 내 쪽으로 오는지 알 수 없었다. 눈치껏 하려고 했지만 중사는 그것까지 간파하고 소리 없이 뒤를 돌아다니고 있었다. 완전히 나를 골탕 먹이겠다는 수작이었다. 그는 내가 요령껏 신발을 맞추지 못하는 것을 노렸던 것이고, 그래서 결국 또 걸리고 말았다. 두말없이 뒷다리가 불이 날 정도로 걷어차이고 말았다. 그렇게 벌 아닌 벌을 받고 숙소로 돌아와 보니 아랫다리가 온통 피멍이었다.

동기생인 교육대장과 반말로 인사했다는 이유로 수모를 당하는가 싶어 분통이 터졌다. 그렇지만 생도는 참고 견뎌야 한다는 것을 일본 육사 시절 익혔기 때문에 묵묵히 참아냈다.

한 마디로 교관으로부터 왕따를 당했다. 이 사실을 교육대장이 알았는지 얼마 후 구대장 방을 지키도록 지시했다. 말하자면 구대장실 당번병이 되라는 것이다. 죽으면 죽었지 '고스카에(하수인)'는 못할 짓이었지만 김 중사와 부딪치지 않기 위해서는 그 길이 최선일 것 같았다.

책상 하나와 의자만 있는 구대장실의 당번병 할 일은 빈 맥주병으로 마룻바닥을 문질러 윤이 나게 하는 일이었다. 구타와 기합에서 벗어난 것만으로도 고마운데 하는 일이 고작 마룻바닥 문지르는 일이니 몸이 근질 근질해서 못 견딜 지경이었다. 오히려 기합이 그리울 정도였다.

어느 날 구대장 책상 밑을 맥주병으로 문지르고 있는데 누군가가 불쑥 구대장실로 들어섰다. 고개를 들어 올려다보니 가죽장화에 일본도를 옆구 리에 찬 장교가 책상 앞으로 다가오고 있었다. 책상에서 기어 나와 기계적 으로 경례를 붙이려는데 그가 먼저 말했다.

"형, 무슨 짓이오?"

일본 육사 1년 후배 오일균으로 벌써 대위 계급장을 달고 있었다.

"나 교육대에 들어왔네."

일본 육사 시절 나는 그를 몹시 아꼈다. 그는 몇 되지 않은 후배들 중 가장 똑똑하고 민족정신이 강했다. 무엇보다 조국이 해방되면 나라를 위 해 한 목숨 바치겠다는 결기가 굳은 후배였다. 그런 그가 지금 나와 완전 히 지위가 뒤바뀐 모습으로 내 앞에 서 있는 것이다.

오일균은 내가 어렵게 느껴졌는지 도망가다시피 밖으로 나갔다. 그리고 잠시 후 화단 쪽에 난 유리창을 누군가가 두들겼다. 상사 계급장을 단 교

1940년대 우리 나라에서 미군의 전투 식량인 C-레이션은 귀한 음식으로 취급되었다.

관인데, 바로 초등학교 동창생 강을식이었다.

초등학교 동창생을 이 곳에서 만났다는 사실이 믿기지 않았다. 그는 유리 창틀에 C-레이션을 얹어 놓고 인수하라며 놀란 눈을 했다. 그 역시 처음에는 나인 줄을 모르고 있다가 내가 알은 체를 하자 깜짝 놀라고 있었다. 군대는 이처럼 생각지도 못한 친구를 만나게 해 주는 창구 역할도 해 준다. 동시대를 사는 만큼 만날 수 있는 확률이 높겠지만 뜻하지 않은 만남을 군대는 제공해 준다.

C-레이션은 총을 맞고도 우선 먹고 본다는 인기 있는 야전식이다. 특히 레이션 박스에 들어 있는 '럭키 스트라이크' 필터 담배가 인기였다. 엽연초를 신문지에 말아 피우던 생도들이 이 담배 한 가치를 입에 물면 금세 자신의 신분이 달라지는 것처럼 인식되어 누구나 선망하는 기호품이었다. 또한 이 안에는 초콜릿이나 사탕 껌이 잔뜩 들어 있었다. 그러나 C-레이션은 장교도 쉽게 구할 수 있는 것이 아니었다.

나는 강을식이 반갑기보다 귀한 C-레이션에 반해서 물었다.

"어떻게 된 거야?"

"오일균 대위가 갖다 주라고 했네. 어서 받으라구."

나는 속으로 고마워하며 그의 인간성을 다시 되새겼다(그는 1948년 제주 4·3 사건 때 좌익 편에 섰다는 혐의로 즉결 처형됐다고 한다).

보물이나 다름없는 C-레이션을 황량한 구대장실에 보관하기에는 왠지 구색이 맞지 않을 뿐더러 누가 훔쳐 갈까 걱정이 되었다. 그래서 정정순 교육대장의 숙소 침대 밑에 숨겨 두었다.

며칠 후 나는 교육대장 숙소를 찾았다.

"정 대위, 내가 침대 밑에 숨겨 둔 것 봤나?"

"뭘 말이야?

정정순은 숨겨 둔 것을 모르고 있었다. 내가 침대 밑에서 C-레이션 박스를 꺼내 초콜릿과 담배를 빼내 그에게 내밀자 환하게 웃어보였다

"니가 나보다 낫다."

나는 동고동락하는 동기생들이 생각나 럭키 스트라이크 세 갑을 내무반으로 가지고 왔다. 모두들 취침 중이었지만 담배 한 가치씩 뽑아 8명의 동기생 입에 물리고 차례로 불을 붙여 주었다.

그들은 김재춘·손영을·박춘식·오보균(오일균 동생) 등이었다. 그 중에는 담배를 피우지 못하는 생도도 있었지만, 워낙 럭키 스트라이크가 귀한 물건인지라 쿨룩쿨룩 기침을 해 가며 담배를 피우는 친구도 있었다. 조금 과장한다면, 아마도 밝은 대낮이었다면 피어오른 연기를 보고 불이 난 줄 알고 교내 소방차가 달려왔을지도 모른다.

이윽고 교육대 수료식 날이었다. 나는 수료장을 받자마자 별렀던 대로 하사관실로 달려갔다. 이유 없이 내가 당한 만큼 김 중사를 패 줄 작정이었다. 어느 부대, 어느 조직을 가나 인연이 닿지 않아 불편한 관계가 있는 경우가 있지만 김 중사는 그 정도가 심하다고 생각해 왔고, 수료식을 마치면 단단히 보복해 줄 작정이었다. 그러나 낌새를 알아 챈 한 선임 이등상사가 나를 가로막으며 만류했다.

"장 형, 오늘만 참아 봐!"

김 중사는 그 사이 튀어버렸다.

그로부터 2년 반이 흐른 1950년 6·25 이틀 후인 27일 오후, 공군 본부 (당시 공군 본부는 서울 중구 회현동에 있었다. 현 남산 3호 터널 입구) 작전국장(소령)이었던 나는 수원으로 후퇴 준비를 서둘렀다.

그런데 한 육군 소위가 사무실로 황급히 뛰어 들어왔다. 바로 1연대 교육대 시절 나를 괴롭혔던 김 중사였다. 그는 소위 계급장을 달고 있었다. 경황없이 후퇴 준비 중인데다 원수 같은 그를 만나자 속으로 섬뜩했지만 나는 침착하게 사무적으로 대했다.

"김 중사 아니오?"

그리고 난 더는 할 말이 없었다. 그 역시 그랬다. 사실 할 얘기가 너무 많으면 정작 말문이 막히는 법이다.

"소식 듣고 있었습니다. 지나가는 길이지만 꼭 한 번 만나보려고 했습니다. 지금 의정부 쪽으로 소대 병력을 이끌고 나갑니다. 인민군이 의정부까지 넘어왔습니다. 안녕히 계십시오."

그는 그 많은 사연을 눈으로만 말해 주고, 그 길로 부하들이 타고 있는 군 트럭에 올랐다. 아마도 그는 지난날 가혹하게 한 것이 본의가 아니었음을 말해 주려고 했었을 것이다. 경황이 없는 속에서도 나에게 사과를 하러 왔을 것이었다.

그 후 그를 만난 적이 없다. 하지만 세월이 흐를수록 그가 그리워질 때가 많았다. 세월과 함께 원한은 스러지고, 만나면 반갑게 대포 한 잔 하고 싶었다. 그의 기합이 군 생활의 좋은 지침이 되고, 살아가는 지혜도 주었다고 생각되어 꼭 만나고 싶었다. 그러나 그는 나와 짧게 해후한 뒤 의정부 전투에서 장렬하게 전사했다는 소식을 십수 년이 뒤에야 들었다. 그 말을 듣는 순간 가슴으로 저며 오는 그리움과 슬픔을 한동안 지울 수가 없었다. 군대는 이런 아쉬움과 안타까움을 주는 곳이다.

교육대를 수료하고 일주일간의 휴가를 마친 뒤 다시 육사 5기생(본래 명칭은 경비대 사관후보생)으로 입교한 것은 1947년 10월이었다. 구대장은 만주에서 군 생활을 했던 김동빈 대위였다.

그는 툭하면 구보와 산타기 훈련을 시켰다. 교재도 없고 교육 커리큘럼

빨간 마후라 하늘에 등불을 켜고

1947년 조선국방경비대 대원들의 모습.

도 빈약해 그저 산과 들로 생도들을 내몰았다. 만주 군 생활이 유격전이었기 때문에 그의 경험상 우리를 산야로 내보냈다고 생각된다.

겨울의 초입에 들어선 어느 날 우리 구대는 야간 훈련에 돌입했다. 산을 오르내리고 내를 건너고 들판에 이르러 15분간 휴식이 주어졌다. 모두들 제자리에 주저앉았는데, 그 곳이 청무밭이었다. 누가 권하거나 주도한 것은 아니지만 약속이라도 한 듯 무를 뽑아 먹기 시작했다.

배가 너무 고파 입에 닿는 것은 본능적으로 삼키던 시절이었으니, 청무는 고급 음식이나 다름이 없었다. 겨울 무가 달고 시원한 것을 그 때 처음 알았다. 나는 앉은 자리에서 바지에 문지르는 둥 마는 둥 하며 네다섯 개쯤 무를 뽑아 먹었다. 다른 생도들도 마찬가지였을 것이다. 40명 구대원이 그렇게 먹어치웠으니 무밭이 온전할 리가 없었다.

며칠 후 학교가 발칵 뒤집혔다. 농부 두 명이 쫓아와 군인들이 무밭을 난장판으로 만들었다고 고함을 지르며 항의했다. 그럴 리가 없다고 대꾸했지만 발자국이 모두 군화발이고, 태릉 주변에서는 육사 생도의 훈련 밖에는 없다면서 소리소리 질렀다. 꼼짝없이 무를 뽑아 먹은 값을 계산해 주어야 할 판이었다.

다음 날은 눈이 내리고 있었다. 칼바람이 창공을 베고 지나갈 정도로 추위는 매서웠다. 이른 아침이 되자 김동빈 구대장이 잔뜩 찌푸린 날씨만큼이나 화난 얼굴로 전 구대원을 불러모았다.

"구대원 전원, 팬티바람으로 연병장에 집합!"

별명이 '노라쿠로(게으름뱅이)'였지만 사람 좋기로 소문난 구대장은 집합한 구대원들에게 갑자기 명령을 내렸다.

"지금부터 제4포복을 한다!"

제4포복이란 맨몸으로 운동장을 박박 기는 혹독한 기합이었다. 눈발이 휘날리고 매서운 바람이 몰아치는 이른 아침 40명 전원이 맨몸으로 운동장을 포복했다. 추위도 추위지만 모두들 가슴과 허벅지, 무릎, 발등이 맨흙에 할퀴어서 피투성이가 되었다. 팬티 앞부분이 너덜너덜 떨어져나가 누구나 없이 남성의 상징이 모두 노출될 정도였다. 그리고 포복이 끝난 뒤 내무반 집합 명령이 떨어졌지만 제대로 걷는 구대원은 하나도 없었다. 어슬렁거리며 내무반에 들어서자 구대장이 뒤따라 들어오며 소리쳤다.

"생도들이 물어야 할 무값은 이 것으로 대신한다. 무값은 학교에서 변상했다. 모두 반성하라!"

그 때서야 우리는 무값을 치른 대가라는 것을 알았다. 비록 고통스러웠지만 감내해야 할 기합이라고 생각하며 모두들 소리 내어 웃었다.

사실 육사 생도 시절은 춥고 배고프던 시절이었다. 주식은 물론 부식이 부족해 혈기 왕성한 젊은이의 뱃속은 하루 종일 쪼르륵 소리만 났다.

또한 교과 과정도 허술하고 엉성했다. 때문에 총을 메고 불암산이나 수락산 등 주변 산야를 구보하는 일이 대부분이었다. 특히 먹은 것 없이 구보만 했으니 더 허기질 수밖에 없었다. 먹이고 훈련을 시켜야 강병이 되는데, 먹은 것 없이 강훈련을 받으라고 하니 그것처럼 비경제적인 군 운용이 없었다. 하지만 물자가 부족하거나 아예 없고 국고도 없던 시절이었다. 국가의 정체도 세워지지 않은 때라 그러려니 여기고 넘어갔다. 또 항의할 줄도 몰랐던 것이 당시 우리 젊은 생도들의 정서였다.

육사 3등 졸업이 운명을 바꾸다

육사 생도를 위한 훈련은 구보와 같은 식으로 했지만 교재가 없어서 수업 진행이 잘 안됐다. 그래서 나는 소장하고 있던 일본 육사 교과서를 번역해 사용하자고 교무과에 건의했다. 그런데 이 건의가 받아들여져 교과 편성반에 투입되어 『보병 교육의 지침』을 편찬했다.

김동빈 대위와 7명의 후보생들이 만든 이 교재는 100% 일본 육사 교본이라고 해도 틀린 말이 아니다. 그 책을 교본으로 사용했기 때문에 친일이다 뭐다 하면 할 말이 없다. 당시 일본군이 버리고 간 군복을 비롯해 총이나 칼, 요대 등을 그대로 사용하고 있었으니 일본군의 패잔병이라고 해도 할 말이 없었다(당시 그런 표현이 있었다). 하지만 물자가 없는 가난한 신생국 처지에 맨몸으로 버틸 수밖에 없었다. 초창기 우리 군과 육사 생도의 자화상은 이처럼 비참했다. 그러나 비참하다고 생각하는 사람은 아무도 없었다.

1948년 4월 6일은 육사 5기생 400명의 졸업식 날이다. 1연대 교육대 과정 3개월, 육사 5기 후보생 과정 6개월을 마치고 소위로 임관하는 날이다. 나는 유동열(일본 육사 15기) 통위부장(현재의 국방부장관)으로부터 졸업장과 소위 임관증 그리고 졸업 성적 3등의 메달을 받았다.

지금 같으면 가족들이 졸업식장에 와 꽃다발을 안기며 축하해 주었겠지만, 그 당시는 사랑하는 아내나 부모님이 참석한다는 것을 생각할 수도

유동열 통위부장

없었다. 오히려 참석 안하는 것이 당연한 것으로 여겨졌기 때문에 자랑하고 싶은 3등 메달도 호주머니에 넣고 배속지인 3연대(전주)로 향했다.

졸업 성적에 따라 1등은 1연대, 2등은 2연대, 3등은 3연대 식으로 배속되어 나는 3연대가 있는 전주행 군용열차를 탔다. 그 뒤 한 동기생으로부터 충격적인 얘기를 듣고, 격동기에는 인간의 운명이 바뀔 수 있구나 하고 천운이 내려진 것에 안도의 숨을 내쉰 적이 있다.

몇 해 전 나는 장성 출신 동기생으로부터 후보생 시절 얘기를 들었다. 그는 본래 내 육사 졸업 성적이 2등이었다고 한다. 그런데 특무부대(현 정보보부대) 장교로 있던 3등 후보생의 일본군 출신 동기생이 학교에 와서 졸업 성적을 조회한 뒤 2등인 나와 3등 후보생의 순위를 바꿔치기 했다는 것이다(양심상 수석으로는 바꾸지 못했던 모양이다). 당시 김창룡 휘하의 특무부대는 나는 새도 떨어뜨린다는 위세를 부리던 때라 순위 뒤바꾸기는 어려운 일이 아니었다. 또한 군율이나 질서도 엉망이어서 이런 사례는 도처에서 비일비재했다.

그런데 원래대로 2등으로 졸업하고, 성적순에 따라 대전 2연대로 배속되었다면 생각해도 눈앞이 아찔하다. 2연대장은 일본 육사 56기 출신인 김종석 대령이다. 그는 태평양전쟁이 끝난 줄도 모르고 3개월 동안이나 오키나와에서 전쟁을 치렀던 영웅적인 장교였다.

내가 중학교 교사로 재직 중인 1947년 1월 진로 문제로 서울에서 채병덕 1연대장을 만날을 때 김종석 2연대장을 만나보라고 권유했다. 그래서 귀향길에 김종석 대령을 만났는데 그 때 무척 분개하면서 말했다.

"국방경비대에 절대 들어오지 마라. 여기는 미국 놈들의 앞잡이야!"

그는 민족의식이 투철했던 군인이었지만 일련의 사건으로 인해 좌익으

빨간 마후라 하늘에 등불을 켜고

로 몰려 결국 대전에서 총살형을 당했다. 내가 만약 그의 부대로 배속됐더라면 누구보다 나를 신뢰하고 아끼던 그를 따르지 않을 수 없었을 것이고 (나는 그를 존경했다), 그래서 본의든 아니든 간에 나도 큰 욕을 보았을 것은 불을 보듯 뻔한 일이었다.

그런데 천만다행으로 내 성적이 3등으로 뒤바뀌어 김종석 2연대장과 만날 인연이 생기지 않았다. 대신 2등으로 올라간 그 사람은 그 뒤 엄청난 곤욕을 치렀다. 사람의 운명이란 이처럼 순간에 바뀌는 경우가 있다. 칼날 위를 걷는 듯한 격동기, 초개(지푸라기)와 같은 목숨이란 말이 결코 틀린 말이 아니었다.

1948년 4월, 군번 10803으로 3연대에 배속되자마자 이리 3대대 10중대 소대장으로 부임했다. 하지만 정국은 계속 혼미를 거듭하고 있었다.

김구 선생은 김규식 박사와 함께 이승만 박사 주도로 추진 중인 남한 단독 정부 수립을 반대하며 '3000만 동포에게 읍소한다'는 성명을 발표했다. 그리고 김구·김규식·김창숙·조소앙·조성환·조완구·홍명희 등 7인 명의로 남북 협상을 제의한 뒤 방북(4월 19일)했고, 그에 앞서 보름 전에는 제주에서 4·3 사건이 터졌다. 나라는 백척간두에 선 양 혼란을 거듭해 절망감이 앞섰다. 금방이라도 무슨 변이 생길 것 같은 불안한 나날이 계속되어 미래가 암담하게만 느껴졌다.

정부는 5·10 제헌의회 선거에 분망했으며, 나는 소대장 겸 전라북도 총선 경비대장으로 임명됐다. 바지저고리 차림의 신병 30명을 받고 근무하려니 한숨보다는 웃음이 나올 정도였다. 오합지졸들을 데리고 무엇을 하자는 것인가. 그러나 시골 사람들은 순박하고 순종적이어서 별 탈 없이 훈련을 시키고 선거에 대비했다. 산 중에서 좌익계에 의해 운송중인 투표함 두 개를 도둑맞은 것이 사고의 전부였다.

육사 생도 시절 교재 『보병 교육의 지침』을 낸 인연과 부하 통솔력과 지휘 능력을 인정받아 육사 제7기 후보생 교육대장으로 전속되었다. 그리고 한 달 후 1948년 7월에 항공기지사령부(그 때까지 육군 소속이었다)로 전속 명령을 받았다. 비로소 내 병과인 항공과로 배속된 것이다.

한반도 분단은 일본의 책임

2005년 현재 일본이 계속 우경화의 길을 가면서 우익 집단이 독도가 자기네 땅이라고 우기고 있다. 한 마디로 분단의 책임이 있는 자들의 가소로운 모습이다.

나는 일본이 한반도 분단의 책임이 있음을 내 경험과 역사를 통해 말하고자 한다. 내 수기 『빨간 마후라를 목에 두르고』(2001년 5월 간행)에서, "본인은 1945년 7월 패전 직전의 일본이 소련을 중계로 하여 자국에 유리한 무조건 항복을 교섭중인 것을 알게 됐다. 이 과정에서 주권과 대표권이 없는 우리 조국은 국토와 민족의 분할을 당하고 말았다"고 썼다. 그 배경은 이렇다.

1945년 7월 25일경, 일본이 패망하기 20여일 전의 일이다. 일본 항공사관학교 본과생이었던 나는 실전 훈련을 위해 만주로 떠날 준비를 하고 있었다. 1차 훈련반은 7월 30일 만주로 떠났고, 내가 속한 2차는 8월 30일 떠나기로 되어 있었다. 일본에서 훈련받지 못한 이유는 미군기가 도쿄·오사카·나고야·히로시마·나가사키 등 본토를 무차별적으로 공습을 감행해 견뎌 낼 수 없었기 때문이다.

만주로 떠나가 전까지 우리는 매일같이 학교 앞 야산으로 가서 대피 방공호를 팠다. 그 일은 무척이나 힘들었다. 새벽에 나가 오후 늦게까지 굴을 파고 돌아오면 생도들 모두 파김치가 되어버렸다. 오합지졸처럼 대오도 갖추지 못한 채 돌아오는 모습은 바로 패잔병 그 자체였다.

이를 지켜본 사토 구대장이 호되게 꾸짖었다.

"이게 뭔가. 지금 일본 제국은 소련을 내세워서 무조건 항복을 교섭중이다. 나라의 운명이 풍전등화와 같은데 군기가 해이해져서야 되겠는가. 옥쇄의 각오로 임전분투하라!"

깜짝 놀랄 사실이었다. 일본이 진다는 것은 상상할 수 없었다. 연일 승전 뉴스만 방송으로 또는 신문 보도로 쏟아져 나왔기 때문이다. 그런데 일주일 후 또다른 교수로부터 엄청난 사실을 알게 되었다.

독일이 항복한 이후 고립무원이 된 일본이 미국의 공격을 견디지 못하고 한반도와 대만만은 자기들이 갖는 조건을 내세워 무조건 항복하겠다는 교섭을 진행 중이라는 것이었다.

한반도와 대만은 태평양 전쟁 전 이미 일본의 식민지였기 때문에 기득권을 인정해 달라는 것이었으며, 나중에 점령한 필리핀·자바·인도네시아·싱가포르·중국·인도차이나와 태평양 제도를 모두 내놓겠다는 뜻을 소련을 중재자로 내세워 교섭하고 있다는 것이다.

그러나 1942년 카이로 회담에 장제스 총통이 대표로 참석할 만큼 중국의 국제적 위상이 높아져 일본이 대만의 기득권을 확보할 수가 없었다. 이를 간파한 일본은 대신 두 가지를 주장하다 하나라도 챙기면 이익이라고 생각하고 소련을 내세워 그 같은 협상 조건을 내세웠다. 하지만 카이로 회담에서 한반도는 독립하고, 대만은 중국에 귀속시킨다는 결론이 났다.

1945년 7월 26일, 포츠담선언에서 미국 측 대표인 투르만은 일본의 이런 제의를 단호히 거부하고 카이로 회담의 정신을 재확인했다. 이 때 일본의 중재 요청을 받은 소련의 스탈린은 전세가 미국과 영국 쪽으로 기울자 일본의 중재역을 팽개치고 오히려 선수를 쳐 8월 8일 일본과의 불가침 조약을 폐기하면서 대일 선전 포고를 선언했다.

그리고 극동군을 동원해 곧바로 함경북도 나진·봉기·회령으로 군대를 상륙시켰다. 소련은 러·일 전쟁의 패배로 사할린 4개 도서를 일본에 빼앗겼지만, 이보다는 부동항을 갖는 것이 목표였기 때문에 한반도 상륙

카이로 회담의 세 거두. 왼쪽부터 장제스 총통, 루스벨트 대통령, 처칠 수상.

을 더 큰 수확으로 여기고 있었다. 물론 북방 4개 섬도 곧바로 접수했다.

내 판단컨대 패색이 짙은 일본이 소련을 대상으로 항복을 주선해 달라고 했을 때 그에 상응한 '선물'을 준비했을 것은 당연하다. 점령하고 있던 만주와 한반도 일부를 소련에게 양보할 의사를 보였다는 것이다.

이런 제의만으로도 소련이 야욕을 채울 조건은 마련된 셈이다. 일본의 요청을 들어주어도 선물을 받고 적이 되어도 전승국 자격으로 이 지역을 점령할 수가 있었던 것이다.

한때 만주의 일본 관동군은 무적 부내였다. 하지만 전신이 인도네시아·싱가포르·말레이시아·태국·버마로 확대되면서 관동군 대부분이 그 쪽으로 투입되어 만주군은 공백 상태인데다 지리멸렬해지고 말았다. 이 때 소련군은 총 한 방 쏘지 않고 들어오게 된 것이고, 결국 한반도 분단의 단초가 된 것이다.

미국의 입장에서는 한반도에 대한 인식이 거의 없었지만 카이로 회담을 통해 한반도 독립을 기정사실화했다. 미국은 필리핀을 챙기고 일본 본토를 접수하는 것만으로도 수확은 대단한 것이었다. 본래 일본 패망시 구주는 중국, 관서는 영국, 북해도는 소련이 차지하고, 본주는 미국이 차지하는 것으로 계획이 세워져 있었다.

그러나 일본과의 전쟁이 사실상 미국 단독 전쟁으로 치러졌기 때문에 송두리째 전리품을 챙기려 했던 것이고 이를 실현했다. 이것이 동서독과 같은 분단국이 되지 않고 통일된 모습으로 고스란히 전후 복구를, 그것도 미국의 지원을 받아 전후 복구를 단행해 지금 세계 제2의 부국이 되어 있다. 역사의 아이러니 치고는 너무나 야속한 아이러니다.

반면 그들의 식민 지배를 받아 40년 가까이 신음했던 우리는 분단·분열의 비극과 전쟁의 상흔까지 고스란히 입은 민족이 되었다. 이는 외부적 요인보다 내부의 문제가 더 컸다고 생각한다. 기회가 왔을 때 분열과 대립으로 부딪치면 결국 자멸을 자초하고 마는 것이다.

다음으로 우리는 인적 정보망이 너무도 허술했다. 일본은 패망했지만, 미국과의 라인 구축이 다방면에서 이루어졌고 그들은 그것을 최대한 활용했다. 반면 우리는 국제적 인적 인프라 작동을 너무도 게을리 했다. 반면에 이전투구에만 혈안이 되다가 좋은 기회를 모두 상실하고 만 것이다.

독도는 '도쿠도'일 뿐 다케시마가 아니다

일본 육사 예과를 마치고 본과(항공사관학교)로 진급한 1945년 3월 어느 날, 학교에 늙은 병사가 하나 들어 왔다. 얼굴에 깊은 주름이 팬 어부 출신의 40대 중늙은이였다. 일제는 태평양 전쟁이 막바지에 접어들자 젊은이들을 최전선으로 내보내고, 후방은 이런 노병을 재소집해 군을 지원토록 하고 있었다.

그 늙은 병사는 동해 쪽의 어촌 출신으로 내게 유독 친근감을 보였다. 장제스 총통이 일본 육사 시절 그의 당번병을 했으며, 그래서 장제스 총통과 같은 발음의 성씨인 나를 중국인으로 이해하며 친근감을 보였다. 그는 노역을 하다 말고 내 곁으로 다가와 곧잘 고향 얘기를 했다.

"장 생도, 내 선조는 어부야. 고기를 많이 잡는 비법을 알고 계셨지."

"그래요, 그 비법이 무엇인가요?"

"비법이랄 것도 없을 거야. 배를 타고 바다 멀리 니기면 '도쿠도'라는 무인도가 있는데……, 그 섬 주변이 황금 어장이야. 거기만 가면 만선을 이룬다네. 도쿠도는 황금 어장이야."

그는 감회어린 표정으로 늘 황금 어장인 '도쿠도'를 내게 자랑했었다. 그 '도쿠도'가 바로 독도다. 일본이 말하는 '다케시마'는 당시에도 없었고 그 전에도 없었던 것이다. 우리의 독도를 일본 발음으로 '도쿠도'라고 했고, 섬 도(島)를 일본의 발음 '시마'라고 부르다 보니 '도쿠시마'가 됐고,

빨간 마후라 하늘에 등불을 켜고

그것이 또 일본 발음상 부르기가 불편해 '다케시마(竹島)'로 부른 것이 오늘날 다케시마인 것이다. 그들이 말하는 '竹島', 즉 독도는 옛날이나 지금이나 바위섬일 뿐 대나무가 자라지도 않았고 자랄 수도 없다. 지역 특작물이나 특성과 연관시켜 지명을 붙인 근거도 없는 것이다.

그런데 나는 불행히도 당시 '도쿠도'가 '독도'라는 사실을 알지 못했지만, 그는 분명 '다케시마'가 아닌 '도쿠도'라고 불렀다. 그런데도 일본은 지금 '다케시마'라고 부르며 자기네 영토라고 우기는 것을 보면서 본질적으로 섬사람들의 속 좁은 면을 보게 된다.

일본이 러·일 전쟁에서 승리하고 조선을 병합한 뒤 독도를 다케시마라 불렀던 것은 알려진 사실이다. 말하자면 조선의 식민지화 과정에서 지명이 붙여진 것이다(그런 지명이 얼마나 많은가. 그렇다면 그런 지명이 모두 일본 땅이란 말인가).

일본 제국주의 패망과 함께 1946년 1월 미국 점령군 사령관의 명령을 통해 독도는 일본의 주권 범위에서 벗어났다. 조선은 독도를 포함한 모든 영토를 갖고 독립했던 것이다. 말하자면 독도라는 돌섬은 나라가 망하면서 한반도와 함께 일제 식민 지배에 있었지만 해방이 되자 한국 땅으로 되돌려진 것이다. 한반도를 되찾은 것과 마찬가지로 독도도 제자리로 돌아온 것일 뿐이다.

일본 육사 시절 늙은 병사가 선조들로부터 들었다는 '도쿠도'(독도)는 1800년대 초 이전부터 명명됐다는 것을 그들 스스로 말해 주고 있다.

최근 국내의 지일파 학자들이 일제 식민 지배가 한반도의 철도 연결, 항만 구축, 신교육 실시 등으로 한국 발전에 기여했다는 발언을 했다. 한마디로 언어도단이다. 철도 건설은 대륙 침략을 위한 방편으로 만든 것이었고, 농산물과 광물을 비롯해 집안의 놋그릇이나 숟가락, 젓가락까지 수탈해 간 것을 두고 은총 운운하는 것은 망언이 아닐 수 없다.

특히 조상의 묘를 쇠꼬챙이로 찔러서 광물질과 도자기까지 훔쳐 간 파렴치한 범죄 행위를 저지른 집단이다. 조상의 묘까지 샅샅이 파헤쳐 찾아낸 쇠붙이는 폭탄을 제조하는데 사용하고, 보물은 가져가 교토 등 그들

독도 상공을 경계하는 한국 공군.
<원본 자료 출처 : '클릭e공군소식'> http://www.airforce.mil.kr:7778/news

박물관에 보관하고 있다. 그들은 우리 문화재를 도둑질 해 간 것부터 되돌려 주고 깊은 반성을 해야 한다.

그리고 일본 육사 출신하면 이분법적으로 친일파로 규정하는데 대해 나는 분명히 하고자 한다. 물론 친일분자가 없지는 않았지만 당시의 근대 군사 교육 기관이 그 곳 밖에 없었으며, 비록 일제 전쟁에 투입되긴 했지만 조국의 독립과 해방을 간절히 원하던 사람들이었다.

조선의 일본 육사 출신은 총 114명이다. 중국은 그 열 배인 1,240명이며, 필리핀이나 태국·버마 출신도 40~50명 된다. 중국의 장제스 총통은 중·일 전쟁시 일본 육사 출신들로 구성된 막료들과 함께 대일 전쟁을 벌였으며, 우리의 경우 이갑·노백린·김일성(김광서)·어담·유동열·이청천(시정천)등 항일 투사들이 모두 일본 육사 출신들이다.

어쨌든 한반도 분단의 책임은 일본에 있다. 포츠담 회담과 무조건 항복 비밀 교섭을 통해 알 수 있듯이, 한반도를 패전의 희생물로 삼으려 했던 것이 그들의 술책이었다.

나는 이 부분에 관한 내용을 『빨간 마후라 목에 두르고』(2001년 간행)에 썼으며, 와다 하루키 도쿄대 교수가 아사히 신문에 기고한 「한반도 분단 일본 책임 있다」라는 글을 책머리에 올린 바 있다.

전주 3연대 시절 체중이 45kg으로 줄고

1948년 4월 전주 3연대로 배속된 나는 이리 3대대 10중대 소대장으로 부임했다. 그리고 5·10 제헌의회 선거를 치르기 위해 전북도 경비대장 보직을 받았다.

나는 매일 차량에 핫바지 차림의 신병들을 드리코터에 분승시키고 도내를 돌았다. 전북은 의외로 산간 지역이 많은 곳이다. 금산군(당시엔 전북에 소속)을 시작으로 무주·완주·남원·순창 등 산악 지역에서 빨치산이 상당수 출몰했고, 실제로 5·10 선거를 치른 당일 투표함을 빼앗긴 사건이 발생했다. 투표는 하루 만에 치러지는 것이 아니라 사흘에 걸쳐 치러졌기 때문에 치안 유지는 그만큼 힘이 들었다.

나는 매일 병사들에게 군장을 하고 카빈총을 집총하는 자세로 드리코터에 탑승시켜 산간을 돌도록 했다. 비록 총 쏘는 법을 몰랐지만 이것만으로도 상당한 위협 효과가 있었다.

선거를 무사히 치르자 곧바로 육사 7기 후보생 교육대장 보직을 받았다. 육사 교육대는 서울·전주·부산 세 곳에 있었는데, 나는 전주 교육대장(배속 생도 70명)이 된 것이다.

연대 본부는 전주 시내의 동쪽 끝에 있었고, 교육대는 서쪽 끝에 있었는데 그 거리가 4㎞쯤 되었다. 모든 행정 처리는 연대 본부에 가서 해야 되고, 하루 세 끼 식사도 연대 본부에서 하고 돌아와야 했다. 말하자면 아침 밥

먹고 나면 점심 먹으러 달려가고, 점심 먹고 나면 또 저녁 먹으러 달려가는 것이 거의 일과였다.

거기에다 내게 배속된 병사는 한 명도 없었다. 혼자서 업무를 다 처리하라는 것이다. 그러다보니 시간이 모자랐다. 교재와 차트 만들고, 훈련 계획서를 준비하느라고 휴식 시간이 단 10분도 허락되지 않았다.

나는 어쩔 수 없이 시간을 절약하기 위해 빠르고 똘똘한 후보생을 시켜 식사를 항고(반합)에 담아오도록 했다. 식사를 위해 아침·점심·저녁 시간 때마다 연대를 갔다 오는 것이 한심스러웠던 것이다.

식사는 꽁보리밥에 무국 그리고 짠 김치 쪼가리가 전부였다. 이것을 항고에 담아오는 생도가 달려오다 보니 서로 뒤섞여서 돼지 밥이 되어 버렸다. 어떤 때는 넘어져 엎지른 탓으로 국물은 없고, 흙과 모래가 섞인 경우도 있었다. 또한 양이 턱없이 부족하니 땅바닥에 엎어진 밥이나 국건더기를 주워 담아온 결과였으리라.

이런 식사를 하다 보니 체중이 빠지는 것은 당연했다. 평소 평균체중이 70kg이었는데 2개월 후에는 45kg 정도로 빠져버린 것이다. 아내는 고향의 시부모 밑에 있는 것보다 친정에 가 있는 것이 좋다고 판단해 광주에서 생활하고 있었다. 그래서 일요일이면 아내에게 찾아가려고 했지만 시간을 낼 수가 없어 갈 엄두가 나지 않았다. 아니 한편으로는 내 꼬락서니가 형편없어서 한 시간 반 거리를 단 한 번도 내려가지 않았다.

그런데 이 때에 갑자기 통위부 출장 명령이 떨어졌다. '옳다구나'하고 서울에 올라가 보니 포병대 창설을 위해 각 연대별 우수 장교를 뽑아 올리고 있는 중이었다. 육사 5기생이 수축으로 벌써 10여 명이 올라와 있었다. 전주 3연대에서는 이미 다른 장교를 보냈으나 실력 미달로 퇴짜를 맞아 나를 재차 보낸 것이었다.

이 때 통위부 작전국장으로 있던 일본 육사 59기 출신 강문봉이 바싹 마른 나를 보자마자 놀라는 표정으로 물었다.

"아니, 너 여긴 왜 왔나?"

"포병대 창설 요원으로 뽑힌 것 같은데요."

"넌 항공대 아냐? 항공대로 가야지."

"그러게 말입니다."

그와 나는 서로 말을 트고 지내는 사이였지만, 그가 계급이 높으니 존댓말을 사용했다. 강문봉이 내 눈치를 살피더니 다시 말했다.

"야, 그냥 내려가 버려!"

당시 군대는 이랬다. 그러나 돌아가기에는 지긋지긋한 식사 때문에 망설여졌고, 그렇다고 병과가 항공과인 내가 포병으로 가기에도 주저되었다. 나는 하루 더 상황을 지켜본 뒤 별 뾰족한 수가 없는 것 같아 강문봉이 지시한 대로 다시 전주로 내려오고 말았다. 그런데 내려오자마자 항공대 배속 명령이 떨어졌다. 급히 상경해 수색으로 가라는 것이었다.

"그럴 줄 알았으면 서울에 있을 때 명령을 내리지."

하루 이틀 사이에 왔다 갔다 하는 것이 거추장스러워서 하는 군소리였으나 내가 원하는 병과로 가게 되어 마음은 가뿐했다. 물론 이 작업은 강문봉이 한 일이었다.

항공기지사령부 창설

항공대 배속 명령을 받고 서울 수색에 도착하자 동원된 70~80명의 장교와 민간인들이 한 내무반에서 생활하고 있었다. 편제나 조직 체계가 세워지지 않아 무의미한 나날을 보내고 있었다.

나도 그 상황에 덩달아 휩쓸려 지내고 있는데, 일주일 후 김포비행장으로 이동하라는 명령이 떨어졌다. 김포비행장 인근 퀀셋은 미 육군 공병대가 사용하다 철수하면서 남긴 빈 집으로 20여 동의 병사촌이었다. 이 곳에서 조선경비대 항공기지사령부가 창설됐다. 수색에서 창설 요원들이 구성됐지만 김포비행장에서 비로소 활동이 시작된 것이다.

이들은 김정렬·최용덕·박범집·이영무·장덕창·이근석·김영환 등 7명이었으며, 경비대사관학교(육사 5기) 동기인 박원석과 나도 장교단에 합류했다. 창설 요원은 9명의 장교단을 포함해 일본군과 중국군 출신에 일부 민간항공사 출신 105명이 참여했다. 이들을 흔히 '공군 창설 105인'이라 부른다.

항공대사령관에는 최용덕, 부사령관 이영무, 참모장 박범집, 비행대장 김정렬로 지휘부가 구성됐다. 나에게는 중위 진급과 함께 장덕창 기지사령부대장 부관 겸 인사행정처장 보직이 주어졌다.

1948년 8월 15일을 기해 남한 단독 정부 수립과 함께 국군이 창설되고, 이로써 경비대는 병력 20,054명을 육군과 해군으로 분리 개편했다. 그러나

빨간 마후라 하늘에 등불을 켜고

대한민국 최초의 경비행기 L-4와 L-5.

공군은 육군 수뇌부의 이해 부족으로 분리되지 못하고, 육군항공대 소속으로 남아 있어 약간의 불만이 있었다.

그런데 그 해 8월 경비행기인 L-4기 10대가 미국으로부터 군원으로 도입되어 8·15 경축 비행을 하면서 사기가 올랐다. 태극 마크를 부착한 항공기가 처음으로 서울 하늘을 수놓으며 날자 수많은 군중이 거리로 달려 나와 환호했다. 9월에는 좀더 나은 기종인 L-5기 10대가 도입되었다. 그러나 이 기종들은 흔히 말하는 잠자리비행기로서 동체가 가볍고 속도가 나지 않아 정찰과 연락, 포병 관측 임무를 수행하는데 그쳤다.

국내 정치 상황은 혼미를 거듭해 9월 7일 국회에서 '반민특위법'이 통과됐으나 오히려 저항을 불러왔고, 북한은 9월 9일을 기해 조선민주주의인민공화국을 선포했다. 38선에서는 동부전선에서부터 서부전선에 이르기까지 연일 남북 간에 충돌이 빈발했으며, 10월 20일에는 여수·순천에서 제주도 폭동 진압(4·3 사건)을 위해 출동 준비 중인 국군의 일부 병력이 진압을 거부하고 반란을 일으키는 사건이 터졌다.

항공대는 L-4기, L-5기 동체 밑에 바주카포를 장착해 출동했지만 현장에서 한 번도 사용하지 못했다. 다만 남원·함양·광양·순천·여수와 전주·광주 지역에 전단지(삐라)를 뿌리고, 육군을 지원해 지휘관 수송이나 지리산 정찰 임무를 수행했을 뿐이다.

이 때 김정렬 비행대장이 '항공의 경종'이라는 공군 육성에 관한 제안서를 발표했다. 공군이 육군의 보조자로 전락해서는 안 되고 독자적 작전권과 독립성이 보장되어야 한다는 논지였다.

　제2차 세계대전 때 미군의 태평양 전쟁이나 독일군의 공중전을 예로 들어 공군의 중요성을 역설하면서 항공 시대가 올 것이라는 예언이었다. 태평양 전쟁에서 일본이 패망한 것은 항공력의 절대 열세 때문이었다는 점도 예로 들었다.

　태평양의 모든 섬들은 수천 킬로미터 떨어져 있다. 이 섬을 공략하는 데는 항공기 아니면 성공할 수 없다. 속도와 화력 면에서 효과적인 공격 수단이 항공이며, 미국이 이 분야의 절대 우세로 승리했다는 것이었다.

　선박에 많은 병력을 싣고 가거나 식량을 후송하더라도 비행기가 폭격하면 배는 그대로 가라앉고, 후속 병력과 식량 보급이 차단되면 섬을 점령한 부대가 고립되어 굶어 죽는 사례가 빈발했다. 이로 인해 자기네들끼리 잡아먹는 식인종 아닌 식인종이 되어 버린 사례도 적시됐다.

　한편 북한은 소련제 야크 9, IL-10기 등 전투기 210대를 보유하고 있었다. 이 사실을 알게 된 것은 북한의 이건순 중위가 IL-10기를 몰고 귀순했기 때문이었다. 그는 원산비행장에 착륙하려다 지형을 잘 모르고 김해공항에 착륙한 것이다. 어쨌든 그의 첫 귀순으로 북한의 항공 실태를 파악하게 됐는데, 그 내용은 우리의 상상을 초월하는 것이었다.

　그런데도 미국은 우리에게 비행기를 내주려고 하지 않았다. 그 이유는 우리에 대한 불신 때문이었다. 한국군 내부가 이념이 혼재되어 정체가 파악되지 않고, 그래서 피아 구분이 되지 않는다는 것이었다. 비행기를 줘봐야 적군에 동조하거나 적에게 넘어갈 것이라는 의혹을 가지고 있었다. 그런데 까마귀 날자 배 떨어진다는 '오비이락'이랄까? 이 때 우리 비행기가 북으로 넘어 간 사고가 발생하고 말았다. 1948년 12월 백 중사 월북 사건이 그것이다.

　1948년 8월 15일을 기해 남한 만의 단독 정부가 수립되고 좌익이 불법화되었다. 하지만 하루아침에 사상과 이념이 손바닥 뒤집듯이 뒤바뀌는 것은 아니었다. 자기 양심과 신념에 따라 행동하는데 국체가 바뀌었다고 해서 쉽게 자기 마음조차 바꿀 수는 없는 것이었다.

　빨간 마후라 하늘에 등불을 켜고

특히 미 군정 시기(1945년 9월~1948년 8월) 이념에 대한 뚜렷한 방향 제시나 정책도 없이 어정쩡하게 좌우 대결을 방관하거나 묵인하는 사태가 지속됐다. 그래서 혼란만 가중되는 상황이 전개될 뿐이었다.

비록 남한 단독 정부가 수립되었다고는 하지만 각자 정치적 소신과 자기 신념에 따라 이미 좇고 있는 이념과 사상을 따르고 있었다. 뚜렷한 이념의 체계가 서 있지 않더라도 이미 젖어 있는 생각에 관성적으로 따르고 있는 경우가 많았다. 여기에 미 군정의 지침이 제대로 전달되지 않거나 몰라 시국은 혼미했으며, 지도층의 헤게모니 쟁탈전으로 인해 온갖 테러와 사보타지, 암살·린치가 전국에서 난무했다.

나는 이런 혼란상을 지켜보며 자원해 김정렬 비행대장 소속으로 자리를 옮겼다(1948년 12월). 비행 부대는 직접 비행기를 탈 수 있고, 하늘을 날면서 한없는 꿈과 이상을 펼쳐 보일 수가 있었기 때문이다. 물론 하늘을 날면 현실적 어려움은 잠시 뒷전으로 밀리지만 무한한 꿈의 나래를 펼수 있다는 사실이 나에게는 한없이 좋았다. 현실감은 없어도 그 것에 젖을수 있는 마음이 편했다.

비행대대에는 3개 중대가 편성되어 있었다. 1중대장은 김영환, 2중대장은 장성환, 3중대장은 김신 선배가 각각 맡고 있었다. 나는 장성환 선배가 이끄는 2중대 선임 장교로 배속되었다.

미국 군사 원조로 도입한 L-4기와 L-5기는 연락기 수준의 성능이라 전투 훈련을 펼칠 수가 없었다. 다만 하늘을 날며 아름다운 조국 산하를 내려다보는 것이 큰 위안이었다. 그런데 이 때(1948년 12월) 백 모 중사가 L-4기를 몰고 월북한 사건이 터졌다. 일본 항공대 소년 비행병 출신인 백 모 중사에 대해 정보를 아는 사람은 아무도 없었다. 또 당시는 성분이나 사상을 꼼꼼히 따지는 분위기도 아니었고, 인재가 없어서 비행 기술만 있으면 신분의 여부를 떠나 누구나 입대시키는 시기였다.

그러나 미군은 이를 심각하게 받아들이고 있었다. 육군 몇 사람 월북한 것보다 항공대가 비행기를 이끌고 북으로 넘어가는 것을 큰 문제로 인식하고 있었다. 비행기의 손실은 물론 비행 정보와 기술의 유출과 군 전체에 미치는 사기 저하 등의 이유에서였다.

미군은 이러한 이유로 우리 항공대에 전투기를 내주려 하거나 한국군에게 비행기를 탈 기회조차 주려 하지 않았다. 김정렬 비행대장이 논문을 통해 공군의 보강과 독립성을 내세웠지만 아무런 소용이 없었다.

1948년 10월, 미군의 원조 물자로 총 20대의 경비행기를 보유한 우리 군은 3개 비행 중대를 편성했다. 열악한 상황이었지만 경비행기를 6대씩 나눠서 훈련을 시작했다(그 중 한 대는 월북하고, 또 한 대는 전명섭 상사가 여의도비행장 착륙 미숙으로 동체가 망가져 사실상 18대 보유).

북한의 이건순 중위 귀순(바로 공군 대위로 편성됐음)으로 알려진 것이지만, 북한 공군력은 2차 세계대전 때 큰 전공을 세운 소련제 전투기 야크 등 210대를 보유해 우리 공군과 큰 대조를 보였다. 우리 공군력은 북한에 비해 아주 형편없는 호랑이와 강아지 차이였다.

이런 상황에서 제주도, 여수·순천, 지리산, 38선, 옹진에서 전투가 연일 치열하게 벌어졌다. 완전 내전 상태였다. 항공대 비행기가 현장에 투입되긴 했지만 정찰이나 연락 기능 밖에 수행하지 못해 전투에는 아무런 쓸모가 없었다.

이 때 또 이명오 소위가 강·표 월북 사건(1949년 6월 강 모 대위와 표 모 대위가 38선에서 각각 대대 병력을 이끌고 월북한 사건) 때 비행기를 납치해 월북한 사건이 일어났다. 이명오는 선무 작업의 일환으로 삐라를 뿌리기 위해 38선 근처로 나간 L-4기에 동승(그는 삐라 뿌리는 역할을 하기 위해 동승을 자처했다)한 뒤 조종사를 권총으로 위협해 월북한 것이다(이 부분은 나와 얽힌 사연이 있기 때문에 추후 상술).

38선은 거듭되는 충돌로 긴장이 고조되었고, 몇 대 되지도 않는 비행기는 북으로 넘어 가 군대라고도 할 수 없었다. 이런 때 미 국무성은 한반도에서의 미군 철수를 일방적으로 발표한 뒤 1949년 6월 말 고문단 500명만 남기고 군을 철수시켰다. 비행기는커녕 탱크나 포탄 한 발 남기지 않고 싹 쓸어서 물러난 것이다.

그 당시엔 몰랐지만 얼마 지나지 않아 미국의 방어선이 한반도에서 일본 해협으로 물러난 것을 알게 되었다. 국력이나 국방력 모두 북한에 열세인 남한은 구멍이 뻥 뚫린 상황이나 다름없었다. 비록 정부가 수립되긴 했지만 나라는 이미 백척간두에 서 있었다. 여기에 우리의 항공력은 겨우 잠자리비행기 17대 뿐이었다.

그 당시 김포비행장 옆에 미 군사정보부가 자리 잡고 있었는데, 그 책임자는 민간인 니콜스였다. 그는 한국인 정보원까지 고용해 부지런히 정보를 수집, 본국에 전송하고 있었다.

1949년 10월, 정부 수립 1년여 후 항공대는 육군에서 독립해 공군으로 창설되면서 나는 작전국장으로 영전했다. 이 때 니콜스와 직간접적으로 접촉할 기회가 있었다. 그는 나를 통해 우리 군의 정보를 알아내려고 했으며, 나 역시 그를 통해 미국의 군 정책과 대 한반도 정책을 살필 수 있었다. 그 결과 미 국방성에 보고하는 내용을 알게 되었다.

'한국 공군은 믿을 수 없다. 비행기를 주면 가지고 도망간다'는 내용의 보고문이었다. 그들은 한국 육군보다 공군을 더 의심하고 있었다.

전국 각처에서 크고 작은 전투가 치열하게 벌어졌지만 공군력은 절대 열세였다. 그렇다고 미국이 전투기를 제공해 줄 생각은 없었다. 국력이 튼튼하고 예산이 확보되었다면 원하는 만큼 비행기를 도입할 수 있을 것이다. 그렇지만 일본 제국주의에 몽땅 수탈당한 조국은 먹을 것이 없어서 굶어죽는 사람이 부지기수일 정도로 국력이 허약했다.

그러나 공군력을 키우려면 비행기가 있어야 했고, 비행기를 구입하기 위해서는 많은 돈이 필요로 했다. 그래서 국민을 상대로 비행기 헌납 모금 운동을 벌일 수밖에 없다고 생각했다. 기업인 중심으로 모금 운동을 펼쳐 나가면 국민도 십시일반 나서리라 보았고, 그것이 안보 의식을 심어주는 계기도 되리라고 보았다.

나는 비행기 헌납 모금 운동 계획을 수립해 초대 공군참모총장으로 자리를 옮긴 김정렬 장군에게 보고했다. 김 총장도 이에 적극 찬동하고 즉시 장교단을 구성해 경기와 영남·호남·중부 지역 등 전국을 순회 강연회에 나섰다. 그 결과 뜻있는 지주와 공무원, 학생들이 호응해 몇 달 만에 비행

비행기 헌납 국민모급운동을 벌여 모금한 돈으로 캐나다에서 구입한 2인승 훈련기 AT-6.

기 10대 값을 모금할 수 있었다. 공군 장교단도 월급의 상당액을 내놓았다.

1949년도 저물어가는 12월, 모금한 돈으로 비행기를 사기 위해 미국과 교섭을 했지만 일언지하에 거부당했다. 군사 원조가 아니라 판매까지도 거부하고 나선 것이다. 그만큼 우리는 그들로부터 철저히 불신을 당하고 있었다. 제주 4·3 사건, 여순 사건, 강·표 월북 사건, 대구 폭동, 포항·울진 사건 등 일련의 사건들을 통해 그들은 우리를 동맹 관계로 보기보다 여전히 불투명하고 불확실한 집단으로 이해하고 있었다.

공군은 결국 비밀 무기상을 통해 캐나다로부터 고등훈련기 AT-6 10대를 구입했다. '서울 1호기', '부산 2호기', '대구 3호기', '광주 4호기'와 같은 식으로 10대의 이름을 붙여 50년 5월 14일 여의도비행장에서 이승만 대통령 참석하에 비행기 헌납식을 가졌다. 이 날 김정렬 참모총장과 최용덕 장군이 준장으로 진급했다.

공군으로서는 고무되는 행사였지만 항공력은 여전히 빈약했다. 그래서 또 묘안을 짜냈다. 중국에 있는 미 공군 시놀트 소장을 초청하기로 한 것이다. 제2차 세계대전 때 장제스가 대일 전쟁을 수행하면서 중국의 취약한 공군력을 보강하기 위해 시놀트 장군을 초청해 대일 항공전에서 상당한 성과를 거뒀기 때문이다.

이승만 대통령의 초청으로 시놀트 장군이 서울에 왔다. 공군은 영어로 브리핑하는 임무를 내게 부여했다. 나는 철저하게 준비한 결과 성공적으

빨간 마후라 하늘에 등불을 켜고

로 브리핑을 끝마쳤다. 그런데 시놀트 소장의 답변은 의외였다. 미군은 꿈쩍도 하지 않았던 것이다.

"내겐 권한이 없소. 태평양 사령관 맥아더 원수가 결정할 문제요."

6·25가 발발하기 두세 달 전의 우리 나라 사정이 이런 형편이었으니, 북한 집단이 얼마든지 오판할 수 있는 상황이었다.

이야기는 다시 이명오 소위 사건으로 거슬러 올라간다. 1949년 6월 비행대대 2중대 선임 장교였던 나는 L-4기 엔진을 교체한 뒤 시험 비행을 나가려는 참이었다. 이 때 보급 장교 이명오 소위가 다가왔다.

"내가 말입니다, 비행장에서 근무하는 공군 장교지만 비행기를 한 번도 타보지 못해 가족들에게 체면이 서지 않습니다. 선배님이 시험 비행할 때 한 번 태워 주십시오."

L-4기는 조종사 뒷자리에 한 사람 탈 수 있도록 좌석이 마련되어 있었다. 그래서 탑승을 희망하는 공군이 있으면 언제든지 태울 수 있어 흔쾌히 응낙했다.

"오늘 정비를 해 놓고 내일 띄울 테니까 그 때 타라구."

그런데 이 소식을 듣고 수송부 김정호 상사가 달려왔다. 내가 전주 3연대 소대장으로 있을 때 항공대로 전보되자 나를 따라오겠다고 간청해 와 데리고 온 부하였다. 성실하고 순종적이어서 여건만 되면 어디든지 데리고 다니고 싶은 사람이었다. 그 역시 비행 부대에 근무하면서 비행기를 타보지 못해 친구들한테 자랑도 못하고 있다면서 한 번만 태워 달라는 것이었다.

"장 선임 장교님, 장교들은 언제든지 탈 수 있지만 우리는 기회가 별로 없잖아요. 그러니 저 먼저 태워주십시오."

서로 먼저 타겠다고 경합이 붙은 셈이었다. 나는 김정호 상사의 말에 이끌려 이명오 소위에게 양해를 구했다.

"장교는 언제든지 태워줄 수 있으니 이번에 김정호 상사에게 양보하라. 당신은 다음에 꼭 태워 줄게."

이명오 소위를 달랜 뒤 김 상사를 태우고 시험 비행에 나갔다. 그로부터 며칠 후 38선에서 강·표 월북 사건이 터졌다. 대대 병력이 월북해 버렸으니 병사들이 돌아오도록 선무 작업을 해야 했다. 이 사건으로 육군이 삐라를 만들어 38선에 살포해 주도록 삐라 자루를 가져왔다. 나는 이미 시험 비행을 했기 때문에 순서상 박용호 상사(일본 소년 비행병 출신)가 비행기를 타게 되었다.

이 때 이명오 소위가 삐라를 뿌리는 일을 자청하고 나섰다. 조종간 뒷자리에 앉아서 산간 마을이나 주요 산악 지대에 삐라를 한 손씩 뿌려 주는 역할이다. 그러나 그 비행기는 그 후 영원히 돌아오지 못했다.

이명오는 38선 상공에서 삐라 자루채로 떨어뜨린 뒤 박용호 상사의 머리에 권총을 들이대고 월북하도록 위협해 박 상사는 꼼짝없이 당했던 것이다. 이 사건은 이명오가 없어진 뒤 그의 책상 서랍 깊숙한 곳에서 월북 도상 계획서를 발견하고서야 내막을 알 수 있었다.

내가 만일 김정호 상사 대신 이명오를 탑승시켰더라면 어떻게 되었을까? 월북의 기회를 찾고 있던 그에게 권총 위협을 받고 그대로 북으로 넘어갔을 것이다. 인간의 운명이란 이처럼 순간적으로 바뀌는 것이다. 결국 김정호 상사가 나를 살려 준 셈이었다. 그런데 김 상사는 한 달 후 뜻하지 않은 사고로 죽고 말았다.

1949년 6월 하순, 앞을 분간할 수 없는 폭우가 쏟아져 대홍수가 발생했다. 나는 김포비행장 관사에서 여의도비행장으로 출근하고 있었다. 그 날은 함께 출근하던 신유협 대위가 전날 밤 출퇴근용 지프를 몰고 시내로 나갔다가 귀가하지 않아 장교·부사관·문관들이 타고 출근하는 트럭에 동승해 여의도 비행 대대로 향했다.

영등포 쪽에서 여의도비행장을 가려면 샛강을 건너야 했다. 그러나 요즘처럼 다리가 놓인 것이 아니라 움푹 패인 강바닥에 시멘트 도로를 만들어 건너다녔다. 정비사 안영식 소위가 운전을 하고, 내가 가운데, 그 옆에 서무갑 중위가 탔다. 그리고 다른 부사관과 장교, 문관 등 20여 명은 지붕

빨간 마후라 하늘에 등불을 켜고

없는 화물칸에 탔다.

샛강에 이르자 물이 범람해 건널 수가 없었다. 그런데 우연인지 지혜가 있었던지는 몰라도 나이 든 사람들은 차에서 내리고, 젊은 장교와 부사관 16명은 그대로 차를 탄 채 샛강을 건넜다. 중간쯤 건넜을 때였다. 갑자기 차가 길에서 비껴난 듯하더니 그대로 뒤집혀져 버렸다. 화물칸에 탄 사람들은 전복된 차체에 깔린 듯했고, 운전석의 중간 좌석(사실 가장 위험한 좌석)에 앉았던 나는 순간적으로 서 중위와 함께 밖으로 튕겨져 나왔다.

범람한 강물은 느리게 흐르는 것 같지만 물 속은 뒤틀린 마귀의 저주처럼 격하게 용틀임하며 흐르고 있었다. 중학 시절 수영 선수였던 나로서도 속수무책이었다. 기를 쓰며 물가로 나가려 했지만 그 때마다 격류는 나를 강 가운데로 몰아붙였다.

먼저 강둑에 닿아 나를 잡아 끌어올리려고 처절하게 손을 내밀던 김연기 소위를 눈앞에서 바라보면서도 손을 잡지 못하고 가운데로 떠밀려가기만 했다. 몇몇 사람들은 벌써 사체로 변한 듯 물 속에 잠겼다 떠올랐다 하며 하류 쪽으로 떠내려가고 있었다.

나는 힘이 빠져서 더는 어찌할 수가 없었다. 몸을 뒤집어 배영의 자세로 하늘을 바라보며 물이 흘러가는 대로 몸을 맡겼다. 기진맥진한 뒤끝인지라 이내 잠이 왔다. 자면 안 된다고 수없이 뇌면서도 몸은 편안히 가라앉아가는 느낌이었다.

강물이 언덕을 돌아가는 쪽에 이르렀을 때 수초가 내 몸을 감싸는 것을 느꼈다. 나는 본능적으로 수초를 잡았지만 힘없이 뽑혔다. 그러나 그곳이 수초 군락지여서 다른 키 큰 풀을 다시 잡을 수 있었다. 이제 더는 떠밀려 가지 않았다. 그 때 강둑의 누군가가 달려와 기다란 장대를 내밀었다. 떠밀려가는 돼지나 가재도구를 건져 쓰기 위해 장대를 들고 나온 주민이었다. 나는 그것을 잡고 물가로 나왔는데 나오자마자 곧 정신을 잃어버렸다.

내가 다시 눈을 떴을 때 내 한쪽 팔에는 아직까지 가방이 들려 있었고, 며칠 전 새로 구입한 구두를 그대로 신고 있었다. 목숨이 위험한데도 이것들을 버리지 않고 끝까지 소지했던 것이다.

김신. 김구 선생 아들로 나를
친동생처럼 아껴주었다.

이 사고로 11명의 공군과 문관이 사
망했다. 짐칸에 탄 김정호 상사도 끝내
불귀의 객이 되고 말았다. 12번째 죽음
을 맞이한 나는 천우신조로 기적처럼 살
아남았다. 이 때도 나는 김정호 상사가
나를 살리고 간 것으로 생각했다. 합동
장례식 때 김정호 상사 이름을 부르며
그렇게 울어 본 적도 없다.

한편 차 전복 소식을 들은 아내와 장
모님(아내의 첫 임신 때문에 상경해 계
셨다)이 사고 현장에 당도했다. 나는 초죽음이 된 상태로 언덕 풀밭에 누
워 있었는데 장모님이 나를 보고 안도하면서도 우는 모습이 보였다. 그
때서야 나도 살았다는 안도감과 함께 이런 저런 생각으로 따라 울었다.

지친 몸으로 집에 돌아오니 애지중지 기르던 진돗개가 없어졌다. 그런
데 그로부터 일주일 후 초췌한 몰골로 집에 돌아왔다. 주인이 살아 돌아온
것을 보고 꼬리를 치며 내 곁을 내내 떠나지 않아 꼭 사람이라는 생각이
들 정도였다.

내 사고 소식을 듣고 가족들이 울부짖으며 밖으로 뛰어나가자 진돗개
도 따라나섰다가 함께 차를 타지 못한 것이다. 그런데 차 꽁무니를 따라
달려오다 뒤늦게 주인의 체취가 묻은 강가에 당도했고, 그 곳에서 서성거
리다 돌아오는 길을 잃어 일주일 만에 집에 찾아온 것이었다.

이 진돗개는 진도 출신의 중학 동창생이 선물해 준 두 마리 중 한 마리
였으며, 나머지 한 마리는 김신 3중대장에게 주었다. 나보다 세 살 위인
김신 중대장은 나를 친동생처럼 아껴 주었는데, 아버지 김구 선생과 함께
경교장에 살면서 출퇴근하고 있었다.

빨간 마후라 하늘에 등불을 켜고

김구 선생과 나

김구 선생이 진돗개를 무척 사랑한다는 말을 전해 듣고 나도 기뻤다. 이를 계기로 김신 중대장이 몰고 다니는 소형 승용차를 함께 타고 경교장으로 가 김구 선생께 자주 문안드리는 기회를 가졌다.

김구 선생은 내가 문안 인사를 드리면 막내아들이 온 것처럼 반기셨다. 그 당시 경교장의 가족이라고는 단 두 부자뿐이고, 대부분 정치인이나 당원들이 찾아와 비분강개하거나 때로는 정적들의 위협을 받다 보니 마음이 고달프고 심신은 지치셨으리라. 조국의 분단 만은 막고자 남북 협상을 시도했지만 뜻대로 되지 않자 노 애국지사는 조국의 앞날을 걱정하며 비통해하고 있었을 것이다.

그 무렵 우리는 5인조를 결성해 형제처럼 지냈다. 나를 포함해 김신·장성환(와세다 대학 출신으로 학병 때 항공병과에서 전투기 조종, 전 공군 참모총장, 교통부장관) 중대장, 신유협(공군 준장 예편), 김영재(중국 장제스 총통 전용기 정비장교 출신, 대령 예편) 대위가 바로 5인조다. 5인조는 가족끼리도 자주 만나 회식을 하고 애경사를 함께 했다.

이 중 김영재 대위는 중국군 19집단사령부 참모처장 출신인 김홍일 장군의 친조카이다. 그는 상하이 임시 정부 시절 김구 선생의 부탁을 받아 도시락 폭탄을 제조해 이를 직접 윤봉길 의사에게 전달했다. 그리고 윤 의사는 1932년 일본의 상하이 사변 전승 기념식장인 항구 공원에 도시락

김구 선생

폭탄을 몰래 숨겨 들어가 본부석에 투척했다.

이 때 일본 거류민단장 가와바다와 상하이 파견사령관 시라카와 대장 등을 살해하고 현장에서 체포되어 처형되었다. 일본의 간담을 서늘케 한 이 사건의 숨은 주인공은 바로 김영재 대위였다.

이 김영재 대위를 비롯해 우리 5인조가 경교장을 찾으면, 김구 선생은 감회가 깊은 표정으로 각자의 손을 잡아주며 나라를 잘 지켜야 한다고 당부하셨다.

"앞으로는 하늘을 단단히 지켜야 할 것이야."

미래를 내다보는 정신으로 임시 정부 시절 자식인 김신 소령을 중국 항공사관학교에 입교시키고, 태평양 전쟁시 미국으로 보내 미군 정예 비행학교에 입교시켜 한국인 최초로 F-51기 훈련을 받도록 했다.

김구 선생은 우리 5인조가 찾아가면 모든 근심 걱정을 내려놓은 듯 좋아하셨고, 20대 젊은 장교들에게 술은 적게 먹고 공부를 많이 해 두어야 장차 나라의 재목이 된다고 격려해 주셨다. 그 중 김신 중대장과 내가 친형제처럼 가까이 지내자 더욱 다정하게 내 손을 잡아주며 반기셨다.

1944년 일본 육사 재학 시절 경기중 출신의 이재일 군과 함께 교정의 숲을 거닐면서 해방 조국의 미래를 그리며 국가 정체를 왕정으로 할 것이냐, 공화정이냐, 총통제냐, 황제 제도로 할 것이냐를 담론하면서 영도자는 김구 선생이냐, 김일성(김광서) 장군이냐, 영친왕이냐, 이승만 박사냐를 그렸다.

그 중 가장 현실성 있는 대안으로 김일성 장군과 임시 정부의 김구 주석을 꼽았었다. 그런데 해방이 되자 김일성 장군은 전설로만 남고 김구 선생을 직접 뵙게 된 것이다. 학창 시절 조국의 영도자로 점쳤던 주인공을 만나고, 또 선생이 나를 자식처럼 아껴주니 감개무량하기만 했다.

김구 선생은 찾아오는 사람들이 간곡히 부탁하면 글씨를 써 주시곤 했으며, 나는 곁에서 먹을 갈아드린 적도 있다. 그러나 글씨를 받을 생각을 해 보지 못했다. 나와는 상관없는 일로 생각했던 것이다.

그러나 지금 돌이켜보면 휘호 한 장이라도 받아 둘 걸 하는 아쉬움이 크다. 먼 훗날 모임에서 김신 장군을 만나 그 때 휘호를 받지 못한 아쉬움을 말하면 "수십 장도 받을 수 있었는데……" 하시며 김 장군도 애석해 하신다.

김구 선생이 안두희 흉탄에 서거했다는 소식을 들은 것은 49년 6월 29일 낮이다. 김신 중대장은 옹진전투에 투입돼 옹진비행장에 있었다(당시 옹진은 38 이남에 있었음). 여의도 비행대대로 서거 소식이 전달되었으나 그 당시 무전 교신이 안 돼 김신 중대장에게 연락되지 않았다. 그래서 다른 비행기를 타고 옹진비행장으로 날아가 소식을 전했고, 김신 중대장은 해질녘에야 비행기를 몰고 서울로 돌아왔다.

김구 선생의 추모 인파는 수백만에 이르렀지만 아들의 아픔만큼은 못했으리라. 인품으로나 애국 충정으로나 나라를 바르게 인도하고 가실 줄 알았다. 그런데 뜻밖에도 흉탄에 쓰러지자 내 가슴은 무너지는 듯 아팠다. 우리 5인조는 상주인 김신 중대장 곁에서 내내 빈소를 지켰다.

김구 선생을 떠나보내면서 김신 중대장 못지않게 슬픔을 가누지 못했던 나였다. 그래서인지 서재에 선생의 깊은 뜻이 담긴 친필 액자 하나 걸리지 않은 것이 두고두고 아쉬운 회한으로 남는다.

어린 시절 나는 부친으로부터 이런 가르침도 받았다.

"상놈이란 신분이 상놈이래서가 아니다. 저 사람한테 뭘(꿀물) 얻어먹을 게 없나 탐을 내는 것이 상놈이고, 군자는 무릇 맑은 물을 친구로 삼는 자(君者交友銀水)다."

"아버지, 왜 꿀물보다 그냥 맹물이 좋아요?"

나이가 어린 나는 이해가 되지 않아 되물었다. 하지만 아버지는 긴 설명 대신 물처럼 사람을 대하고 물처럼 잔잔하게 살라고 일러 주셨다. 나는 해방 정국의 좌우가 대립하는 것을 지켜보면서 아버지의 가르침이 옳다고 생각했다.

해방 직후 일본 육사 동기생들이 평양의 김일성 장군을 만나러 가자고 했을 때도 우리가 추앙하는 김일성 장군이 아니라는 신중한 판단에 따라 나서지 않았다.

또한 육사 동기생 이재일의 형 이재남이 서울에서 빌빌거리는 우리를 나무라며 자신의 사무실에 나와 독서하라고 내 준 책이 생소한 맑스-레닌 전집이어서 흥미를 잃고 사흘 만에 고향으로 내려가기도 했다(이재남은 남로당 선전부장이었다).

그리고 고향에서는 나주인민위원회에서 세 차례나 집을 찾아와 나주 보안서장으로 나를 세우겠다는 뜻을 전달했다. 하지만 지주 계급과 지식인들을 끌어다가 몰래 영산강에 빠뜨려 죽인다는 소문이 나돌아 끝까지 거부했다. 격동기의 해방 공간을 나는 이처럼 물처럼 살았다.

잃어버린 사람들

　1949년 2월, 육군항공대 비행부대 2중대 선임 장교로 복무하고 있을 때다. 비행대장인 김정렬 대령은 김포비행장 외곽에 세운 항공사관학교 초대 교장으로 전보되어 바쁜 나날을 보내고 있었다. 그런데 어느 날 김 교장이 급히 나를 불렀다.

　항공대 간부들은 김포비행장 인근 미군 공병대가 철수한 뒤 비워둔 퀸셋과 장교용 주택 100여 동에 거주하며 김포비행장과 여의도비행장으로 나뉘어 출퇴근하고 있었다.

　나는 김포비행장 인근 장교용 주택에 입주해 아내와 친모 그리고 장모를 모시고 비로소 단란한 가정생활을 꾸려가고 있었다. 아내가 첫 아이를 임신 중이어서 장모와 친모가 모두 서울에 올라와 계셨다.

　나는 다급하게 김 교장이 부른다는 전갈을 받고 교장 관사로 뛰어갔다. 응접실 소파에 앉아 있던 김 교장은 내가 들어서도 "왔느냐"는 말 한 마디 없이 무거운 표정으로 앉아 있었다. 공기가 심상치 않다는 것을 직감하면서 조심스럽게 김 교장 앞 소파에 앉았다.

　그래도 김 교장은 여전히 말을 하지 않았다. 그 침묵이 10분 정도 지속되었지만 몇 년 같은 기분이 들 정도로 숨이 막혔다. 내가 먼저 무슨 말인가 해야만 했다. 그러나 어디서부터 말을 꺼내야 할지 막막했다.

　당시 조종사의 건강 문제를 중요시 여기던 때라 혹시 내 건강을 따지는 것은 아닌가? 혹시 내가 나쁜 짓을 했다고 잘못 알고 있는 것은 아닌가? 아니면 어떤 모함을 받고 나를 단단히 오해하고 있는 것은 아닐까? 그러나 나는 이 모든 것으로부터 자유로웠다.

김 교장이 나를 혈육처럼 아끼고 신뢰한 것만으로도 그것은 충분히 입증되는 문제였다. 그래도 답답해서 내가 먼저 입을 열었다.

"저어……, 제가 무슨 잘못이라도 했습니까?"

여전히 김 교장은 말없이 앉아 있다가 나를 빤히 바라보았다.

"선배님, 저는 나쁜 일을 하지 않습니다. 오해가 있으시면 푸십시오."

이윽고 김 교장이 천천히 입을 열었다.

"너는 괜찮으냐?"

"네에!"

"어젯밤에 박원석이가 잡혀갔다. 그리고 홍승화도 잡혀갔고……."

박원석(일본 육사 58기. 전 공군참모총장) 대위는 항공사관학교 교수부장으로 근무 중이었고, 한국 육사 5기 동기생이었다. 홍승화(일본 육사 59기) 소위는 고향 선배에다 나주 민립중학 교사로 나를 데려가 함께 근무한 형제 같은 선배이자 친구였으며, 내 권유로 항공비행단 정비장교로 입대해 근무 중이었다.

내가 이들과 친하게 지내고 있던 터라 혹시 내게도 무슨 일이 일어나지 않았을까 하는 것이 김 교장의 생각이었다. 그래서 걱정 반 의심 반으로 나를 바라보고 있었던 것이다.

"저는 아무 일이 없습니다. 그런데 무슨 일로 박원석과 홍승화가 잡혀갔습니까?"

김 교장은 대답 대신 왼쪽 팔을 들어 보이더니, "이거라는 거야!"하며 아주 복잡한 표정을 지었다. 당시 왼팔은 '좌익'이라는 뜻이었으며, 군 내부에서의 좌익은 바로 죽음을 의미했다. 김창룡의 특무부대(CIC)에 좌익으로 몰려 잡혀 들어가면 그것으로 끝장이란 말이 공공연히 나돌았다. 실제로 그런 상황이 비일비재했던 것이다.

나는 웃음부터 나왔다. 박원석과는 친하게 지낸 사이가 아니어서 심중

빨간 마후라 하늘에 등불을 켜고

을 잘 몰라도 홍승화는 너무도 번지수를 잘못 짚은 것이다. 그가 좌익과 상관없는 사람이라는 것은 누구보다 내가 더 잘 알고 있었다. 그는 좌익 근처에도 가 본 사람이 아니고, 때로 그들을 혹독하게 비난한 사람이었다 (물론 우익도 잘못한 점을 비난했다).

그는 고향 1년 선배에 일본 육사 선배였으며, 해방 후 서울대 진학을 위해 고향의 절에서 공부하고 있던 나를 불러 나주 민립중학교에서 교편 을 잡도록 해 주었다. 그리고 전주여학교로 전근 가서도 나를 데려가려고 했던 교사 출신으로서 뒤늦게 군에 합류한 사람이었다.

정의감이 강해 직설적으로 말하는 것이 티라면 티일지 몰라도 그것이 또 남성적인 매력을 풍기는 장교였다. 선이 굵고 신실한 사람이었다. 그런 홍승화가 잡혀갔다니 웃음부터 나왔던 것이다.

그러나 김정렬 교장의 다음 말에 나는 긴장하지 않을 수 없었다. 김 교 장에 따르면, 전날 밤 그 무시무시한 김창룡 특무부대의 이한진(육사 5기) 대위가 일단의 병사들을 이끌고 와서 박원석 교수부장을 체포해 갔다고 했다.

박원석 교수부장은 그 와중에도 김정렬 교장을 한 번만 만나게 해 달라 고 간청해 교장 관사 앞에 끌려왔는데 그 광경이 끔찍했다. 특무대원들이 박원석 교수부장을 땅바닥에 눕혀놓고 군화발로 머리를 밟은 채 김 교장 을 불러냈다는 것이다.

"이게 무슨 짓들인가?"

"빨갱이입니다."

"그럴 리가 없어!"

김 교장이 소리쳤으나 특무부대 이한진은 자신 있다는 듯이 큰소리로 말했다.

"남로당 군사 조직표에 나와 있습니다. 어마어마한 남로당 군 계보를 캐냈는데, 이 자는 바로 박정희 밑 세포입니다."

그리고는 더는 들을 것도 없다는 듯이 바로 끌고 가 버렸다(『김정렬 회고록』(「박정희 소령의 고난」, 116쪽 참조). 그로부터 두세 시간 후에는 홍승화도 체포되어 끌려가고 말았다.

김정렬 항공사관학교(공사 전신) 교장은 사태의 심각성 때문인지 길게 한숨을 내뿜었다. 그러면서 나에게 다짐을 받듯이 재차 물었다.

"너 정말 괜찮으냐?"

김 교장은 나보다 여덟 살 위였으나 삼촌이나 아버지 같은 존재였다. 특히 그의 동생 김영환 소령이 나를 동생처럼 아끼다 보니, 김 교장도 나를 막내 동생으로 여기고 늘 따뜻하게 대해 주었다.

"선배님, 저는 걱정 마십시오. 빨갱이와는 전혀 상관이 없습니다."

우리 집안은 대대로 자존심 강한 유교 가풍을 지니고 있었다. 나라를 잃었을 때는 항일로 민족적 자존심을 지켰지만, 근본은 가부장적 예의범절이 바탕을 이룬 집안이었다. 예(禮)를 분명히 하면서 사람다운 일을 해야 한다는 것, 즉 '남을 해치지 마라, 빚지고 살지 마라, 여유가 있으면 나누어라'라는 가르침을 받았다.

이런 집안의 가풍이 내가 살아가는 삶의 지표가 되었을 뿐 프롤레타리아나 부르주아 사상과 이념은 아무런 상관이 없었다. 특히 아버지는 해방 정국의 혼란상을 지켜보면서 함부로 나서지 말 것과 자중자애를 당부했고, 사람 다치는 곳에 가지 말라는 말씀을 수없이 강조했다.

나는 이 가르침을 충실히 따랐기 때문에 모든 면에서 자신이 있었다. 내 사상의 중심이라면 좌우익이 아니라 인본이라고 말할 수 있다. 바로

여순 사건 당시 이동하고 있는 국군.

선비 정신인 것이다.

한편 1945년 해방 직후 미 군정은 언론·결사·집회·사상의 자유라는 이름 아래 좌익들의 활동을 묵인하거나 방관했다. 이로 인해 북한 노동당 지령을 따르는 남로당(남조선노동당)은 서울에 간판을 내걸고 활동했다. 이 때 골수 좌익분자가 아니어도 혼란한 사회상황을 틈타 얼치기로 가담한 경우가 많았다. 특히 인간 관계나 지연, 학연, 혈연으로 동조하는 사람들이 있었다.

신생 조국 건설의 일원이라면 앞뒤를 따질 것 없이 어떤 조직이나 단체에도 가담하려는 것이 당시 풍조였다. 그래서 자신과 인연이 닿는 쪽에 동조하다 보니 좌익도 되고 우익도 되는 상황이었다. 세상이 이런 상태인지라 군 내부에도 좌익분자가 다수 섞여 있게 되었다.

그러나 1948년 제주 4·3 사건 진압을 위해 출동한 14연대가 출동을 거부하며 반란을 일으켜 여순 사건(10. 20)이 발생하고, 이 때 좌익분자를 색출하기 위해 1949년 1월부터 대대적인 숙군 작업이 벌어졌다. 이 작업에 김창룡 특무부대가 해결사로 나선 것이다.

　김창룡은 일제 때 만주에서 일본군 헌병으로 활약했던 고약한 사람이었다. 그는 모든 사람을 일단 빨갱이로 보고 대하는 경향이 있었다. 미국과 이승만 대통령의 총애를 받는다는 소문 아래 군 서열과 계급을 무시하고 잡아가두고 고문하니 견뎌 낼 사람이 없었다. 그런 때에 박원석 대위와 홍승화 소위가 잡혀들어 간 것이다.

　김창룡의 포악성을 잘 알고 있는 김정렬 교장이 거듭 곤혹스런 표정을 지으며 물었다.

　"이 일을 어떻게 수습해야 하나?"

　"제가 특무대를 한 번 찾아가보겠습니다."

　"괜찮겠니?"

　"아무럼 어떻습니까. 동기생 이한진 대위가 있으니 선을 대보죠."

　그러나 그가 박원석과 홍승화를 끌고 간 장본인이어서 꺼림칙한 면이 없는 것은 아니었다.

　"알았다. 생사람 다치지 않게 노력해 봐!"

　나는 점심을 먹고 곧바로 특무대로 달려갔다. 특무대는 명동 한복판의 명동극장을 본부로 사용하고 있었다. 본부는 어두침침하고 음산했다. 방여기 저기서 몽둥이로 사람 패는 소리가 들려왔고, 매를 견디다 못해 숨 넘어 가는 소리, 다른 쪽에서는 비수보다 더 날카로운 비명 소리가 복도를 타고 들려왔다.

　그 비명 소리에 나도 모르게 오금이 저려왔다. 그러나 김정렬 교장의 지시도 있고, 특히 두 사람을 체포해 간 이한진이 육사 5기 동기생이란 점에 유의하면서 어떻게든 그를 만나볼 작정이었다. 생도 시절 그와 마주친 적은 없었지만 지금은 지푸라기라도 잡아야 하는 형편이었다.

　이한진을 찾아 신분을 밝히자 나를 알아보는 눈치였다. 그러나 그는 모른 척 시치미를 떼고 내 위아래를 거만스럽게 훑더니 버럭 고함을 질렀다.

　"너는 여기 올 자격 없어!"

　"아니 날더러 자격이 없다고? 친구 두 사람이 잡혀왔는데…… 올 자격

빨간 마후라 하늘에 등불을 켜고

이 없다고?"

"빨갱이가 아니면 나가 임마!"

그는 동기생도 안중에 없었다. 그러나 결코 물러설 수 없었다.

"박원석은 우리 동기생 아닌가. 동기생이 좋다는 게 뭐냐. 그리고 홍승화는 내 고향 친구야. 내가 그들의 사상을 더 잘 알아."

"니가 알면 다 통한다는 거야? 그리구…… 니까짓 게 뭘 안다는 거야. 그래, 홍승화는 빨갱이는 아니야. 하지만 그 새끼가 더 악질이야! 전연 협력을 안 해. 불평불만만 늘어놓는단 말야. 의심 가는 사람을 불라는데 도무지 협력을 안 해. 그러니 단단히 혼이 나야 돼! 대신 박원석은 협력을 잘해 준다. 그래서 풀려날 수도 있다. 그럼, 됐나?"

나는 순간 번개처럼 스치는 의구심이 일었지만 꾹 참았다. 빨갱이가 아닌데 혼이 나야 한다는 이 모순 그리고 협력을 잘 해 주면 풀려날 수 있다는 것은 또 무슨 기준인가. 나는 전신의 힘이 쏘옥 빠지는 무력감에 사로잡히고 말았다.

나는 박원석 대위와 홍승화 소위의 석방을 위해 이틀에 한 번씩 특무대 본부를 찾아갔다. 특무대가 싫어하거나 박대하더라도 이들을 석방할 때까지 쫓아다닐 작정이었다.

그런데 박원석 대위는 어느 날부터 특무대 내에서 자유롭게 활동하고 있었다. 이한진이 "박원석은 협조를 잘한다"고 말해 이상한 생각이 들었지만, 풀려났으니 다행이라고 여기고 홍승화를 빼낼 궁리만 했다. 그런데 이한진은 엉뚱한 얘기를 했다.

"홍승화, 그 새끼는 협력은 안하고 계속 불평만 늘어놓는단 말야. 약속대로 협력자는 석방하는데 말이다."

박원석은 얼마 후 석방되고, 홍승화는 군법회의에 회부됐다. 다급해진 나는 재판장인 백홍석 선배 자택을 찾았다. 그는 일본 육사 27기로 채병덕 육군참모총장의 장인이기도 했다.

나는 응접실에서 무릎을 꿇고 앉아 사정을 말했다.

"재판장님, 홍승화는 육사 59기입니다. 선후배 동료들이 신뢰하는 남아입니다. 절대로 좌익이 아닙니다."

백 재판장은 나의 간절한 사정에도 멋쩍은 표정을 지을 뿐 확실한 답변이 없었다. 결국 홍승화는 징역 2년 6개월의 실형을 선고받고 목포형무소로 이감됐다.

그런데 그는 감방 생활 몇 달 만에 머리를 박박 깎은 모습으로 김포비행장 내 숙소에 나타났다. 이 때 나는 소령으로 진급해 공군 본부 작전국장으로 근무 중이었고, 공군참모총장은 김정렬 장군이었다.

"탈옥했나?"

그러자 그는 웃으면서 목포형무소 집단 탈옥 사건(1950년 2월)을 이야기했다. 일부 좌익이 개입해 집단 탈옥 사건이 벌어졌지만 홍승화의 감방 죄수들만 모두 감방에 남았다. 홍승화가 죄수들에게 "죽으려면 나가고 살려면 남아 있으라"고 설득한 결과였다. 이로써 그는 좌익이 아니라는 사실이 또다시 입증됐다.

"죄수들이 모두 도망가자고 했지만 나를 여기에 가둬놓은 놈이 나쁜 놈이기 때문에 나는 도망갈 이유가 없다면서 거절했어. 그리고는 너희가 남으면 살고 나가면 죽는다고 했지. 그래서 내 감방 놈들은 하나도 도망가지 않았고…… 그 결과 이렇게 모두 석방되었어."

그는 탈옥한 죄수들은 체포되거나 사살되었지만 그의 감방 죄수들은 모두 자유의 몸이 되었다고 했다. 그리고는 그 동안 감옥에 갇힌 세월이 억울하지도 않은지 호탕하게 웃었다.

나는 이 사실을 김정렬 공군참모총장에게 보고했지만, 김 총장은 그를 당분간 집에서 쉬도록 했다. 그러나 나는 김 총장 의견과는 달랐다. 그러잖아도 계급이 뒤떨어져 있는데(그래서 불만이 있을 수 있다) 또 쉬고 있으면 그 격차가 더 벌어져 당사자가 견디기 어려울 것이라는 생각이 들었다. 그런데 본인도 지쳤던지 고향에 가 잠시 쉬고 오겠다고 하여(초창기 군대 상황은 그랬다) 그는 전주 형 집으로 내려갔다.

그로부터 3개월 후 6·25 전쟁이 터졌다. 모두가 중심을 잡지 못하고 갈팡질팡하는 사이 작전국장인 나는 보유하고 있던 비행기를 38선으로

빨간 마후라 하늘에 등불을 켜고

모두 내보냈다. 이 중 백정현 중사가 폭격 임무를 수행한 뒤 수원비행장에 귀환하던 중 항법 착오로 전라북도 이리까지 내려갔다가 휘발유 고갈로 논바닥에 떨어지고 말았다.

이 때 홍승화는 군 복귀를 단념하고 이리 동성중 교사로 근무하고 있었다. 그런데 낯익은 비행기(그가 정비하던 비행기)가 논바닥에 떨어지자 수업을 진행하다 말고 추락 지점으로 달려갔다.

이 때 부상당한 백 중사가 다가오는 홍승화에게 권총을 겨누며 다가오면 쏘겠다고 위협했다.

"이것 봐! 그 총 신호탄인 줄 알아. 총을 거두라. 내가 그 비행기를 고친 사람이야."

백 중사를 진정시킨 홍승화는 학생들을 동원해 비행기를 학교 운동장으로 옮긴 뒤 정비를 해 다시 띄워주었다. L-4기는 150m의 활주로만 있으면 이륙이 가능한 비행기로 학교 운동장에서 무난히 이륙할 수 있었던 것이다.

전쟁이 치열하던 1951년 5월, 김정렬 참모총장이 홍승화를 데려오도록 지시했다. 나는 김신 선배와 함께 사천전투비행단에서 비행기를 몰고 전주로 날아갔다. 그러나 그의 형은 "나도 그의 행방을 모르고 있다"며 비통해하고 있었다. 그 후 그를 만난 사람은 아무도 없었다.

좌우 이념 대결로 얼마나 많은 사람이 다치고 또 사라졌는가. 손가락질 하나로 반대파로 몰려 억울한 누명을 쓴 사람이 있었고, 아예 이 세상을 하직한 경우도 수두룩했다.

그들 중 뇌리를 스치는 주변 선후배만 하더라도 홍승화를 비롯해 좌익으로 몰려 처형된 대전 2연대장 김종석 선배, 제주 4·3 사태에 가담했다가 처형된 일본 육사 1년 후배 오일균, 해방되자마자 대학에 간다고 집을 나섰다가 행방불명된 일본 육사 동기생 이성구, 육사를 마치고 다시 서울대학을 졸업한 뒤 인천에서 교편을 잡고 있다가 행방불명된 단짝 친구 이재일, 억울한 누명을 쓰고 부대에서 자결한 김태성, 좌익 혐의로 수감됐다가 행방불명된 조병건, 중학교 2년 선배였지만 4수만에 일본 육사에 합격해 내후배가 된 조철형 그리고 김재곤 등……. 이들 모두 무의미하게 죽거나 행방불명된 뒤 지금까지 소식이 없는 사람들이다.

설익은 이념의 대결로 희생된 사람들……. 내가 만난 이들은 민족적 이상주의자일 수는 있어도 빨갱이라고 보진 않는다. 무분별하고 설익은 이념 전쟁은 또다른 의미의 엄청난 국가적 손실을 가져왔다. 그것은 뭐니뭐니해도 신생 국가의 동량으로 써먹어야 할 인재들을 너무도 많이 잃어버렸다는 사실이다.

빨간 마후라 하늘에 등불을 켜고

F-51 전투기 도입 및 비행장 확보 계획

1949년 10월1일, 육군항공대는 공군으로 분리 독립했다. 김정렬 초대 공군참모총장은 나를 작전국장으로 임명했다. 나는 창설된 공군의 위세에 맞게 F-51 무스탕 전투기 100대 군사 원조 도입과 10개 비행장 확보 계획을 세웠다.

이 같은 계획은 미국 공군의 개척자 빌리 미첼 장군의 영향이 컸다. 그는 제1차 세계대전이 끝나자 앞으로는 보병전이 아니라 항공전이 될 것이라고 예언하며 항공력을 증강해야 한다고 주장했다. 그러나 보병 출신인 맥아더 장군의 고발(보병 모독 혐의)로 군법 회의에 회부되어 영관급으로 강등된 사람이었다.

그리고 20년 후 1941년 12월 8일, 미국은 일본의 진주만 습격을 받았다. 미첼 장군의 예언을 따르지 못한 대가를 톡톡히 치른 다음에야 대대적으로 항공력을 키웠다. 미 본토에서 도쿄까지 날아갈 수가 없어 항공모함을 건조하여 전투기를 탑재해 일본 영토에 무차별 폭격을 감행함으로써 승리를 얻어 낸 것이다.

1944년 7월 8일, 항공력을 보강한 미국은 일본 규슈 서북부 지역 폭격을 시작으로 매일 100대 이상의 B-29 폭격기가 일본 본토를 공습했다. 1945년 8월 9일, 나가사키에 원자폭탄이 투하되던 날에는 1,600대의 폭격기가 일본 동북 지방을 강타했고 300대는 규슈를 공습했다. 원자폭탄이 아니더

F-51D(프로펠러 전투기)와 훈련중인 모습.

라도 일본은 이미 패망하게 되어 있었다.

나는 이 점을 내세워 공군력 증강책을 제시했다. F-51기 100대와 김포 비행장을 비롯해 여의도·수원·대구·광주·수영·대전·군산·제주·강릉 비행장 등 10개 비행장을 확보해야 하며, 인력 수송 지프 1대, 무전기 1대, 비행장 경비 병력 1개 소대를 지원해 달라는 요청서를 만들었다. 삐라를 뿌려 주는 연락기 수준의 L-4기 10대와 L-5기 10대 보유만으로 공군 독립이라고 말하기는 쑥스러운 일이었다.

이 같은 계획서는 장제스의 국부군 시절 중국 공군 창설자인 미 공군 세놀트 장군에게 보고되었지만 미 태평양사령부의 거부로 뜻을 이루지 못했다. 그러나 공군이 창설되었으니 다시 시도해야 할 입장이었다. 나는 차트를 만들어 육군 본부 강문봉 작전국장(대령)을 찾아갔다. 같은 작전국장이라도 그는 대령이었고 나는 대위였다. 이런 계급상의 차이만이 아니라 공군은 여전히 육군의 지휘를 받고 있었다.

"형님, 도와주십시오."

일본 육사 1기 선배인 그와 나는 사적으로 말을 트고 지낼 만큼 가깝게 지냈다. 그러나 내 설명을 듣고 난 강 작전국장은 "너 잠꼬대 하냐?"는 식이었다. 그러면서 이렇게 물었다.

빨간 마후라 하늘에 등불을 켜고

"지금 보유한 비행기가 몇 대지?"

"20대입니다. 그것도 한 대는 북으로 넘어가고 또 한 대는 고장 나 열여덟 대만 사용할 수 있습니다."

"잠자리비행기 말이지? 그 비행기를 지키기 위해 10개 소대의 병력과 자동차를 주고 비행장 10곳을 달라고?"

"앞으로가 문제 아닙니까. 당장 눈앞의 것만 가지고 말할 수 없죠. 앞으로 항공력을 증강해야 국방력이 튼튼해집니다."

"지금 당장이 더 중요해 임마!"

한 마디로 거절이었다. 나는 자리를 박차고 일어났다. 가장 이해심이 많아야 할 작전국장이 그 정도였으니 더는 말할 기분이 나지 않았다.

"형은 이제 비행기 탈 생각 마시오. 죽을 때까지 지프나 타시오!"

나는 이렇게 쏘아붙이고 돌아와 버렸다. 그러나 포기할 수는 없었다. 며칠 후 나는 부관을 데리고 수원비행장으로 나갔다. 그러나 그 곳은 비행장이 아니었다. 활주로까지 온통 옥수수 밭이었다. 주변의 밭보다 더 잘 자란 옥수수밭이 질펀히 뻗어 있었다.

나는 한쪽에서 옥수수 밭고랑을 메고 있는 농부를 불러 세웠다.

"이 곳은 비행장인데……, 어떻게 옥수수를 심을 수 있소?"

그러자 농부가 더 이상하다는 듯이 되물었다.

"당신이 뭔데 남의 밭에 와서 감 내놔라 배 내놔라 야단이오?"

"아니, 이 곳이 아저씨 밭이라구요? 비행장 아닙니까?"

"우리 나라에 비행기가 있소? 한심한 사람이군. 땅을 놀릴 수 없으니 갈아엎어서 옥수수라도 심어야지."

갈수록 기가 막혔다. 내용을 알아본 결과 그 옥수수밭은 안양교도소에서 죄수들의 노동력을 이용해 경작하고 있었다. 모두들 비행장에 대한 인식이 이 정도였으니 더는 말해 무엇하랴. 나는 귀대해 곧바로 전체 회의를 소집했다. 그래봐야 전체 공군 인력은 500명 수준이었다.

무엇보다 공군 전체 회의를 통해 설명회를 가질 필요가 있었다. 내부부터 입장 정리를 해 놓지 않으면 큰 일이 날 것 같았다. 육군 강문봉 작전국장에게 브리핑했던 그대로 차트를 펼쳐 보이며 공군의 진로와 계획을 설명했다. 그러자 일본 하사관 출신으로 기상을 담당하는 홍윤범 대위가 질문이 있다며 손을 번쩍 들었다.

"그래, 홍 대위 말해 보시오."

"잠자리비행기가 20대 뿐인데 비행장을 10곳이나 닦고, 병력이 10개 소대나 필요합니까?"

어이가 없었지만 설명하기 위해 다시 마이크 앞으로 나설 때였다. 갑자기 박범집 공군참모차장이 "가만 있어"하며 대신 나섰다. 그의 대답은 의외였다.

"돌대가리 같은 놈!"

이 때부터 홍윤범 대위의 별명은 '돌대가리'가 되어 버렸다. 공군마저 이런 식이었으니 육군은 더 말할 필요가 없었다. 강문봉 육군 작전국장을 탓할 이유도 아니었다.

어느 날 박범집 참모차장 관사를 찾았을 때의 일이다. 박 참모차장이 빙글빙글 웃으며 말했다.

"네 부하 중에는 훌륭한 놈도 있더군?"

나는 이 말을 곧이곧대로 믿고 대답했다.

"네, 모두들 자기 직분에 충실합니다."

"이 사람 순진하긴……. 고영보란 놈 있지? 소년 비행병 출신이지 아마? 이 녀석이 나를 찾아와서는 장지량 작전국장이 되지도 않을 일을 한다고 불평하는 거야. F-51기 100대 도입이 꿈이라도 꿀 일이냐고 말하는 거야. 그래서 내가 '너 이놈, 장지량 똥구녕이나 빨아먹어라'고 호통을 쳤네. 이제 자네 똥구녕 빨아먹을 부하를 두었으니 얼마나 좋은가, 하하하……!"

북한은 벌써 소련제 전투기 210대를 보유하고 있는데, 우리 공군력은 잠자리비행기 20대 수준이었으니 F-51기 100대 보유도 사실은 적은 형편이었다.

6·25 발발과 공군의 해산

이런 상황에서 6·25가 터졌다. 나는 경황중에 사변의 내용을 살피고자 육군본부 참모회의에 참석했다. 육군의 동향을 알아야 공군의 지원 계획을 세울 수 있었기 때문이다. 육군 참모회의는 갈팡질팡이었다. 정보를 제대로 숙지하지 못한데다가 어디서부터 손을 써야 할지 우왕좌왕하는 꼬락서니였다.

나는 이래선 안 되겠다고 생각하고 그 길로 김포 집으로 달려가 산후 조절중인 아내와 아내를 돌보기 위해 상경한 어머니를 모시고 소공동 김명순 아주머니 집에 투숙시켰다. 김명순 아주머니는 장모의 태화고녀 동창생이었으며, 두 달 전에 첫 딸을 낳아 산후 조절중인 아내를 돌봐 줄 사람으로 생각했다.

6월 27일, 이윽고 의정부 전선이 무너졌다는 소식이 날아왔다. 나는 작전 지휘 내용을 살피고자 다시 육군 참모회의에 참석했다. 김백일 참모차장이 최창식 공병감을 부르더니 명령했다.

"적의 도강을 막기 위해 내일 새벽 한강 인도교를 폭파하라!"

한 마디로 무시무시한 작전이 진행되고 있었다.

나는 귀대하자마자 곧 참모총장께 보고하고 공군 참모회의를 소집했다. 이 자리에서 김정렬 공군참모총장과 박범집 참모차장은 "끝까지 전쟁을 한다"며 비행 부대로 출발했고, 나는 본부의 철수 계획을 수립했다. 한강

6·25 전쟁 때 공군의 폭격을 소재로 한 그림, 작자 미상.

인도교 폭파 전에 철수를 완료해야 하는 것이다.

나는 한국은행에서 예금을 모두 인출해 공군 본부 국장 30만 원, 과장 20만 원, 계장 10만 원씩 송별금을 지급했다. 그런데 30만 원짜리 봉투가 하나 부족했다. 누군가 한 사람이 봉투 두 개를 가져가 버린 것이었다.

비가 지척을 분간하기 어려울 정도로 쏟아지고 있었다. 그렇다고 봉투 문제로 승강이를 할 처지도 아니라 찜찜한 기분으로 후퇴 준비를 서둘렀다. 군용 트럭 7대를 동원해 중요 서류와 물건을 실어 보냈다. 가지고 갈 수 없는 서류는 모두 소각시키고, 병기고를 은폐시키는 작업을 하는 사이 모든 차량이 떠났다. 마지막으로 트럭을 몰고 정문을 나서려는데 보초 헌병이 내 차를 가로막았다.

"무슨 일인가?"

"밖에서 여인네 일행이 기다리고 계십니다."

'누굴까?' 하면서 달려가 보니 장모와 핏덩이 아이를 보료에 싸안은 아내가 오들오들 떨면서 울고 서 있었다. 만약 2~3분 먼저 떠났더라면 가족들과 영영 이별을 했을지 모른다. 아내와 어머니는 빗속을 뚫고 나를 찾아왔던 것인데, 그 시간 차이는 불과 2~3분 사이였다.

하늘에 번개가 치고 비가 줄기차게 쏟아졌다. 모든 것이 절망적이었다. 야릇한 패배감을 맛보면서 두고 떠날 수 없는 아내와 어머니를 군용 트럭에 태우고 길을 떠났다.

아내는 김명순 아주머니 집에서 나오게 된 자초지종을 내게 설명했다. 북한군이 쳐들어왔다는 뉴스를 접하면서 아주머니 행동이 이상하더라는 것이었다. 도무지 불안해서 더는 아주머니 집에 붙어 있을 수가 없더라고 울먹였다.

1950년 9월 28일 서울이 수복되자 나는 급히 김명순 아주머니를 찾아갔다. 대전에서 아내와 헤어진 뒤 전선으로 뛰어들어 3개월 동안 가족 소식을 듣지 못했다. 그래서 혹시 연락이 되지 않았나 하여 찾은 것이다. 그러나 소공동은 폭격으로 인해 가옥들이 모두 허물어져 있었다. 김명순 아주머니 집도 형체를 알아볼 수 없을 정도로 파괴되어 있었다.

나는 폐허가 된 아주머니 집 앞에 우두커니 앉아 있는 한 영감에게 다가갔다.

"할아버지, 이 동네에 사시나요?"

"그렇소만⋯⋯."

"김명순 아주머니 행방은 어떻게 됐습니까?"

"그 집은 쑥밭이 됐다네. 어서 적십자병원으로 가 보게."

나는 서대문 적십자병원으로 달려갔다. 병원 직원은 안타까운 표정을 지으며 내게 놀라운 사실을 전해 주었다.

"장교님, 하루 늦었습니다. 어제 처형되었습니다."

아주머니가 서울시 인민위원회 여성동맹위원장으로 활약하다가 체포되어 총살형을 당하고, 그 시신이 병원에 안치되어 있었다. 군 장교가 보증을 서 주면 살려낼 수도 있었다는 말을 듣고 하루만 빨리 갔어도 하는 안타까운 마음이 들었다.

6·25가 터지고 사흘 후 인민군이 서울을 함락한다는 소문이 돌자 아주

머니 표정이 일순간 싹 달라지더라는 아내의 말이 순간 뇌리를 스쳤다. 만약 그 집에 아내를 두고 피난을 갔더라면 아내도 무사하지 못했을 것이라는 생각도 들었다. 전쟁 때는 군인이나 경찰 당사자뿐만 아니라 가족들도 목숨을 운에 맡기고 사는 처지였다.

이야기는 다시 거슬러 올라간다. 6월 27일 공군 본부에서 지휘부를 인솔하고 부랴부랴 도강하자 곧이어 한강 인도교가 폭파됐다. 정말 간발의 차이였다. 장모와 아내는 나를 계속 따라다닐 수가 없어서 핏덩어리를 안고 고향으로 내려간다고 무작정 길을 떠났다.

나는 수원의 한 초등학교에 진지를 구축하고 게릴라전을 펼 계획을 세웠다. 한용현 인사국장이 계급(중령)이 제일 높으니 전시본부장으로 하고 나는 작전국장, 박두선 소령은 군수국장직을 그대로 수행했다.

식량 보급 루트를 찾기 위해 나간 박두선 군수국장으로부터 수원농대에서 식량을 확보했다는 연락이 왔다. 인민군이 쳐들어올 때까지 게릴라전을 벌일만한 최소한의 식량은 갖춘 것이다.

그래서 지형 정찰을 하기 위해 밖으로 나가는데 해산된 공군 병사들이 소식을 듣고 하나 둘씩 학교로 찾아들기 시작했다. 절망적인 가운데도 희망을 걸어볼 수 있는 모습이었다. 수원농대 학장실에도 전시 국방부가 설치됐다는 소식이 날아왔다. 김정렬 공군참모총장은 전시 국방부에 합류해 있었다.

나는 적과 너무 가까이 있다는 주변의 우려를 묵살하고 게릴라전을 준비했다. 그런데 6월 29일 아침 김정렬 총장이 내게 부관을 보내왔다.

"작전국장님, 맥아더 장군이 오늘 오전 10시 수원비행장으로 오신답니다. 작전국장님이 직접 영접해 국방부로 모셔오라는 지시입니다."

태평양사령관 맥아더 원수는 사령부가 있는 일본에서 전용기로 직접 날아온다는 것이었다. 나는 즉시 수원비행장으로 차를 몰았다. 오전 10시까지는 시간이 충분히 남아 있었지만 운전병을 닦달해 가며 쏜살같이 차를 몰았다. 그만큼 마음은 다급했다.

오전 10시, 정확하게 맥아더 원수의 4발 전용 비행기가 수원비행장에 착륙했다. 특유의 검은 선글라스를 쓰고 트랩을 내린 맥아더 원수는 너무나 태평하고 무표정했다. 내 거수경례를 받는 둥 마는 둥 하더니 안내하는 지프에 올랐다. 맥아더 원수가 앞좌석에 타고, 그의 정보참모인 미 육군 소장과 나는 뒷좌석에 탔다.

초여름의 뙤약볕 아래 차는 텅 빈 도로를 전속력으로 달렸다. 그러나 맥아더 원수는 여전히 말이 없었다. 먼 곳으로부터 포성이 들려오고 차는 뽀얀 먼지를 일으키며 도로를 질주해 갔다.

나는 유별나게 긴 침묵에 야릇한 절망감을 맛보면서 맥아더 원수에게 큰 소리로 물었다.

"Are you comming?(미군이 오는가?)"

무표정하게 앞만 바라보고 있던 맥아더 원수가 힐끗 나를 돌아보더니, 그는 이내 앞만 바라보며 다시 침묵을 지켰다. 나를 완전히 무시하거나 질문을 묵살하는 것으로 받아들여졌다.

하긴 내 질문이 무례일 수도 있고 세련되지 못한 것일 수도 있다. 새파란 젊은 장교가 시건방지게 태평양 전쟁의 영웅에게 "너(극동군사령부=태평양사령부) 여기 오느냐"고 묻는다는 것이 시건방지고 도발적일 수 있었던 것이다. 그러나 너무나 급박한 상황인지라 묻지 않을 수가 없었다. 나는 알고 싶고, 알아야 하고, 무슨 일이든지 알아 내야 할 책무 같은 걸 느끼고 있었던 것이다. 어찌 생각하면 내가 질문한 그 말을 '명언'이었다. 치열한 전투 상황에서 그 이상 무슨 말이 필요하겠는가? 전선의 언어란 스타카토처럼 짧게 끊어 내는 단음절의 암호 문자 같은 단어로 모든 것을 해석하고 해결하는 조직이기 때문이다.

맥아더 장군의 묵살에 내가 머쓱해 있는데 옆자리의 정보참모 소장이 슬그머니 손을 내밀어 내 손을 잡더니 힘 있게 쥐어 주며 고개를 끄덕여 주었다. 걱정하지 말라는 메시지였다. 나는 비로소 안도의 숨을 쉬었다.

"땡큐, 써!"

그 때서야 맥아더 사령관이 나를 돌아보며 엷은 미소를 입가에 띠우는 듯했다.

미 군사 원조의 일환으로 도입된 F-51 전투기들의 비행 모습.
1950년 7월 4일, 이근석 비행단장은 F-51기 편대(3대 편성)를 이끌고 첫 출격에 나섰다
가 적의 집중 포격으로 첫 전사자가 되었다.

　나는 수원농대에 차려진 전시 국방부로 맥아더 원수를 안내했다. 맥아
더 원수는 브리핑을 받는 둥 마는 둥 하며 곧바로 전선이 무너진 한강으로
차를 몰았다.

　맥아더 사령관은 한강 전선을 돌아본 뒤 한국군에 대한 전면적인 군사
원조를 약속했다. 그의 보고로 미국 정부는 자국의 해군과 공군을 한국
전선에 참가 명령(6월 27일)을 내렸고, 뒤이어 육군에도 참전 명령(6월
30일)을 내렸다.

　나는 공군 지휘부로 돌아왔다. 맥아더 원수의 방한으로 전황은 급변해
가고 있었다. 미 군사 원조의 일환으로 미제 전투기 F-51기 10대 도입이
결정됐다. 그리고 F-51기 인수와 함께 비행 훈련을 받기 위해 이근석·김
영환·장성환·김신 등 조종사 10명이 일본 극동군사령부 공군기지로 떠
났다.

　전선은 계속 밀렸다. 다시 대전 후퇴 명령이 떨어졌고, 정부는 벌써 대
전으로 이전한 상태였다. 나는 수원역으로 나가 귀향하는 장정들을 불러

모아 게릴라 군부대를 재편성했으나 도리없이 다시 짐을 챙겼다.

우리가 대전에 도착한 7월 2일, 이근석 비행단장이 F-51기를 몰고 대전 유성비행장에 내렸다. F-51기 10대는 전날 일본의 이타스케 미 공군기지를 출발해 대구비행장에 도착했었다. 이타스케 공군기지에서 조종이 익숙해질 때까지 몇 차례 비행 훈련을 하고 돌아와야 했지만, 워낙 전황이 급박하게 돌아가는데다 기상 조건도 고려해 단 한 번 훈련을 받고 전투기를 인수해 온 것이었다.

이 중 이근석 비행단장은 대전으로 옮겨 온 정부와 공군참모총장에게 보고차 직접 F-51기를 몰고 대전에 도착했다. 그런데 모처럼 전투기를 몰았던 탓인지 매우 흥분된 모습이었다.

7월 4일, 이근석 비행단장은 F-51기 편대(3대 편성)를 이끌고 첫 출격에 나섰다. 수원·안양 지역에서 탱크를 몰고 남하하는 인민군을 폭탄 투하로 저지하고 기총소사를 하던 중 적의 집중 포격을 받고 격추되고 말았다. 우리 공군의 첫 출격에 첫 전사자였다.

이근석 비행단장은 일본 소년 비행병(2기) 출신으로 중·일 전쟁 때는 몽골 전선에서 전투기를 몰았고, 1941년 태평양전쟁 초기 남양군도 전투에 참가했다. 이 때 전투기가 격추돼 목숨을 건지긴 했으나 포로로 잡혀 해방될 때까지 4년간 버마 군포로수용소에서 억류 생활을 했다. 그리고 해방 이듬해인 1946년 초 고국으로 돌아와 항공대에 입대해 공군 창설의 주역 중 한 사람으로 활약했다.

신망을 받던 비행단장이 첫 출격과 함께 전사하자 공군은 아연 긴장감이 감돌았다. 사실 이근석 비행단장의 출격은 무리였다. 태평양 전쟁 때 4년간 포로 생활을 했고, 1945년 해방 이후 1950년까지 5년간 전투기를 조종해 본 경험이 없어 조종간을 잡지 못한 기간이 벌써 9년이나 되었던 것이다.

사실 참모총장이라도 한 달에 4시간씩 의무적으로 전투기를 조종하도록 되어 있는데(유지 비행) 9년이라는 공백기를 지나 일본에서 단 한 차례 비행 훈련을 받고 실전에 나섰으니 무리일 수밖에 없었다. 그러나 전선은 그만큼 급박하게 돌아가 어떤 누구라도 나서야 할 상황이었다.

나는 이근석 비행단장의 전사 소식을 듣고 전투조종사 특유의 복수심을 불태웠다. 김정렬 공군참모총장에게 전투비행단으로 배속시켜 줄 것을 요청했다. 이 때 장덕창 참모차장도 전투기를 몰겠다고 나서는 상황이었다. 그러나 한용현 공군 본부장은 한사코 나를 만류했다. 작전국장이 작전 지휘를 해야지 자리를 비우면 대신 지휘할 사람이 마땅치 않다고 화를 내며 주저앉기를 지시했다. 그러나 나는 그럴 수가 없었다. 안락과 안주를 택하고 싶지 않았다.

"형님, 저는 전투기를 몰겠습니다. 이근석 선배가 당한 것의 열 배, 스무 배는 갚아 주어야 합니다."

"네가 떠나면 네 자리를 노리는 자가 있단 말이다. 왜 너는 사리판단을 못하느냐? 제발 자리를 지켜라. 본부가 더 중요해."

"그거야 선배님이 알아서 하십쇼. 저는 떠납니다."

내 결심은 이미 굳어 있었다. 이근석 전투비행단장의 전사로 공군 전체의 사기는 떨어져 있었으며, 이 점을 감안해 공군참모총장이 전투비행단장을 겸하게 되었다. 이런 상황에서 내가 작전만 지휘할 수가 없었다. 나는 내 고집대로 전투비행단 작전참모로 배속되어 7월 6일 대구로 떠났다.

오폭과 사기 저하

　이근석 비행단장의 전사로 전투조종사들은 복수의 일념에 불타 있었지만 우리 공군 전력은 전투기 9대 뿐이었다. 더군다나 미 공군 '6146 고문단'의 지휘를 받아 운신의 폭은 그만큼 좁았다.

　인민군은 성난 파도처럼 대전까지 밀고 내려오기 시작했다. 게다가 미 육군 보병 사단장 딘 소장이 충청 전선에서 포로로 잡혔다는 소식이 날아들어 전황은 갈수록 절망적이었다. 딘 소장은 한국군과 인민군을 구분하지 못하고 활동하다 포로로 잡힌 것이다. 그런데 인민군 선두 부대는 벌써 충주까지 앞질러 내려가 있었다. 아군은 적과 응사 한 번 제대로 해 보지 못하고 지리멸렬하게 충주를 버리고 청주로 밀려났다.

　적의 남침을 저지하는 것은 오직 미 공군기뿐이었다. 일본의 공군 기지에서 날아온 미군기가 인민군의 침략 루트를 봉쇄하며 폭탄을 투하했다. 그러나 충주에서는 목표물인 충주 대신 엉뚱하게 청주를 집중 공격해 엄청난 아군과 민간 피해를 내고 말았다.

　웃지 못할 지명 착오로 생긴 오폭이었다. 미 공군은 2차 세계대전 때 만든 한반도 항공지도로 폭격에 나섰다. 그런데 인민군이 점령한 '충주'나 아군이 후퇴해 전력을 재정비하고 있는 '청주'의 영어 스펠링이 똑같은 'Chungju'였다. 스펠링은 같으나 각기 다르다는 현지 사정을 모르는 미 공군 조종사들이 '청주'를 '충주'로 잘못 알고 무차별적으로 폭격한 것이다. 그러니 적의 피해는 없고 아군과 민간인의 손실만 막대했다.

이로 인해 정신적 좌절감과 패배주의가 컸다. 사실 한국 전쟁 초기 인민군에게 밀린 절대 이유는 아군의 전력이 취약한 것에 있지 않았다. 이 같은 오폭 사례에서 오는 정신적 공황의 결과도 아주 컸던 것이다.

나는 전투비행단 작전장교로 배속돼 정찰 임무를 수행하면서 이런 문제점을 설명하고 공군력을 증대해야 한다고 요로에 절규했다. 그러나 체계나 질서가 잡히지 않은 구조여서 메아리가 있을 리 만무했다. 또한 미 공군 측에 대한민국 지형은 우리가 더 잘 알기 때문에 한국 공군에게 전투기를 주어야 한다고 설득했지만 거절당했다. 한 마디로 한국 공군은 미숙하고, 전투기 조종 능력이 부족하고, 무엇보다 사상이 의심스런 군인이 많다는 이유였다.

1950년 7월 20일, 대구로 가는 낙동강 상류의 구미대교 북쪽까지 인민군이 내려왔다는 첩보를 접한 공군 본부의 모 작전참모가 미 공군에 알리자 미 폭격기가 폭격했다. 그러나 그것은 인민군이 아니라 아군의 후퇴 상황이었다. 또 인명 손실이 컸음은 물론이다. 결국 이 사건이 문제가 되어 공군 본부의 담당 작전참모가 자리에서 물러났다.

전황이 급박하게 돌아가자 미 공군 최신예 제트 전투기인 F-82기가 투입됐다. 그 동안 F-51기와 B-29기(4발 엔진), B-26(쌍발 엔진)기가 참가했으나 적기를 격추시키는 데는 한계가 있었다. 그래서 고성능 전투기인 F-82기를 투입했다. 이로써 아군은 어느 정도 숨을 돌릴 수 있게 되었다. 성능이 매우 우수해 적기를 발견한 즉시 격추시키고, 적의 진격 루트를 차단하고 보급로도 저지한 것이다.

나는 T-6기 정찰기를 타고 정찰 임무를 수행하면서 작전을 지휘했다. 그러나 아직도 기관총을 장착하지 못해 무장되지 않았다. 나는 청주 남쪽과 상주 일원을 정찰하면서 적기의 기총소사에 응사하지 못해 여러 차례 사선을 넘었다.

7월 하순, 대구비행장에 전투기가 가득 차기 시작했다. 일본 기지에서 날아 온 미군 전투기와 영국·호주·남아프리카연방공화국·필리핀 전

대구기지에서 활동하던
한국 공군.

투기들이 들어와 대기했다. 비행장이 비좁아 우리 공군이 자리를 비워 주어야 했다. 그래서 사천비행장으로 이동하기 위해 제1선발 부대를 내려보냈다. 사천비행장은 제주 4·3 사건과 여순 사건 때 제주도를 오가면서 살펴 둔 비행장이었다. 이 때 강화일 소위가 이끈 선발대가 인민군에게 포로로 잡히고 말았다. 낙동강을 건너지 않고 낙동강 북편을 따라 남하하다가 매복한 인민군 주력 부대에 포로로 잡혀 버렸다. 그 중 탈출한 병사가 귀대해 알려 줘 이 사실을 알게 되었다.

김정렬 비행단장(공군참모총장 겸직)과 나는 사천이 적에게 점령당한 사실을 확인하고 비행기를 진해로 옮기기로 결정했다. 우리 공군이 보유한 전투기는 9대 뿐이다(연락기 L-4 및 L-5, 정찰기 T-6기 등 26대가 있었지만 전투에 투입되지는 못함). 1개 전투비행단 규모(전투기 75대)에도 미치지 못하는 형편없는 공군력이었다.

외국 비행기에 비해 우리 비행기는 너무도 낡고 초라해 자존심도 몹시 상했다. 우리 전쟁인데도 완전히 더부살이 전쟁을 하는 형편이었다. 모든 것이 암울하고 참담했다. 사실 비행장을 옮기는 이유도 너무 창피해서 그들과 함께 있을 수 없었던 것이다. 그러나 진해비행장으로 옮겨 왔으나 무엇 하나 갖춘 것이 없어 또다른 난관에 부닥쳤다.

한국 지형을 모르는 미 공군

진해비행장으로 옮겨왔지만 활주로부터 닦는 일이 급선무였다. 비행장이 늪지대로 변해 있었고, 일부는 잡초가 1미터 이상 자라 있었다. 게다가 런웨이(Runway)가 짧고 협소해 중무장한 전투기 이착륙은 기대하기가 어려웠다. 전투기 타령이 아니라 비행장 닦는 일이 급선무였던 것이다.

실전에 투입될 전투기가 절대 부족해 연락기인 L-4기와 L-5기에 30파운드짜리 국산 폭탄(300발 제조했음)을 두 개씩 싣고 적 점령지에 투하하고 돌아왔다.

연락기에는 조종석 뒤에 한 사람이 타게 되어 있는데, 후방석 탑승자가 폭탄 두 개를 가슴에 안고 초저공(1,000피트, 약 300m 상공)할 때 지상으로 투하했다. 이 일은 위험천만한 일이었으며 적중률도 현저히 떨어졌다.

30파운드짜리 국산 폭탄 1~2발 가지고는 적에게 큰 피해를 줄 수 없을 뿐더러, 적에게 쉽게 노출되어 변죽만 울리고 도망 나오는 형편이었다. 어찌 보면 그 용기는 가상했으나 격추되기 쉬운 지점에 들어갔다가 나오는 푼수였다. 6·25 전쟁 발발 직후 후퇴하는 길에 안양과 시흥 상공에서 인민군에게 폭탄을 투하한 뒤 남은 폭탄을 쓰기 위해 시도한 것이지만 성과는 아주 미미했다.

나는 문경·안동·상주·청주 지방으로 T-6기를 몰고 정찰 임무를 나갔다. 미 공군을 중심으로 한 유엔군 전투기와 북한군의 야크 9와 IL-10기가 치열한 공중전이 벌어진 것도 이 때다. 적의 전투기는 여의도와 김포비행장을 초토화시킨 비행기들이었다.

그러나 7월 20일경부터 미 공군의 F-80 제트 전폭기가 등장하면서 양상이 확연히 달라졌다. 속도와 화력 등 성능이 단연 앞선 이 제트 전폭기는 적기가 나타나는 즉시 격추시켰다. 이로써 마침내 제공권을 장악해가기 시작했다.

이 과정에서 얼마 전 민간인 피해 보상 문제로 사회 이슈화한 영동의 노근리 오폭도 있었을 것으로 본다. 이를 객관적으로 살펴보기 위해 외신을 인용한다.

<(노근리 오폭) 사실은 1998년 노근리 양민 학살 사건을 특종 보도한 AP통신 취재팀이 새로 발굴한 문건 등을 토대로 펴낸 노근리 사건 보고서인 「노근리 다리-한국 전쟁의 숨겨진 악몽」을 통해 공개됐다. 미국 출판사 '헨리홀트(Henry Holt)'가 발간한 이 보고서에 인용된 1950년 7월 26일자 '미 5공군 제8폭격전대 35전폭기대대' 출격 임무 결과 보고에 따르면, 이 날 오후 6시 40분 일본 이타즈케 공군 기지를 이륙한 제35전폭기대대 소속 F-80 전폭기 4대가 영동군 용암리 남동쪽 3마일 지점(노근리)에 출격했다.>(연합뉴스/2001. 8. 20)

이 보도를 통해 알 수 있듯이 미 공군 출격으로 인해 본의 아니게 민간인 피해가 있었다고 판단된다. 이 같은 피해 사례는 일본에서 출격한 미 공군기가 피아 구분이 잘 안 되는 데다 한국 지형을 잘 숙지하지 못한 데서 기인했다고 본다. 피란민을 적으로 오인하게 만든 적의 교란 작전에도 말려들었을 수 있다.

나는 이 점을 우려하고 지상 부대를 지원하는 일이 무엇보다 긴요하다고 보았다. 그래서 정찰 부대를 별도로 편성했다. 오폭 사례를 최대한 줄이고 지상군과의 협조 체제를 강화하면서 일사불란한 작전을 수행하기 위한 조치였다.

편성된 정찰 부대를 우선 전선이 급박한 포항으로 내려보냈다. 뒤이어 모든 비행기를 김해비행장으로 옮겼다. 그런데 이동하는 과정에서 또 사고가 발생했다.

장동출 중위(일본 소년 비행병 출신)가 진해비행장 무기고에 저장된 폭탄을 가득 싣고 이륙하다가 전투기가 무게를 감당하지 못하고 진해 앞바다에 추락하고 말았다. 동체가 무거워지면 정면으로 뜨지 못하고 이륙하자마자 사선으로 아슬아슬하게 비껴가게 되어 있는데 이 때는 수습할 방법이 없다. 폭탄을 잔뜩 싣고 비정상적으로 날고 있는 비행기를 유도할 방법이란 없기 때문이다.

장동출 중위의 전사와 전투기 추락……. 이는 정말 우리 공군에게는 뼈아픈 손실이었다. 이근석 비행단장의 전사에 뒤이은 희생인데다 몇 대 안되는 전투기 중에서 또 하나를 잃어버렸으니 가슴을 칠 수밖에 없었다. 이로써 우리 공군이 보유한 전투기는 8대 뿐이었다.

이런 식으로 전쟁을 치르다가 조종사는 물론 전투기도 모조리 잃는 것이 아닌가 하는 긴장감과 불안감이 전투비행단에 가득 감돌았다.

빨간 마후라 하늘에 등불을 켜고

김정렬 비행단장의 깊은 뜻

엎친 데 덮친 격으로 전투비행단의 김영환 1대대장, 장성환 2대대장, 김신 3대대장이 근신 처분을 당하는 사고가 발생했다. 장동출 중위의 전사 뒤 비행단에 드리워진 극도의 심리적 불안감에서 온 결과였다.

모두 죽는다는 절망감에 빠져 있는데 모 정비장교가 가족들을 후방으로 빼돌리고 개인적 안락을 취하고 있다는 불만이 터져 나왔다. 모두 죽어가는 상황에서 상급자 행세만 하면서 혼자 살겠다고 가족들을 피신시키는 모습이 공군 정신에 어긋난다는 불만이 폭발했다.

나 역시 가족과 헤어진 뒤 생사를 모르고 전선에 투입되었다. 가족 생각이 날 리가 만무했고, 설사 있다 하더라도 급한 일부터 하는 것이 군인의 사명이었다. 그래서 절망적인 상황에서도 서로 의지하며 전의를 불태웠다. 그런데 돌출 행동이 발생하자 세 전투조종사들이 화를 못 이긴 나머지 그를 불러 내 심한 언쟁 끝에 폭력 사태까지 이르고 말았다.

이 사실을 접한 김정렬 공군참모총장은 세 조종사 모두 영창에 보내버렸다. 이런 때일수록 내부 충돌과 반목, 대립은 용납할 수 없다는 뜻이었다. 그러나 나는 김 총장의 다른 깊은 뜻이 있었다는 것을 한참 후에야 알았다. 이들을 그대로 두면 모두 나가 죽게 되어 있었다. 전선은 예측할 수 없을 정도로 혼미를 거듭하고 있었고 우리 공군은 화력과 정비, 조종술 등 어느 것 하나 제대로 갖춘 것이 없었다. 더군다나 출전만 하면 전사하

작전을 지휘하는 김정렬
공군참모총장 (오른쪽).

거나 행방불명이 되어 극도로 불안정한 심리 상태에 빠져 있었다. 이런
때 사고가 발생하기 십상인 것이다.

만에 하나 세 사람이 모두 죽으면 우리 공군은 궤멸되는 것이나 다름없
을 정도로 이들의 위치는 절대적이었다. 그래서 김 참모총장은 이들을 영
창으로 보낸 것은 개죽음으로 몰아갈 수 없다는 깊은 뜻이 숨겨져 있었던
것이라 생각한다. 더군다나 김영환 1비행대대장은 김 총장의 친동생이었
다(얼마 후 문제의 정비장교는 전사하고, 김영환 대대장은 순직했다. 이
부분 추후 기술).

진해비행장에서 값진 대가를 치르고 김해비행장으로 옮겨가자 김정렬
공군참모총장이 나를 불러 몇 번이고 당부했다.

"전투조종사가 이제 박희동, 강호륜, 정영진, 이상수, 김성룡 다섯 명
뿐이다. 우리 공군의 씨앗이니 잘 길러라."

김해에서는 주로 낙동강 방어선 서편인 진주·하동·삼천포·사천·
고성 지역의 정찰과 기총소사 공격 임무가 부여됐다. 8월 중순 정찰과 지
상군 지원 포격에 나서고 있는데 미 해병 전투기들이 진주 남강의 촉석루

빨간 마후라 하늘에 등불을 켜고

를 폭격하고 있다는 첩보가 들어왔다. 지상 부대의 연락을 받고 미 공군이 폭격을 하는데, 때로 그들 편의대로 폭격을 감행하는 경우가 있었다. 촉석루 폭격도 그 경우였다.

난 즉시 정찰을 통해 이를 발견하고 해당 전투기에 알리려 했으나 무전기의 통신 채널이 달라 연결되지 못했다. 촉석루 폭격을 고스란히 지켜볼 수밖에 없었다. 이처럼 우리 조상들의 얼이 담긴 문화유산이 폭격으로 사라져 가는 안타까운 일들이 자주 발생했다.

나 역시 오인 사격을 하는 경우도 있었다. 남강 하류에 있는 긴 다리를 비행 정찰 도중 적군으로 보이는 수색 대원이 강을 건너는 모습이 포착됐다. 그 때 내 비행기는 기관포는 무장하지 못하고 고물 캘리버 36을 장착하고 출격한 상태였지만 이 역시 총은 총이다. 나는 적을 발견하자마자 신속하게 하강 비행해 쏘려고 하는데 적 척후병은 벌써 물 속으로 잠수해버렸다. 그리고 2~3분 뒤 엉뚱한 위치에서 머리만 내밀었다. 난 비행기의 속도를 멈출 수 없어 다시 띄워서 내리꽂히며 기총소사를 했으나 벌써 적군은 잠수해 찾을 길이 없었다. 무턱대고 총을 쏘지만 적군은 정찰기의 역방향으로 잘 피해 잠수해 나갔던 것이다.

며칠 후 사천과 진해 중간 지역을 정찰하는데 통영 앞바다에 흰옷을 입은 민간인 수백 명이 탄 배가 포착됐다. 나는 인민군이 민간인 복장으로 위장하고 진해-부산으로 침입하는 것으로 판단했다. 배 위를 몇 차례 선회하며 기총소사를 퍼부었다. 그러나 고물 캘리버 36은 고장이 나 픽픽 물똥 싸는 소리만 낼 뿐 도무지 발사되지 않았다.

대신 배에서 응사가 나왔다. 내 정찰기가 그 총에 맞았으면 그 때 내 생애는 끝났을 것이다. 나중에 안 사실이었지만 그들은 우리 해병대로 민간인 복장으로 갈아입고 후퇴를 하는 중이었고, 아군기가 총을 쏘려고 대들자 기가 막혀 위협 사격을 가했던 것이다. 그러나 위협 사격도 실탄 사격이기 때문에 자칫하면 동체에 맞거나 날개에 맞을 수 있었다. 동체나 날개에 맞으면 비행기는 그대로 바다에 내리꽂히고 만다. 그래서 나는 도망하고 말았다.

13일의 금요일

1950년 7월 하순, 미 해병대 대위가 나를 찾아왔다. 그는 다짜고짜 나를 불러 세우더니 따져 물었다.

"몇 시간 전 비행기를 탄 자가 누구냐?"

난 필시 사고가 난 것으로 알고 둘러대면서 되물었다.

"그 비행기는 우리 소속이 아니다. 그런데 무슨 일인가?"

"당신네 비행기가 우리를 쐈다. 오발·오폭이 당신네 공군인가?"

상당히 조롱하는 말투여서 자존심이 상했다.

"우리는 제대로 무장된 전투기가 없다. 미 공군은 우리에게 전투기를 주지 않고 있다. 그 얘기나 상부에 보고하라!"

나는 이 말을 내뱉고 돌아섰다. 그러자 그는 그 때서야 머쓱한 표정으로 돌아갔다. 그리고 8월 하순으로 접어들면서 미 고문단이 대거 우리 공군에 투입되었다. 한국 공군의 전투력을 증강시키기 위해 들어온 사람들이었다. 고문단 중에는 전투 비행 시간이 2,000시간짜리도 있었고, 출격 100회를 기록한 조종사도 있었다. 우리의 전투 비행 시간은 겨우 10시간을 넘길까 말까 했다. 그러니 얕잡아 볼 수도 있었다.

미 고문단을 통해 우리 공군은 비로소 교육다운 교육을 받았다. 이렇게 해서 해병대의 통영 상륙 작전 지원도 해낼 수 있었다. 이는 인천 상륙 작전의 예행연습이기도 했다.

빨간 마후라 하늘에 등불을 켜고

1950년 9월 15일, 역사적인 인천 상륙 작전이 개시되자 5명의 우리 전투 조종사들도 참가했다. 미 5공군을 주축으로 한 비행기는 오키나와·괌·사이판은 물론 필리핀에서까지 출격했다. B-29, B-26, F-80 등 폭격기와 전폭기가 인천 상공을 새까맣게 뒤덮으며 지상군의 인천 상륙을 도왔다.

이 때 유엔군의 출격은 3,300여 회나 됐다. 제2차 세계 대전의 노르망디 상륙 작전과 미군의 일본 공습 절정기(1,600회) 때보다 많은 폭격으로 전세를 완전 뒤바꾸었다. 이 때 우리 공군도 50회 출격했다.

9·28 서울 수복과 함께 나는 10월 2일 전투비행단을 인솔하고 낙동강 전선을 떠나 여의도비행장으로 이동했다. 이 때 전투·정비·기지·의무 전대를 갖춰 비로소 제1전투비행단을 편성했다. 그리고 유엔군의 진격과 함께 38도 이북 고토를 회복하자 공군은 평양 공격에 나섰다.

10월 13일 금요일, 여의도비행장……. 전투조종사 이상수 중위가 출격을 위해 낙하산을 둘러메고 비행기 쪽으로 달려가더니 얼굴을 찌푸리며 되돌아 왔다. 작전 지휘를 하던 나는 출격하는 조종사들을 전송하기 위해 언제나 활주로에 먼저 나가 있었다.

이상수 중위의 기분 나쁜 표정을 본 내가 물었다.

"왜 그래?"

"기분이 좀 그러네요."

"왜? 기분 안 좋은 일이 있나?"

"네, 비행기 프로펠러 꼭대기에 까마귀가 앉아 있잖아요."

조종사들은 새를 귀찮아 하지만 그 중에서도 까마귀를 특히 싫어한다. 그의 말대로 비행기에는 까마귀 한 마리가 프로펠러의 열십(十) 자 표지판 위에 우두커니 앉아 있었다. 순간 섬뜩한 기분이 들어 큰소리로 까마귀를 쫓은 뒤 말했다.

"다른 사람으로 바꾼다."

나는 작전참모로서 전쟁 수행을 책임 맡고 있지만, 그에 앞서 그들과 나는 형제보다 더 끈끈한 유대감이 있었다. 기분이 나쁘면 언제나 궂은 일이 생긴다는 징크스를 나는 알고 있다.

"아닙니다. 그냥 가죠."

"아냐, 나도 기분이 그래. 기분 좋을 때 나가고 오늘은 바꾼다."

이렇게 만류했으나 이상수는 대뜸 전투기에 올라타면서 말했다.

"그런 미신적인 게 뭐 대숩니까. 그 걸 깨기 위해서도 나가야죠."

그의 말을 들으니 나는 미신 신봉자가 되어 버린 느낌이었다. 그래서 첨단 무기를 사용하는 내가 사소한 미신에 빠졌구나 자책하면서 그를 그 대로 보냈다.

"그러면 그렇지? 잘 하고 와!"

이상수는 평양 외곽의 김일성 관사(숙소)를 공격했다. 기총소사와 폭탄 투하를 하고 기체를 선회하던 중 기습적인 인민군의 지대공 포격을 맞고 끝내 돌아오지 못했다. 나는 그를 끝까지 말리지 못한 자책감으로 한동안 잠을 이루지 못했다. 자다가도 벌떡 일어나 울부짖었다. 식은땀을 흘리며 신음 소리를 내다가 제 설움에 겨워 엉엉 울었다.

이상수는 가정적으로 불행한 장교였다. 일제 때 일본에서 자라면서 학 교 성적도 뛰어나고 영어를 잘해 미군들과 곧잘 통했으나 계모 슬하에서 성장한 외로운 사람이었다. 전사 사실을 통보하기 위해 그의 돈암동 집을 찾았을 때 그의 여동생들이 처연하게 우는 모습을 보고 나는 죽고 싶은 심정이었다.

미신적인 것이라고는 하지만 나는 그 이후 '13일의 금요일'은 생리적으 로 싫어한다. 이 날만 오면 진저리가 쳐진다.

빨간 마후라 하늘에 등불을 켜고

평양 미림비행장 점령

유엔군이 평양에 입성하자 우리는 1950년 10월 20일 평양 외곽의 미림 비행장을 재빨리 점령했다. 미림비행장은 바로 전날까지 북한 공군사령부 가 본부로 사용하던 곳이었다. 공군 소령으로서 작전참모인 나는 기지·정비·의무전대 등 지상 부대를 인솔하여 육로로 38선을 넘었다. 김신 기 지전대장(중령)과 함께 지프를 타고 가는데 개성 북쪽에서 김신 중령이 갑자기 놀라는 표정을 지었다.

"형, 왜 그래요?"

내 물음에 김신 중령은 북쪽에서 내려오는 세단 승용차를 손으로 가리 키며 말했다.

"저 차가 경교장 차야."

경교장 차는 김신 선배의 아버님 김구 선생의 전용차를 의미했다. 그러 고 보니 나도 그 차를 몇 번 얻어 탄 기억이 났다. 남북협상을 추진하다 흉탄에 쓰러진 주인 잃은 차를 전선에서 만나자 김 선배와 나는 만감이 교차했다. 나는 재빨리 지프에서 내려 세단 승용차를 세웠다.

"이 차를 어디로 가지고 가는가?"

차는 육군 운전병이 몰고 있었다.

"인민군 놈들이 징발해 간 것을 평양에서 찾아오는 길입니다. 연대장님 이 서울로 보내라고 해서 가져오는 중입니다."

미군 종군화가가 그린 평양 미림비행장의 풍경.
이 그림은 펜타곤 복도 벽에 걸려 있었는데, 내가 공군 무관 시절 이 그림에 관심을
보이자 후에 미 공군참모총장이 나에게 기증했다.

"이 차 임자는 김구 선생님이시다. 이 분이 김구 선생님의 아드님이시
고……."

나는 지프에 앉아 있는 김신 중령을 손으로 가리켰다. 운전병이 차에서
내리더니 김신 중령에게 경례를 붙였다.

"영광입니다! 두고 갈까요?"

그러자 김신 중령이 말했다.

"아니다. 서울로 보내라!"

그러나 서울로 보내진 세단 승용차는 그 후 영영 찾지 못했다. 전쟁 중
에는 사사로운 것을 챙길 처지도 못되었고 찾을 수도 없었으며 찾을 엄두
도 내지 않았다.

미림비행장은 대동강변에 있는 잘 닦여진 비행장으로 평양에 있는 두
곳 비행장 중 하나였다. 인민군 전투기는 한 대도 남아 있지 않았다. 이미
박살이 났거나 어디론가 옮겨 간 뒤였다.

빨간 마후라 하늘에 등불을 켜고

유엔 공군(미 5공군)은 1950년 8월 1일 함경남도 흥남에 전투기와 폭격기 500대를 출격시켜 도시를 초토화했고, 같은 날 함경북도 청진에 B-29기 60대, 9월 16일 함경남도 원산에 80대가 출격해 도시를 파괴했다(이후 큰 폭격으로는 1951년 2월 평안북도 신의주에 전투기와 폭격기 600대, 1952년 6월 23일 수풍발전소 500대, 7월 11일 평양 650대 출격).

전투기는 국내의 대구·김해·부산 수영·포항비행장에서, 국외는 일본의 이타츠케를 비롯해 3개 기지, 오키나와 2개 기지, 괌·필리핀 클라크 기지 등에서 출격했다. 또 동해안과 남해안에 대기중인 항공모함에서 출격한 미 해군기와 해병대 전투기들까지 포함해 하루 1,000소티(출격)가 넘었으니 북한은 불바다가 되고 말았다.

이 결과 적의 비행장과 지상군 집결지, 보급 집적소, 통신 지휘소, 후방 원조 병력의 운송 대열과 연안 선박이 완전히 사라졌다. 출격 수치도 어마어마했을 뿐 아니라 정확도는 2차 세계 대전 당시의 그것을 훨씬 능가했기 때문에 북한의 주요 도시는 기존의 지도에서 완전히 사라진 상태였다.

당시 한국 공군의 F-51 전투기 1개 편대(4대)는 적의 지상 병력 1개 중대 산개 지역을 불바다로 만들 수 있었다. 1개 편대는 폭탄 8발(250파운드), 로켓포 24발, 기관총탄 7440발의 무기를 장착할 수 있다.

평양은 1950년 10월 1차 폭격에서 거의 시내가 파괴됐고, 1952년 7월 650대의 폭격기와 전투기가 1일 1,300여 소티를 소화해 완전 쓸어버렸다. 이 때 우리 공군도 작은 규모(1개 편대)지만 지정된 목표를 폭격해 목표물을 정확히 파괴했다.

적의 전선은 완전 붕괴되었다. 우리는 평안북도 강계, 함경남도 국경 도시 혜산진, 압록강까지 치고 올라갔다. 통일은 눈앞에 와 있는 듯했다. 적의 몇 대 안 남은 비행기는 만주로 도망가 북한 지역에서는 전투기라고는 눈을 씻고 보아도 찾아낼 수 없었다.

박범집 공군참모차장의 전사

미림비행장에서 작전을 수행하던 1950년 11월 중순, 박범집 공군참모차장이 고향인 함흥을 간다고 나섰다. 고향을 해방시켰으니 개선장군처럼 가는 것이었다. 그가 직접 T-6 훈련기를 몰고 뒷좌석에는 수행하던 서한호 작전국장이 탔다.

박범집 공군참모차장은 고향을 방문한 뒤 극진한 대우를 받고 다음 날 귀대를 위해 비행장으로 나왔다. 그런데 고향 사람들이 너도 나도 선물을 가져왔다. 선물은 고향 특산물인 청어로, 함흥 앞바다는 예로부터 명태와 청어가 많이 잡히는 고장이었다. 집집마다 명태나 청어로 김치(식혜)를 담가 먹을 정도였다.

"부하들도 많을 텐데 청어나 몽땅 구워주소."

인심이 후한 고향 사람들은 비행기 뒷좌석 화물통에 있는 대로 청어 상자를 실어 주었다. 박범집 참모차장도 조금은 불안했으나 고향 사람들의 인심을 외면할 수 없고, 무엇보다 부하들에게 알이 잔뜩 밴 고향 특산물 청어를 먹이고 싶어 주는 대로 상자를 가득 실었다.

비행기가 이륙하는데 워낙 꽁지가 무거워 뜨는 듯 마는 듯하다가 기수가 더는 올라가지 못하고 계속 한쪽으로 쏠리더니 건너편 산에 꽝 부딪쳐 추락하고 말았다.

고향 사람들이 손을 흔들며 환송하는 바로 눈앞에서 T-6기는 폭발해

빨간 마후라 하늘에 등불을 켜고

버렸고, 박 참모차장과 서한호 작전국장(중령, 정비사 출신)은 그 자리에서 목숨을 잃었다.

박범집 공군참모차장.

이 소식을 접한 공군은 초상집이 되었다. 공군으로서는 최고 지위자가 전사(적지에서 숨졌기 때문에 두 사람을 전사자로 처리)한데다 존경스러운 선배가 변을 당했으니 그 비통함은 이루 말할 수 없었다.

박 참모차장은 일본 육사 52기로 나보다 8년 선배였다. 우리 공군 창설 7인 중 한 사람으로 그의 2년 후배인 김정렬(전투조종사 출신) 선배에게 한사코 총장 자리를 양보한 인물이다. 참모총장은 조종사 출신이어야 하며, 자신은 정비 출신이기 때문에 공군참모총장이 될 수 없다고 고사한 것이다.

내가 공군 본부 작전국장으로 있을 때 전력 증강을 위해 세운 비행기 100대 보유, 10곳 비행장 확보 등의 계획안을 발표하자 공군 내에서도 실현 가능성을 의심하며 비판하는데도 "장지량의 비전과 스케일이라면 됐다! 니 맘이 내 맘이다"라며 전폭적으로 지지해 준 분이었다.

그는 나중에 경비행기 조종술을 익혀 경비행사로서의 몫도 다했으며, 6·25가 나자 직접 전선으로 뛰어든 충성스럽고 엄격한 군인이었다. 전쟁은 모든 것을 파괴도 했지만, 이런 아까운 분들을 빼앗아간다는 점에서 원망스러웠다.

1950년 12월 2일, 미림비행장 정문을 지키던 보초로부터 긴급 연락이 왔다. 이상한 청년이 부대를 기웃거리고 있다는 보고였다. 현장에는 우리 말을 전혀 못하는 청년이 보퉁이를 안고 서성거리고 있었다. 그는 바로 중공군이었다. 그를 통해 엄청난 수의 중공군이 압록강을 넘어오고 있다는 소식을 입수했다. 실제로 중공군은 개미떼처럼 국경을 넘어 한반도로 물밀 듯이 넘어 와 있었다.

유엔군사령관인 맥아더 원수는 만주를 폭격해 중공군의 개입을 막으려 했지만, 미국 정부는 국민 여론에 따라 전쟁을 어떻게든 종식시키려는 방침을 세웠다. 만주 폭격으로 공산군의 도발을 차단하려는 맥아더의 계획이 수포로 돌아간 것은 급격하게 돌아간 외교전 때문이기도 했다(1994년 미 버클리대 주최 '한국 전쟁에 관한 고찰' 국제 세미나).

스탈린은 6·25 전쟁이 한창 진행되는 그 때까지도 2차 세계 대전 전승국의 일원인 미국을 건드리면 득이 될 게 없다는 판단 아래 미군(유엔군)이 북한으로 진격하자 김일성에게 도망쳐 나와 만주에 망명 정부를 세우도록 독려했다. 그리고 다른 한편으로는 영국을 위협했다.

이에 반해 중공의 마오쩌둥은 만주 땅에 김일성이 망명 정부를 세우는 것을 달갑게 여기지 않았다. 국공 내전에서 어렵게 승리한 마오쩌둥(毛澤東)으로서는 망명 정부를 수용할 여력도 없었고, 또 자기 땅에 망명 정부를 내 주고 싶은 마음이 없었다.

그래서 한반도 북위 40도 이북을 국경선으로 하여 휴전을 하도록 김일성에게 종용했다. 북위 40도라면 서해 쪽으로는 신의주 밑 용천이고, 동해 쪽은 함흥 신포 지역이다. 즉 평안북도와 함경남북도를 말한다. 이런 정도라면 숨만 쉬고 간신히 연명하는 영토였다.

그러나 맥아더 사령관은 전쟁 종식을 위해 만주에 원자폭탄을 투하할 것을 계속 고집했다. 당시 미국은 14발의 원자폭탄 여분을 갖고 있었으며, 이에 놀란 마오쩌둥은 북위 40도선 휴전을 김일성에게 제시했던 것이다.

그런데 갑자기 영국이 미국을 만류하고 나섰다. 한반도 통일은 우방인 영국 때문에 수포로 돌아가고 마는 꼴이었다. 그러나 거기에는 이유가 있었다.

미국이 만주에 핵을 사용할 경우 소련이 영국을 핵 공격하겠다고 위협한 것이다. 영국을 위협함으로써 미국의 만주 공격을 저지하자는 전략이

빨간 마후라 하늘에 등불을 켜고

다. 영국 역시 한국전 참전의 의미나 가치를 크게 부여하지 않았고(오히려 귀찮게 여겼을지 모른다), 소련의 위협이 있자 울고 싶던 차에 뺨 맞은 격으로 싸우지 말자고 미국을 만류하고 나섰다.

결국 미국은 영국의 종용과 제안을 받아들여 제한 전쟁(No win policy)에 임하고 말았다. 이것이 휴전의 중심 테제(주제)가 된 것이다. 역시 남의 손으로 소원을 성취하겠다는 욕심은 한갓 망상에 지나지 않는다는 것을 역사의 교훈을 통해 얻을 수 있다.

국면이 긴박하게 돌아가던 때 소련이나 중국의 휴전 제안을 재빨리 받아들였더라면 지금의 우리 조국은 어떻게 되었을까? 역사에 가설은 없다고 하지만, 안타까운 마음을 가진 때가 한두 번이 아니다.

사천비행장으로 옮기다

중공군의 남침으로 국군은 다시 무작정 후퇴의 길에 나섰다. 우리 공군은 미숙한 전투 훈련을 보완할 목적으로 1950년 12월 30일 제주비행장으로 후퇴했다. 미 고문단 6146부대와 함께 떠나려 했지만, 미 고문단은 전투를 계속하기 위해 대전에 남았다.

제주도는 말 그대로 불규칙한 기후 변화 때문에 비행 훈련이 어려웠다. 비행 범위가 좁고 사격장도 없었으며 훈련 장소도 마땅치 않았다. 나는 다시 비행장을 옮길 것을 고려해 1951년 3월 초 공군 본부가 있는 대구로 날아갔다.

그런데 육군 보병 사단장 출신이 공군 본부 작전국장 자리에 앉아 있었다. 전선에 있는 사람들은 본부의 동태를 잘 알지 못하지만 육군 출신이 공군 작전국장으로 앉아 있는 것이 이상했다.

특히 그의 사단 병력이 전투 중 중공군에 포위돼 전멸하고 그는 몸만 빠져 나와 도주했다가 군법회의에 회부되어 사형 선고를 받았던 사람이었다. 비록 육군 장성에서 강등되긴 했지만 공군 대령 계급장을 달고 작전국장직을 수행하고 있는 것이다.

나는 그가 공군 상황을 잘 몰라 충분한 협의를 할 상대가 되지 못한다고 판단하고 그대로 귀대 길에 올랐다. 그리고 낙동강 오른쪽 가야산 위를 나는데 질펀히 뻗은 비행장이 한 눈에 들어 왔다. 바닷가의 활주로가 일품

빨간 마후라 하늘에 등불을 켜고

이었다. 일제 때 일본 해군이 닦아 놓은 비행장으로 활주로가 길게 포장되어 뻗어 있고 유도로도 잘 닦여져 있었다. 바로 사천비행장이었다.

나는 뒷좌석에 탄 박희동 대위에게 밑을 내려다보라고 엄지손가락을 대지 쪽으로 내리눌렀다. 박 대위가 밑을 내려다보더니 환하게 웃으며 그 역시 엄지와 검지를 동그랗게 만들어 OK 사인을 보내왔다. 그래서 나는 내린다는 신호를 하고 곧바로 활주로에 착륙했다.

그 때는 이처럼 전투조종사들이 내릴 의지만 있으면 자유롭게 착륙하고 이륙할 수 있었다. 자유가 주어졌다기보다는 공군 초기라 질서와 체계가 엉성한 결과였다.

T-6 훈련기가 사전 연락도 없이 비행장에 내리자 활주로를 지키던 병사들이 쫓아왔다. 그 중 낯익은 사람이 있었다. 한동안 함께 근무했던 오점석 대위가 병사들을 인솔하고 달려오고 있었다. 그는 정찰기 비행훈련 대장이었다.

"비행장 구경 좀 할까?"

내 말에 오 대위는 벌써 눈치를 채고 자랑했다.

"비행장은 그만이지. 대한민국에서 제일이야."

지프로 비행장을 살피고 나자 해가 떨어지고 있었다. 그래서 서둘러 비행기에 오르려는데 오 대위가 만류했다.

"여기는 내 고향이야. 해도 떨어졌는데 진주에서 하룻밤 자고 가야지. 진주 술맛 알지?"

박희동 대위가 오 대위의 유혹을 받아들여 자고 가자며 주저앉기를 원했다. 도리 없이 하룻밤 쉬고 다음 날 제주로 가기로 하고 오점석이 이끄는 대로 진주 시내로 나갔다.

그리고 다음 날 귀대하자마자 장덕창 비행단장에게 보고를 했다.

"비행장으로는 사천이 그만입니다."

이 말에 장덕창 비행단장은 놀라는 표정을 지었다.

"아니 이 사람아, 거긴 깡촌 아닌가?"

"비행장 옆에 진주가 있습니다. 아주 좋은 곳입니다. 한 번 출장 갔다

사천비행장.

오시죠?"

가기만 하면 오점석이 구워삶을 것이 분명했다.

"좋아. 비행기 준비해!"

다음 날 장 단장이 김영환 부단장과 함께 사천으로 날아갔다. 당일 오겠다는 장 단장은 그러나 해가 떨어져도 돌아오지 않았다. 우리와 마찬가지로 오점석이 진주 요리집으로 모셨을 것은 자명한 일이었다.

다음 날 귀대한 장 단장은 사천비행장으로 옮길 준비를 하라고 지시했다. 진주 약발이 먹힌 것이었다.

1951년 6월 말, 비행단은 마침내 사천비행장으로 이동했다. 지금 생각하면 철없고 낭만적인 이동이었다. 하지만 제주도를 떠나야 할 형편이어서 모두가 잘한 일이라고 생각했다.

며칠 후 산청경찰서장이 비행단을 찾아왔다. 지리산 인민군 토벌을 하는데 경찰력만으로는 부족해 공군이 지원해 달라는 요청이었다. 우리 역시 사격장이 필요해 지리산을 물색하던 중이었다.

지리산에는 유엔군의 인천 상륙 작전으로 고립된 인민군 주력 부대인

빨간 마후라 하늘에 등불을 켜고

남부군 사단 병력이 들어 와 있었다. 이현상 남부군사령관 지휘 아래 병력이 몇 개 조로 나뉘어 유격 활동을 벌이며 저항하고 있었던 것이다.

7월 23일, 진주경찰서에서 공군과 경찰이 합동 작전회의를 열었다. 남부군 병력이 얼마이고, 본부와 주 활동 루트가 어디이며, 병력 수준과 양민 약탈 사례를 점검했다.

그런 자료를 토대로 정찰을 나가는데 지리산 북쪽 남원 인근의 칠보발전소에서 남부군 병력이 전력을 끌어다 쓰는 흔적이 발견됐다. 북한과 무전 교신을 하기 위해서도 전력이 필요할 것으로 판단됐다.

아니나 다를까 군용 트럭 5~6대, 쓰리쿼터 3대, 지프 2대 그리고 앰뷸런스 한 대가 깊은 산 속에 숨겨져 있는 것이 목격되었다. 병사들의 움직임은 보이지 않았지만 숲 속에 숨어 있거나 비트에 잠복해 있을 것이 분명했다. 바로 남부군의 주력 이현상 부대였던 것이다.

남부군 지휘부 일망타진

사천전투비행단은 곧바로 남부군 지휘부 폭격에 나섰다. 김영환 전대장 (편대장)이 이끈 F-51기 편대가 T-6기를 몰고 정찰에 나선 내 작전 정보를 바탕으로 남부군 지휘부의 수송 차량과 지프, 통신 수단을 폭격했다. 우리의 기습 작전으로 남부군 지휘부는 완전히 파괴됐다. 그들은 속수무책으로 당한 것이다.

그런데 작전 임무를 완료하고 고도를 취해 귀대하던 중 아군 편대의 1번기 날개에서 갑자기 연기가 피어오르기 시작했다. 김영환 전대장 비행기가 적의 대공포를 맞은 것이었다.

김 전대장은 모르고 있는 것 같아 재빨리 무전 교신을 통해 이 사실을 알리고 불시착 할 것을 요청했다.

그 순간 비행기는 동체를 가누지 못하고 어지럽게 지상으로 추락하고 있었다. 그러나 김 전대장은 최후의 순간에도 조종간을 놓지 않고 곡예사처럼 섬진강 상류 길게 뻗어 있는 백사장으로 비행해 비상 착륙하는데 성공했다. 실로 감격스런 장면이었다.

나는 그가 불시착한 지형의 상공을 선회하며 본부에 T-6 훈련기를 지정된 장소로 보내도록 조치했다. 몇 분 뒤 T-6기가 날아와 전주-남원 국도 사이의 임시 비행장에 비상 착륙했다. 협곡의 섬진강 추락 지점까지 갈 수가 없어 국도상에 비상 착륙한 것이다.

빨간 마후라 하늘에 등불을 켜고

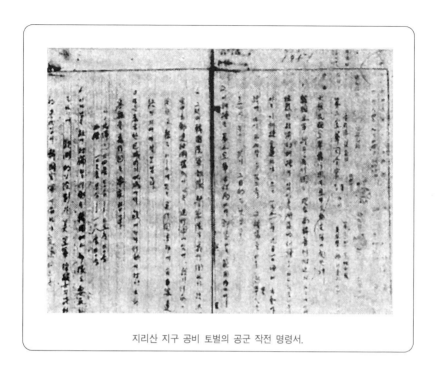
지리산 지구 공비 토벌의 공군 작전 명령서.

　적이 기습해 오기 전에 김 전대장을 구출해야 하기 때문에 편대 중 나머지 3대의 전투기는 계속 상공을 선회하며 적의 접근을 차단하면서 공군 지상 병력이 투입되기를 기다렸다.

　마침내 지상 병력이 작전을 개시, 2시간 만에 김 전대장을 구출해 내는 데 성공했다. 공군의 일사불란한 팀워크가 발휘되는 순간이었다.

해인사 폭격 명령을 거부하다

　1951년 8월 중순, 산청경찰서로부터 인민군 1개 대대가 가야산의 해인 사를 기습 점령했다는 보고가 들어왔다. 경찰서장은 경찰 병력으로는 도 저히 감당할 수 없어 전투기의 공습으로 이들을 저지(폭격)해 달라고 긴급 요청해 왔다.

　나는 공군 규칙대로 미 고문단 6146부대에 이 사실을 보고했다. 6146부 대는 다시 대구의 미 공군 작전 본부(JOC)에 보고했다. 뒤이어 역순의 명령 체계로 '해인사 폭격을 단행하라'는 명령이 내게 전달되었다.

　나는 즉각 장덕창 비행단장과 김영환 전대장에게 이 명령 사항을 보고 했다. 미 공군 본부는 목표물인 해인사를 1개 편대로 폭격하라는 훈령이었 다. 그러나 곰곰이 판단해 보니 우려되는 작전이었다. 해인사는 천년 고찰 인데다 우리 민족의 자랑이자 세계적인 유물 팔만대장경이 보존되어 있는 곳이다. 만약 이 곳을 폭격하게 된다면 고찰은 물론 팔만대장경이 온전할 리가 없는 것이다.

　그 순간 1939년 제2차 세계대전 때 프랑스 파리를 지키던 와이장 방위 사령관 생각이 났다. 와이장 장군은 진격해 오는 독일군에 무조건 항복했 다. 와이장 장군은 파리가 독일군에 포위된 상태에서 항복이냐 항전이냐 를 놓고 고심 끝에 항복했다. 오직 파리를 살리기 위해 눈물을 머금고 취 한 조치였다. 그래서 오늘날 파리의 유서 깊은 유적과 문화재가 온전히

　빨간 마후라 하늘에 등불을 켜고

남아 있게 된 것이다. 만약 그 때 항전을 했다면 파리는 대부분 파괴되었을 것이다.

미국도 태평양 전쟁 중 일본 본토를 공격하면서 고도(古都)인 교토와 일왕이 살고 있는 도쿄의 궁성만은 폭격 목표에서 제외했었다. 유적과 유물은 한 번 파괴되면 재생이 불가능하기 때문에 인류의 재산이 영원히 멸실된다. 피아의 구분을 떠나 인류 전체의 재산을 지킨다는 점에서 폭격도 선별적으로 이루어지는 것이다.

나는 출격 대기중인 김영환 전대장에게 달려갔다.

"전대장님, 내 판단으로는 인민군이 해인사를 점령한 것은 단순한 식량 확보 차원으로 보입니다. 인민군 놈들이 불공을 드리러 절에 들어 왔을 리는 없습니다. 따라서 해인사 폭격은 고려해야 할 것 같습니다."

머리 좋은 김영환 전대장도 이 말 뜻을 알아듣고 물었다.

"그 말 맞아. 그럼 어떻게 하면 좋겠나?"

"인민군이 식량을 확보하면 산 속으로 돌아갈 것입니다. 그 루트를 따라가서 격퇴하면 될 것 같습니다."

"좋은 생각이야."

우리는 서로의 의기투합을 확인하고 각자의 라인으로 돌아갔다. 내가 전투기 대기장으로 가고 있는데 미 고문단 윌슨 대위가 화를 내며 달려오고 있었다.

"왜 출격 시간이 넘었는데도 출발을 안 시키는가?"

"잠시 홀딩하고 있다."

"왜 홀딩인가?"

그래서 나는 알기 쉽게 말했다.

"You know Paris?"

그러나 비약이 너무 심했던지 그는 무슨 뚱딴지같은 얘기냐는 듯이 눈을 굴리며 나를 노려보았다. 내가 다시 말했다.

"Do you know Japanes Kyoto?"

여전히 윌슨 대위가 이해하지 못하고 화를 냈다.

"What do you mean Kyoto? This is Korea!(교토가 어쨌다는 거냐. 여기는 코리아다!)"

마음이 다급하고 또 이런 때는 짧은 영어가 잘 통하지 않아서 더는 설명할 길이 없었다. 다만 홀딩하겠다는 의사를 강하게 천명하면서 그를 달랬다. 이 때 김영환 전대장이 달려왔다.

김영환 전대장이 윌슨 대위와 옥신각신하는 것을 보고 물었다.

"왜 그러느냐?"

나는 해인사 폭격의 부적절성을 지적하기 위해 프랑스 파리와 미국이 일본의 고도인 교토 폭격을 제외한 사실을 설명하려는데 의사소통이 잘 안되고, 윌슨 대위는 그대로 명령을 따르지 않는다고 화를 내고 있다고 설명했다.

김영환 전대장이 내 말을 받아 윌슨 대위에게 상세하게 설명하기 시작했다. 김 전대장의 영어 실력이 나보다는 나아서 충분히 이해할 것 같았는데, 윌슨은 여전히 명령대로 출격하라고 다그쳤다. 그러자 김영환 전대장이 재차 설명했다.

"폭격을 안 한다는 게 아니다. 적들이 식량을 확보해 도망갈 때 루트를 따라가 섬멸하겠다."

윌슨 대위가 자기 말을 거부하는 뜻으로 이해해 더 큰소리로 말했다.

"명령 불복종은 처형감이다! 이승만한테 보고해서 너희들 목을 잘라버리겠다!(I will report to Syngman Rhee and I will cut your neck!).

이 말에 김영환 전대장이 흥분하면서 그의 멱살을 잡았다.

"이 자식! 뭐가 어째?"

우리 대통령을 대통령이란 호칭도 안 붙이고 막말로 불러대고, 더군다나 우리들 목을 자른다고 하자 흥분했던 것이다. 이대로 놔두면 필시 사고가 날 것 같아 두 사람을 말렸다. 주먹 일보 전까지 상황이 험악해져 가는데, 이 때 마침 해가 서편으로 넘어가고 있었다. 순간 나는 아이디어가 퍼뜩 떠올랐다.

"Hey Captain, It will be Sunset time On TOT(Time over target!(이봐

사천전투비행단 작전참모 시절 집무실에서. 이 때 팔만대장경 보존 작전을 수행했다.

대위, 타격 지역에 도달할 때는 일몰 시간이 되어버린다구!)"

당시 우리 공군 규정에는 일몰 시간 이후에는 폭격을 중지토록 되어
있었다. 윌슨도 그 점을 잘 알고 있었다. 김영환 전대장이 만만치 않은데다
가 내가 일몰 시간 타격 중지를 말하자 그 때서야 윌슨은 숨을 씨근벌떡거
리며 한 마디 내뱉으며 돌아갔다.

"I will cut your neck!(너희들 목을 날려버릴 거야!)"

3일 후 해인사를 점령한 인민군이 식량을 확보한 뒤 예상대로 그들의
아지트로 돌아가고 있었다. 우리 공군은 그 뒤를 추적해 그들이 깊은 산
중에 이르자 대대적인 폭격 작전을 감행했다. 지상군이 달성할 수 없는
놀라운 전과를 올렸음은 물론이다.

그런데 그 일주일 후 갑자기 김정렬 공군참모총장이 사천비행단으로
비행기를 몰고 날아왔다. 김 총장은 격노한 얼굴로 단장실에 들어서자마
자 화난 목소리로 명령했다.

"김영환 전대장과 장지량 작전참모는 들어오라! 장덕창 비행단장도 들어와!"

김 참모총장 앞으로 세 사람이 불려가 차렷 자세로 섰다.

"영환이, 지량이 너희들은 전투는 안하고 고문단과 쌈박질만 하고 있으니 뭣 하는 놈들이냐?"

김 총장은 직위 호칭도 없이하며 버럭 소리를 질렀다. 윌슨 대위가 상부에 보고했음을 알 수 있었다.

"관련자는 모두 포살하라는 대통령 각하의 명령이 떨어졌다!"

아니 총살도 아니고 포살이라니? 포살이란 말도 처음 듣는 말이려니와 우리가 그런 형벌을 받을 만큼 큰 죄를 저질렀나 해서 어안이 벙벙했다. 김영환 전대장은 김 총장의 친동생이고, 나 역시 친동생 못지않게 아껴주신 분이 막말을 하자 순간 가슴이 철렁 내려앉았다. 그러나 이대로 주저앉을 수는 없었다.

"총장님, 저희는 인민군 1개 대대가 식량을 확보하면 산으로 도망갈 테니 그 때 타격한다는 전략을 세웠습니다. 식량을 훔치러 온 놈을 때리면 해인사와 팔만대장경이 온전하겠습니까. 천 년 문화재가 한순간에 잿더미로 변합니다. 포살도 이해는 가지만 나라의 보물을 생각해야지요. 실제로 식량을 갖고 도망가는 적들을 우리 공군이 대대적인 섬멸 작전을 펴서 궤멸시켰습니다."

묵묵히 듣고 있던 김 총장이 말끝을 흐렸다.

"그 말은 맞다만……."

그리고는 이내 한 톤 낮은 목소리로 나무랐다.

"그래도 우리를 도우러 온 고문단과 싸워서 되겠나?"

그랬다. 언어 소통의 한계가 있긴 했으나 우리 문화에 대한 인식이 없는 윌슨에게도 일정 부분 책임이 있었다. 전쟁은 적과의 싸움만 의미하는 것이 아니라 오히려 그보다 더 많은 문화 인식과 정보를 갖고 임해야 한다. 미 공군에 의해 진주 촉석루가 파괴된 것도 그런 인식 부족 때문이다. 그렇지만 폭격을 저지할 수 있는 방법이 있음에도 못한다면 내 평생 마음의

빨간 마후라 하늘에 등불을 켜고

짐이 될 것 같아 결사적으로 이를 막았던 것이다.

해인사는 이에 앞서 지상 부대와의 전투에서 벌써 건물 10여 동이 소각되었다. 이 때도 천만다행으로 팔만대장경이 보존된 건물은 불타지 않았다. 그러나 이보다 화력이 수백, 수천 배가 되는 전투기 폭격이 감행된다면 오늘날까지 원형이 보존되었겠는가.

지금 해인사 경내에는 우리 공군의 공적비가 세워져 있다. 그 때 절체절명의 위기에서 팔만대장경이 소실되지 않고 보존된 내력이 오가는 이들에게 전해 내려오고 있다. 그러나 내 이름이 빠져 있어 공적비를 세운 사람들이 그 때의 상황을 제대로 파악했지 못했다는 아쉬움이 남아 있다.

공작비에 내 이름이 올라 있거나 올라 있지 않은 것이 중요하지 않다. 내 아이디어로 팔만대장경을 보존했다는 그 자체만으로 나는 만족하고 행복하게 생각한다. 때로 서운한 마음도 있지만 관계자들이 미처 마음을 쓰지 못하고 오류를 범하는 것이 어디 한둘이던가.

한편 김정렬 공군참모총장이 곧바로 이승만 대통령을 방문해 그 동안의 사정을 설명하여 우리는 극형을 면했다. 그뿐 아니라 대통령으로부터 칭찬을 받았다는 말을 나중에 전해 들었다.

공군 첫 단독 작전

1951년 9월, 미 5공군 사령부로부터 ORI(Operational Readiness Inspection : 전투능력점검)를 실시하겠다는 통보가 왔다. 그것은 꽤 감정적인 대응으로 보였다.

6146부대 윌슨 대위의 요청(김영환 전대장과 나의 대한 처벌)이 유야무야된 데 대한 불쾌감과 우리 비행단에 대한 불신이 검열로 연결된 것으로 생각되었다. 검열은 전투기로 충분한 훈련 뒤에 갖는 것이 통례였다. 그런데 변변한 전투기 한 대 보유하지 못한 우리 공군을 상대로 ORI를 실시하겠다는 것은 마치 어린아이에게 군장을 메고 뛰라는 것과 같았다.

그러나 아이잭슨 공군 중령을 단장으로 한 12명의 미 검열단이 미처 준비할 겨를도 없이 사천비행장에 들이닥쳤다. 전용기에서 내리자마자 그들은 검열 항목을 발표했다.

"앞으로 10일간 작전·정보·정비·무장·통신·보급은 물론 실제의 비행 폭격과 로켓포 발사, 편대 비행, 항법 귀환 결과 보고(Debriefing)를 검열한다. 출격 편대에는 미 검열관(조종사) 1명이 동승해 비행 사격과 폭격을 검열하겠다."

어차피 거쳐야 할 관문이라면 제대로 해 보자며 우리는 두 주먹을 불끈 쥐었다. 다음 날부터 매일 명령이 떨어지는데 작전참모인 내가 이를 받아 목표물과 비행 편대 구성, 무장 폭탄과 기총소사 등 작전 계획을 짜 김영

빨간 마후라 하늘에 등불을 켜고

환 전대장에게 전달했다. 이렇게 해서 비행단은 20대의 전투기를 보유하게 됐다.

편대 중 4번기에는 미 고문단 검열관이 탑승해 훈련 과정을 상세하게 살폈다. 이륙과 공중에서의 합류, 목표 지점 비행, 폭탄 투하, 로켓포 발사, 기총소사를 마치고 다시 편대를 이뤄 기지에 귀대하기까지……. 그리고 이를 편대장-작전처-검열단에 브리핑하는 과정을 세밀하게 체크했다. 이것이 무려 8차례나 반복됐다. 따지고 보면 우리에게는 제대로 된 전투 훈련을 받는 계기가 되었다. 머리 좋은 우리 공군 파일럿들이 재빨리 훈련 과정을 숙지해 나가면서 한 치의 오차도 없이 모든 것을 소화해 냈다.

마지막 관문으로 황해도 해주 근방의 다리를 파괴하라는 실제 공격 명령이 하달되었다. 3개 편대를 편성해 출격시키고 나 역시 그 일원으로 F-51기를 몰고 나갔다. 이것 역시 완벽하게 수행했다. 이윽고 10일간의 검열 결과가 나왔다.

'ROKAF is capable to perform tactical air combat operations expept aireal combat!(한국 공군은 적과의 공중전을 제외하고 전술적 작전을 성공적으로 수행할 수 있다!).'

이 같은 총평은 우리 공군 창군 사상 처음으로 실력을 확인한 역사적인 쾌거였다(이 기록을 현재까지 보관하고 있다). 스스로 단독 비행·단독 작전을 펼 수 있는 역량이 주어졌다는 객관적 평가가 나온 것이다.

이는 어려운 여건 속에서도 지리산 작전에 120여 회 출격하는 등 그동안 착실히 전과를 쌓아 올린 결과였다. 전투기를 보유하지 못해 조종사 확보, 장비와 무장을 제대로 할 수 없는 최악의 조건임에도 이를 완벽하게 달성해 낸 것은 공군의 단결심과 애국 충정에서 나온 것이었다.

1951년 10월 1일, 사천전투비행단(제1전투비행단) 밑에 새로 제10전투비행전대가 편성되고, 이 비행 전대는 최전방인 강릉비행장(K-18)으로 전진했다. 이는 단독 전투 비행장 확보를 뜻했으며, 우리 공군의 역사적인 사건이었다.

강릉의 제10전투비행 전대장은 김영환 대령이 맡고, 작전처장에 나(중

제1전투비행단 장병들과 미 5공군 검열관.

령), 대대장에 강호륜 소령이 맡았다. 전투비행대대는 3개 전투비행 편대
를 편성했으며 전투기는 12대를 확보했다. 여기에 기지·정비·의무 대대
를 새로 편성했다.

그 해 11월 15일, 김영환 대령을 비롯해 10명의 우리 공군에게 미 공군
대학 입교 명령이 떨어졌다. 입교생 10명 중 나와 김영환, 김창규 등 고급
장교 세 사람인은 공군 지휘 참모 대학에 입교했고, 나머지 7명은 대대장
코스를 밟았다.

공군대학 과정 중 플로리다 공군 야전 훈련장에 펼쳐진 화력 전시장(전
폭기 등 최신 기종의 비행기)과 에어쇼는 내 눈을 휘둥그레지게 했다. 2차
세계대전 때 보았던 일본 공군력은 한 마디로 비교 대상이 아니었다. 세계
최강답게 최신 초음속 전투기를 수십 대 보유하고 있었다. 그 중 무기의
질, 전술 전략이 상상을 초월했으며 편제와 부대 지휘 및 운영이 체계적이
고 합리적이었다. 특히 작전 지휘 및 권한 이양 시스템과 부대 편성 작전
지휘 통솔이 매우 인상적이었다.

나는 이를 우리 공군에 그대로 적용해야겠다는 생각으로 이론 체계를 빠트리지 않고 배워 와 그대로 적용했다. 한국 공군은 미국 공군 편제와 거의 같은 수준이 된 것이다.

1952년 7월, 9개월 만에 귀국해 사천전투비행단으로 돌아온 나는 곧바로 미국에서 보았던 에어쇼(Air Show)를 그 해 10월 1일 공군 창설 기념일 겸 국군의 날을 기념해 재현해 보기로 계획을 세웠다.

그러나 계획서를 본부에 올렸지만 한 달이 지나도 반응이 없었다. 에어쇼는 날짜만 받아 놓았다고 해서 되는 것이 아니다. 치밀한 계획 아래 몇 주 동안 고도의 훈련을 펴야 한다. 하지만 개최 한 달 밖에 남지 않았는데도 아무런 통보가 없었다.

공군 위상 새로이 한 에어쇼

1952년 9월 1일, 진해에서 전 공군 지휘관 회의가 열렸다. 각 참모들이 참석한 가운데 열린 회의에 여러 의제가 상정됐지만, 나는 화력 전시(에어쇼) 안건에 큰 비중을 두고 여기에 임했다. 밤을 새워가며 차트를 만들고 에어쇼의 규모와 비행 항로 그리고 설명 문안을 기안했다. 이윽고 본회의가 열리자 밤새 준비한 차트를 가지고 단상으로 나가 에어쇼에 대한 브리핑을 시작했다.

"화력 전시는 우리 국민은 물론 대통령 각하, 유엔군사령관, 국무위원, 각 군 참모총장, 외교 사절 등을 모시고 우리 공군의 위상과 공군력을 선보이는 자리입니다. 특히 국민 사기를 드높이기 위해서는 에어쇼를 반드시 펼쳐야 합니다. 그런데 지금까지 본부에서 예산 지원에 관한 통보가 없습니다."

회의장에 잠시 침묵이 흘렀다. 사실 공군 본부에는 항공 전투 경험이 있는 사람이 남아 있지 않아서 화력 전시에 관한 인식이 별로 없었다. 조종사 출신도 참모총장과 차장 정도이고 실무진은 거의 비조종사 출신들로 짜여져 있었다. 조종사 숫자도 절대 부족했지만 전쟁중이어서 본부보다는 전투 부대에 책임 있는 사람들이 나가 있는 탓이었다. 그래서 '공군의 가치와 위상을 올릴 기회를 살려야 한다'고 거듭 역설했다.

그런데 이 때 경리국장인 한춘석(민간인 경리 관리 출신의 신임 소령)

이 불쑥 말했다.

"그런 돈이 어디 있습니까?"

너무나 황당한 답변이었다. 이 말을 듣고 있던 김영환 부단장이 벌떡 일어나 그에게 달려갔다.

"이 자식, 그런 돈이 어디 있냐구? 그래, 밤 술 쳐 먹으러 가는 돈은 있어도 공군의 전투력을 높일 예산은 없단 말이야?"

김영환 부단장이 그의 멱살을 잡고 금방이라도 한 대 칠 태세를 보이자 한 소령이 목을 움츠렸다.

이 무렵 이승만 대통령은 공군에 각별히 신경을 쓰고 있었다. 6·25 전쟁 동안 공중전의 효력을 확인한 이 대통령은 비가 오나 눈이 올 때나 비행기가 뜨지 못할까 봐 공군과 미 5공군에 수시로 직접 전화를 걸어올 정도였다.

이런 점을 감안해서라도 최고의 화력 전시를 멋지게 펼쳐야 하는데 정작 본부는 무관심이었다. 김영환 전대장이라면 공군에서 결코 무시하지 못할 지휘부에 있는 신분이고, 무엇보다 혁혁한 전공을 세우고 있는 최일선 전투 부대장이다.

그런 그의 거친 대시 때문이었는지 지휘관 회의를 마친 며칠 뒤 곧바로 에어쇼 예산이 집행됐다. 나는 화력 전시 계획을 추진해 나가면서 미 5공군과 교섭을 벌였다. 기왕이면 성대하게 에어쇼를 벌이고 싶었다. 그래서 F-51, F-80, F-84, F-86기와 B-25기(B-29는 대형이어서 제외) 등 미 공군이 보유한 비행기 지원을 요청했다. 40여 대가 참가하겠다는 약속을 받았다.

우리 공군은 F-51기과 T-6기 20여 대를 동원했다. 사천비행장 활주로 건너편 야산에 폭격 목표물을 설치하고 폭탄 투하, 로켓포 발사, 캘리버의 기총소사 등 화력 발사를 계획했다.

10월 1일, 청명한 가을 하늘 아래 대대적인 에어쇼가 펼쳐졌다. 각 기지에서 날아온 비행 편대들이 요란한 폭음을 내면서 창공을 선회하다 정해진 목표물에 폭탄을 투하하고 로켓포 발사, 기총소사가 이어졌다. 그 동안

사천비행장에서 열린 화력 시범(에어쇼) 관람 모습.

연습한 대로 완벽한 화력 시범이 펼쳐지고 있었다.

활주로 안쪽 본부 언덕에 설치한 관람대에서 이승만 대통령과 함태영 부통령, 각부 장관, 3군 참모총장, 유엔군사령관, 미 8군사령관, 외교 사절 등 150여 명의 내빈과 많은 민간인 관람객들이 화력 전시의 장관을 바라보며 탄성을 질렀다. 대통령은 비행기의 묘기와 폭탄 투하 장면을 보면서 만족한 웃음을 보이며 박수를 쳐 주었다.

이승만 대통령은 화력 전시를 성공리에 마친 김영환 부단장 장성환, 김신 조종사와 작전참모인 나를 단상 앞으로 불러냈다.

"이제는 안심하고 잘 수 있네."

이승만 대통령은 행사 지휘부에게 악수를 청하며 격려를 해 주었다. 사실 대통령조차도 공군 초기에는 우리 공군에 대한 중요성을 이해하지 못하고 있었다.

미 고문단에 의해 폭격이 이루어지고 있어 우리 공군은 없는 것으로 알았을 정도였다. 그러나 화력 전시를 참관하면서 공군의 실력이 미군과

빨간 마후라 하늘에 등불을 켜고

다를 바 없고 실제로 전쟁에 참여하고 있으며, 어떤 비행기만 있어도 성공적으로 작전을 수행할 수 있다는 점을 알고는 누구보다 기뻐했다.

화력 전시 시범은 미 공군대학 유학에서 얻은 아이디어지만 강릉 전투전대에서 익힌 단독 작전과 단독 전투의 영향이 컸다. 미 5공군의 ORI(전투능력 점검)를 통과한 이후 1951년 10월 1일 제10전투전대가 강릉비행장으로 전진해 단독 작전을 무난히 소화해 낸 결과과 멋들어지게 나타난 것이었다.

단독 작전, 단독 전투란 미 5공군 사령부로부터 미 고문단 6146부대 앞으로 작전 명령(Frag Order)이 내려가는 것이 아니라 유엔 참전 16개국과 더불어 우리 대한민국 공군(ROK Air Force) 앞으로 직접 내려온 것을 의미한다.

그 전에는 한국 공군이란 이름은 미 고문단 6146부대에 가려 존재조차도 몰랐으며 드러날 수도 없었다. 그러나 이제 미 고문단을 제치고 우리 공군 앞으로 독자적 작전 명령이 떨어지는 명실상부한 독립된 대한민국의 공군을 의미한 것이다.

'빨간 마후라' 제정 이야기

　1951년 10월 30일, 전투비행단 제10전투전대가 강릉비행장으로 전진했을 때의 일이다. 우리 비행기가 적진을 공격하면서 적의 대공포를 맞고 격추되는 일이 자주 발생했다. 이 때 비행기를 잃는 것은 물론 귀중한 인명 손실을 보게 된다.

　특히 강릉은 한국 전쟁 중 최전방 기지로 F-51기로 무장한 제10전투비행전대는 동해안 전선의 1군단을 근접 지원하고, 38도선 너머로 인민군 2군단 후방의 주보급로 차단에 주력하고 있었다. 이런 상황인지라 아군기가 적의 대공포에 노출되어 조종사의 희생이 많이 따랐다.

　비록 비행기가 격추되더라도 전투조종사가 낙하산을 타고 비상 탈출해 적진에 떨어지거나 안전지대에 불시착하면 생존율을 높일 수 있었다. 이 때 생존 조종사들을 구출하는 후방의 작전이 얼마만큼 작동되느냐가 구출 성공의 관건이다.

　제2차 세계대전 때까지만 해도 비행기가 격추되면 조종사는 구출하지 못했다. 생존해 있을지라도 구할 방법이 없어 포기하다 보니 적진에 떨어지면 죽는다는 것으로 인식됐다. 그러나 한국 전쟁에서는 조종사를 구출하는 사례가 많았다. 그것은 '빨간 마후라' 때문이다.

　조종사가 비상 탈출해 적진 깊숙한 곳에 은신해 있을 때 아군기가 즉시 출동해 조종사가 격추된 지점 상공을 위협 비행하며 적 지상군의 접근을

적의 대공포화에 맞아 기지로 귀환하는 무스탕(F-51)기.

차단한다. 이 때 가장 가까운 지상 부대의 헬리콥터를 동원해 조종사 구출 작전을 편다. 즉 헬리콥터가 조종사를 신속하게 구출하고 안전하게 이착륙 할 수 있도록 에어리어를 확보하고 수색해 구출하는 것이다. 이로써 한국 전쟁에서는 격추된 조종사 70~80%를 구해 낼 수 있었다.

하지만 100% 구출해 내는 것이 중요했다. 그래야 성공한 작전이다. 한 사람이라도 낙오자가 생기거나 부상 조종사를 구해 내지 못했을 때 오는 아군 피해는 엄청나다. 적에게 포로로 잡히면 고문을 이기지 못하고 군사 기밀을 누설하지 않을 수 없다. 무엇보다 인간적으로 살아있는 전우를 적진에 떨어뜨리고 편히 잠을 잘 수가 없는 것이다.

문제는 적진에 떨어진 조종사를 어떻게 찾는가였다. 찾을 수만 있다면 작전은 100% 성공한다. 그래서 조종사가 자신의 위치를 알릴 수 있는 신호나 기호 체계가 필요했다. 휴대하기 쉬운 물건으로 적에게 노출되지 않으면서 효과적으로 아군 수색 대원에게 소재를 알릴 수 있는 방법을 고안해 내야 했다.

나는 생각 끝에 유색 천을 사용할 필요가 있다고 생각하고 김영환 전대장에게 이를 제안했다.

"빨간 마후라를 목에 두르고 출격하는 것이 좋을 듯합니다."

"빨간 마후라? 중공군 놈들이 좋아하는 색깔 아닌가?"

그 때도 빨간색이라면 생리적으로 싫어했다.

"아닙니다. 발견하기 좋은 색깔이 중요합니다."

"그렇더라도 그건……. 차라리 흰 천이 낫지 않아?"

"흰 천은 색깔이 약하죠. 또 많은 사람들이 흰옷을 입고 다니니까 구분이 잘 안될 수 있습니다. 그래서 빨간 마후라가 나을 것 같습니다."

김 전대장은 쉽게 동의하지 않았지만 몇 차례 실험을 거친 결과 빨간 천이 선명하게 노출된다는 사실을 확인하고 결정했다.

"그럼, 빨간 천으로 하자!"

다음 날 강릉 시내로 나가 붉은 인조견사를 두 필 사왔다. 그리고 대충 가로 30cm, 세로 60cm로 잘라 빨간 마후라를 100여 장 만들었다. 조종사들이 출격할 때마다 목에 두르고 나가도록 하기 위해서였다. 전투지원 병과는 제외하고 전투조종사에게만 특별히 착용토록 했다.

이 결과 적지에서 격추된 전투조종사가 부상당한 몸으로 구조의 손길을 기다리는 것을 아군 헬기가 침투해 들어가 빨간 마후라를 흔드는 수신호를 따라 극적으로 구출한 사례가 생겨났다. 빨간 마후라의 효용성은 당장 나타났고, 전투조종사들 역시 부적처럼 빨간 마후라를 목에 두르고 출격하는 것을 영광으로 알았다.

이는 전투조종사들에게 뜨거운 정열과 불굴의 사명감, 필승의 신념을 고취시키는 정체성의 표상이 되었으며 나중에는 전투조종사 권위의 상징이 됐다. 공군 하면 '빨간 마후라'를 연상하는 것이 바로 내 아이디어에서 나온 것이다. 이것은 세계 어느 나라에서도 찾아볼 수 없는 우리 공군만의 고유한 상징이다.

빨간 마후라는 막강 공군의 위용을 과시하면서 목에 두른 전투조종사들이 멋있게 보여 여성들의 선망의 대상이 됐다. 당시 전투조종사들은 전

빨간 마후라 하늘에 등불을 켜고

쟁으로 인한 내일의 불확실성과 청춘의 격정, 때로 낭만을 즐기고자 강릉 시내로 나가 술을 마시고 돌아오는 일이 많았다. 이 때 심상치 않게 청춘남녀가 열애에 빠지고 출격 나간 조종사가 끝내 돌아오지 못할 경우 애틋한 비련의 여성이 생겨났다.

이런 사연들이 퍼져 대중가요가 소개되더니 전쟁이 끝난 얼마 후에는 빨간 마후라를 소재로 영화화한다는 소문이 나돌았다.

내가 공군참모차장 때(1962년 가을)의 어느 날 극작가 한운사 씨가 나를 찾아왔다.

'빨간 마후라' 영화 이야기

한운사 씨는 신상옥 감독을 대동하고 내 방을 찾아왔다.

그는 빨간 마후라의 유래가 교훈적이고 노래도 히트하고 있으며, 거기 얽힌 파일럿의 애절한 사랑 이야기도 흥미로워 대본을 만들어 영화화하겠다고 제안했다.

"여성과 아름다운 사랑을 나누던 전투조종사가 출격한 뒤 끝내 돌아오지 못하고 대신 조종사 친구가 그 여성을 위로하다가 새롭게 사랑이 무르익어 간다는 사연은 언제 들어도 감동적입니다. 이런 사연을 뼈대로 조종사들의 불굴의 의지, 조국 사랑 정신과 사명 의식, 사랑 이야기를 소재로 영화화 할 생각입니다. 장 참모차장께서 영화제작위원장을 맡아주셨으면 합니다."

그러나 나로서는 불만이 없는 것이 아니었다. 대중가요 '빨간 마후라'가 트로트 위주라 멜로디가 힘이 없고 너무 구슬프다는 것이었다. 그래서 내가 제안했다.

"영화화하는 것은 좋은데 가요로 나온 노래를 행진곡 분위기로 바꿀 수 없을까요? 경쾌하면서 사나이의 의리를 담는 남성적인 톤으로 바꿔주면 좋겠는데요."

"맞습니다. 우리도 그런 생각을 해 왔습니다. 더 멋지게 만들 계획으로 있으니 안심하십시오."

빨간 마후라 하늘에 등불을 켜고

나는 즉시 장성환 참모총장에게 보고했다. 그러나 난색을 표명했다.

"나는 괜찮은데…… 좀 곤란하지 않겠나?"

젊은 파일럿이 전사하는데 사랑 타령의 멜로물은 이해되지 않았다(영화의 극적 장면을 위해서는 들어가야 한다고 했다). 그래서 공군 사기 진작을 위해서도 좋은 일인가 하는 내부 의견이 적지 않았다. 특히 직접 관계되지 않은 사람들의 반대 의견이 많았다. 하지만 이는 창작의 자유를 제한할 수 있고, 또 외국에서는 이런 영화가 비일비재하다.

"총장님, 오히려 이런 때 우리 공군의 위상과 활동상을 대중에게 널리 알리는 기회로 삼으면 어떻겠습니까? 제가 철저히 검증을 하고 명예를 높일 수 있도록 지휘 감독하겠습니다."

장 총장은 자신이 결정하기가 난처했던지 공군 선배인 김정렬 전 총장과 상의해 보라고 지시해 세 사람이 한자리에 모였다. 김 전총장은 좋은 아이디어라며 즉석에서 OK 사인을 했다. 대선배인 김 전총장이 OK를 했는데 장 총장이 안 된다고 할 수는 없는 일이었다.

나는 곧바로 한운사 씨와 신상옥 감독에게 이 사실을 통보했다. 어찌 보면 그들은 굳이 공군의 재가를 받을 필요 없이 영화를 만들 수도 있다. 그러나 공군의 협조를 받지 못하면 비행기 이용 등 난관에 봉착해 영화를 제대로 촬영할 수 없었다. 나는 이 점을 최대한 활용해 파일럿의 세계를 널리 알리는 기회로 삼았다. 그래서 공군의 위상을 높일 아이디어를 제공할 심산이었다.

빨간 마후라는 하늘의 사나이 하늘의 사나이는 빨간 마후라
빨간 마후라를 목에 두르고 구름 따라 흐른다 나도 흐른다
아가씨야 내 마음 잊지 말아라 번개처럼 지나갈 청춘이란다

빨간 마후라는 하늘의 사나이 하늘의 사나이는 빨간 마후라
석양을 등에 지고 하늘 끝까지 폭음이 흐른다 나도 흐른다
그까짓 부귀영화 무엇에 쓰랴 사나이 일생을 하늘에 건다

영화 「빨간 마후라」 포스터.

영화 <빨간 마후라>의 장면들.
<원본 자료 출처 : '클릭e공군소식'> http://www.airforce.mil.kr:7778/news

이렇게 해서 '빨간 마후라' 노래도 경쾌한 멜로디로 새롭게 작곡되어 대중 속으로 깊숙이 파고들었다. 영화 주인공들은 최은희, 최무룡, 신영균 등 초호화 캐스트들로 더욱 화제를 모았다.

나는 영화 촬영 세트장으로 수원비행장과 F-51 전투기를 제공했다. 오늘날처럼 컴퓨터 영상처리나 시뮬레이션 기법이 도입되지 못해서 실물을 그대로 활용했다. 그러다보니 애로가 적지 않았다. 부품 하나 망가져도 엄청난 손실을 가져왔기 때문에 나는 시간이 허락하면 촬영지인 수원비행장에 나가 감독 못지않은 지휘를 했다. 부품 때문에 촬영이 중단되는 경우도 있어 영화사가 나에게 불만을 표시할 정도였다.

그러나 다행스럽게도 별다른 사고 없이 영화가 완성되어 국내는 물론 일본·대만·홍콩·태국 등지에서까지 크게 히트했다. 우리 공군의 이미지가 크게 신장되었음은 물론이다.

내가 1969년 주 에티오피아 주재 한국 대사로 근무할 때의 일이다. 수도인 아디스아바바의 국립극장인 셀라시에 황제극장에서 영화 '빨간 마후라'가 상영되고 있었다. 상영 소식을 듣고 극장을 방문했는데 초만원이었다. 그런데 영화가 하편이 먼저 상영되고 있었음에도 내용이 연결되는지 반응은 놀라웠다. 나는 영화가 끝나고 극장장을 만나 상편과 하편이 바뀌었다고 설명해 주었더니 크게 웃으며 말했다.

"으흠, 그랬습니까? 아무렇게나 해도 이해가 잘 되도록 영화를 만들어 주어서 고맙습니다."

셀라시에 극장장은 바로 6·25 참전 용사 출신이었다. 에티오피아는 참전 16개국 중 일원이었으며, 아프리카에서는 남아프리카연방과 단 두 나라가 참전했다.

빨간 마후라 하늘에 등불을 켜고

'피의 능선' 351고지 폭격

1952년 12월, 나는 김영환 대령 후임으로 강릉 제10전투비행전대 전대장으로 임명됐다. 25대로 불어난 F-51 전투기와 30여 명의 전투조종사를 이끄는 책임자가 된 것이다. 전투전대는 이제 제대로 규모를 갖추었다.

1953년 1월 1일, 강릉 기지를 미 공군으로부터 정식 인수받으면서 한국 공군 최초로 한국 지휘관이 Base Commander(비행기지사령관)가 됐다. 그래서 전투전대장의 책임은 막중했다. 인사 관리를 제대로 수행해야 하고, 전투에서는 명령 받은 목표물을 100% 파괴시켜야 하고, 동시에 아군은 무사 귀환해야 한다. 일출 전 작전 브리핑 때와 임무를 완수했을 때도 독자적 보고와 독자적 지휘를 하게 된다.

동해안에서의 전투기 출격과 귀환 항로는 금강산 줄기 상공을 통과하게 되어 있었다. 이 때 본 금강산의 가을 단풍과 겨울 골짜기는 평생 잊을 수 없다. 상공에서 내려다보는 금강산은 한 마디로 슬프도록 아름다웠다. 이런 산하에서 전쟁을 치른다는 것이 가슴 아픈 일이었다. 그러나 그런 감상에 젖을 만큼 전쟁 상황은 막다른 골목으로 이행되어가고 있어 한순간도 긴장을 멈출 수가 없었다.

원산, 간성과 경원선의 철도·교량·터널, 적의 집결지와 물자 집적소, 구축된 진지 등은 우리 조종사들의 표적이었다. 신고산 계곡에 은신해 있는 인민군은 흡사 솜이불에 이 박히듯 박혀 있어 엄청난 폭탄을 투하해도 소용이 없었다. 그렇게 적들의 저항은 집요했고 끈질겼다.

1953년 2월 10일경 육군 1군단장인 이형근 중장이 급히 만나자며 부관을 보내왔다. 강릉 북쪽 1군단장실로 달려가자 이 군단장이 나를 정중히 맞으며 용건을 말했다.

"동해안 351고지의 전투가 치열하오. 하루 저녁에도 서로 뺏고 빼앗기를 거듭하고 있는데……, 이번에는 적이 터널을 파들어 오고 있소. 이 터널을 폭파하기 위해서는 공군의 협력이 필요하오."

351고지는 오늘의 통일전망대 북쪽과 금강산 이남의 대평원을 한 손에 넣을 수 있는 대단히 전략적인 곳이었다. 적도 다른 것은 몰라도 351고지만은 빼앗기지 않겠다고 엄청난 화기와 병력을 투입해 저항하고 있었다. 그래서 연일 피아 혈전을 벌여 '피의 능선'으로 이름 붙여진 곳이었다.

현재는 휴전선 북방한계선에 위치해 있는 351고지……. 피아 쌍방이 벌써 5, 6차례나 빼앗고 뺏긴 전략적인 요충지이다. 그래서 적군은 터널을 파 들어와 우리의 후방을 칠 속셈이었다. 동해에서 함포 사격으로 터널을 폭격했지만 각도가 달라서 산허리만 때릴 뿐 실효를 거두지 못하고 있었다. 그래서 제10전투비행전대에 터널을 아예 짓이겨 버리도록 폭격을 요청해 온 것이다.

미 고문단장으로 파견된 스틸웰(전 유엔군사령관) 대령이 한국 공군의 폭격이라야 터널을 파괴할 수 있다는 조언에 따라 이형근 군단장이 나를 부른 것이었다. 그러나 북쪽에서부터 파들어 오는 터널을 파괴하기는 것은 대단히 위험했다. 자칫 남쪽에 진을 치고 있는 아군 진지에 결정적인 피해를 줄 수가 있었다. 한 치의 오차도 없어야 하는데 비행 폭격이란 한 치의 오차란 있을 수 없다. 오폭은 상시로 있는 것이다. 그리고 그것은 공격의 룰에도 어긋나는 일이었다. 아군이 바로 코 앞에 있는 아군을 두고 적군을 친다는 것은 거의 불가능한 일이었다. 그래서 난색을 표명했다.

그러자 동석한 스틸웰 고문단장이 목적 달성만을 강조하듯 강하게 조언했다.

"지형상 전투기로 때려야 한다. 공군이 육군을 보호하라!"

빨간 마후라 하늘에 등불을 켜고

이 말은 명령이나 다름이 없었다. 전시인 그 때는 그랬다.

하지만 한국 공군이나 미국 공군의 룰은 마찬가지가 아닌가. 아무리 목적이 그렇다 하더라도 룰을 어기고 감행해서야 되겠는가. 미 공군 역시 이미 난색을 표명했었다. 그럼에도 불구하고 사안이 중대하다며 전투기 폭격을 강력 요청했던 것이다.

"귀대해서 참모들과 연구해 보고 올리겠습니다."

그 자리에서 결론을 내릴 수는 없었다. 나는 곧바로 귀대해 참모회의를 소집했다. 대대장인 김금성·이기협 소령, 작전과장 옥만호 소령이 모두 반대했다. 적 진지가 아군 부대와 능선 하나 사이로 너무 가까이 위치해 있어 위험하다는 것이었다. 그러나 반대만 할 수는 없었다.

이틀 후 나는 김금성 대대장을 별도로 불렀다. 그는 출격 198회를 기록한 베테랑 전투조종사로 내가 가장 믿는 부하였다.

"대대장 생각은 어떤가?"

"폭탄이 오버(Over)하면 아군 피해가 막심합니다."

"그러니까 하는 말이야. 정확하게 떨어뜨릴 생각을 해 봐!"

그래도 답이 나오지 않았다. 그래서 나는 한 가지 제안을 했다.

"자네와 나 단 둘이서 비행기를 몰고 한 번 살펴보자."

전투기를 각자 몰고 북쪽으로 비행했다가 남으로 내달려 오며 현지 지형을 정찰하기로 했다.

다음 날 나는 그와 각자 비행기를 몰고 남하하면서 지형 정찰을 살폈다. 내가 그에게 무전을 쳤다.

"어떤가?"

"신중히 하면 가능할 것 같습니다."

"그럼 OK, Over!"

나는 곧바로 이형근 1군단장에게 전화를 걸었다.

"군단장 각하, 가능할 것 같습니다. 공중 정찰을 한 결과 시도해 볼만 하다는 결론을 얻어냈습니다."

"다행이오. 어떻게든 공중 폭격으로 터널 공사를 저지해야 하오. 효과적

제10전투비행단장(강릉) 시절의 애기 F-51D 26호 앞에서.

인 공격이 공중 폭격이라 하니, 그것으로 저들의 터널을 결딴내야 합니다.
부탁하오.”

이형근 중장은 고마움을 표시하며 성공적인 폭격을 당부했다. 나는 1군
단 이름으로 공군 작전 센터(Joint Operation Center)에 공군 지원을 요청
하도록 알려 주고 폭격 준비에 들어갔다. 작전 수행에는 이런 절차가 의무
화 되어 있다.

그런데 갑자기 전보가 날아왔다. 김진형 기지대장(대위)이 가져온 전보
에는 ‘부친 병환 위독 급래’라고 씌어 있었다. 그러나 중차대한 임무를 앞
에 두고 자리를 비울 수는 없었다. 이런 때 흔들리면 부하들이 동요해 작
전을 미루자고 할 것은 당연했다. 그래서 나는 표정을 감추고 묵묵히 임무
를 수행했다.

이윽고 내 요구대로 JOC에서 명령이 떨어졌다. 북위 0도, 동경 0도 등
좌표 설정과 인민군이 터널을 파 들어오는 기도를 저지하라는 명령이었
다. 명령은 밤 11시 30분 연락기가 직접 와서 공격 명령(Frag Order)을
전달하는데 나는 새벽까지 이를 풀어서 작전을 수행해야 한다. 공격 명령

빨간 마후라 하늘에 등불을 켜고

에는 적의 병력과 동향, 아군 상황, 폭격 지점 목표가 설정되어 있다.

그러나 이는 참고 자료일 뿐 전대장인 내가 모든 책임을 지고 공격 계획을 세워야 한다. 그런데 또다시 기지대장이 전보를 가져왔다. 이번에는 '부친 위독'이라는 네 글자였다. 긴박한 상황이라는 것을 말해 주고 있었다. 하지만 이 곳은 더 상황이 긴박하게 돌아가 어떻게 할 수도 없는 형편이었다.

나는 새벽 3시까지 편대 구성을 완료하고, 오전 5시 30분 해당 전투비행사를 소집했다. 3개 편대를 구성해 윤응렬 부전대장과 김금성·이기협 대대장(소령)을 각각 1, 2, 3편대장으로 지명했다. 그리고 2편대 4번기에는 미 고문단 라그로 대위를 탑승토록 조치했다(중대한 작전에는 미 공군 고문단이 탑승토록 되어 있다).

엊그제까지만 해도 편대장은 미 고문단이 맡고, 우리 공군은 3번기나 4번기를 탑승하는 들러리였지만 지금은 우리 공군이 작전 주권을 갖고 임무를 수행하고 있는 것이다. 대신 그들이 고문단의 옵서버로 편대기 중 한 대에 탑승하는 것이다.

나는 소집된 전투 비행사들에게 특별히 주의 사항을 주지시켰다.

"오늘이 마침내 D데이다. 고도의 정밀성과 정확도를 기해 반드시 성공해야 한다. 만에 하나 적의 포격으로 불시착 할 경우 최후 방법으로 무조건 동해 바다로 멀리 빠져 나가라. 그래야만 우리 헬기가 구조할 것이다. 자신을 가져라. 당신들을 믿는다."

이렇게 당부했지만 사실 비장감이 서렸다. 너무나 위험한 도박이었기 때문이었다. 2차 대전의 주요한 특공대 작전도 이런 수준은 되지 못했을 것이다.

나는 전투기를 출격시키기 전 다시 한 번 현장 점검을 위해 오후 3시 정찰 비행을 보냈다. 이 때 또 '부친 위독'이란 내용의 전보가 날아왔다. 나는 기지대장에게 더는 전보를 가져오지 말라고 지시하고 출격 명령을 내렸다.

"1편대는 터널 부근의 인민군 지상 병력을 타격 제압하고, 2편대는 터널

입구를 폭파하며, 3편대는 후속 폭격(확인 폭파)하라! 나는 지상에서 통신 지휘를 장악하고 JOC 및 출격기와 교신하는 임무를 수행하며 만반의 비상에 대비할 것이다."

이 같은 계획에 따라 1편대기가 적의 지상 병력을 집중 공격해 기선을 제압했다. 뒤이어 2편대기와 3편대기가 터널을 스치며 폭탄을 투하했다. 폭탄 투하와 로켓포 발사 및 기총소사를 순서대로 오차 없이 감행했다.

순식간의 일이라 인민군도 속수무책이었다. 그들은 우리 공군이 이처럼 과감한 공격을 해 오리라고는 꿈에도 상상하지 못했다. 그래서 방심하고 있었을 것은 불을 보듯 뻔한 일이었다. 불과 200m 너머에 아군의 진지가 있는데, 자칫 아군에 막대한 피해를 줄 수 있는 위험한 폭격을 해 오리라고 상상이나 했을까.

그러나 나는 이 허점을 노렸던 것이고 그것은 대성공이었다. 인민군은 대공포 한 발 쏘아보지 못한 채 고스란히 당했다. 그들은 거의 궤멸된 것이다.

부친 별세와 미국 동성훈장

윤응렬·김금성·이기협 편대장이 임무를 완수하고 귀대하자 JOC에서 먼저 메모가 날아왔다. '아군 피해는 전무, 적은 궤멸됐다'는 평가 내용이었다. 미 공군도 오폭이 두려워 망설인 것을 우리가 해냈으니 그들이 우리 공군을 보는 눈도 단번에 달라졌다.

JOC에서 촬영한 사진을 검토한 결과에서도 인민군이 막대한 병력 손실을 입고 잔당은 도망간 것이 확인됐다. 이렇게 해서 우리 지상군은 아무런 저항 없이 고지를 다시 점령했다.

공군사에 기록될 이 같은 전과로 나와 세 편대장이 미국 국방성으로부터 동성(銅星)무공훈장을 받았다. 전투를 높이 평가한다는 뜻이었다. 한국군에 대한 훈장 수여가 인색했던 그들도 이 작전에서만은 이의 없이 무공을 인정하고 훈장을 수여한 것이었다.

작전의 성공은 정밀 폭격에 있었다. 폭격 시간과 폭격 목표를 한 치의 오차도 없이 수행해 내는 정확도. 이는 우리 전투조종사들의 뛰어난 전투 기술과 하면 이루어 낼 수 있다는 자신감과 정신력의 결과였다.

그러나 전투 상황을 완료했더라도 전대장은 여전히 긴장된 나날을 보낸다. 미 고문단에 절차를 밟아 공식 문서로 결과 보고(Debriefing)를 하는 등 잔무를 처리해야 한다. 이렇게 정신없이 하루 이틀 보내다가 깜빡 잊어 먹었던 일이 생각나 즉시 김진형 기지대장을 불렀다.

"전보는 어떻게 됐나?"

"그 뒤로 세 번 더 전보가 날라왔습니다."

"그렇군. 가져와 봐!"

김진형 대위가 전보를 가져왔다. 다선 번째 전보에서 '부친 별세 급래'라는 내용이 담겨 있었다. 마지막 것도 똑같은 내용이었다. 벌써 이틀이 지난 전보였다. 그 때서야 가슴으로 슬픔이 밀려왔다.

나는 부랴부랴 T-6기를 몰고 본대가 있는 사천으로 향했다. 사천에서 다시 광주로 비행기를 몰았다. 상공에서 내려다 본 고향 산천은 다정했으나 아버지는 이제 이 세상에 안 계시다. 그러자 가슴 밑으로부터 뜨거운 무엇이 솟구쳐 올라왔다.

아버지는 막내인 나를 유달리 사랑했다. 부유한 선비이긴 했지만 '군자의 교우는 냉수와 같고 소인의 교우는 꿀물과 같다', '남에게 빚지고 살지 말라', '탐식(貪食)하지 말 것이며 여유가 있을 때 나누어라'라며 엄격하게 자식들을 가르치셨다. 그러면서도 아버지는 나를 당신의 아끼는 소품처럼 늘 읍내 장이나 잔칫집에 데리고 다니기를 좋아하셨다.

바로 한 해 전 가을(1952년 9월), 그러니까 6개월 전 미 공군대학 교육을 마치고 다시 사천전투비행단에 작전참모로 귀대했을 때 아버지가 찾아오셨다. 첫아들 대환(현 매일경제 회장)을 얻었다는 소식들 듣고 나주에서 여수까지 육로로 오신 뒤 배를 타고 삼천포로, 다시 육로로 사천까지 험한 길을 오셔서 세 들어 살고 있는 집을 찾으셨다.

이 때 한 살 된 손자를 안고 "잘 생겼다"는 말을 거듭 뇌시며 하루 종일 품에서 놓지 않았다. 내 어린 시절의 소품처럼 손주도 그렇게 보살펴 주시다 며칠 후 귀향하셨다. 그런데 그것이 나와는 마지막이었다.

아마 병환은 깊어지고 전쟁 중이라 자식을 볼 기회도 좀처럼 있을 것 같지 않아 불편한 교통편인데도 불구하고 병환의 몸을 이끌고 아들과 손자를 찾으셨으리라. 군인의 생활이야 그럴 수밖에 없는 것이지만, 아버지가 배푼 것에 비해 내가 해 드린 것이라고는 아무것도 없어서 회한만이 가슴을 아프게 파고들었다.

1951년 강릉전투기지에서 김신 장군(오른쪽)과 함께.

고향 집에 당도하니 집안은 황량하고 쓸쓸했다. 아버지 장례는 벌써 사흘 전에 끝나 있었다. 나 때문에 장례를 두 번이나 미루다 6일장을 치렀다는 것이었다.

"아버님이 너를 찾으시다가 눈을 못 감고 가셨다."

큰형님의 말씀을 듣자 나는 더욱 가슴이 미어졌다.

"그래도 나라를 지키는 일이 최우선인데…… 어쩔 수 없었잖아. 그것이 너의 본분인데……. 아버님이 덕망이 크셔서 성대하게 장례를 치렀다. 너무 상심 말아라."

형님이 위로했지만 나는 넋을 잃고 먼 하늘만 바라보다가 묘소로 가서 한없이 눈물로 불효를 빌었다.

100회 출격 보유자들

    1953년 2월 15일, 강릉의 비행전대가 제10전투비행단으로 승격했다. 그
동안 사천의 제10비행단 중 비행전대만이 최일선인 강릉에 파견되었다.
그런데 공군 규모가 확대되면서 제10전투비행단으로 승격된 것이다. 사천
제10비행단은 훈련비행단으로 개편됐다.

    그러나 이 같은 사실이 알려진 것은 2월말이었다. 비행전대가 비행단으
로 승격되었지만 현지의 장교단이나 병사들은 이 사실도 모르고 임무에만
충실했다. 공군 본부의 지휘 계통이 엉성한데다 명령 체계도 제대로 잡히
지 않은 결과였다. 사천비행단의 김영환 부단장이 강릉 전투비행단장으로
영전되고, 내가 부단장 겸 전대장으로 임명됐다.

    이 소식을 뒤늦게 들은 김영환 단장이 나에게 말했다.

    "전혀 준비도 되어 있지 않는데 전투비행단 승격부터 하면 되나. 말만
그럴 듯하지 아무 것도 갖춘 것이 없잖아. 그러니 3월 중에 승격일로 하면
어때?"

    맞는 말이었다. 최소한 기본적인 체계라도 갖추어 놓고 전투비행단 운
영을 해야 했다. 나는 김 단장의 제안에 동의하며 말했다.

    "기왕이면 날짜가 좋은 3월 6일이 어떻습니까?"

    김 단장도 좋다며 그 날짜를 택해 승격 행사를 서두르라고 지시했다.

    강릉기지가 10전투비행단으로 승격한 것은 미 공군이 보유한 F-51기가

모두 강릉기지로 들어왔기 때문이다. 대구비행장(K2)에 주둔한 미 공군 제58전투비행단이 보유해 왔던 F-51기는 그들이 최신에 제트 전투기인 F-84로 교체하면서 이를 자국으로 가져갈 수도 없어 군원의 일환으로 우리에게 양도했던 것이다.

75대의 전투기와 부속 자동차, 로켓포, 바주카포 등 각종 무기를 제공받자 제10전투비행단의 규모가 갑자기 커졌다. 전투기들이 들어오자 비행장이 꽉 찼던 것이다. 전투전대 시절 2개 대대가 40대의 비행기를 보유한데 비해 3개 비행대대로 확대 개편되면서 비행기도 75대(대대별 25대 보유)로 늘어났다. 또 전투전대에 이어 정비·기지·의무 대대가 전대로 승격되어 비행단 규모가 배 이상 확대되었기 때문이다. 이것이 한국 공군이 최초로 갖춘 전투비행단이기도 하다.

제10전투비행단 승격은 양적 팽창 뿐 아니라 또다른 질적 변화를 가져왔다. 무엇보다 한국 공군으로서는 최초의 전투비행단이 창설되어 미 공군과 같이 규정된 규모로 전투비행단 시스템을 갖췄다는 점이었다. 또 4개 전대 운영과 함께 공군의 꽃인 전투조종사 수가 대폭 늘어났다는 사실을 들 수 있다. 비행전대 시절의 40명 선이 전투비행단으로 승격하면서 80명 이상 확보된 것이다.

그 결과 출격 횟수가 대폭 늘어났다. 비행전대일 때는 매일 30회 정도 출격했지만, 전투비행단 승격 이후 매일 50~60회를 소화했다. 그러자 출격 횟수가 100회는 물론 200회를 달성한 전투조종사들이 등장했다.

100회 출격은 미 공군에서도 인정해 주는 기록이다. 내가 전대장으로 있던 시기인 1952년 12월부터 53년 3월까지 이창실·이호영·송재봉·임상섭·임종두·오춘목·장성태·현창건·박희곤·신관식·임병두·김만용·김필정·최순선·이학선·조항식·이찬권·황정덕·김호연·권찬식·전형일 등 무려 21명이 100회 출격 기록을 달성했다. 우리 공군의 100회 출격 기록 보유자 총 39명 중 절반이 내가 전대장 재임 시절 달성한 기록들이다.

이 중 최초로 100회 출격 기록을 보유한 조종사는 김두만 소령(공군참모총장 역임)이었다. 그는 1952년 1월 11일 전투 현장으로 나가면서 100회 출격의 위업을 달성했다. 그리고 3개월 후인 4월 6일 이기협, 4월 16일 김금성, 4월 18일 옥만호 소령이 차례로 이 기록을 달성했다.

전투비행단 승격은 출격 대상 지역이 광범위해졌다는 점을 의미했다. 비행전대 시절에는 영공 커버 지역이 북한 일부 지역에 국한되었지만, 비행단으로 승격하면서 그 다섯 배인 원산 동해안에서부터 서울에 이르는 경원선의 모든 전선을 커버했다. 특별 지역 즉 평양 폭격을 비롯해 북한 주요 거점 지역을 직접 폭격하는 임무를 부여받았다. 미 공군과 대등한 영공 관할 지역과 작전을 수행할 수 있었던 것이다.

이 때 최다 출격 기록자가 나왔는데 유치곤·김금성 소령이 바로 그 주인공들이다. 일본 소년 비행병 15기 출신인 유치곤 소령은 1952년 7월 100회 출격을 끝내고 잠시 사천비행단에서 비행훈련 교관으로 후진들을 가르쳤다. 그런데 그 해 9월 다시 조종간을 잡아 1953년 3월 30일 마침내 200회의 대위업을 달성했다(최종 기록은 203회). 조종간을 잡아야 인생의 가치를 느낀다는 사명감 투철한 유치곤 소령은 나와 너무나 많은 인연을 갖고 있는 전투조종사다.

김금성 소령은 또다른 면에서 내 뇌리를 떠나지 않는 부하다. 그는 휴전 직전까지 198회 출격 기록을 갖고 있었다. 시간적으로 얼마든지 200회 기록을 달성하고, 경우에 따라서는 유치곤 소령의 기록을 훨씬 앞지를 수도 있었다.

그러나 부하들의 100회 출격 기록을 달성해 주기 위해 자신은 끝내 빠지고 대신 부하들을 내보내 2~3명의 100회 기록 달성을 도와주었다. 이 시간 현재 우리 공군 사상 유일의 200회 출격 기록은 유치곤 소령이 갖고 있다. 그렇지만 김금성 소령의 198회 출격은 그래서 200회 기록 이상의 가치가 있다고 나는 생각한다. 그와도 나는 너무나 아프고 슬픈 추억을 갖고 있다.

● 장지량 장군이 조종한 항공기 기종

프로펠러기	Glider(1940) L-4(1948), L-5(1948), L-16(1950), L-19(1950), L-20(1965), L-26(1956) O-2(1967) Cessna-180(1955), Cessna-185(1955), Cessna-195(1955), Cessna-310(쌍발, 1955), Cessna-185(Float, 수상기, 1955) T-6(1950), T-28(1956) B-25(폭격기, 1954) F-51(1950) C-45(1952)
제트기	T-33(1956) F-86F(1958), F-5B(1962), F-4D(1967)

● 연도별 조종한 항공기

연 도	내 용
1948. 11	비행 기록(2중대 선임 장교, 여의도(L-4, L-5)
1949. 6~7	육군참모대학 (1기)
1949. 8. 9	비행 부대 복귀(선임 장교), 여의도(L-4, L-5)
1949. 10. 1	초대 공군 본부 작전국장, L-5)
1950. 6. 1	미 대사관 영어 학원
1950. 6. 26	공군 본부 작전국장 복귀
1950. 7. 7	비행단 작전참모(대구, T-6)
1950. 7~9	비행단 작전(T-6), 낙동강 전선(진해, 김해)
1950. 10	제1전투비행단 작전처장(여의도, T-6)
1950. 12	제1전투비행단 작전처장(평양, T-6)
1951. 1	제1전투비행단 작전처장(제주, F-51)
1951. 6	단처장 및 전대작전참모(단독작전, 강릉, F-51)
1951. 7~9	단처장 및 전대작전참모(지리산작전, 사천, F-51)
1951. 10. 1	단처장 및 전대작전참모(단독작전, 강릉, F-51)
1952. 1~6	미 공군대학 (C-45, 유지 비행)
1952. 12	제10전투비행단 전대장(강릉, F-51)
1953. 2. 15	제10전투비행단 부단장 겸 전대장(강릉, F-51)
1953. 12. 1	제10전투비행단장(강릉, F-51
1954. 6~1956. 7	주 미 공군 군무관(B-25, 유지 비행) Cessna-180, 185, 195, 310, 유지 및 시찰 비행)
1956. 7~8	JQC-56(USAF, T-33)
1956. 9	공군 본부 작전국장(T-33)
1958. 4	미 합참대학
1958. 8~1960. 7	제11전투비행단장 창설(김포, F-86F, T-33)
1960. 9~1962. 7	국방대학원, 대한중석 사장
1962. 8	공군 본부 작전참모부장(참모차장), 공사 교장 (F-5, F-4, L-26, F-86F)
1964. 8	공군참모차장(T-33, F-5, L-26, F-86F)
1966. 8	공군참모총장(T-33, F-5, F-4, L-26, F-4C 시승, 기종 선정)

• 총 193회 2,800 시간 비행(L-4, L-5 : 68회, T-6 : 89회, F-51 : 34회)

● 비행 임무 기록

연 도	계급	기 지	사건·사항·직책	무 장	임 무	A/C 횟수
1940. 8	학생	광주	하기 활공훈련(중1년)	GLIDER(PRIMARY)		약 20회 비행
1943. 12 ~1945. 8	60기 (사관 후보 생)	일본 埼玉縣 朝霞(예과) 豊岡(본과)	일본 육사(예과, 항사)	'秋水'(╂-20, 독), Messerschmitt163(모형), 로켓 요격기를 조종키로 계획됨. 비행 훈련차 만주 향중(종전)		
1947 ~1948. 4	소위		태릉 육사 5기	육군 3연대 소대, 5·10선거경비대장 제7기 사관교육대장		
1948. 10	중위	여의도(K-16)	비행부대 2중대 선임 장교(중대장 장성환 대위)			
1948. 11 ~1949. 3	대위	광주, 전주 남원, 여수	여순반란사건 진압 지리산지구	Bazooka(장착)	정찰연락	L-4, L-5 (30여 회)
1949(3~5)		대구, 포항 울산	공비 토벌(영남지구)	Bazooka(장착)	정찰연락	L-5(15회)
		진해(K-10)	경무대 수통 운반			L-5(3회)
1949(5. 8. 9)		대전(K-5)	중부지역		정찰연락	L-5(5회)
1949(6. 7)		육군참모대학 1기				
1949(5. 8. 9)		여의도(K-16)	38선일대 옹진 황해도 개성(송악산)		정찰연락	L-4, L-5 (15여 회)
(1) 계 : L-4, L-5(68여 회)						
1949. 10. 1			공군 본부 작전국장			
1950. 6. 1	소령		미 대사관 영어교육			
1950. 6. 26			공군 본부 작전국장	공군작전계획 작전 명령	비행단 김포경비사	
1950. 7. 7		서울, 수원 대전	후퇴			
1950. 7. 7		대구(K-2)	전투비행단 작전참모		정찰	T-6(15여회)
1950. 7. 10		대구(K-2)	문경, 영덕, 포항			
1950. 7. 25			충주, 금천, 청주			
1950. 7. 25		진해(K-10)	통영, 왜관, 진주, 낙동강, 사천, 합천, 하동, 삼천포, 산청	기관포 Cal. 37(장착)	정찰 해병대 상륙 협력 지원	T-6(25여회)
1950. 8. 15		김해((K-1)	F-51 파일럿 6명 (10면 중 잔여)	인솔하고 김해 주둔 작전		
1950. 9. 30						
(2) 계 T-6(40여 회)						
1950. 10. 2		여의도 (K-16)	평양 정찰 연락		평양출격	T-6(5회)
1950. 10. 20						
1950. 10. 20		평양(미림) (K-24)			깅계 신안주	T-6(8회)
1950. 12. 5						
1950. 12. 15		대전(K-5)	연락, 정찰		연락정찰	T-6(5회)
1950. 12. 30						
1951. 1. 1		제주(K-40)				T-6(10회)
1950. 6. 20						T-51(5회)
					F-51 (훈련)	(60여 시간)
(3) 계 T-6(28여 회), F-51(5회)						

빨간 마후라 하늘에 등불을 켜고

연 도	계급	기 지	사건·사항·직책	무 장	임 무	A/C 횟수
1951. 7. 1	중령	사천(K-4)	지리산 지구 초벌 작전	BaCal. 50 5인치 로켓 250LBS(폭탄) 500LBS(폭탄)	정찰 및 대지공격	T-6(5회) F-51(12회)
1951. 9. 30						
1951. 10. 1		강릉(K-18)	아 동해안 지구 지상군 지원	〃	단독작전	F-51(5회)
1951. 11. 20						
1951. 12. 15		MAXWELL AFB. ALA. U.S.A.	유학 (미 공군대학)	C-45(유지비행) C-45(4시간/월)		
1952. 7						
1952. 8		사천(K-4)	제1회 에어쇼			F-51(5회)
1952. 12						T-6(5회)
1952. 12	대령	강릉(K-18)	제10전투비행단 전대장		전투임무	F-51(7회)
1953. 7. 27		(휴전)	제10전투비행단 부단장 겸 전대장(10비창단)			

(4) 계 T-6(21여 회), F-51(29회)

연 도	계급	기 지	사건·사항·직책	무 장	임 무	A/C 횟수
1953. 7. 27 ~1954. 5	대령	강릉(K-18)	제10전투비행단부단장 제10전투비행단장		연락지휘 비행	F-51
1954. 6 ~1956. 8		워싱턴(미국) CESSNA사	주미 공군 무관 CESSNA사 방문	유지비행 (ANDREWS AFB. Va)		B-25 (4시간/월)
				연락비행, 시승비행		Cessna180, 185, 195, 310,180 (Float)
1956. 7. 17 ~8. 29		CRAIG AFB. (미국 앨러바마)	주미 공군 무관 (제트비행 훈련)	JQC-56-N-1 (7주)		T-33 (64시간)
1956. 9 ~1958. 7		공군 본부	작전국장	유지비행, 연락, 지휘, 비행		T-33 F-51 L-26
		오키나와	합참대학 (오키나와)			
1958. 8. ~1960.7	준장	김포((K-14)	제11전비행단장 (창단)	지휘비행, 훈련비행		F-86F T-33
1960. 9 ~1962.7		김포((K-14) 수원((K-13) 여의도((K-16)	국방대학원 대한중석 사장	유지비행		T-33 L-26 L-19
1962. 8 ~1966.8	소장	수원, 김포 대구, 강릉	작전참모부장 공사 교장, 참모차장	유지비행, 지휘비행		T-33 F-86F L-26 L-19 F-5B
1966. 8 ~1968.8	중장	공군 본부	참모총장	지휘비행, 유지비행		T-33 F-5B L-26 O-2 HU-1
1967. 6		맥도널드 더글러스사 세인트루이스	참모총장	최초 시승비행 (주 기종 결정)		F-4D

잊을 수 없는 사람들

●─김영환 장군

내 공군 생활은 어느 의미에서 김영환 장군을 빼놓고는 얘기할 수 없다고 해도 과언이 아니다. 내 공군 일생이 그의 일생과 거의 일치했고, 그래서 김 장군과 나는 공군 창설 때부터 늘 바늘과 실과 같은 존재로 함께 붙어 다녔다.

1953년 김 장군이 10전투비행단장으로 있을 때 공군 본부가 있는 대구로 출장을 가면 언제나 부단장인 나를 대동했다. 단장이 공석이므로 부단장인 내가 자리를 지켜야 하지 않느냐고 말하면 "네가 따라와야 내가 든든해" 하며 부관을 불러 부대를 단속해 놓고 나를 앞세워 대구로 나가곤 했다.

나보다 네 살 연장인 김 단장은 계급상의 상관만이 아니라 친 아우처럼 나를 아껴주었으며, 나 역시 친형 이상으로 그를 따랐다. 파일럿의 세계는 이런 면이 있다.

휴전(1953년 7월 27일) 직후 첫 8·15 광복절이 왔다. 김 단장이 전쟁도 끝났으니 기분 좋게 전투비행단의 비행기를 모두 띄우는 경축 퍼레이드를 펼치자고 제안했다. 그 말을 듣고 나는 그의 남성다운 스케일에 맞춰 1편대군단(篇隊群團, 그룹 편대)에 16기의 비행기를 띄우도록 하여 3개 편대

빨간 마후라 하늘에 등불을 켜고

군단, 즉 48대의 비행기가 한꺼번에 비행해 화려하게 퍼레이드를 펴는 계획을 세웠다. 이 비행은 상당한 기술과 비행기 동원력이 요구되는 행사다.

전투기가 활주로를 이륙한 뒤 공중에서 차례로 편대를 구성해 대 그룹 편대를 만든다. 이를 위해 1편대군장에 김영환 단장, 2편대군장에 부단장인 나, 3편대군장에 박희동 전대장이 맡아 임무를 수행키로 했다. 이렇게 하여 48대의 비행기가 편대를 짜 서울과 인천 상공을 돌고 대전 상공을 지나 공군 본부가 있는 대구로 향했다. 이를 바라본 강릉·서울·대전·대구 시민들은 일제히 거리로 나와 환호했다.

화려하고 멋진 에어쇼는 전상(戰傷)을 입은 국민에게 안도와 자신감을 심어주는 계기가 됐다. 이런 비행을 계획한 것이 김 단장이고, 오늘의 우리 공군 명예와 영광을 다져놓은 주인공이다.

퍼레이드를 마치고 돌아온 다음 날 김 단장이 나를 불렀다.

"이 봐! 자네가 언젠가 미 공군들이 수염을 기르는 걸 보고 우리도 한번 길러보면 어떠냐고 제안했었지? 그래, 우리도 그렇게 해볼까."

그는 장난기도 많았다. 마침 제10전투비행단에는 공군 본부에서 나이 많은 참모들이 많이 배속되어 와 있었다. 그래서 분위기가 예전과 달랐고, 껄끄럽게 서로 권위를 내세우는 측면도 있었다. 이 때 미군들이 수염 기르는 것이 유행이었다. 그래서 내가 불쑥 우리도 수염을 길러 위엄과 야전군의 분위기를 살려보자고 김 단장에게 제안한 적이 있었다. 그걸 기억하고 김 단장이 수염 기르는 문제를 꺼낸 것이다.

막상 김 단장의 제안을 받자 나는 쉽게 동의할 수 없었다. 아내에게 미리 떠보았더니 좋아하지 않았다. 그래서 한 발 물러서 말했다.

"마누라들이 좋아할까요?"

"싫어하면 해 보라지. 우리 야전 기분을 낼 겸 수염을 길러 보자."

다음날 나는 김 단장의 거듭된 제의에 전 부대에 수염을 길러도 좋다는 지침을 내렸다. 기왕 기르려면 멋있게 길러야 한다고 강조하고, 가장 멋있게 기른 사람은 금반지 한 쌍, 차석은 금반지 하나를 준다는 상금도 내걸었다. 굳이 금반지를 내건 것은 그것으로 아내들의 마음을 사라는 뜻이 담겨 있었다.

한 달쯤 지나자 부대가 온통 수염 기른 대원들로 가득 찼다. 이상한 나라에 온 기분이 들 정도로 전투비행단의 분위기가 확 바뀌었다. 그 중 몇몇 장병과 부사관은 사람을 구분하기가 어려웠다. 그런데 김 단장은 어느 날 기르던 수염을 말쑥하게 깎아버렸다.

"형님, 아까운 것을 왜 깎아버렸지요?"

내가 항의하자 김 단장이 웃으면서 말했다.

"수염을 길러보니 풍성하게 나지 않고 입술 밑에 서너 개, 턱에 서너 개, 뺨에 서너 개 밖에 안 나잖아. 꼭 방정맞은 간신배 수염처럼 난단 말이야. 그래서 밀어버렸어."

자동차 부대의 어느 선임하사는 털보 배우처럼 멋이 있었다. 위병소의 신참내기 헌병들이 김 단장이나 나는 외면하지만, 그가 지나가면 깍듯이 거수경례를 올려붙이는 촌극도 벌어졌다. 그것이 즐거운 듯 김 단장은 "야, 오 털보가 우리보다 낫다"면서 호탕하게 웃었다.

그런데 어느 날 강릉 시내의 양공주촌에서 비행단 부대원들이 돈을 탕진한다는 첩보가 들어왔다. 김 단장이 단속을 나가자며 나를 앞세웠다. 암행 단속에는 운전병을 대동할 수가 없어서 내가 직접 운전을 하고 사복을 하고 나갔다. 골목의 한쪽에 차를 세워두고 기지촌을 한 바퀴 돌고 오자 차 곁에서 공군 병사 서너 명이 웅성거리고 있었다.

"지프 1번이면 단장과 부단장이 타는 찬데 그들도 여기 왔단 말야. 재미있지? 그들도 인간인 기라."

이렇게 수군거리며 히히덕거렸다. 생각해보니 아차 싶었다.

나는 속으로 놀란 나머지 김 단장을 옆으로 불러냈다. 암행 단속이 자칫 오해를 살 수 있으니 떳떳하게 신분을 밝히고 다니자고 말했다. 김 단장도 동의하고 곧바로 행동에 옮겼다. 김 단장이 병사들이 웅성거리는 쪽으로 다가가면서 소리쳤다.

"이런 나쁜 놈들이 있나. 여자 가까이 가면 정신이 흐려지는데 이럴 수가 있나!"

빨간 마후라 하늘에 등불을 켜고

병사들이 이 말을 듣고 메뚜기 떼처럼 후다닥 도망치기 시작했다.

"형님 연기가 대단합니다."

부대로 돌아오는 길에 내가 농을 건네자 웃으면서 받아 넘겼다.

"허허, 니 땜에 내가 허장강이 돼버렸다."

김 단장은 결혼 생활 10년이 넘었지만 부인과의 사이에 손이 없었다. 그래서 조금은 쓸쓸했는데 그 때마다 나를 불러내 함께 시간 보내기를 좋아했다. 특히 김 단장 부인과 내 아내가 가깝게 지내는 것을 보고 안도와 위안을 삼는 것 같았다.

1954년 1월 1일, 김영환 단장이 준장으로 진급하면서(이 때 장성환·김신 대령도 준장 진급) 사천 훈련비행단장으로 보직 변경되고, 내가 제10전투비행단장 보직을 받았다. 김 장군이 적극 천거해 부단장에서 단장으로 승진하고 그대로 그의 자리를 물려받은 것이다.

제10전투비행단은 단순한 비행단이 아니다. 우리 공군 최초의 전투비행단일 뿐 아니라 공군의 초석을 다진 비행단이다. 그래서 김영환 초대 단장의 공로는 지대할 수밖에 없다.

1954년 3월 6일은 제10전투비행단 창설 1주년 기념일이다. 제10전투비행단의 창설 의미가 컸기 때문에 기념일에 이승만 대통령도 참석할 예정이었다. 나는 기념식을 성대히 치르기 위해 만반의 준비를 하면서 김 장군에게 초청장을 보냈다. 김 단장은 행사 전날인 3월 5일 강릉비행장에 오겠다고 통보해 왔다.

그런데 이 날 엄청나게 눈이 내렸다. 아침부터 앞을 가릴 수 없을 정도로 내린 폭설은 오후가 되어서도 멈출 줄 몰랐다. 나는 활주로 제설 작업을 하면서 안심이 되지 않아 작전참모를 불렀다.

"이렇게 폭설이 내리는데 김영환 단장님이 오시겠나?"

"벌써 전보를 쳤는데요."

"뭐라구?"

"빨리 오시라구요. 눈이 더 내리기 전에 오시라구요."

"뭐? 안 돼! 대폭설이야. 큰일 나. 내일 오시라고 다시 전보 쳐!"

당시까지만 해도 통신 사정이 좋지 않았다. 장거리 전화는 아예 없고, 통신 수단이라고는 전보가 고작이었다. 그것도 대구 본부를 거쳐 사천으로 가니 시간이 걸리고 번거로웠다. 나는 호사다마라고 폭설이 내린다고 계속 투덜대며 제설작업을 했지만 그래도 안심이 되지 않아 다시 작전참모를 불렀다.

"전보는 잘 쳤겠지?"

"네, 잘 쳤습니다."

덤벙대는 것이 흠이긴 했지만 싹싹하고 시원시원한 작전참모가 거듭 자신 있게 말했다. 그런데 오후 7시경 공군 본부에서 전보가 날라왔다. 김영환 단장이 무사히 착륙했느냐고 묻는 내용이었다. 전보에 따르면 김 장군은 전대장인 김두만 중령과 함께 각자 F-51기를 몰고 사천을 떠났다. 그런데 동해안의 폭설과 기상이변으로 도저히 착륙할 수가 없었다.

이 같은 상황은 한 해 전(1953년) 김 장군과 함께 내가 똑같이 겪은 경험이기도 했다. 포항은 쾌청한데 강릉비행장으로 들어가는 부근이 농무가 잔뜩 끼어 있어 아무것도 보이지 않았다. 우리는 착륙하기 위해 500피트까지 내려갔으나 앞이 한 치도 안 보여 9,000피트로 급상승, 간신히 포항비행장으로 회항해 비상 착륙했다. 이 때 죽을 고비를 넘겼는데, 이와 똑같은 상황이 다시 벌어진 것이다. 물론 지금은 폭설이라는 것이 다를 뿐이다.

사천기지를 김영환 장군과 함께 떠났던 김두만 중령은 강릉과 삼척 사이의 항로에서 퍼붓는 폭설을 간신히 뚫고 구름층을 탈출하는데 성공해 대구비행장에 비상 착륙했다. 그런데 김 장군은 동해로 빠진 것 같으나 어떻게 됐는지 모르겠다는 전보 내용이었다. 김두만 중령은 비상 착륙 전 김 장군을 찾기 위해 동해 바다와 산악 지대 상공을 10여 회 선회했으나 연료가 부족해 더는 선회하지 못하고 대구비행장으로 회항해 비상 착륙했다는 것이다.

밤은 깊어가고 소식은 없고 모든 것이 막막했다. JOC(작전본부)를 비상 호출해 동해안에 구축함을 파견토록 요청하고, 야간 조명을 위해 레이팜탄을 터뜨리고, 부대원들을 총동원해 눈 덮인 산으로 내보냈다. 일부 병력

빨간 마후라 하늘에 등불을 켜고

제10전투비행단 창립1주년 기념식 참석차 강릉으로 비행중 조난당한 김영환 준장(왼쪽)과 동해안에서 김영환 준장의 생환을 기다리는 제10전투비행단 간부들.

은 내가 진두지휘하며 동측방 산악지대로 나갔다.

날이 밝을 때까지 산을 누볐지만 김영환 장군은 찾을 수가 없었다. 나는 본부에 긴급히 기념일 취소 요청을 하고 본격적인 수색 작전에 들어갔다. 산골짜기에는 눈이 2~3m씩 쌓여 앞으로 나가기가 어려웠다. 바다에서는 해군 함정과 자선(子船)이 수십 대 동원되었지만 구조보다 험한 파도와 싸워야만 했다.

나는 외부의 전화를 모두 끊고 부대 내에서 숙식하며 연일 계속 수색 작업에 나섰다.

강릉에 육사 5기 동기생 친구가 있었다. 강릉시장의 아들인 그는 내가 세 들어 살고 있는 집에 나타나지 않자, 어느 날 내 집을 찾아와 아내에게 조의금을 내놓고 갔다고 한다.

"뭐라고 위로의 말씀을 드려야 할지 모르겠습니다. 꿋꿋하게 살아가십시오."

이처럼 강릉 시내에는 한동안 내가 순직한 것으로 소문나 이런 조문이 몇 차례 더 있었다.

그런데 김영환 장군의 당시 일정을 살펴보는 가운데 우리가 보냈다는 전보가 사천비행단에 가지 않았다는 것이 확인됐다. 그것은 내 지시를 받은 작전참모가 전보를 치지 않고 쳤다고 했는지, 극히 예외의 사항이지만 전보가 중간에서 증발했는지 알 수 없었지만 둘 중 하나였다.

그 중 사람은 좋으나 덤벙대길 좋아하는 내 참모가 사태의 심각성을 모르고 다시 전보를 발송하는 것이 번거로워 치지 않고도 쳤다고 했을 개연성이 있었다. 거기다 김영환 장군이 자기 소속 강호륜 작전참모를 대동하려고 했으나, 강 작전참모가 이런 이유 저런 이유로 가지 않겠다고 버티는 바람에 두 시간이나 지체한 끝에 김두만 전대장과 함께 각기 다른 비행기를 몰고 일몰이 가까워서야 출발했다는 사실도 확인되었다. 말하자면 일몰 시간에 동해안의 폭설을 만난 것이다. 이래저래 운명적인 날인 셈이었다.

일주일이 지나자 모두가 기진맥진했다. 나는 상황이 끝났다고 보고 수색 작전을 중단했다. 강릉 앞바다 심해는 수천 미터 낭떠러지가 있고, 해류가 급격하게 흘러 비행기가 떨어져도 종이조각처럼 구겨져 수백 킬로미터 밖에서 흔적을 찾거나 아예 찾지 못한다고 했다.

나는 축 늘어진 몸으로 집에 돌아왔다. 귀로의 쓸쓸함이란 어디에 비길 데가 없었다. 막막한 절망감이 엄습해 와 견딜 수가 없었다. 수염은 멋대로 자라고 있었고, 기르라는 주인공도 없어 기를 기분도 내키지 않아 이발관에 가서 깨끗이 밀어버렸다. 내가 집 현관으로 들어서자 앓고 있던 아내가 나를 멀뚱하게 보더니 뒤로 주춤 물러섰다.

"나야 나. 어디 가는 거야?"

그러나 아내는 이상한 신음 소리와 함께 "귀신 귀신"하며 소리 지르면서 도망가려고만 했다.

"이 사람, 나라니까."

이렇게 말해도 뒤로 계속 물러서더니 끝내 기절하고 말았다. 길렀던 수염도 없어지고, 수염 기른 자국이 하얗게 드러나니 도무지 사람으로 보이지 않았던 모양이다. 더군다나 강릉 시내에서 알고 지내는 사람들로부터

빨간 마후라 하늘에 등불을 켜고

강릉전투비행단 시절 부대를 찾아온 신유협 중령(왼쪽)과 함께.

조문까지 받았으니 살아 돌아온 내가 귀신으로 여겨졌을지도 몰랐다.

아내를 부축해 몸을 흔들자 한참만에야 눈을 뜨더니 눈물을 주르륵 흘렸다. 아내가 처량해 보여 나도 눈물이 났다. 눈물이 솟구치자 떠나버린 김영환 장군이 생각나 나는 봇물 터지듯 울고 말았다. 여태까지 참았던 눈물이 이제야 쏟아지는 것이다.

김영환 단장은 단순한 내 상급자가 아니다. 내 공군 인생의 운명을 지워 주고, 공군의 자긍심을 심어 주고, 형으로서 고통보다 용기를 심어준 분이다. 불의를 참지 못하다 보니 상관에게는 껄끄럽지만 부하들을 너무나 사랑해 한없는 존경을 받는 진정한 군인이었다.

나는 내 인생에 변화가 있을 때 언제나 김영환 장군의 꿈을 꾼다. 대개 회의를 할 때나 집무실에서 만나는 꿈이다. 그래서 문으로 들어오는 그에게 자리를 내주며 앉으라고 권하면 안타깝게도 한동안 주춤거리다가 말없이 어디론가 사라져 버린다.

공군참모총장이 됐을 때도 김영환 장군의 꿈을 꾸었다. 내가 좌석을 양보해 앉으라고 권하자 말없이 나를 굽어보고는 그냥 어디론가 사라져갔다. 이런 꿈을 근 30년 동안 꾸었으나 90년대 이후부터는 그마저 나타나지 않는다.

김 장군의 모친은 언젠가는 그가 살아 돌아온다고 하여 영결식도 치르지 못하게 했다. 반세기가 지난 지금까지 그의 유품 하나 찾지 못했으니 영결식도 없는 상태다. 그러나 그것은 모친의 개인적 사정일 뿐 공적으로 아직껏 영결식을 못했다는 것은 섭섭한 일이다. 특히 당시 수색 작전을 벌일 때 공군 본부에서는 어느 누구 하나 현장에 찾아와 본 사람이 없어 지금까지 섭섭하게 생각하는 전우들이 있다.

내 가슴에서 영원히 떠나보낼 수 없는 김영환 장군. 그가 살아 있었다면 내 인생도 덜 고단했을 것이다. 이렇게 지근거리에서 고락을 같이했던 선후배들이 사라지니 그만큼 나에게는 끈끈한 인맥이 멸실해 버렸다. 그래서 더 곤고하고 핍진했는지 모른다.

●─ 유치곤 소령

유치곤 소령은 나보다 다섯 살 아래로 동생이 없는 나에게는 친동생처럼 여겨지는 조종사였다. 그는 부하를 잘 다루고 주어진 책무를 언제나 빨간 마후라답게 깔끔하게 처리했다.

1958년 8월 1일, 강릉전투비행단에 이어 두 번째로 김포비행장에 제11전투비행단이 창설되었을 때다. 4년여 주미 대사관 무관과 공군 본부 작전국장을 지낸 뒤 나는 곧 제10전투비행단 창설 임무를 맡은 경험 때문에 또 제11전투비행단 창설단장으로 임명되었다. 나는 무엇보다 조종사 상황을 잘 아는 사람이 필요해 평소 나를 잘 따르던 유치곤 중령을 강릉비행단에서 전대장으로 데려왔다.

그는 언제 보아도 모범적이었다. 내 지근거리에서 말없이 직무를 수행하며 나를 도왔다. 그런 1년 후(1959년) 유치곤 중령이 한밤중에 상도동

빨간 마후라 하늘에 등불을 켜고

나의 숙소(관사)를 찾아왔다. 좀체 찾아볼 수 없는 일이어서 의아스럽게 생각하며 거실로 안내했다. 유 중령이 자리에 앉자마자 내 앞에서 무릎을 꿇더니 소리 내어 울기 시작했다. 나는 필시 큰 사고를 저지르고 온 것이 아닌가 하고 가슴이 철렁 내려앉았다.

"무슨 일인가?"

유 중령은 계속 울기만 했다. 정말 부대에 '큰 사고가 났구나' 하는 낙담이 들자 어지러운 상념들이 복잡하게 뇌리를 스쳤다. 비행기 추락인가 아니면 충돌인가, 하극상인가, 조종사들이 크게 싸워 다친 것인가. 나는 목이 타는 답답함을 느끼며 다시 그에게 물었다.

"그래 말해 봐. 이 자리는 상관과 부하의 자리가 아니다. 형과 동생의 일로 알겠다. 안 좋은 일이 있다면 서로 돕는 것이 형제 간이고 선후배 사이 아닌가. 어서 말해 보게나."

그래도 그는 여전히 대답을 못하고 있었다. 이번에는 제 설움에 겨워 어깨까지 들썩이며 울고 있었다. 보통 일이 아니라는 생각이 들어 나는 다급해졌다.

"어서 말해보라니까!"

그 때서야 유 중령이 눈물을 삼키면서 천천히 입을 열었다.

"단장님, 제가 사천 훈련비행단 교관으로 있을 때 훈련생을 지도하던 중 비행기 사고를 낸 적이 있습니다."

"그래, 그게 몇 년 전 일인데 그런가?"

"1952년도 일입니다."

뚱딴지같이 사천비행단 시절의 일을 말하는 것이다. 벌써 7년 전의 일이라 기억조차 가물가물하다.

"그 때 사고가 났대도 나도 모르는 일이고, 유 전대장도 까마득한 옛날 일 아닌가?"

"그 때 제가 눈을 다쳤습니다."

"눈을 다쳐? 그렇더라도 7년 전 일이라면 다 나았지 않나. 그 후에 강릉에 가서 200회 출격 기록도 달성하지 않았나."

"네, 그렇습니다."

"그랬으면 됐지. 우리 공군사에 길이 남는 위대한 기록이었잖나. 자네는 자랑스러운 빨간 마후라의 상징이고 보물이야. 그런데……?"

유 중령은 다음 말을 기다리는 나에게 잠시 숨을 고르는 듯하더니 천천히 말했다.

"최근 들어서 크고 작은 비행 사고가 잦자 미 고문단이 갑자기 시력검사를 실시했습니다."

"그건 매년 실시하는 일 아닌가?"

"네……."

그런데 그의 다음 말은 너무나 충격적이었다. 그에 따르면 종전의 검사 때는 시력표를 모두 외웠기 때문에 시력 검사 때마다 무사히 통과해 비행기를 계속 탈 수 있었다.

그런데 근래 사고가 빈발하자 미 고문단이 종전의 시력표를 아예 폐기하고 새로운 시력표로 교체해 갑자기 조종사 시력 검사를 실시한 것이다. 기존의 시력표를 줄줄이 외고 있던 유치곤 중령은 새 시력표 앞에서는 무력해질 수밖에 없었다. 그는 결국 한쪽 눈의 시력을 완전히 상실했다는 사실이 들통 나고 말았다.

이렇게 경위를 말해 놓고 유 중령이 다시 소리 죽여 울었다.

"어떻게 그런 일이 있을 수 있나……? 전투기를 조종하는 사람이……, 그것도 한쪽 눈으로……."

나는 절망적으로 한숨을 내쉬며 탄식했다. 거기에는 감탄도 섞여 있었다. 그런 몸으로 그 동안 죽지 않고 살아 있는 것이 기적같이 느껴졌다. 세계 공군 사상 이런 일이 두 번 다시 있을 수 있겠는가. 그가 대견하다기보다 우둔할 정도로 전투비행사 직무를 한 치의 흐트러짐 없이 수행해 온 그 정신이 무서울 정도였다.

"예끼 사람, 자기 몸이 가장 중요한데 조종사가 뭐라고……."

"단장님, 저는 이제 죽은 목숨이나 다름이 없습니다. 비행기를 타지 못하면 저는 죽습니다."

빨간 마후라 하늘에 등불을 켜고

"그래, 자네 마음을 안다. 하지만 안 돼!"

나는 단호하게 말했다. 그의 시력 상태를 알고 있는 이상 계속 조종간을 잡도록 허용할 수는 없었다. 그를 아끼고 사랑하기 때문에 더는 비행기를 타게 할 수가 없었다. 조종사의 눈은 독수리 눈 보다도 매섭고 멀리 보아야 한다.

유치곤 중령의 우는 모습을 지켜보기란 나 역시 괴롭고 처연했다. 전투 조종사의 기질이란 비행기를 타고 나갈 때의 짜릿한 쾌감과 사나이로서의 기개, 무한히 하늘을 날면서 갖는 생의 환희와 야망 바로 그것이다. 이 때문에 얼마나 많은 파일럿들이 꿈을 가슴에 품고 창공을 누비던가. 그 역시 그랬을 것이다.

작전참모 임무를 주로 수행해 온 나 또한 시간만 주어지면 출격해 F-51 기 34회, T-6기 89회, L-4기 및 L-5기 68회 등 총 193회 출격 기록(2,800시간 비행)을 갖고 있다. 사선을 넘나든 경우도 한두 번이 아니지만, 파일럿의 꿈을 한없이 펼치는 기쁨으로 비행기를 조종해 온 결과물이다.

그런데 하물며 대한민국 공군 사상 최다 출격 기록(203회)을 갖고 있는 유치곤 중령이 더는 비행기를 탈 수 없다니 살아도 산 목숨이 아니란 말이 결코 과장이 아니었으리라.

"단장님, 어떻게든 비행기를 타게 해 주십시오."

나는 고민했다. 한쪽 시력을 완전히 상실한 그를 계속 비행기를 타게 한다는 것은 항공 수칙상 도저히 있을 수 없는 일이다. 그래서 한참 생각 끝에 말했다.

"그래 좋다. 자네는 우리 조종사의 상징이야. 그래서 나하고 약속할 것이 하나 있다. 약속하겠나?"

그는 나를 믿고 있는지라 무조건 따르겠다고 답했다.

"그래, 비행기를 태워 주는 조건이 있다. 앞으로 단독 비행은 절대 안 된다. 반드시 부조종사와 함께 타라. 알겠는가?"

"넷, 알겠습니다."

그 때서야 유 중령은 눈물을 거두었다. 그 조건하에서 그는 2인승인

T-6기와 T-33기(제트훈련기)를 계속 탔다.

　그런데 내가 공군참모총장을 마치고 에티오피아 대사로 복무하던 1969 년 가을 그가 비행 사고로 순직했다는 비보를 접했다.

　전투기 훈련중(그 때 전투기를 탔던 모양이다) 비행기 사고로 목숨을 잃었다는 것이다. 평생 비행기 밖에 모르고 올바른 파일럿 정신으로 살아 온 그가 결국 전투기와 함께 산화한 것이다. 난 이 사실이 현실 같지가 않아서 한동안 넋을 잃고 이국의 먼 하늘만 바라보았다.

　한편 그로부터 36년 세월이 지난 2005년 6월 14일 유치곤 전투조종사를 기리는 공적비가 그의 고향 경북 달성에 세워졌다. 공적비 제막식장에서 나는 김영환 단장과 유치곤, 나 세 사람이 찍은 사진이 행사 팸플릿에 수 록돼 있는 것을 보고 한없는 슬픔과 추억에 잠겼다. 두 사람 모두 아깝게 잃은 나로서는 더없는 슬픔에 한동안 빠졌다.

● ― 김금성 · 이기협

　김금성 전투조종사 역시 내 뇌리를 떠나지 않는 사람이다. 1953년 7월 10일 내가 제10전투전대(강릉) 전대장 시절 김 중령은 198회 출격을 기록 해 200회 달성이 바로 눈앞에 와 있었다. 휴전을 앞두고 피아간에 마지막 전투가 치열한 상황이어서 전투조종사들의 출격 횟수도 그만큼 많았다.

　그러나 100회 출격 기록을 세워야 할 후배들이 몇 명 있었다. 두세 번만 출격하면 100회를 달성하는 후배 조종사들을 보고 그는 자신의 200회 기 록을 고집할 수가 없었다. 적기는 이미 대파되어 한 대도 뜨지 못했고, 적 지상군의 대공포만 피하면 위기를 넘길 수 있어서 활동은 비교적 안전 한 편이었다. 그래서 기록도 얼마든지 세울 수 있었다.

　그러나 그는 끝내 200회 기록 달성을 포기하고 후배들에게 영광을 돌렸 다(200회 출격 기록의 가치는 공군사에 길이 남을 정도로 전투조종사에겐 빛나는 훈장이다). 영웅주의 속성이 사나이들의 야망 찬 덕목 중 하나인데 도 불구하고 그는 후배들에게 이처럼 기회를 주고 자신은 스스럼없이 뒤

200회 출격 기록을 포기하고 후배들에게 영광을 돌린 김금성
(198회 출격, 왼쪽에서 두 번째, 58년 김포비행단)) 전투조종사.

로 물러난 것이다.

그래서 그의 출격 198회는 200회가 아니라 2,000회 이상의 가치를 가진 기록이라고 나는 감히 평가한다. 버리면 버릴수록 채워진다는 말씀을 그는 말없이 가르쳐 준 진정한 파일럿이었다.

김포비행장에 제11전투비행단이 창설되면서 초대 비행단장에 임명된 나는 부단장에 김금성, 전대장에 유치곤 중령을 배치했다. 내 좌우 날개로 이들 두 신화적인 파일럿을 데려와 앉은 것이다. 그러나 인정 많은 김금성 중령은 1969년 대구에서 비행기 사고로 순직했다. 그의 사망 소식 역시 내가 대사 시절 접하고 망연자실했다.

이기협 중령도 내 기억에서 빼놓을 수 없는 후배다. 소년 비행병 15기 출신으로 함경도 함흥이 고향인 그는 말수가 없는 대신 자기 직무를 완벽하게 처리해 내는 파일럿이었다. 일가붙이가 없는 그는 다행히 사천비행단 시절 인근 아리따운 처녀와 결혼해 신혼의 단꿈에 젖어 있었다. 그는 유독 나를 친형처럼 따랐다.

그러나 이기협 중령은 1955년 미국 현지에서 F-86 전투기 훈련중 추락사 하고 말았다. F-86기를 도입하기 전 미 공군기지에서 훈련을 받고 직접 비행기를 몰고 오게 되어 있었다. 그는 마지막 팀으로 합류해 훈련 과정을 마친 단계에서 사고를 당하고 말았던 것이다.

주미 대사관 무관으로 있을 때 비보를 접한 나는 애리조나 주 미 공군기지로 달려가 직접 그의 시신을 거두어 고국으로 보냈다. 이국 땅에서 산 사람과 이별할 때도 가슴이 쓰라린데 사랑하는 아우의 시신을 떠나보내는 비감은 정말 말로 다 표현할 수 없다. 큰일을 해 낼 수 있는 사나이들을 너무 일찍 잃어버려서 지금도 그들을 생각하면 가슴이 얼얼할 정도로 아프다.

● ― 사진으로 본 제10전투비행(강릉기지) 전대장 시절

사진을 보고 있자니 옛날의 전우와 부하들이 생각난다.

1952년 12월경 강릉 제10전투비행 전대장 시절이다. 6·25 전쟁이 한창이던 때였다. 휴전이 임박했지만 서로 한 치의 땅이라도 더 확보하기 위해 동부전선에서는 연일 혈전을 벌이고 있었다.

강릉 제10전투비행전대는 사천 전투비행단에서 전투전대만 최일선인 강릉으로 전진해 와 있었다. 나는 10전투비행단 부단장 겸 전대장을 겸하고 있었다. 이때 적의 지대공포 공격에 아군기의 손실이 많았다.

전투전대에는 2개 비행대대가 편성됐고, 1개 대대에 25대의 전투기가 배치되었다. 1개 대대의 전투조종사는 30명. 이 중 김금성·이기협 두 중령이 대대장을 맡았다. 전투전대에는 예비병력 등 약 100명의 전투조종사가 배치되어 있었다.

이 중 김금성·이기협·고광수 조종사가 최고의 빨간 마후라들이다. 그러나 아깝게 전사한 우리 전투조종사의 주역들이다. 그래서 이 사진을 볼 때마다 만감이 교차한다.

그 동안 고광수 대위에 대한 언급을 하지 못해 이 지면에서 몇 마디

① 최순선, ②이충갑, ③마종인, ④김영민, ⑤이관모, ⑥천영성, ⑦조황식, ⑧김달희, ⑨백만길
⑩김영환, ⑪김낙규, ⑫윤자중, ⑬김중보, ⑭권창식, ⑮손제권, ⑯김창렬, ⑰⑱군의관, ⑲백춘득
⑳홍순상, ㉑이강화, ㉒고광수, ㉓미 공군 장교, ㉔장지량, ㉕윤응렬, ㉖옥만호, ㉗김금성, ㉘이기협

전하고자 한다. 고광수 대위는 공군사관학교 1기 졸업생으로 장래가 유망
한 청년 장교였다. 광주 서중 후배이기도 한 그는 짧은 연륜에도 불구하고
벌써 70회 가량의 출격 기록을 갖고 있었다.

어느 날 고 대위가 전대장인 나를 찾아왔다. 학교 후배이기도 했지만
대단히 성실하고 모범적인 전투조종사로 있었기 때문에 그를 매우 신임했
다. 그런데 그가 쑥스러운 표정으로 나를 보더니 말했다.

"전대장님, 휴가차 잠시 고향에 다녀오겠습니다."

그의 고향은 광주였다. 강릉에서 보면 상당히 먼 거리였다. 비행기로
가면 50분 거리지만 육로는 거의 이틀 걸리는 거리였다. 나는 직감적으로
알고 물었다.

"선보러 가는 길이구먼……."

그러자 고 대위가 빙긋이 웃었다.

"그래, 어서 갔다 와. 고 대위 심성이 고우니 꼭 좋은 여자를 만날 거야. 고 대위를 만나는 여자는 행복한 여자가 될 거야."

그런데 그 날 오후 사고가 나고 말았다. 동기생의 돌발적인 발병으로 고광수 대위가 휴가 가는 것을 잠시 미루고 대신 출격을 나갔다가 그만 적의 지대공포를 맞고 전사한 것이다. 동료 비행사 한 사람이 몸이 불편해 출격하지 못하자 "대신 내가 다녀올게" 하고 나간 것이 최후가 된 것이다. 이 때의 상실감이란 이루 말할 수 없다. 장래가 유망한 청년 장교였던 고광수 대위는 아내를 맞이하지도 못하고 짧은 생을 마쳐 구천에서 원혼으로 떠도는 신세가 됐다.

이 사진에는 김금성·이기협 조종사의 사진도 있다. 내 분신이나 다름없는 후배들이다. 이들이 돌아오지 않는 조종사가 되면서 나의 군인 일생도 그만큼 고단했는지 모른다.

공군의 6·25 결산

6·25 전쟁 초기 북한의 인민항공대는 210대의 전투기를 보유하고 있었으나 그들은 미군기의 대응으로 공격다운 공격을 해 오지 못했다. 1950년 6월 26일, 미국인 철수를 지원하기 위해 출격한 미 공군기(F-82, F-38, F-51, F-60)에 의해 북한 인민항공대의 야크 9, IL-10기들이 차례로 격추되더니 2~3주 내에 거의 자취를 감추었다. 이로써 한국 상공 특히 서울 이남 공역의 제공권은 미 공군이 장악했으며, 이는 1953년 7월 27일 휴전일까지 이어졌다.

전선이 확대되면서 미 공군기들은 38도 이북의 적 공군 기지를 폭격해 인민항공대는 대부분 파괴됐고 노출된 목표물 90%가 사라졌다. 이에 따라 아군의 지상군 행동은 적의 공중 위협을 거의 받지 않았다.

한국전에서 각 공군의 출격 횟수를 보면 미 공군 720,980회로 가장 많고, 미 해군 항공대 167,552회, 미 해병대 항공대 107,303회, 유엔 공군 44,873회였다. 이 결과 말 그대로 북한 지역은 거의 초토화되고 말았다.

한국 공군은 8,700회(후방 차단 5,500회, 공지 협동 3,000회, 기타 200회)를 출격했다. 이 중 400회는 전쟁 초기 일년간 미 공군 고문단의 지휘로 출격했을 뿐 나머지 8,300회는 순수한 우리 공군의 작전에 의해 이루어진 기록이다. 전쟁 초기 전투기 10대로 시작해 휴전 당시 75대를 보유한 빈약한 수준이었지만 출격 횟수는 놀라운 기록이 아닐 수 없다.

● 6 · 25 전란중 한국 공군 종합 전과 통계표

1. 출격 횟수

기 간	출 격 구 분	횟 수
1950. 6. 25 ~1951. 9. 18	적 후방 보급로 차단 및 적진 공격	418
(강릉기지에서 단독작전 개시 후 휴전시까지)		
1951. 10. 11 ~1953. 7. 27	적 후방 보급로 차단 및 적진 공격	5,003
	공지 협동 작전(지상군 직협작전)	2,851
	무장 정찰	4
계		8,276

2. 전과 및 탄약 사용량(확보된 것에 한함)

기 간	전 과			탄약 사용량	
	목적물	파괴	파손		
1950. 6. 26 ~1951. 9. 18				폭탄	94톤
	군용차량	180	–	로켓트폭탄	1,560발
	보급물 집적소	49	–	기관포탄	51,490발
	교량	51	–	네이팜탄	64톤
(강릉기지에서 단독 작전 개시 후 휴전시까지)					
1951. 10. 11 ~1953. 7. 27	적병살상	892	–		
	군용건물	1,306	493		
	군용차량	62	35		
	화물	17	29		
1952. 10. 11 ~1953. 7. 27	우마차	45	3		
	보급물집적소	933	247		
	연료집적소	34	9		
	탄약집적소	21	–		
	철로절단	768	252		
	도로절단	846	11		
	철교	20	11		
	교량	17	6	폭탄	3,813톤
	포진지	179	159	로켓트폭탄	8,792발
	박격포진지	27	150	기관포탄	22,985,700발
	대공지진지	12	28		
	야포	68	121		
	기관총	–	2		
	벙커	615	680		
	산병	3,128	–		
	동굴	43	63		
	전차	3	2		
	기관차	9	4		

빨간 마후라 하늘에 등불을 켜고

● UN 공군의 대공습 현황 및 주 출격 기지

UN 공군의 대공습 현황			주 출격 기지	
년 월 일	지 역	출격대수	국 내	국 외
1950. 7. 10	공주 일대(戰/爆)	150대	대구	일본 내의 주요 기지
1950. 7. 16	서울 용산(B-29)	59대	김해	오키나와 2개 기지
1950. 8. 1	흥남(전/폭)	500대	부산(수영)	괌 기지
1950. 8. 1	청진(B-29)	60대	포항	필리핀 클라크 기지 등
1950. 8. 16	왜관(B-29)	99대	진해	
1950. 9. 16	원산(B-29)	80대		
1951. 2. 8	신의주(전/폭)	600대		
1952. 6. 23	수풍발전소(전/폭)	500대		
1952. 7. 11	평양(전/폭)	650대		

● 한국전에서의 공군 작전 통계

임무별 출격 횟수				
USAF	USN	USMC	UN 공군	ROKAF(한국)
720,980소티(70%) 제공: 66,997회(9.2%) 후방차단: 192,581회(26.7%) 진격지원: 57,665회(7.9%) 공수(空輸): 181,659회(25%) 기지: 222,078회(30%) (훈련·정찰·구급 공중·통제)	167,552 소티 (16%)	107,303 소티 (10%)	44,873 소티 (4%)	8,700 소티 후방차단 : 5,500회 공지협동 : 3,000회 기타 : 200회 전략폭격 (평양, 교량, 통신소, 발전소 조차장, 터널 및 무장 정찰 구급)

항공기 대수	
전쟁 초(1950. 7~9)	휴전 당시(1953. 7)
650대	1,441대(20개 전대, 70개 대대)

한국 공군은 적기와의 공중전은 없었으나 적의 지대공 공격을 많이 받았다. 그러나 탄막을 뚫고 급강하하여 목표물을 공격하고 신속하게 이탈해 동해 상공으로 탈출 귀환하는 전략으로 큰 성과를 거두었다. 기종의 낮은 성능상 주간 전투 작전만 수행했지만 폭격률은 유엔 공군 중에서도 상위에 속했다.

특히 로켓포와 기총소사의 정확도는 미 공군이 평가할 정도였다. 공격 후에는 공중 촬영에 의한 항공사진으로 성과가 판독되는데, 한국 공군은 완벽하게 목표물을 공격했음이 판명됐다. 이는 우리 지형을 우리가 더 잘 안다는 것도 있지만, 무엇보다 우리의 조종술이 뛰어난 데서 나온 성과물이었다.

이 과정에서 100회 이상 출격 조종사만 39명이 탄생했다. 그러나 100회 기록을 달성하지 못한 전투조종사들(200명)에 의해서도 4,000여 회 출격 기록을 세워 이들의 역할 또한 크다고 하지 않을 수 없다. 이들 중에도 우수한 조종사가 많았다. 이밖에 한국 공군은 사고율이 매우 낮은 우수한 전투 요원을 갖추었다는 평가도 받았다.

휴전 때 전투비행단이 뒤늦게 창설되었지만 전투 기능(사격 폭격)과 정비·무장·통신·기상·시설·레이더·의무 등 각 분야에 걸쳐 전술 전략 수립과 기술을 마스터해 최고 수준의 현대 공군 초석을 다졌다.

1953년 7월 27일 휴전이 발표되었지만 이승만 대통령이 적극 반대하고 나섰다. 이 대통령의 의지에 따라 최용덕 공군참모총장은 우리에게 언제든지 출격 준비를 하라고 전투조종사 전원 대기 명령을 내렸다.

긴장과 울분이 교차하던 이 날 나는 75대의 F-51 전투기 중 72대를 모두 가동해 180회라는 미증유의 출격 기록을 세웠다. 평상시보다 4배가 많은 출격이었다. 최후의 편대가 무사히 귀환했을 때 나는 말없이 대관령을 넘어 저물어 가는 저녁 해를 바라보았다.

길고 긴 3년 1개월의 전쟁이 마무리 된 날 저무는 저녁 해는 내게 이름할 수 없는 비애와 절망감을 안겨다 주었다.

제3부

미 대사관 무관에서
공군참모차장까지

미 대사관 무관 시절

1954년 4월, 김영환 훈련비행단장의 비행 사고 이후 제10전투비행단의 기강을 새로이 하는 회의를 열고 있었다. 그 때 최용덕 참모총장이 긴급 호출했다. 대구의 공군 본부 참모총장실로 급히 들어오라는 호출 명령이었다.

최용덕 참모총장은 나를 소파에 앉도록 권했다. 그러나 총장은 한동안 말이 없었다. 김영환 장군 순직 이후 고생한 나를 위로하기 위해서인가 하고 여러 가지 생각을 하고 있는데 그가 한참 만에 입을 열었다.

"가족들 데리고 유성온천이나 다녀오게."

그러면서 서랍에서 봉투를 꺼내 내밀었다. 돈 봉투라는 것을 직감하고 나는 주춤 뒤로 물러앉으며 물었다.

"이게 뭡니까?"

"잔말 말고 받아. 가족들도 마음 고생했을 거야."

나는 총장의 배려에 고마움을 표시하고 그 길로 가족들과 함께 유성온천으로 내려갔다. 이틀쯤 지났을까, 본부에 들렀다가 사천훈련비행단으로 귀대하는 신유협 대령이 나를 찾아왔다. 마침 점심시간이 되어 그를 대중식당으로 안내해 함께 자리에 앉는데 그가 불쑥 물었다.

"자네 잘 모르고 있었나?"

"뭔데?"

  빨간 마후라 하늘에 등불을 켜고

"주미 대사관 무관으로 간다는 결재가 돌고 있던데? 지금쯤 총장 결재가 났을 걸?"

나는 깜짝 놀랐다. 나를 휴가 보낸 이유가 그 것 때문이었나 하는 생각이 들자 조금은 화가 났다. 나는 그 길로 보따리를 싸 대구 공군 본부로 달려갔다. 그러나 최용덕 참모총장은 기다렸다는 듯이 내 어깨를 한 손으로 다독거리며 말했다.

"자네는 6·25 전쟁 중에 한 번도 전선에서 벗어나 본 적이 없었지. 공군 실전 지휘를 가장 많이 한 지휘관이고 말야. 더군다나 미 공군대 이수 성적이 대단히 좋아. 그러니 나를 보필할 사람이 필요해. 미 공군과 우리의 교량 역할을 잘 수행해야 하네. 자네는 고문단과 대화도 잘 되고 하니까 아주 적임자일세."

밑도 끝도 없이 이렇게 말한 뒤 한 숨을 돌리더니 다시 말을 이었다.

"자네를 주미 한국대사관 무관으로 임명하겠네."

장성환 장군이 임기 만료가 되어 귀국해야 하는데 나를 그 후임자로 결정한 것이었다. 그러나 강릉 전투비행단장 직무를 수행한 지 반 년도 되지 않아 다른 보직으로 옮기는 게 썩 내키지 않았다. 순번으로 따져도 내 차례는 아니었다. 나는 예스와 노를 분명히 하지 않고 입을 다물고 있는데 총장이 거듭 말했다.

"사실 공군 무관으로 보내는 일은 1월에 결정해야 할 사안이었네. 서열상 장성환 장군 후임에 김영환 장군이 가야 하는 게 맞아. 그런데 그가 '총장님, 보다시피 저는 결혼 10년이 넘었는데도 자식이 없습니다. 아내를 홀로 두고 만 리 객지에서 서로 쓸쓸하게 떨어져 산다는 것이 괴롭습니다' 라면서 재고해 줄 것을 요망하더란 말이야."

그래서 인정 많은 참모총장은 그 말에 동의하고 곧바로 나를 불러들였다. 그리고는 무슨 이유를 댈까 봐 4개월 여 동안 극비에 붙였다가 휴가를 보낸 뒤 일사천리로 대사관 파견 작업을 진행했던 것이다.

당시 대사관 무관 복무는 경비 때문에 가족을 동반할 수 없었다. 국력은 그만큼 빈약했다.

"자네가 고생 좀 해야겠네. 우리 공군은 기종 개편을 비롯해서 군사 원조 증액과 공군력 증강이 절대적으로 필요해. 이런 것을 해결할 사람이 자네야."

나를 높이 평가하며 적임자라고 하는데 자꾸 거부만 할 수 없었다. 주미 대사관 무관은 장성급이 맡았으나 공군의 경우 내가 발령받음으로써 대령이 가는 이변을 낳았다. 당시 육군 무관은 장창국 소장, 해군은 민영구 준장이었다.

1954년 6월, 워싱턴 주미 대사관에 부임한 한 달 후 이승만 대통령이 최초로 미국을 국빈 방문했다. 대사관이 방미 일정 준비를 위해 북적거렸다. 경제 원조와 군사 원조가 주요한 회담 의제였지만, 휴전 직후 군비 증강이 더 큰 과제였다. 그래서 육·해·공 무관들은 더 세밀한 조사와 협상 의제를 짜느라 밤잠을 미뤄가며 계획을 짰다. 이를 위해 장성환 장군도 귀국을 미루고 나와 함께 공군의 군사원조 계획을 수립했다.

한국 공군의 장비 현대화

대한민국의 영도자가 건국 이래 최초로 미국을 공식 방문한다는 것은 획기적인 사건이었다. 전쟁의 상흔을 딛고 전쟁 복구는 물론 군사력 증강을 위해 이승만 대통령이 워싱턴을 방문하는데, 지금까지 이런 일을 경험해 보지 못한 대사관은 갈팡질팡하면서도 매일 들뜬 기분으로 업무를 진행했다.

주미 대사관 무관 생활은 하루하루가 불편하기 짝이 없었다. 자동차도 없고 월급(220달러)이 넉넉한 편도 아니다. 그것도 고국의 가족에게 일부 송금하고 나면 몇 십 달러로 한 달을 생활해야 했다.

그럼에도 장성환 준장과 나는 어깨를 맞대고 밤잠을 설치며 공군 현대화 제안 계획을 수립했다. 가능하면 미 공군이 보유한 최신 첨단 전투기를 도입하고 싶었다.

마침내 이승만 대통령이 워싱턴을 방문했다. 공항에서 백악관까지 연도에 성조기와 태극기가 펄럭이고(이 때의 감격은 컸다), 군사 원조 및 경제 원조 협상 대표단도 대통령을 수행함으로써 워싱턴은 한동안 '한국의 날'인 듯했다. 육·해·공군 군사 원조에 대한 펜타곤 회의 대표로 육군은 정일권 참모총장, 해군은 손원일 제독, 공군은 김정렬 전 총장이 참석했고 (최용덕 참모총장의 개인 사정으로 김 전 총장이 대신 참석), 합동참모본부회의 이형근 의장(육군 중장)도 가세했다. 명실공히 한국군 수뇌부가

이승만 대통령이 한국대사관 정원에서 미국 귀빈과 외교 사절을 만나고 있다.

모두 참여한 셈이었다. 경제 원조 대표는 백두진 씨가 맡고 있었다.

김정렬 전 총장과 장성환 준장 그리고 나는 우리 공군력 증강을 위해 제안서대로 협상에 임했다. F-86(제트전투기 54대) 1개 비행단 창설, 조종사 및 훈련기와 레이더 부대 요원 양성을 위해 360명의 장교단이 미 공군 기지에서 교육을 받도록 하는 협상을 벌였다.

T-33(제트훈련기) 1개 대대(18대), C-46(수송기) 1개 대대, H-19(헬기) 1개 대대 증강을 1954년 11월부터 1957년까지 순차적으로 지원받는 협상도 진행했다. 이밖에 국내의 레이더 부대(6곳)를 전부 한국 공군이 인수하는 내용도 포함시켰다.

그 동안 매년 미 공군대에 6명의 공군 장교를 파견해 교육받도록 해왔었다. 그런데 시간과 비용 문제를 감안해 국내에 공군대를 개설(1958년)해 교육하도록 하고, 이를 위해 창설 기간요원을 군원 계획의 일환으로

빨간 마후라 하늘에 등불을 켜고

공군 장교단을 미국에 파견키로 했다. 자동적으로 우리 공군에 학교가 하나 생기는 셈이었다.

국내 비행장 활주로 개보수 지원도 확약 받았다. 이 중 김포비행장과 광주비행장이 군사 원조로 닦여진 대표적인 비행장이다. 이 때 국내 기술진의 기술 취약으로 필리핀 기술자들이 비행장 공사를 맡았다. 지금 세계 제일이라는 우리 토목 기술 실력과 비교하면 격세지감이 있는 내용이다.

내가 1974년 주 필리핀 대사로 근무할 때 우리 기술진이 필리핀 공항과 1호 고속도로를 닦았다. 불과 15년 전에 필리핀 기술자들이 우리 토목기술자들을 지휘하며 활주로 공사를 해 주었는데, 어느 새 우리가 그들을 지도하고 있는 것이다. 완전히 거꾸로 된 모습을 보고 나는 마음 속으로 탄성을 질렀었다.

어쨌든 군사 원조 회담을 통해 우리 공군의 현대화 계획이 일괄 타결되었고, 360명의 장교(조종사·통신·레이더·정비·수송기·헬기 등)가 교육을 받기 위해 곧이어 도미했다. 나는 교육생들과 원활한 연락을 취할 수 있도록 연락장교 보좌관을 한 명 배속해 줄 것을 미 군사 원조 회담 책임자인 얼레스 준장에게 요청했다.

사실 워싱턴과 기지 내왕이 현실적으로 어렵고, 연인원 360명의 교육생 뒷바라지가 쉬운 일이 아니라 연락장교가 꼭 필요했던 것이다. 그런데 이것 역시 곧 응낙이 왔다. 물론 비용은 미 군원으로 전액 지불했다. 그들은 이처럼 합리적인 대안에 대해서는 이의없이 받아들였다.

이 같은 교섭을 통해 펜타곤이 우리 공군을 점차 신뢰하고 있다는 것을 확인할 수 있었다. 여러 이유로 6·25 전쟁 중에도 최신예 전투기를 주지 않더니, 전쟁이 끝나자 요청하는 대로 지원해 주기에 이르렀다. 신뢰를 쌓기 위해 십수 년의 세월이 지불된 셈이었다.

이승만 대통령의 미국 방문과 성공적인 군원 협상 타결로 주미 대사관 무관의 역할이 얼마나 큰 것인가를 체험했다. 지금 생각해도 군원 교섭은 내 일생 가장 보람 있는 일이었으며, 이후 그 어떤 문제가 발생해도 자신감이 생겼다.

미 공군이 한국 주둔 초기 우리 공군에 대해 불신감을 가졌던 것은 장교들의 출신 성분에 대한 의구심 때문이었다. 1947년 국방경비대 창설에 이어 1948년 공군이 창설됐을 때 한국 공군의 인적 자원은 일본군과 중국 독립군 출신들로 크게 나뉘어 구성됐다. 그러나 이 중 대다수는 일본 항공대 출신이었다.

태평양 전쟁시 미국은 일본의 진주만 습격에 치를 떨었다. 일본의 자살 특공 폭격기 부대 가미카제가 미국의 전함과 전투기를 맹공격해 막대한 피해를 입으면서 일본 공군에 대한 적개심이 유독 강했다. 그들은 진주만 습격을 건국 이래 최대의 수치로 여기고 있었으며, 실제로 외국 군대의 침략을 최초로 그리고 지금까지 유일하게 당한 셈이다.

이 때 일제 식민지 시절 한국 출신이었다고는 하지만 한국인들이 일본 항공대로 참전해 미국과 맞서 싸웠으니 역사적 이해가 부족한 그들에게 지금(해방 공간과 6 · 25)은 우방군이 되었다고는 해도 뒤끝이 개운치 않았다. 여기에 이명오 소위, 백 모 중사, 김성배 대위 등 조종사들이 비행기를 몰고 월북하자 한국 공군을 사상적으로 의심하는 지경에까지 이르렀던 것이다. 이런 복잡한 사정 때문에 미 극동 공군 정보대의 니콜스 단장은 우리 조종사 10여 명을 체포해 갔을 정도였다.

공군 초기, 미군에게 한국적 현실을 설득력 있게 설명하는 사람이 절대적으로 부족했던 것도 한 원인이었다. 이른바 불신을 해소시킬 내부적 소통 역량이 부족했던 것이다. 다행히도 6 · 25 전쟁 후 군원 협상을 통해 그나마 많은 대화를 하면서 상당 부분 오해가 풀렸다. 이 때 비로소 그들이 우리 역사적 현실을 이해하게 됐고, 일본과는 원수지간이란 사실도 확인하게 됐다. 그 결과 전폭적인 군원 협력을 아끼지 않았던 것이다. 이처럼 소통은 중요하다. 그런데 해방 공간에서 이 같은 노력을 우리는 소홀히 해 왔던 것이다.

영화 '전송가' 이야기

무관 생활에 어느 정도 익숙해 가고 있던 1955년 6월, 미 공군 커넬 헤스 대령으로부터 급히 만나자는 연락이 왔다. 연락을 받는 대로 펜타곤에 들어오라는 것이다.

헤스는 6·25 전쟁 기간 동안 미 공군 6146부대장(한국 공군 고문단장)으로 참전했는데, 이 때 나와 일년 가까이 사귀었던 사람이다. 지금은 펜타곤 인사국에 근무하고 있었다. 그의 연락을 받고 펜타곤에 들어서자 헤스 대령이 반갑게 나를 맞았다.

"오랜만이오. 미스터 장, 나를 도울 일이 있소."

그가 나를 찾은 것은 전혀 엉뚱한 일 때문이었다. 자신이 한국 고아들에 관해 쓴 수기 「전송가」가 미국 잡지에 발표되어 영화사에서 영화화 하겠다는 제안을 받았는데, 고아 후송 작업에 관여했던 내가 기술 자문역(Technical Adviser)으로 영화 제작에 참여해 주면 좋겠다는 부탁이었다. 아울러 한국의 풍속과 정서도 자문해 달라는 요청도 했다.

그러면서 헤스 대령은 이렇게 강조했다.

"한국과 미국을 위해 이 영화가 반드시 성공해야 한다."

"잘 알다시피 우리는 한국 고아 3,000명을 제주도·군산·목포 등 후방 지역으로 후송한 일이 있었지요? 그 중 제주도 황은순 여사가 고아들을 받아 미국의 원조 물자로 아이들을 잘 길러 왔소. 이들 중 일부는 미국

한국 고아들의 수기를 바탕으로 만든 영화 전송가 포스터.

이주 길에 올라 미국에 정착했고, 한국에 남은 아이들도 공부를 하며 잘 크고 있는 것으로 알고 있어요. 그 내용이 영화화 되는 거요. 우리 미군은 전쟁만 하는 것이 아니라 우방국 후방의 가난하고 외로운 사람들, 집과 가족을 잃은 아동들을 인도적으로 보살피는 데도 헌신적이란 사실을 알리고 싶은 거요. 이것이 펜타곤의 결정입니다."

그러면서 「전송가」의 남자 주연은 록 허드슨이 맡는다고 했다. 록 허드슨이라면 세계적인 스타가 아닌가. 나는 눈이 휘둥그레졌다. 헤스 대령은 또 록 허드슨의 상대 여배우를 한국 출신 연기자로 하고 싶다고 말했다.

록 허드슨은 한국에서도 널리 알려진 배우다. 키가 크고 잘 생겨 청춘물이나 서부 영화에서 언제나 주인공으로 나와 뭇 여성들의 가슴을 설레게 하는 이상형이었다. 그런데 헤스 대령은 상대 여성을 한국 배우로 하고 싶다는 것이다.

"그 말씀 정말입니까?"

"그렇소. 록 허드슨의 상대 여배우는 한국 여성 연기자로 하고 싶은데 좋은 배우가 있소?"

"물론 있지요."

나는 얼른 대답부터 해 놓고 보았다. 그러자 헤스 대령이 물었다.

"한국에 촬영 장소도 많이 있겠지요?"

"물론 많이 있습니다."

빨간 마후라 하늘에 등불을 켜고

나는 들뜬 마음으로 응답했다. 이 좋은 기회를 한껏 살리고 싶었다.

"수익금 중 5만 달러를 한국 고아들을 위해 이승만 대통령께 기탁하기로 했습니다. 그것은 저작권을 확보한 내가 영화사 측에 제의해 확정된 거요."

5만 달러라면 한 마디로 어마어마한 액수였다. 내 월급이 220달러였으니, 약 20년 분의 액수가 넘는 셈이다.

"장 대령의 활동비는 전액 영화사에서 부담을 할 테니 곧바로 한국으로 떠나시오."

나는 대사관으로 돌아와 본국에 연락을 취했다. 공군참모총장은 김정렬 장군이 초대에 이어 다시 맡고(3대) 있었다. 그에게 영화 진행 과정을 보고하자 걱정스런 말투로 말했다.

"경비가 문제구나."

"아닙니다, 총장 각하. 영화사에서 전액 부담하기로 했습니다. 영화사에서 저를 한국에 보내 준다고 했습니다."

"그렇다면 건너오너라."

나는 즉시 양유찬 주미 대사 방문을 노크했다. 양 대사는 매사에 깐깐한 성격의 소유자였다.

"영화배우 물색과 촬영 장소를 알아보기 위해 본국에 다녀와야 할 것 같습니다."

내가 영화 진행 과정의 설명을 마치자 양 대사는 생각해 볼 필요도 없다는 듯이 말했다.

"노!"

"네에?"

"못갑니다!"

칭찬을 들을 줄 알고 보고를 했는데 단호하게 안 된다고 하자 어이도 없고 화도 나서 그 길로 숙소로 돌아와 버렸다. 여차하면 귀국할 생각이었다. 국위 선양과 외화 벌이를 하겠다는데 못하게 하니 납득이 가지 않았다. 당시 5만 달러는 현재 가치로 100만 달러 이상의 가치가 있었다.

5일 동안 숙소에서 꼼짝 않고 있자 한표욱 공사가 찾아왔다. 내가 이유 없이 출근하지 않고, 또 한 공사의 여비서가 우연히 양 대사의 여비서가 타이핑한 문건 내용을 보고는 깜짝 놀라 한 공사에게 보고했다는 것이다. 그 내용은 '장지량 무관의 본국 송환' 건이었다.

"무슨 일이 있었다면 내가 말리고 싶소."

점잖은 한표욱 공사가 안타까운 듯이 말했다.

"내버려 두십시오. 저는 안 나갑니다. 그런 분이 나라를 대표해 온 사람입니까?"

양유찬 대사는 호놀룰루에서 이승만 박사를 모셨던 그 인연으로 대사에 임명이 되었다. 그런데 한국 실정을 잘 몰라 본국과 충돌이 잦은 사람이었다. 그래서 영부인 프란체스카 여사도 그를 경계할 정도였다. 주미 대사관 업무도 매끄럽게 진행되는 것 같지도 않았다.

그로부터 며칠이 더 지난 새벽 양유찬 대사로부터 전화가 걸려왔다. 그는 영어로 말했다.

"본국에 들어가도 좋소."

그도 상황을 알고 보니 겁이 났던 모양이다. 그러나 내가 공을 세우는 것이 계속 못마땅한 눈치였다. 그러거나 말거나 나는 그 말이 떨어지기가 바쁘게 할리우드 영화감독과 제작자를 수행하여 귀국했다.

대통령 면담도 이루어졌다. 감독과 제작자를 안내하기 위해 숙소인 반도호텔을 나서려는데 갑자기 양유찬 대사가 나타났다. 미국에 있어야 할 사람이 서울에 있는 것이다. 그 역시 영화감독과 제작자를 수행하기 위해 반도호텔에 모습을 나타낸 것이다. 나는 속으로 대단한 사람이라고 생각하며, 이제부턴 그가 하는 대로 따르기로 마음먹었다. 그는 미국에서부터 이 일을 한 사람처럼 행세하고 있었다.

이승만 대통령은 영화제작과 기금 기탁에 대해 대단히 만족했다. 그리고 나를 비롯해 미국 영화인 일행과 함께 기념 촬영을 하는데, 개가 자꾸 내 바지가랑이를 물고 늘어졌다. 접견실에서 이승만 대통령, 미국의 영화감독과 제작자, 양유찬 대사 그리고 내가 나란히 서서 사진을 찍는데 대통

빨간 마후라 하늘에 등불을 켜고

이승만 대통령을 방문한 미국의 영화감독과 제작자(왼쪽 첫 번째가 장지량).

령의 애완견 해피가 계속 으르렁대며 물고 늘어지는 것이다. 자식이 없는 대통령은 스피츠 종의 해피를 자식 이상으로 사랑하고 있었다. 그 개가 나한테만 엉겨 붙어 바지를 물어뜯자 은근히 부아가 치밀었다. 사진을 찍는데 신경이 거슬려 발로 차듯하며 개에게 호통을 쳤더니, 이 대통령이 그러지 말라고 손으로 제지했다. 그런 장면이 사진에도 그대로 나와 있다.

이 대통령이 1년 전 미국을 국빈 방문했을 때 해피도 따라 왔었고, 대통령이 회담장에 가 있을 경우 내가 대신 해피를 맡아 보호한 일이 있었다. 영리한 해피는 1년여 만에 다시 만난 나를 잊지 않고 반갑다고 엉겼던 것인데, 나는 그것을 모르고 물어뜯는 것으로만 잘못 알고 발로 차려고 했으니 대통령이 이상하게 바라보았던 것이다.

할리우드에 한국 옷이 없다

미국 영화 제작진이 이승만 대통령을 방문하면서 영화 제작은 본격 돌입했다. 그러나 출연할 한국 여배우를 찾는 것이 문제였다. 마땅한 연기자가 나타나지 않았다. 가장 인기가 있다는 여배우 최은희는 당시 10대였다. 언어가 해결되지 않는 등 록 허드슨의 상대역으로는 역부족이라는 평가가 지배적이었다.

제작진은 결국 한국 연기자를 포기하고 일본의 톱 여배우 야마구치(일명 리꼬냥)를 캐스팅했다. 그런데 나는 큰일이라는 생각이 들어 이를 제지했다. 배일(排日) 사상이 강한 이승만 대통령이 이 소식을 알면 펄쩍 뛸 것이라며 반대했다. 한국 소재 영화를 일본 여배우가 연기한다는 것은 한국민의 자존심상 용납할 수 없다며, 대통령 생각을 빌어 거칠게 반대 의사를 표명했다.

그러자 영화 제작진은 반대만 하지 말고 대안을 내놓으라며 다시 한국의 여배우를 찾아달라고 했다. 그 때 주미 대사관 행사에 초청되어 노래를 불러주던 옥두옥이란 한국 교포 가수가 떠올랐다. 애국자 후손 폴 최의 아내인 그녀는 미모는 물론 노래와 춤 솜씨가 뛰어났다. 아니 무엇보다 영어가 해결되었다. 나는 영화 제작진에게 옥두옥을 추천했다. 결국 그녀는 내 추천으로 할리우드로 날아갔지만 스크린 테스트에서 떨어지고 말았다. 미모는 되는데 연기력이 떨어진다는 평가였다. 할리우드가 만만한 곳

전송가 여자 주인공 안나 가슈피와
남자 주인공 록 허드슨.
주인공들이 장지량 무관에게 써 준
기념 사인이 들어 있다.

이 아니라는 것을 나는 그 때 처음 알았다.

잔뜩 꿈에 부풀어 할리우드로 간 옥두옥은 주인공에 캐스팅 되지 못하고 탈락해 워싱턴에 돌아왔지만 즐거운 표정이었다. 2주일 동안 할리우드에 머문 것만 가지고도 워싱턴 교포 사회에서 화제가 되었으니 그럴 만도 했다. 결과야 어찌되었든 할리우드 물을 먹었다는 경력이 하나 추가되어 여기저기 파티장에 불려 다닌 비싼 몸이 된 것이다.

결국 록 허드슨 상대 여배우는 인도 출신 미국인 안나 가슈피로 결정되었다. 할리우드 배우 중 가장 한국적인 분위기를 풍긴다는 이유에서였다. 그러나 이번에는 로케 현장이 문제가 되었다. 로케 현장으로는 제주도가 선정됐지만, 비용 문제와 교통 및 숙식 문제 등 여러 가지 불편한 점 때문에 포기했다. 그리고 할리우드 인근 애리조나 주에서 촬영에 들어가기로 했다. 나는 제작 자문역으로 참여해 촬영 과정을 대부분 그들과 함께 했다.

영화를 찍으면서 맨 먼저 부딪친 어려움은 의상이었다. 고아들이 입은 옷이 단추가 여러 개 달린 중국의 전통 의상(누비옷)이었다. 한국 고아들은 본의 아니게 중국인이 되어 버린 것이다. 30명의 고아 출연자들은 황은순 여사의 고아원에 수용된 아이들이 차출되어 왔는데, 대사는 없고 미군에게 껌과 초콜릿을 달라고 달려들면서 친해지는 과정을 연기하고 있었다. 그러나 그 모습들이 한국의 체면을 손상시키는데다 밝은 면이라고는 찾아볼 수 없어 지켜보는 내가 민망했다.

그러나 무엇보다 의상을 분명히 해 주는 일이 필요했다. 나는 이들의 옷을 바꿔주기 위해 할리우드 의상 창고에 가서 한국 옷을 찾았다. 수천 평이 되는 의상 창고에는 세계의 온갖 옷들이 몇 천 벌 쌓여 있었지만 한국 옷은 단 한 벌도 없었다. 이처럼 할리우드에서도 한국의 존재 가치는 찾아보기 힘들었다. 동양 옷은 일본·중국·인도·필리핀·인도네시아 것들로 아시아 코너에 진열되어 있었다.

나는 허겁지겁 옷감을 구해와 연필로 한복 본을 떠 미싱을 박도록 하고 저고리 옷고름과 단추를 내가 직접 다는 작업을 했다. 이처럼 영화에서 본 서툰 한복은 바로 내가 만든 것들이었다.

'전송가'는 미국이 전쟁을 수행하지만 약소국의 노약자나 어린이 등 사회적 약자에게 따뜻한 시선을 보낸다는 미국적 휴먼 정신을 드높이는 영화였다. '전송가'가 히트하면서 미국적 양식과 가치는 세계에 널리 전파됐다. 영화사는 알 먹고(미국적 가치 제고) 꿩 먹는(흥행) 셈이었지만, 한국의 이미지는 아무렇게나 찌그러진 모습 바로 그것이었다. 그 대가로 얻는 것은 5만 달러와 세계적 동정심을 받는 정도였다.

40일 가까이 할리우드 생활을 보내자 군원 협상의 하나로 공군 훈련 교육생들이 미국으로 건너오기 시작했다. 한국의 미군 기지와 오키나와 기지에서 훈련 받는 교육생도 일부 있었지만, 주력은 미국 공군 기지에 와서 교육을 받았다. 이때 교육 받은 훈련생들이 추후 한국 공군의 주역이 됐다. 역대 공군참모총장 출신만 해도 김성용·김두만·옥만호·주영복·윤자중 등이다.

빨간 마후라 하늘에 등불을 켜고

가난한 나라 무관의 귀국길

'전송가'를 찍던 어느 날 영화제작자가 원작자 헤스 대령과 여주인공 안나 가슈피 그리고 나를 초청해 식사를 제공했다. 120달러짜리 스테이크 식사 대접이었다. 내 월급이 220달러니까 월급의 절반이 저녁 한 끼 식사로 제공되는 것이다. 이 때 미국의 풍요를 배웠다.

그뿐만이 아니다. 영화제작자가 로스앤젤레스 교외 자택으로 우리를 초청했다. 정원은 구릉까지 낀 드넓은 화원이었고, 한 곳에는 가을철인데도 맑은 물이 가득 찬 수영장이 있었다. 수영장은 조그만 학교 운동장만큼이나 넓었으며, 수영장에 스위치를 넣으면 물 밑의 푸르고 붉고 노란 전등이 켜지면서 15분이면 온수로 데워졌다. 자본주의의 극치를 바라보는 느낌이었다.

워싱턴의 내 숙소는 퀴퀴한 곰팡이 냄새나는 쾨죄한 아파트 구석방이다. 이런 내 모습과 미국의 눈부신 발전상을 비교하면서 비애를 느꼈다. 그리고 조국이 부강해야 한다는 감정을 뼛속 깊이 간직했다. 나라가 잘 살아야 사람다운 대접을 받는다는 것은 동서고금의 진리다.

미국에 와서 훈련을 받던 우리 공군 교육생들도 나와 같은 생각을 했으리라. 가난한 나라 군인들은 이런 광경을 보면서 비장한 각오를 다졌던 것이다. 자기 앞에 놓인 것은 당장의 훈련 과정이었으므로, 그들은 철저하게 훈련을 받으면서 인생관과 국가관, 세계관을 키워나갔다. 그래서 가장

모범적인 훈련생들이라는 평가를 받았다.

나는 매월 B-25 폭격기로 유지 비행을 했으며, 임기를 마치기 2개월 후부터는 T-33 제트전투기의 훈련을 강행했다. 공군 무관으로서 훈련을 받아도 그만 안 받아도 그만이었지만 단 하나라도 선진 기술을 익혀 가자는 생각을 했다. 그것이 국가를 위하는 길이고 우리 공군의 전투력을 향상시키는 첩경이라고 여겼다. 내가 배워 두면 후진을 기르는데 큰 도움이 되는 것은 자명하다.

워싱턴 근교의 공군 기지에서는 B-25 경폭기로 약 100시간, 앨라배마 주 기지에서는 80시간의 제트전투기 훈련 과정을 이수했다.

1956년 7월, 마침내 귀국 명령이 떨어졌다. 양유찬 대사는 여비가 부족해 배를 타고 가도록 조치했다. 비행기로는 이틀이면 서울을 갈 수 있었다. 그런데 항공료가 비싼 비행기 대신 16일이 걸리는 화물선 배를 타고 태평양을 건너 귀국하는 것이다.

나는 그 때 중고차 한 대를 사용하고 있었는데 배편으로 가게 되어 한국에 가져 갈 요량이었다. 그래서 차를 몰고 워싱턴을 출발해 5일 만에 샌프란시스코에 도착했다. 차를 별도로 부치고 배에 오르면서 나는 깜짝 놀랐다. 내가 타고 갈 배는 꿈같은 여객선이 아니라 캐나다 선적의 특수 석탄을 수송하는 대형 화물선으로 요코하마로 가고 있었다. 석탄 전용 화물선인지라 선체가 시커멓고 시설물이 많이 낡았다.

조그만 전마선을 타고 바다 가운데 떠 있는 산과 같은 배에 오르자 승객은 나 혼자 뿐이란 걸 알았다. 비행기 값의 4분의 1도 안 되는 싼 배 삯의 이유를 알 수 있었다. 대사가 주선해 준 게 이것인가 해서 화가 났지만, 사실 당시 우리의 국력은 이 정도 수준에 머물러 있었다.

출항 고동이 울리고 선체가 샌프란시스코를 떠났지만 배는 그 자리에 있는 것 같았다. 하룻밤을 지나 배는 동쪽의 산을 끼고 여전히 북으로 행해를 했지만 여전히 그 자리인 것 같았다. 흡사 제 자리에 머문 듯해 나는 갑판에 올라가 선장에게 따져 물었다.

"지금 이 곳이 어디인가?"

빨간 마후라 하늘에 등불을 켜고

"샌프란시스코다."

"아니, 자고 났는데도 여전히 샌프란시스코란 말인가?"

"샌프란시스코 만에 걸쳐 있는 산맥을 끼고 운항하기 때문이다."

"나는 화물선인 줄 모르고 탔다. 그러니 하와이에서 내리겠다. 거기서 비행기로 갈아타고 가겠다."

그러자 무뚝뚝한 선장이 퉁명스럽게 말했다.

"하와이는 안 간다."

하와이로 가는 도중인데 경유하지 않는다니 말도 안 되는 것이다. 그러나 화물선은 하와이를 거치면 더 멀리 가기 때문에 캐나다 쪽으로 북상해 요코하마로 들어간다는 것이다. 지도상으로 보면 하와이를 거쳐 가는 것이 직선 코스로 보이는데 항로상 더 멀다는 것이고, 그래서 배는 북상해 요코하마로 내려가는 것이 지름길이라고 했다. 샌프란시스코의 긴 산맥을 옆구리에 끼고 계속 항진한 것도 그 때문이었다.

비행 항로도 그렇게 가고 있었다. 해류도 그 방향으로 흘러 이 코스를 이용하는 것이 편하고 쉽다고 했다.

공군 본부 작전국장과 3군사관학교 통합 안

선원들은 말이 없고 무뚝뚝했으나 원하는 것은 해결해 주었다. 특히 중국인 주방장이 자주 쌀밥을 제공해 기름진 밥을 배불리 먹었다. 평생 그렇게 먹기는 아마도 그 때가 처음이었다. 미국에서 쌀밥을 먹지 않은 것은 아니지만 푸실푸실하고 넉넉하지 않았다. 그러나 선상에서 먹는 캘리포니아 산 쌀밥은 기름이 자르르 흘렀다. 흡사 고향의 쌀밥과 같았다. 그러나 고향에서도 아끼느라고 배부르게 먹어 본 적은 없었다.

나는 선장으로부터 지도와 해도를 얻어서 매일 항해하는 해상 위치와 항로를 쟀다. 화물선은 매일 해도상 겨우 1㎝ 정도씩 해가 지는 쪽으로 항해하고 있었다. 너무나 지루하고 답답했다. 거기다 중간에 태풍을 만나 바다 깊숙이 닻을 내려놓고 무한정 기다렸다. 태평양의 성난 파도는 마치 거대한 산으로 1만 톤 급의 화물선도 나뭇잎과도 같았다.

해풍과 석탄에 새카맣게 그을린 몸으로 나는 이틀이나 더 늦게(태풍 때문에) 요코하마에 도착했다. 몸은 만신창이였으나 험한 파도를 이기고 돌아왔다는 기쁨으로 자신감이 생겼다. 도저히 있을 수도 없고 있지도 않을 그런 여행을 해 본 사람은 아마도 나뿐일 것이다. 이렇게 독특한 화물선 여행에 이어 다시 도쿄로 가서 항공편으로 김포공항에 도착해 18일 만에 귀국했다.

미국에서 가져 온 중고차는 그 동안 지프 전용차를 타고 다니는 공군참

빨간 마후라 하늘에 등불을 켜고

모차장 전용 승용차로 대체됐다. 나라의 형편은 그런 식이었다.

나는 곧 공군 본부 작전국장 보직 명령을 받았다(56년 9월). 작전국장은 6·25 때에 이어 두 번째로 받은 보직이었다. 6·25 때는 전쟁 수행에 목적을 두었지만, 이번 작전국장 임명은 주미 대사관 무관 때 미 군사 원조의 실무 책임을 맡아 임무를 수행했던 것을 하나하나 실천하는 자리였다. 즉 공군력 증강의 연장선상에서 일하는 의미가 있었다.

그런데 어느 날 갑자기 공군사관학교와 해군사관학교를 육군사관학교로 통합한다는 계획이 수립되었다. 갈수록 전문화 되어 가고 있는 추세에 역행하는 3군사관학교 통합 구상에 대해 나는 단호히 반대했다.

이 통합 안은 1952년 미 공군대에 입교했을 때 경험한 웨스트포인트(미국 육사)와 아나폴리스(해사)가 졸업생 중 25%를 공군으로 배속시키자 차출된 생도들이 스트라이크를 일으킨 사례와도 흡사했다. 미국에서도 실패한 정책을 뒤늦게 우리가 추진하려는 것이다.

당시 미 국방성은 웨스트포인트와 아나폴리스 졸업생 중 25%를 차출해 공군으로 보냈는데, 이들은 또 일정 기간 항공 교육을 받고 비행 훈련을 받았다. 이로 인해 육군보다 진급이 늦어지고 직책도 낮아져서 불평이 많았다. 그래서 끝내 격렬한 시위를 불러와 미국 상·하원에서 조사위원회가 구성되고 진상 조사에 나섰으며, 그 결과 아이젠하워 대통령이 1955년 공군사관학교를 별도로 창설해 사태를 수습하기에 이르렀다.

이처럼 미국의 실패한 전철을 우리 육군 주도로 밟아가고 있었다. 공군 본부 작전국장으로 부임하자마자 이런 황당한 일에 직면하자 화부터 났다. 3군사관학교 통합 안은 예산 절감 차원이라는 것이 이유였다. 명분도 빈약했지만 거기에는 무엇보다 육군이 인사권과 예산 집행권 등 영향력을 행사하려는 의도가 짙게 깔려 있었다.

이렇게 해서 진해에 있는 해군사관학교와 비행장 곁에 있어야 할 공군사관학교를 육군사관학교가 있는 태릉으로 옮겨 온다는 구상이다. 각 군마다 전문성이 절대적으로 요구되는 사안을 예산 절감이란 이유로 통합하려는 것은 무지의 소산으로 비쳐졌고, 태평양 전쟁 20년 전 미 항공 장군

빌리 미첼의 우려가 그대로 재현되는 인상을 주었다.

미첼 장군은 공군력을 증강시키지 않으면 미국이 관할하고 있는 태평양 제도를 상실할 우려가 있으며, 앞으로 현대전은 항공전이 되기 때문에 공군력을 증강해야 한다고 강조하다 육군의 맹장 맥아더 장군에 의해 군법회의에 회부되어 징계를 당했다. 그러나 20년 후 정확하게 일본군이 진주만을 기습 공격해 하와이 제도를 점령해 버렸다. 불행하지만 미첼의 예언이 적중한 것이다. 이런 전사를 알고 있는 나로서는 사관학교 통합 안을 보고 눈에서 불이 나지 않을 수 없었다.

그런데 공군 사정을 잘 아는 육군 장성들이 더 냉소적이었다. 국군 초창기부터 공군을 독립된 군대로 보기보다 육군의 부속 부대로 인식하고, 그 연장선상에서 3군사관학교 통합 안을 내 놓았을 것은 미루어 짐작하는 바이다. 그래서 이들을 설득하기란 지난한 문제였다.

그러나 세상은 얼마나 달라졌는가. 땅 빼앗아 먹기 식의 보병전도 중요하지만, 가장 적은 희생으로 가장 많은 효과를 내는 항공전으로 이행되어 가고 있고, 실제로 이것이 현대전의 기본이다. 나는 차트를 만들어 육군 수뇌부를 순회하며 이 점을 강조했다.

"미군의 군 편제와 운영 방향도 이런 수순을 밟고 있다. 미군 편제를 따르는 우리로서는 더욱 공군의 가치를 새롭게 인식하고 더 증강할 필요가 있다. 오히려 공군력 증강이 국방력 강화의 기본이 되어야 한다."

나는 이런 취지로 요로에 외치고 다녔다. 따지고 보면 육군 몇몇 인사들의 그 같은 견해나 구상은 무모할 정도로 비현실적이었던 것이다.

나의 단호한 입장 표명과 미국의 공군력 증강에 대한 사례 및 현대전의 양상과 방향성 제시로 기득권의 벽을 부숴나가자 해군 쪽에서도 호응이 나왔다. 공군과 해군이 국토 방위의 새로운 개념을 도입한다는 차원에서 공조 체제를 구축했다. 때로는 미 공군 쪽과도 정보를 공유하며 이의 백지화 작업에 나섰다. 결국 이 문제는 육군이 뒤늦게나마 공군의 가치를 새로이 인식해 방침을 철회했다.

미 군사 원조를 최대한 받아내라

나는 작전국장으로서 그 동안 추진해 온 공군 현대화 작업을 위해 미 군원을 대폭적으로 지원 받는 일에 착수했다. 기왕 지원을 받아내려면 치밀한 계획을 세워 공군 현대화에 박차를 가해야 했다. 그러나 거기에는 합리적 대안이 도출되어야 한다. 미국은 합리성과 효율성을 군 운영의 기본으로 삼았으며, 합목적성만 있으면 지원은 가능하다는 것을 나는 그 동안의 경험을 토대로 잘 알고 있다.

당시 우리 국력은 자체 예산으로 비행기 한 대 제대로 살 수 있는 형편이 못됐다. 그래서 미 군원의 힘을 빌려 비행장도 닦고 전투기 지원도 받아야 했다. 이를 위해 나는 여러 가지 사업 계획 아이디어를 창안했다. 광주·김포 비행장 뿐 아니라 시설이 낡고 활주로가 짧은 다른 비행장들도 대대적으로 정비하고 각 도마다 비행장 하나씩 닦아 유사시는 물론 불어나는 전투기를 수용하자는 계획이었다.

이 가운데 인상에 남는 곳은 강릉비행장이다. 6·25 때 8,700회 출격을 소화해 낸 비행장이었지만, 시설이 노후하고 활주로 길이가 7,000피트에 불과해 최신예기 이착륙이 어려웠다.

더군다나 동해안에서 몰아쳐 온 모래가 활주로 끝에 사구(砂丘)를 형성해 비행기들이 활주로의 10분의 1인 700피트 정도는 활용하지 못하고 있었다. 원래 활주로 길이가 짧은데다 그마저도 사구로 인해 제대로 쓸 수 없으니 사고가 날 소지가 높았다.

결국 중장비를 동원해 모래 언덕을 제거하면서 활주로 표준인 9,000피트로 확장했다. 그것은 새 비행장을 조성하는 것이나 다름이 없었다. 강릉비행장은 동해 상공을 커버하고 북한의 원산·함흥·청진을 초계하는 전략적인 비행장이었다.

강릉비행장을 조성한 것은 또다른 이유도 있었다. 강릉비행장에 주둔했던 제10전투비행단이 전쟁을 치른 뒤 수원 기지로 옮겨갔다. 이로 인해 강릉의 상권이 죽어버렸다. 3,000여 명의 공군과 그 가족들이 썰물 빠지듯 빠져나가자 상권이 엉망이 되어 장사가 되지 않았다. 토착 상인들이 연일 울상을 지으며 탄원해 왔다. 그래서 이 때 계획을 세우고 내가 참모총장 시절 강릉비행장을 완공했던 것이다.

미 공군은 강릉비행장을 내 이름을 따 '찰리 에어 베이스'라 명명했다. '찰리'는 내 이름 '장지량'과 가장 가까운 미국식 발음이었다. 그래서 그들은 나를 늘 "찰리, 찰리" 하고 불렀다.

각 도마다 비행장 하나씩 닦는 계획 아래 예천·청주·원주 등 6~7곳의 비행장을 새로 만들었다. 이를 미 군원으로 해결했기에 망정이지(한꺼번에 한 것이 아니라 연차적으로) 빈약한 우리 예산으로 했다면 아마 공사를 아예 착수하지 못했을 것이다.

이런 문제를 완결지어 놓고 1958년 8월 나는 제11전투비행단(김포비행장) 단장으로 부임했다. 제대로 된 비행장과 최신예 전투기를 보유했기 때문에 이제는 어떤 임무도 수행할 수 있었다. 한국을 상징하는 비행장에 전투비행단이 들어선 만큼 전투조종사를 비롯해 제 병과 인력을 최우수 집단으로 만들 수 있을 것 같았다.

강릉비행단 시절 생사고락을 같이 했던 김금성 대령을 부단장으로, 유치곤 중령을 전대장으로 데려왔다. 유 전대장은 출격 기록 203회로 이 시간 현재까지 우리 공군 사상 최다 출격 기록을 보유하고 있고, 김 부단장은 부하들의 출격 기록을 세워 주기 위해 198회로 멈췄으나 오히려 200회 이상의 의미를 준 덕을 겸비한 조종사였다. 정비전대장 기지전대장 역시 나와 고락을 같이했던 후배들이다.

제11전투비행단(김포비행장) 단장 시절(공군 준장).

이들과 호흡을 맞춰 1년 만에 전투 준비를 완벽하게 갖출 수 있었다. 제공권 장악에 관한 한 자부심과 자만심까지 가졌던 미 공군도 우리의 이 같은 활약상을 보고 보고서를 작성해 교본으로 삼을 정도였다.

1959년 9월, 나는 마침내 준장으로 진급했다. 부하들의 노고가 내 진급으로 표현돼 나온 셈이었다. 그들에게 영광을 돌렸지만 그들은 자신의 일인 양 기뻐했다. 빨간 마후라는 이런 끈끈한 유대감과 피를 나누는 골육지정(骨肉之情)이 있다.

그런데 일반 국민들이 우리 공군의 실상을 잘 알지 못하고 있었다. 6·25 때도 우리 공군의 활약상은 묻혀 버리고, 모두 미 공군의 업적으로 알고 있을 정도였다.

공군의 활약상은 쉽게 눈에 보이지 않는다. 원산·함흥·평양·해주 등 적진 깊숙이 들어가 폭격을 하고 돌아 온 우리 전투기를 육안으로 볼 수 없기 때문이다. 육군의 지상 병력이 진격하면 직접 확인되어 무공을 인정하지만, 공군은 보이지 않으니 실감하지 못하는 것이다. 대통령까지도 육군의 지상 부대 활약에 일희일비하고, 공군은 존재 가치조차 잘 모르고 있는 것 같았다. 그래서 나는 어떻게 홍보 전략을 세울까 고심하다가 다시 에어쇼를 대대적으로 펼칠 구상을 했다.

그 동안 한강에서 펼쳐진 에어쇼 행사는 있었다. 하지만 나는 미국에서 본 그대로 화력 전시를 화려하게 펼쳐 보이고 싶었다. 공중 곡예는 물론 목표물을 설정해 폭탄 투하, 로켓포 발사, 기총소사 등 실전을 방불케 하는 에어쇼를 벌이는 것이다. 그래야 국민이 우리 공군의 실체를 제대로 알 것이 아닌가.

1959년 10월 1일, 국군의 날에 이은 10월 2일 공군의 날을 대비해 나는 120대의 전투기와 수송기·연락기를 투입해 에어쇼 준비를 했다. 각 공군 기지에서 이륙한 전투기들이 공중에서 시간에 맞춰 조우해 편대를 이루어 공중 곡예를 벌이고 폭탄 투하 훈련을 한다.

이런 훈련을 진행하다 보면 비행 기술은 눈부시게 향상된다. 2~3초의 시간 차도 허용치 않고 각 기지에서 이륙한 전투기들이 공중에서 만나 대오를 갖추고 일사불란한 전투 대형으로 목표물을 향해 비행하기란 결코 쉬운 일이 아니다. 미 공군도 이를 얼마나 중시하던가.

이윽고 한강 백사장에 이승만 대통령과 각부 장관, 국회의원 등 입법·사법·행정부 요인과 70만 서울 시민이 지켜보는 가운데 에어쇼가 펼쳐졌다. 강 가운데 드러난 백사장에 폭탄 투하장과 기총소사 목표물을 설정해 놓고 순서대로 폭격을 감행하고 공중 곡예 등 준비한 레퍼토리를 진행했다. 시민들 특히 자라나는 청소년들이 환호하며 매우 즐거워했다. 그들은 이를 통해 꿈을 키웠으리라. 이것이 오늘날 국군의 날 행사의 백미인 에어쇼인 것이다.

제11전투비행단은 비행장이 단독 비행장이 아니고 민간 항공기와 함께 써야 하는 고충이 있었다. 김포비행장은 국제공항이고, 전투비행단은 활주로 건너편에 미군 기지를 물려받아 쓰고 있었다. 그런데 무엇보다 민간 항공기와 함께 활주로를 사용해야 하니 이륙과 착륙의 비행 지휘가 힘들었다.

제11전투비행단이 모든 비행 지휘를 하는데 국내외 민간 항공기를 통

빨간 마후라 하늘에 등불을 켜고

한강 백사장에서 에어쇼 폭탄 투하 장면(1966년 10월).

제하다 보면 때로 질서와 체계가 잡히지 않아 난점이 있었다. 또 활주로 공사를 대대적으로 하다 보니 비행장이 어수선했다.

　미 군사 원조 사업의 일환으로 공사에 착수한 김포비행장은 한국 기술진으로는 활주로를 닦을 수 없어 필리핀 기술자들이 시공했는데, 그들이 우리보다 낫다고는 하지만 엉성하기는 마찬가지였다. 당시 우리 토목 기술이 이를 따르지 못해 필리핀 기술자가 비행장을 닦았다니 지금 생각해도 절로 웃음이 나온다.

　그러나 제11전투비행단의 가장 큰 애로는 전투조종사들의 숙소 문제였다. 조종사는 언제 어느 때든지 비상이 걸리면 가장 빠른 시간 내에 비행기 앞으로 출동해야 한다. 그러나 현실은 비행장과 뚝 떨어진 김포 읍내나 농가에서 셋방살이를 하거나 일부는 30분씩 농로를 걸어서 출퇴근하는 경우도 있었다.

　3,000명의 부대원 중 상당수는 미군이 물려준 퀀셋에서 벗어나 텐트 생활을 하고 있었다. 전투 부대로서의 조건을 숙소에서부터 갖추지 못한 상태였다.

　나는 고심 끝에 전투조종사 숙소만은 마련해 주어야 한다고 보고 공군 본부에 이를 건의했다. 그러나 예산이 부족하다는 이유로 즉각 거부됐다.

그 때 마침 내가 잘 아는 김영찬 산업은행 총재가 머릿속에 떠올랐다. 내가 미 대사관 무관 시절 군원 협상 실무를 맡고 있을 때 그는 경제 원조 협상단의 일원으로 미국에 와 보름 가까이 함께 지낸 사람이었다. 특히 백두진 경제원조협상단 대표와 함께 김영찬 씨를 내가 직접 자동차로 안내하고 심부름도 해 준 바 있어 그는 귀국해서도 고맙다는 사신을 보내 주었을 정도였다.

산업은행은 미 경제 원조금으로 주택이 부족한 도시를 중심으로 국민 주택을 건설하고 있었다. 나는 그가 생각나 김 총재를 찾아갔다. 안부를 나눈 끝에 또박또박 용건을 말했다.

"총재님, 전투조종사들이 숙소가 없어서 농막이나 민가에서 셋방살이를 하고 있습니다. 그들에게 관사를 지어 주어야 하는데…… 김 총재님께서 도와 주셨으면 합니다."

"내가 도울 일이 있다면 돕지요."

"네. 산업은행에서 미 경제 원조로 벌이는 국민주택 건설 프로젝트가 있지요? 그 중 일부를 우리 공군 전투조종사 관사를 짓는데 할애해 주셨으면 합니다."

김영찬 총재가 관심 있다는 듯이 물었다.

"그래요? 전투조종사 관사가 아직 없다구요? 몇 동이면 되겠소?"

"25동 정도면 충분합니다."

"그 정도라면 어렵지 않지."

김 총재가 쉽게 응낙했다. 내가 뛸 듯이 기뻐할 겨를도 없이 김 총재가 다시 물었다.

"그렇다면 비용을 갚는 문제가 생기는데 이것을 어떻게 하겠소?"

그렇지, 공짜는 아니지. 여기까지 생각이 미치자 나는 난감해졌다. 어떻게 할까 궁리하고 있는데 김영찬 총재가 대안을 제시했다.

"10년 상환으로 해 줄 테니 공군 본부의 결재를 받아 오시오."

이는 엄청난 특혜가 아닐 수 없었다. 그래서 이 조건을 본부에 보고하자

본부에서도 대환영이었다. 사실 그런 조건이라면 인플레가 심한 당시엔 공돈으로 짓는 것이나 다름이 없었다.

공군 본부는 제11전투비행단이 사업 주체가 되어야 한다는 조건으로 이를 결재했다. 공군 본부에서 국방부로부터 예산을 확보해 분할 상환한다고 하자 사업 주체가 누가 되든 그것은 중요한 문제가 아니었다.

나는 비행단 살림을 맡고 있는 이연수 기지 전대장에게 그의 이름으로 계약을 체결하라고 했다. 그런데 책임자는 조직의 장이 맡아야 한다며 뒤로 물러서 내가 사업 시행자가 되어 계약을 체결했다.

결국 몇 년 후 이것이 큰 문제가 되고 말았다. 엄청난 음해와 모함에 말려들게 된 것이다. 이 문제는 나중 국회로까지 비화되어 진상조사위원회가 구성됐다. 모 국회의원의 폭로로 내가 정부로부터 돈을 받아 가로챘다는 모략을 뒤집어 쓴 것이다.

열심히 일하고 있는 사람에게 돈을 가로챘다고 누명을 씌우니 눈이 뒤집힐 지경이었다. 나는 일의 순조로운 진행을 위해 별 생각없이 내 이름을 빌려 주었을 뿐 돈과는 아무런 상관이 없었다.

국방부로부터 관사 신축비 상환금이 정기적으로 산업은행 창구로 들어가고 있었다. 내 이름으로 돈이 들어왔지만, 나는 그 돈이 어떻게 생겼는지조차 모른 채 공군 본부에서 국방부로부터 돈을 받아 산업은행 창구로 납부하고 있었다. 그런데 모 국회의원은 내 이름으로 돈이 들어오고 나간 것만 가지고 음해를 하고 있었다.

국회 국방위원과 각 군 참모총장이 참석한 가운데 열린 국방위원회에서 이 문제가 정식 거론되었다. 나는 자리를 박차고 일어나 모 국회의원을 향해 버럭 고함을 질렀다.

"말하려면 똑바로 알고 해!"

여차하면 책상 위의 명패를 집어던지고 한바탕 해 버릴 작정이었다. 그러자 김성은 국방장관이 달려들어 명패를 치우며 만류했다.

"오해야, 오해. 참아, 참아! 곧 알게 되는데 뭘 그래."

"못 참습니다! 이런 억울한 일을 당하고는 못 참습니다!"

국회의원들이란 나중에 사실로 입증되건 말건 꼬투리만 있으면 터뜨리고 보는 사람들이다. 이 사건은 나와 사감이 있는 사람이 거짓 정보를 흘린 것이 발단이 됐다. 나와 인사상 라이벌 관계에 있던 사람이 정보부에 다니는 친인척을 시켜 국회의원에게 거짓 정보를 흘리며 나를 음해한 것이다. 그는 나에게 인사상의 불이익을 주고 대신 반사 이익을 얻어 보려는 책략을 쓴 것이었다.

나는 이 내용을 세월이 꽤 지난 공군사관학교 교장 재직 시절 한 지인으로부터 전해 듣고 자괴감에 빠진 적이 있었다. 이런 이야기를 하고 싶지 않아 이 정도에서 접지만 예나 지금이나 남을 헐뜯어서 이익을 보려다가 패가망신한 존재들이 엄존하고 있다는데 서글픔을 느낀다.

결국 그 문제는 명명백백히 밝혀지고 어리석게 폭로한 국회의원은 나중 나에게 정중히 사과했다.

정·부통령 선거를 앞두고 정국이 어수선하던 1959년 가을, 재일교포 북송선이 니카타 항을 출발해 북한 땅 원산항으로 출발했다. 그런데 상부 명령이라며 북송선을 폭격하라는 명령이 떨어졌다. 경향 각지에서는 대대적인 재일교포 북송 반대 시위가 벌어지고 일본에 대한 적개심이 불같이 치솟고 있었다.

나는 눈앞이 캄캄했다. 어쩌면 이것이 자칫 동해에서 3국 전쟁이 발발할 상황이 될지 모른다는 판단이 섰기 때문이다.

폭격 명령을 받은 나는 일단 초계 비행을 나서기로 했다. 재일교포 북송선은 일본의 니카타 항을 출발해 동해를 횡단, 원산항으로 입항한다는 내용이었다. 그런데 비행기에 폭탄을 만재하고 연료를 가득 싣고 완전무장을 하고 갔다 돌아오기에는 거리상 무리가 따랐다. 물론 강행할 수도 있었지만 무장 해제된 민간 선박을 격침시키는 것은 엄청난 국제 문제를 야기할 수 있었다.

나는 김정렬 국방장관에게 초계 비행 결과를 보고했다.

"완전무장을 하고 격침시키고 돌아오는 데는 거리상 무리가 있습니다. 가미가제처럼 한다면 몰라도……."

내 말을 듣고 있던 김정렬 장관도 사실은 내키지 않은 일로 생각했던지 보고를 받자마자 결정을 내렸다.

"알았다. 그만 둬!"

결국 북송선 격침 사건은 없던 일로 처리되었다. 만약 폭격이 감행됐다면 어떻게 되었을까. 지금 생각해도 눈앞이 아찔해진다. 그러나 이런 생각들을 별다른 고민없이 했던 것이 당시 풍조였다. 6·25 이후 남북 간의 대치 상황이 이처럼 쌍방 간에 이성을 마비시키고 있었다.

전투기 조종중 산소마스크 고장

1959년 초겨울, 사격 훈련을 위해 남한강 상류쪽 사격장으로 향했다. 대지 공격을 위해 폭탄 2발, 로켓포 6발, 캘리버 기관총 6문을 발사하고 기체를 상승시키려고 하는데 갑자기 산소호흡기 작동이 멈췄다. 순간 호흡이 가빠져 본능적으로 산소호흡기를 입에서 떼 내고 가쁘게 숨을 몰아쉬었다. 산소가 부족한 상공인지라 여전히 숨이 막혔다.

나는 어쩔 수 없이 편대에서 이탈해 맨 호흡으로 김포비행장으로 귀환 항로를 잡았다. 가슴에서 찢어질 듯한 통증이 왔다. 콘트롤 타워(관제탑)를 부르는데 산소호흡기에 부착된 마이크가 떨어져 나가 작동이 멈춰 통신마저 두절되고 말았다. 아무리 이머전시(위급성)를 때려도 반응이 없었다. 이 때의 절망감과 단절감…… 숨이 막히고 연락할 길도 없으니 나는 끝났다는 비통함으로 머리가 아찔해졌다.

그러나 정신을 잃어서는 안 된다며 굳게 조종간을 잡고 김포비행장으로 날았다. 비행장에서 비상 착륙하려는데 외국 국적 항공기 노스웨스트가 이륙하는 중이었다. 숨은 가빠지고 가슴은 찢어질 듯 통증이 와 순간 낙하산 탈출을 생각했다. 그러나 낙하산 사용은 목숨을 건질 수 있지만 우리 실정에 값비싼 전투기 한 대의 손실이 불가피해진다.

숨을 몰아쉬며 김포 상공을 선회하면서 노스웨스트기가 이륙하기를 기다렸다. 마침내 노스웨스트기가 지축을 박차고 이륙하자 자세히 살필 것

빨간 마후라 하늘에 등불을 켜고

미 대사관 무관 시절
제트고공(43,000피트)훈련 때
산소마스크를 쓰고
비행하고 있는 장지량.

도 없이 랜딩기어를 넣고는 곧바로 비상 착륙했다. 비상 착륙이니 전투기
가 활주로를 박살낼 듯이 내달렸다. 그리고 극적으로 멈춘 곳이 활주로
끝이었다.

내가 기적적으로 살아날 수 있었던 것은 남보다 훨씬 큰 폐활량과 냉정
함이었다. 폐활량은 중학교 시절 수영 선수로 뛰면서 다른 학생들보다 두
배나 긴 잠수 실력 덕분이었으며, 냉정함은 내가 위기를 극복할 수 있는
판단력과 직관력을 가져다 주었다.

1960년 3월 15일, 정·부통령 선거일이었다. 대통령은 야당 후보인 조
병옥 박사가 서거해 이승만 대통령의 자동 당선이 이루어졌다. 그런데 문
제는 부통령 후보에 여당인 이기붕 후보와 야당인 장면 박사의 대결이었
다. 이승만 박사가 연로해 상대적으로 부통령의 권한이 막강하게 되어 여
당과 야당은 부통령 선거에 총력을 기울이고 있었다. 여당인 이기붕 후보
진영은 이 후보의 당선을 위해 온갖 부정행위를 저지르고 있었다.

투표가 끝나자 예고도 없이 우리 부대에 주변 민간인의 투표함이 들어
왔다. 민간인 투표함을 부대 무기고에서 개표하겠다는 것이다. 무기고라
는 무시무시한 공포 분위기를 이용해 표 바꾸기 등 부정을 저지르겠다는

뜻이었다. 당시는 이처럼 눈 가리고 아옹 하는 편법과 반칙이 통했던 시기였다. 그러나 나는 이를 단호히 거부했다.

"무기고는 무기를 넣어 두는 곳이지 개표장이 아니다."

그러자 부하들도 들고 일어났다.

"개표는 공개된 장소에서 하라!"

사실 공군은 군대 중에서도 지적 수준이 높은 집단이다. 이렇게 해서 개표장은 다른 곳으로 부랴부랴 옮겨갔다. 이 때 나를 음해하던 특무대와 보안사에서 잘 걸렸다는 듯이 나를 협박했다. 그러나 나는 그럴수록 의연하게 대처했다. 내가 의연할 수 있었던 것은 바로 충성스런 부하들이 일치단결 해 나를 지원해 준 힘이 컸다.

1960년 4·19 때도 학생 시위를 막도록 서울과 가장 가까이 있는 김포 제11전투비행단에 출동 명령이 떨어졌지만 나는 그 때도 거부했다.

"제11전투비행단은 전투 부대다. 북한 인민군이 공격해 오면 몰라도 다른 일로 거리로 나서지 않겠다."

나는 부당하게 압박하면 굴복하기보다 그에 더 당당히 맞서는 성격이다. 그래서 온갖 음해와 모함도 받았지만 굴복하지 않고 맞서 이겨 냈다.

빨간 마후라 하늘에 등불을 켜고

박정희 장군과 나

1960년 4·19와 함께 자유당 정권이 무너지고 민주당 정권이 들어섰다. 권력이 바뀌면서 큰 변화가 일어났다. 갑자기 자유가 넘쳐나니 누구나 자유의 이름으로 자기 권리를 주장했다.

이 때 시민과 학생들이 뚜렷한 이유 없이 군인에게 야유를 보내고 있었다. 장군 별판이 부착된 지프에 돌을 던지는가 하면, 군인을 향해 삿대질하는 일이 다반사로 벌어졌다.

별의별 시위가 일상처럼 벌어졌고, 민주당 정권의 신·구파 싸움으로 국방장관이 2주일에 한 번씩 바뀔 정도도 정국은 혼미를 거듭했다. 언제 어디서 터질지 모르는 풍선처럼 사회가 불안스럽게 부풀려져가고 있는 느낌이었다.

1960년 9월, 나는 정규 교육의 일환으로 국방대학원에 입학했다. 그런데 입교하자마자 국방대학원 학생회장인 오 모 장군 등 장성 몇 명이 부정선거 연루 혐의로 체포, 구속되었다. 이래저래 군의 사기가 끝없이 떨어지고 있었다.

1961년 5월 16일, 종전과 다름없이 학교에 가자 교내가 크게 술렁였다. 수업도 중단된 채 모두들 바삐 움직이고 있었다. 군사 혁명이 났다는 것이다. 3권을 행사하는 국가재건최고회의가 발족하고, 장도영 최고회의 의장, 박정희 부의장 명의의 혁명 공약이 라디오를 타고 군가처럼 매시간 방송

되었다.

나는 올 것이 왔다는 생각을 했다. 무언가 불안한 나날이 마치 언제 터질지 모르는 풍선처럼 암담해 보였는데, 마침내 어느 한 곳에서 빵 터지고 말았다는 생각을 했다. 이 같은 들뜬 마음으로 학교를 다니는데 5월 22일 최고회의로부터 출두 명령이 떨어졌다. 그 당시 최고회의 인적 구성원은 육군이 거의 장악했고, ·해군과 공군은 참모총장이 위원으로 참여하고 있었다.

최고회의에 들어가서야 5·16의 핵심 인물이 박정희 부의장인 것을 알았다. 장도영 의장은 공식 행사에만 참석할 뿐 실질적인 권력 행사는 박 부의장이 하고 있었다.

나는 박정희 부의장 앞에 섰다. 부의장실에는 큰 책상이 하나 중앙에 놓여 있고 책상과는 어울리지 않은 허술한 의자에 까무잡잡하고 단단히 생긴 박정희 부의장이 야전잠바를 입은 채 앉아 있었다. 내가 들어서자 의자에서 일어나더니 가까이 오라는 눈짓을 하며 실내를 서성거렸다. 그런 그에게서 어떤 강한 카리스마가 풍긴다는 것을 느꼈다. 박정희 부의장이 나를 보더니 말했다.

"자네를 대한중석 사장으로 임명했어!"

임명하겠다는 것도 아니고 임명했다는 통고를 했다. 나는 순간 옷을 벗기는가 하는 걱정과 함께 대한중석 사장이란 직책이 전혀 생뚱맞아 "네?" 하고 반문했다.

"큰 돈이 되는 회사가 적자투성이란 말이야. 너도나도 빼 먹고 있으니 복마전이야. 그러니 자네가 가서 제대로 접수해!"

그야말로 군대 용어로 접수하라고 명령을 하는 것이다. 이렇게 말한 박 부의장은 화난 듯이 한 일 자로 입을 굳게 다물었다. 그는 언제나 결의에 차면 입을 한 일 자로 닫는 습관이 있었다.

박 부의장이 특별히 나를 대한중석 사장으로 보내는 이유가 무엇인가를 생각했다. 나는 그를 일본 육사 생도 시절 만났다. 만주군관학교 예과를 졸업하고, 일본 육사로 선발되어 57기로 입교했으니 60기인 나와 마주칠 기회는 많지 않았다. 일본 육사에서의 만남보다 두 번째 만남에서부터 더 가깝게 지냈다는 편이 옳을 것이다.

1947년 경비대사관학교 생도 시절이다. 2중대원이었던 나는 1중대장을 맡고 있던 박정희 대위를 지근거리에서 바라볼 수 있었다. 실전 중심이지만 이론에 해박하고 생도들을 이끄는 다부진 카리스마가 있었다. 그러나 이 때도 크게 서로를 의식하는 입장은 아니고, 일본 육사 후배라는 점 때문에 나를 세밀히 지켜보는 수준이었다.

박정희 대위와 가깝게 만났던 것은 1948년 어느 날 일본 육사 2년 선배인 최복수 대위(6·25 때 전사)의 아들 생일잔치에 초대되었을 때다. 나는 이 자리에 미리 와 있던 박정희 대위로부터 의외로 따뜻한 시선을 받았다.

최 대위는 일본 육사 본과를 졸업한 뒤 나카노 학교, 즉 일본의 CIA 격인 정보 학교를 나온 정보통이었다. 육사 정예 졸업생 중 극히 일부만 선발되어 입교하는 학교였다. 특히 한국인은 거의 선발하지 않는 특수 학교인데, 최복수는 이 학교를 나와 해방을 맞자 조국에 돌아와 김포비행장 근처에 정보 학교를 창설해 교장으로 복무하고 있었다. 이러니 정보 계통과 관련이 깊은 박정희 대위와 가까이 지냈으며, 최복수 대위를 따르던 나도 이 때부터 박 대위와 가까이 지낼 수 있었다.

이 날 생일잔치에 초대된 사람은 김정렬·박정희·정래혁 그리고 나를 비롯해 5~6명이었다. 일본 육사 선후배라는 인연이 있었지만 박정희 대위는 내가 항공사관학교 출신이란 걸 알고 대단히 반가워하며 김정렬 대령에게 당부의 말까지 아끼지 않았다.

"선배님, 장지량 같은 후배는 조국의 항공을 위해서도 잘 길러야 합니다. 전도가 있는 후배입니다."

나는 이런 인연을 생각하며 박정희 장군 앞에 서 있지만, 대한중석 사장은 아무래도 머리에 맞지 않는 관을 쓰는 것처럼 어색하고 또 자신이 없었다. 그래서 박정희 장군에게 겸양으로서가 아니라 진정으로 능력이 없다는 뜻으로 말했다.

"선배님, 아시다피시 저는 비행기 타고 전쟁하는 조종사인데 중석회사

5·16 직후 대한중석 사장으로 취임한 후 회사 간부들을 자택으로 초청해 만찬 후 촬영한 기념사진(앞줄 왼쪽 세 번째가 장지량).

는 땅 속을 파는 일 아닙니까. 하늘을 날아다니는 사람이 땅 속 생리를 알 수가 없지요. 적임자가 아닌 것 같습니다."

"이 봐, 쓸데없는 소리 마라! 내가 혁명이 무엇인 줄 알고 했나? 나라꼴이 엉망이니까 나선 거야. 자네 역시 죽을 각오로 해 봐. 하면 돼."

그 때서야 나는 박 장군의 뜻을 알고 대답했다.

"알겠습니다!"

"대한중석이 우리 나라에서 달러를 제일 많이 벌어들이는 좋은 회사라는 걸 알고 있나? 가서 확 판을 쓸고 제대로 해 봐! 알았나?"

"네, 알겠습니다.

"그럼, 가 봐!"

나는 최고회의를 나오면서 가슴이 부풀었다. 그러나 미지의 세계를 어떻게 개척할까를 생각하니 불안한 구석도 없지 않았다. 그 때 내 나이 37세, 박정희 장군은 44세였다. 박 장군이나 나나 일에 있어서는 물불 안

빨간 마후라 하늘에 등불을 켜고

가리는 나이였다.

박정희 장군은 이런 젊은 혈기를 무기로 죽을 각오로 나서라고 하지 않았는가. 결사 항전의 자세로 나가면 막힌 길도 뚫고 전문성도 길러지고 회사를 정상화시킨다는 뜻이리라.

그러나 아무리 생각해도 박정희 장군이 그 많은 사람들 중에서 나를 대한중석 사장으로 발탁한 이유를 알 수가 없었다. 혁명은 했는데 사람이 부족해서 나를 차출한 것인가, 일본 육사 출신 중 현역에 있는 사람이 20명(1기부터 61기까지 총 인원은 114명)도 안 되고, 그 중 내가 젊기 때문에 (60기) 의욕이 넘칠 것으로 보고 발탁한 것인가. 그러나 그것도 주변적 요인은 될 수 있어도 정답이 아닌 것 같았다.

그 때 순간적으로 뇌리를 스치는 것이 있었다. 상공부 장관에 정래혁 선배가 있었다. 일본 육사 2년 선배에다 광주 서중 선배이기도 했다. 그래서 앞일도 답답한 데다 발탁 배경이 궁금해 찾았더니, 과묵한 정 선배는 가타부타 말이 없었다. 그런 중요한 자리에 가장 믿을 수 있는 사람을 보내야겠다고 생각하고 나를 천거한 것이 아닌가 하는 생각이 들었다. 그러나 그는 지금까지 그런 인사문제에 관한 한 내색을 하지 않고 있다.

대한중석 사장으로 부임하자 회사는 말 그대로 엉망진창이었다. 그 동안 관심이 없어서 신문 보도도 읽어보지 않았지만 '동식 사건'이라고 하여 어마어마한 부정 사건이 저질러져 있었다.

일본의 동경식품주식회사에 우리 중석을 수출했는데 100만 달러어치를 팔고도 60만 달러어치를 팔았다고 속이고 나머지를 회사 간부들이 착복한 사건이었다. 당시 우리 국민 소득이 100달러 미만이었으니 40만 달러라면 어마어마한 돈이었다.

대한중석 채석장이 있는 강원도 상동광산 창고에 가 보니 자동차 체인을 10년 분이나 야적해 놓고 있었다. 그 외에 불필요한 자재들이 산더미처럼 쌓여 있었다. 나는 공군 창고 관리 요원 10명을 차출해 물품 점검을 했다. 그리고 예편한 부하 10여 명도 데려왔다. 그들은 미 공군에서 보급·회계·감리 시스템을 습득하고 돌아온 대단히 유능한 사람들이었다.

부하들의 조사 결과 온갖 부정한 물품 구입과 직원이 과대 채용된 것을 확인할 수 있었다. 연구소를 차려 놓고는 전혀 맞지 않는 상업학교 출신을 광석 전문 연구원이라고 앉혀 놓았으며, 장관이나 국회의원, 중앙 관서 인사, 군수 추천이랍시고 들어온 직원이 30%나 되었다.

　입금된 돈은 먼저 본 사람이 임자였다. 자동차 체인을 10년 분이나 비축한 것은 그 지역 국회의원이 체인 도매점을 운영하고 있었기 때문이었다. 창고에 쌓여 방치된 자재, 썩어가는 식품, 분말 우유가 얼마나 지났는지 돌처럼 굳어 있기도 했다.

　그럼에도 불구하고 회사가 망하지 않고 돌아 간 것은 돌을 캐다가 수출하기 때문이었다. 말 그대로 대동강 물을 팔아먹은 봉이 김선달 식의 회사였던 것이다. 산에 널려 있는 돌을 쪼개 팔아먹으니 이익이 생기지 않을 수 없고, 누구나 착복해도 최소한 본전이라는 역설이 나오는 것이다.

대한중석의 12억 흑자

　나는 매일 군복(공군 준장)을 입고 누구보다 먼저 출근해 현관 청소부터 시작했다. 그래야 긴장감이 생긴다고 생각했다. 그것은 규율을 엄하게 하면서 기존의 조직 체계를 확 쓸고 새롭게 시작하겠다는 행동의 표시였다. 그리고 인적 청산을 단행했다. 쓸데없는 인력이 남아돌아 오히려 일하는 사람들의 사기와 작업 분위기를 저하시키고 있었기 때문에 조직의 슬림화를 대대적으로 단행한 것이다.

　'동식 사건'으로 사장이 구속되고, 현역 군인과 미국식 교육을 받은 정예 공군 예비역들이 들어 와 업무 처리를 해 나갔다. 그런데 그 해 12월 결산에서 생전 보도 듣지도 못한 12억 원이라는 흑자를 냈다. 당시 12억 원은 요즘 돈으로 환산하면 수백억 원에 해당된다. 그래서 누구나 벌린 입을 다물 줄 몰랐다.

　이 같은 내용이 신문에 보도되자 박정희 최고회의 의장(장도영 의장이 일련의 사건으로 물러나고 박 장군이 후임이 됐음)으로부터 1962년 1월 중순 친서가 날아왔다. '(장지량) 장군께서 대한중석 사장으로 취임 후 회사 관리와 운영에 대개혁을 단행하여 작년도 후반기에 12억이라는 이익을 가져오게 하였다는 것은 지극히 경하할 일이며, 장군의 노고와 업적에 대하여 심심한 격려와 치하를 드리는 바입니다……'로 시작된 장문의 친서는 나를 비롯해 전 직원들에게 한껏 사기를 북돋아 주었다.

박정희 최고회의 의장이 장지량 대한중석 사장에게 보낸 격려 친서.

　이 때 상급 기관인 상공부에서 공군 중령 출신인 최형섭(전 과기처 장관)을 찾으라는 연락이 왔다. 상공부 광무국장 적임자를 찾는 중이었다.
　최형섭은 군을 예편한 뒤 미국으로 유학해 최고의 광물학 박사가 되어 돌아와 대학 강단에 서고 있었는데 5·16 이후 자취를 감춰 버렸다. 광물학자는 대한중석과도 깊은 관계가 있으므로 공군 시절 알고 지냈던 그를 찾아 나섰다. 그러나 서울 시내에서 그를 보았다는 사람은 거의 없었다. 그런데 한 지인으로부터 그가 서울대 병원에 입원해 있다는 소식을 얼핏 들었다.
　나는 공군 출신 수행 비서를 대동하고 서울대 병원으로 달려갔다. 원무과에 들러 입원 환자 명단을 살피고 병동을 일일이 점검했지만 입원한 흔적을 찾지 못했다. 그래서 허탕을 치고 돌아오려는데 눈치 빠른 비서관이 복도 끝에서 마스크를 한 채 서성거리고 있는 환자를 발견하고 나를 그 쪽으로 이끌었다.
　"사장님, 어쩐지 예감이 이상합니다."

　빨간 마후라 하늘에 등불을 켜고

그 사람이 우리를 힐끗 보다가 얼굴을 돌렸다는 것이다. 그래서 황급히 그 곳으로 달려갔다. 과연 최형섭이 마스크와 모자를 눌러쓴 채 우리를 피해 창 밖을 내다보고 서 있었다.

"최 형, 여기서 뭐하시오?"

내가 부르자 최가 움찔 놀라며 꿈쩍도 하지 않았다. 그는 5·16을 지지하지 않았고, 그래서 군 출신 인재를 찾자 병원에 가명으로 입원해 피해 다니고 있는 중이었다.

나는 그를 다방으로 이끌고 와 사업의 자초지종을 털어 놓고 간곡히 당부했다.

"최 형, 참여해서 국가를 일으켜야지. 그래서 국가재건 아닌가?"

"아니오, 군에 관여하면 당하게 돼 있소."

"아니, 결코 그렇지 않소. 박충훈 공군 준장도 상공부에서 일하고 계신다니까."

나는 버티는 그를 반강제적으로 비서와 함께 허리춤을 잡아 이끌고 상공부로 데리고 갔다. 정래혁 장관이 미리 대기하고 있다가 그 자리에서 광무국장 임명장을 수여했다. 임명장을 수여하면 일단 빠져 나갈 구멍이 차단되는 것이다. 임명장을 받아 놓고 뒷소리 한다고 엄포를 놓으면 그가 아무리 강심장이라고 해도 꼼짝 못하는 것이다. 그 때는 엄중한 군사 정부 시절이 아닌가.

상공부와 대한중석 사무실은 명동 입구에 가까이 붙어 있었다. 그는 광물학 박사답게 중석이나 석탄에 많은 이해를 갖고 있었다. 나는 그에게 유명무실한 연구소를 대대적으로 재정비하겠다고 밝혔다. 조금만 더 연구하면 돈을 크게 벌 수 있는데, 이것을 외면하고 타성에 젖어 돌멩이만 쪼개 팔아먹는 것으로 안주하고 있는 정신적 해이가 마땅치 않았던 것이다.

나는 강당만한 초호화 사장실을 3분의 1로 줄이고, 5층 전체를 치운 뒤 대한중석 금속연구소를 설립해 6명의 박사급 연구원과 여러 명의 직원을 배치했다. 그리고 나는 연구원들에게 격려를 했다.

"연구 기간이 5년이 걸리든 10년이 걸리든 상관하지 않겠다. 다만 한

가지만이라도 세계 최고의 제품을 만들어 세계 시장을 장악하면 그것으로 만족한다."

최형섭 광무국장은 내 야심을 이해하고 내 손을 잡아 주었다.

"이제야 과학자들이 일할 기분이 난다."

이것이 훗날 홍릉의 KIST(한국과학기술연구원)의 모체가 될 줄이야 누가 꿈엔들 알았겠는가.

그러나 막상 연구소를 차리긴 했지만 실험 기구 하나 제대로 갖춰지지 않았고 또 그것을 구할 수도 없었다. 당시 국가연구소는 물론 대학의 연구소도 거의 없던 시절이었다. 그 중 국내에서 가장 시설이 잘 되어 있다는 서울대 공대 실험실을 찾아가 보았다. 그렇지만 실험실은 쥐똥과 거미줄이 어지럽게 널려 있을 뿐이었다. 나는 이 때 나라가 큰일이라는 생각이 들었다.

학창 시절 과학과 이공계에 관심이 많았던 나는 이 분야의 탐구열이 강했다. 그래서 기회만 주어지면 과학 공부를 하고 싶었고, 해방 직후 중학교 교편 생활(수학과 물리 담당)을 할 때도 세계 최초로 나일론을 발명한 일본 교토 대학 출신의 물리학자 이승기 박사(경성대 교수로 재직중 월북)를 흠모하며 그의 강의를 열심히 듣기도 했었다. 그러나 뜻대로 되지 않아 군인의 길을 걷게 되었는데 다행히도 과학자를 뒷바라지 할 자리에 앉게 된 것이다.

과학 기술을 발전시켜야 나라가 융성한다는 점을 나는 미 공군대 입교(1952년)와 미 대사관 무관 시절(1954년) 뼈저리게 느껴왔다. 그래서 금속 연구소를 개설한 나로서는 이 때가 기회다 하는 생각을 했다.

5·16 직후 육·해·공군은 국영 기업체를 각각 한두 개씩 맡아 운영했다. 육군은 석탄공사·충주비료·나주비료 공장을 맡았다. 이들 기관도 대한중석이 의욕적으로 연구소를 차려 운영하자 각기 경쟁적으로 연구소를 개설하기 시작했다. 그래서 하루아침에 5개의 연구소가 생겨났다. 이러다 보니 상공부가 예산 지원 등 큰 어려움에 봉착했다.

이 때 나온 것이 연구소의 확대 개편 안이다. 업무와 연구의 중복과 불

빨간 마후라 하늘에 등불을 켜고

필요한 인력 소요로 인한 낭비 요인을 최소화 하자는 구상 아래 5개 연구소를 통합하는 것이었다. 그 중 가장 짜임새 있게 운영되는 대한중석 금속연구소에 흡수시켜 한국금속연료가공연구소로 확대하자는 것이었다.

이 무렵 박정희 최고회의 의장이 존 F 케네디 대통령의 초청을 받아 방미했다. 미국은 박 의장에게 우호적이지 않았지만 박 의장이 너무도 성실하고 진지하게 국가 재건 문제를 설명하자 케네디 대통령도 공감하고 선물을 줄 생각으로 이렇게 물었다 한다.

"지금 한국에서 가장 필요한 것이 무엇입니까?"

박 의장은 평소 내 건의를 염두에 두었던지 이렇게 대답했다.

"한국에 대표적인 연구소를 하나 만드는 것이 소원이오."

나는 그 동안 연구소 확대 개편 안을 갖고 박 의장을 여러 차례 찾아 우리 나라의 취약한 연구소 실태를 브리핑하고, 국가가 번영하려면 과학자부터 배출해야 한다고 역설했었다. 박 의장은 만년 적자인 대한중석을 흑자로 돌려 놓은 나를 대단히 신임하고 있었던 것이다.

박 의장의 요청에 케네디 대통령은 곧바로 한국에 과학의 R&D(연구개발) 관련 특사를 보냈는데, 그는 가장 규모가 큰 대한중석 연구소를 찾아 살핀 뒤 이렇게 말했다.

"한국의 과학 기술 싹을 보았다."

그리고는 이를 모체로 한국과학기술연구원(KIST) 개설 지원 의사를 약속했던 것이다. 나는 연구소 부지와 스카우트 인력(해외 동포 과학자 포함)을 제시했다. 미국 특사가 귀국한 얼마 뒤 미국의 지원으로 마침내 홍릉에 한국과학기술원이 세워졌다. 초대 원장에는 최형섭 박사가 임명되었다.

그러나 나는 그것으로 만족할 수가 없었다. 세계에서 몇 번째 안 간다는 우리 중석을 어떻게든 높은 가격에 팔 수 있는 방법이 없는가를 살펴보기 위해 중석 선진국인 영국·독일·스웨덴을 차례로 방문했다. 뒤이어 미국의 중석 가공 공장을 찾았다.

오레곤 주의 포틀랜드 산악 지대에 K.C Lee 중석 가공 공장이 있었다.

사장은 중국인 리 씨로서 국공 내전 때 공산당에 밀려 대만으로 도망갔다가 미국으로 건너 온 광산 자본가였다.

그는 중국에서 나오면서 트럭 수백 대 분의 중석을 싣고 대만을 거쳐 미국으로 건너 와 중석 가공 공장을 가동하고 있었다. 그런데 우리와 똑같은 돌멩이로 12단계를 거쳐 가장 강한 텅스텐 비트를 생산해 우리보다 10배 이상의 값을 받고 있었다. 그에 비해 우리는 3~4단계의 공정을 거쳐 상대적으로 푼돈을 받고도 웃고 있었다.

나는 리 사장을 면담하면서 한국의 어려운 사정을 털어 놓고 우리 기술진이 K. C Lee 공장에서 연수할 수 있는 기회를 줄 것을 요청했다. 그는 기꺼이 받아들여 대한중석 공장장 이하 14명의 기술진이 1년 반 동안 K. C Lee 공장에서 연수를 받게 됐다. 이들은 추후 포항제철 공장 고로 건설의 주역이 되었다.

K.C Lee 공장이 나를 눈뜨게 했다면 그 곳에서 연수한 사람들은 조국 산업화의 핵심인 제철 공업의 선구자로 길러졌다. 이들이 미국에서 제철 공업 기술까지 익히게 되어 일석삼조의 이득을 얻은 것이다. 과학 기술의 힘은 이처럼 부가가치가 크고 위대한 것이다.

내가 군에 복귀하고 내 후임 김창규 사장에 이어 박태준 씨가 대한중석 사장으로 갔는데, 그가 박 의장 특명을 받고 포항제철 공장을 건설했다. 이 때 대한중석의 기술진을 모두 스카우트 해 포항제철 공장을 건설함으로써 포철 신화의 모체가 되었다. 말하자면 미국 연수를 한 14명의 기술진이 포철을 만들어 낸 주역이 된 것이다. 기술을 익히면 어디를 가나 산업의 기둥으로 쓰인다는 산 증거인 셈이다.

이 같은 사실은 그로부터 10여년 후 포항제철(현 포스코)을 방문한 자리에서 확인했는데, 그 때 박태준 회장에게 농담 삼아 이렇게 자랑한 적이 있다.

"포철의 초기 기술 인력은 내가 다 제공했다."

대한중석 사장 1년 6개월이 지나자 회사는 정상적인 궤도에 올라 흑자는 계속 늘어났다. 그래서 나는 더는 그 자리를 지킬 이유가 없었다.

나는 본래 대한중석을 정상 궤도에 올려놓으면 군에 복귀하는 것이 목표였다. 당시 많은 군인들이 민정에 참여하기 위해 군복을 벗었지만, 나는 철저하게 군인의 길을 걷는 것이 명예와 자부심을 지키는 일로 생각했다. 일부 군 장성들은 정·관계 요직에 진출해 연일 신문이나 매스컴에 이름이 오르내렸으며, 나에게도 옷을 벗고 나오라고 끈질기게 권유해 왔다.

　하지만 그 길은 나의 길이 아니라고 판단했다. 그래서 1962년 8월 군으로 복귀해 공군 소장 진급과 함께 공군 본부 작전참모부장 보직을 받았다.

대한배드민턴협회장이 되다

어느 날 장성환 참모총장이 최고회의에 다녀오더니 뚱딴지같이 대한배드민턴 회장을 맡으라며 임명장을 수여했다. 공군사관학교 체육 교관으로 배드민턴 국가 대표 두 명이 들어 와 있었는데, 그것이 인연이 되어 공군은 배드민턴협회를 맡기로 했다는 것이다.

영국이 인도를 지배하면서 즐겼다는 배드민턴은 인도와 인도네시아, 태국 등 동남아시아에서 크게 붐을 일으키고 있는 스포츠였다. 배드민턴은 태국, 대만, 일본을 거쳐 한국으로 들어 왔는데 나로서는 금시초문의 종목이었다.

국민들도 배드민턴이 무슨 운동인지 잘 모르고 있는 때였다. 그러나 각 군에 한두 종목씩 배정된 스포츠 관련 협회를 운영해야 한다는 방침에 따라 갑작스럽게 대한배드민턴협회장이 됐다.

도입된 지 얼마 되지 않아 우리의 배드민턴 실력은 형편없었다. 6개월 정도 훈련시켜 일본 대회에 내보냈지만 결과는 10전 전패를 하고 돌아왔다. 승부욕에서는 누구에게도 지고 싶지 않은 나였다. 그래서 이들이 귀국한 그 다음 날부터 아내를 시켜 운동장 옆에 솥을 걸어 놓고 밥을 짓도록 해 10여 명의 선수를 집중적으로 훈련시켰다. 아내는 가정부와 함께 연일 장작불로 밥을 짓고 고깃국을 끓여서 선수들에게 먹였다. 예산이 빈약해 그렇게라도 할 수밖에 없었다.

다행히도 장비를 구입하는데 많은 비용이 드는 스포츠가 아니어서 공군에게는 적당한 종목이었다. 그리고 이듬 해 봄 다시 일본 원정 경기의 결과는 5승 5패를 하고 돌아왔다. 50%의 승률을 올린 셈이다. 만족스러운 결과는 아니었지만 상당한 실력이었다. 세 번째는 일본 국가 대표를 국내로 초청해 대결한 결과 우리가 가까스로 우승했다. 첫 우승인 것이다. 이때 대대적인 홍보 활동을 펴며 전국을 순회했다. 그 때서야 매스컴도 배드민턴에 관심을 보이기 시작했다.

　1963년 전국 체전에는 배드민턴이 정식 종목으로 채택되어 인구의 저변도 확대됐다. 비싼 장비가 필요치 않고, 축구나 야구처럼 넓은 공간을 요구하는 것도 아니었다. 그야말로 소공원 빈터에서도 쉽게 할 수 있는 종목인지라 배드민턴은 급속도로 퍼져나갔다. 이 결과 좋은 선수도 발굴되었으니, 텃밭인 인도네시아나 태국에 가서도 당당히 우승을 하고 돌아올 정도로 실력이 향상되었다.

　지금은 우리 나라 배드민턴이 세계 제일의 실력을 갖추고 있다. 출발은 너무도 미약했으나 지금은 국민 스포츠가 되어 시민들이 조그만 공터에서도 배드민턴을 즐기며 체력을 단련하고 있다. 이 결과 자연스럽게 우수한 선수도 배출됐다. 배드민턴을 뿌리 내리기 위해 고군분투했던 그 옛날에 비해 격세지감이 있다.

공군참모차장과 자유의 집

1962년 11월, 공군참모차장 전보와 함께 군사정전위원회 한국 측 수석 대표를 맡았다(차석 대표는 해군). 자유 진영의 수석대표는 유엔의 이름으로 미국이 맡았고, 한국·영국·태국이 각국 대표로 참가했다. 공산 진영은 북한이 수석대표를 맡고 중공이 참전국 대표로 참가했다. 중립국 감시위원회 대표는 자유 진영에서 스위스와 스웨덴, 공산 진영에서는 폴란드와 체코슬로바키아가 각각 참여했다.

군사정전위원회는 한 마디로 시비와 억지와 생떼의 경연장이었다. 교통사고를 당하면 목소리 큰 사람이 이긴다는 말처럼 이 논리가 정전위 회의장에서 그대로 적용됐다.

북한 무장 간첩선이 남해상에서 발견되어 우리 공군기에 의해 격침된 사건이 있었다. 유엔 측(우리 측)은 노획한 선체의 일부와 무기 및 소지품을 판문점 회의장에 전시해 놓고 군사정전위원회를 소집했다. 유엔 측 수석대표가 전시품을 제시하며 휴전 위반이라고 항의하자 북측 수석대표는 기다렸다는 듯이 일사천리로 반박하기 시작했다.

"우리는 그런 일이 없다. 너희끼리 싸우다 발생한 일을 우리에게 전가시키는 몰상식한 일을 하고 있다. 너희는 국내 정정이 불안하면 이런 장난을 하는데 이번만은 묵과할 수 없다. 소지품을 당장 거둬 가라우. 신성한 회의장을 모독하지 말라우. 나쁜 자식들."

빨간 마후라 하늘에 등불을 켜고

군사정전위원회 한국 측 수석대표 시절 판문점에서(오른쪽 첫 번째).

적반하장도 이런 식이니 기가 찰 일이었다. 그런데 통역을 통해 한국말을 듣고 있던 유엔 측 수석대표는 때로 말뜻을 이해하지 못해 발언을 어물거리기 일쑤였다. 발언은 규정상 양측 수석대표만 하게 되어 있고 각국 대표는 회의 진행을 지켜보도록 되어 있었다. 내가 발언할 수 없는 것이 원통할 따름이었다. 그래서 나는 수석대표에게 종이에 글씨를 써서 거짓말이라고 일러 주었다. 회의는 오전 10시에 시작해 10시간 동안 식사까지 걸러 가며 진행됐지만 결론은 나오지 않았다.

휴전선 침투 등 크고 작은 충돌 사건이 수천 건을 넘었는데 회의는 한 번도 타결된 적이 없었다. 양측 모두 절대로 승복한 적 없고, 또 절대로 사과한 적이 없었다. 세상에 이런 무의미하고 소모적인 회의가 또 있을까.

또한 판문점 회의장은 들판에 세워졌기 때문에 찾아오는 방문객들이 많은 불편을 겪었다. 특히 냉전의 대결장인 판문점을 찾는 외국인들에게 황량하고도 볼썽사납게 비쳐지고 있었다. 나는 방문객을 위해 휴게소를 짓기로 계획을 세웠다. 이 제의를 받은 유엔은 20만 달러를 지원하겠다고 나섰다. 나머지 예산과 인력은 우리 국방부에서 지원키로 했다.

판문점 내 자유의 집

　공군 시설감이 설계한 도면을 받아든 나는 설계도가 마음에 들지 않았다. 한국적 정취가 묻어나야 하는데 서양풍의 기능적 측면만 강조한 건물 구조를 띠고 있었다. 나는 한국의 정자를 본 따 건물 설계를 다시 하도록 지시했다.

　정자는 일대를 조망하는 전망대 구실을 하고, 처마는 UN이란 글씨체가 나오도록 유선형 곡선으로 처리토록 했다. 이렇게 해서 건물은 1963년 10월 완공되었다. 이것이 바로 오늘의 '자유의 집'이다.

　나는 준공식 행사를 화려하게 치렀다. 최은희·조미령·김지미·한명숙 등 톱 여배우와 가수들을 초청했으며, 소 한 마리를 잡아 참석자들에게 점심식사로 제공했다. 북측 병사들이 입을 다시며 기웃거려 그들에게도 뒷다리 하나를 떼어 주었다.

　자유의 집이 방문객들의 사랑을 받자 북측도 이에 상응하는 집을 바로 짓기 시작했는데 그것이 바로 판문각이다. 미려하고 자유분방한 모습의 자유의 집과 창고처럼 투박하게 지어진 판문각은 그 후 체제의 상징처럼 비교되기도 했다.

　나는 판문점의 바비큐 요리가 인기가 있다는 것을 알고 어느 날 불고기 파티를 열었다. 드럼통을 반으로 잘라 불판을 만든 뒤 장작불로 돼지고기를 구워 내면 장교나 병사들 할 것 없이 모두 달려들어 배부르게 고기를 먹는다.

나는 분위기를 자유롭게 하기 위해 마주치는 북측 장교와 병사들에게도 이북식 말투로 제의했다.

"30분 내로 오라우!"

그러면 그들도 한 마디하고 돌아섰다.

"실없는 소리 말라우!"

막상 고기 굽는 냄새가 경내에 진동하면 언제 그랬더냐 싶게 달려들어 갈비 한 대씩 입에 물고 돌아갔다.

"거 보라우. 피차 먹자고 하는 일 아니가. 맛있게 먹으라우."

내가 농담으로 얘기하면 그들도 맞받아쳤다.

"남반부 고기 맛 좋수다."

그리고는 고기 뜯는 일에 열중했다. 평화로울 때는 이렇게 남북이 분간이 안갈 정도로 통했다. 하지만 사건이 나고 정전위원회가 소집되면 언제 그랬더냐 싶게 서로 표독스럽게 대치해야 하는 이중성을 보였다. 그래서 때로는 내가 이상한 나라에 와 있는 것이 아닌가 하는 착각이 들 때도 있었다.

핑퐁처럼 왔다 갔다 한 보직

 1962년 11월, 공군참모차장 전보 명령을 받은 지 2년 뒤인 1964년 1월 갑작스럽게 공군사관학교 교장으로 전보됐다. 공군참모차장직 수행 일년 만에 전격적으로 공사 교장으로 물러앉게 된 것이다.

 사실 대한중석 사장직을 그만 두고 군에 복귀한 뒤 보직에 관한 한 하루도 편할 날이 없었다. 공군 소장으로 진급해 작전참모부장으로 임명되자마자 3개월 만에 참모차장으로 임명되고, 또 일년 만에 공사 교장으로 발령을 받았다가 다시 8개월 만에 참모차장으로 복귀한 것이다. 핑퐁 식으로 왔다 갔다 하다 보니 정신을 차릴 수가 없었다.

 그 중 참모차장 일년 만에 공사 교장으로 전보되어 가는 것이 여러 모로 석연치 않았다. 그 동안 공군참모차장-중앙정보부 차장-최고회의 국방위원장으로 복무했던 박원석 장군이 최고회의가 해산되면서 다시 공군참모차장으로 롤백하게 되었다. 마땅히 갈 곳이 없어 그에게 자리를 내주기 위해 참모차장직을 수행하던 내가 밀려나게 된 것이다.

 내 문제로 인해 어느 날 청와대에서 김성은 국방장관, 장성환 참모총장, 박원석 후임 차장 그리고 나를 포함해 4명이 박정희 대통령을 모시고 구수회의가 열렸다. 이내 차 한 잔씩 하고 좌중을 살피던 박 대통령이 국방장관에게 물었다.

 "장지량 장군을 어디로 보내는 것이 좋겠나?"

빨간 마후라 하늘에 등불을 켜고

"국방대학원장 자리가 하나 있습니다."

그러나 그 곳은 조용히 있다가 예편하는 자리였다. 이리 밀리고 저리 차이다가 끝내 예편하는가 하는 생각이 들자 기분이 나빠 거절했다.

"그 자리는 받지 않겠습니다."

나는 군복 벗을 각오를 했고, 순간 가족을 데리고 미국으로 이민 갈 생각을 했다. 평소 이민 길에 오르면 좋은 자리를 주겠다는 미 공군 친구들의 농담 반 진담 반의 얘기도 떠올랐다.

내가 의외로 강경하게 나오자 대통령이 의아스럽다는 듯이 나를 바라보다가 장성환 참모총장을 향해 물었다.

"임자, 공군 내에서 보낼 곳이 어디야?"

장 총장은 대답을 우물거렸다. 그는 사실 나를 참모차장으로 곁에 두는 것이 최상의 인사라고 생각하는 사람이었다.

"총장이 모른다면 되나?"

"네, 작전사령관 자리가 있긴 합니다만……."

"그럼, 그리로 보내면 되지 않아?"

"그런데 문제는……, 사단장(미 공군사령관 겸 314사단장=현재 공군 중장 보직)이 미 공군 준장인데, 한국의 소장을 그 밑에 보낼 수 없어서요."

"그건 안 되지. 그럼, 다음 자리는 뭔가?"

"공군사관학교 교장 자리가 있긴 합니다만……."

박 대통령이 나를 보며 물었다.

"거긴 어때?"

나는 그 자리가 괜찮다고 생각해 앞뒤 따질지 않고 재빨리 대답했다.

"공사 교장이라면 가겠습니다."

공군사관학교 교장이라면 학구적인 곳이고, 명예도 있겠다는 생각이 들어 선뜻 가겠다고 응한 것이다. 회의가 끝난 뒤 박정희 대통령이 나를 따로 부르더니 타이르듯 조용히 말했다.

"다음 참모총장과 차장 임명 때는 동시에 낼 테니까 그리 알아."

말하자면 군소리 없도록 해 주겠다는 것이고, 박원석 장군 후임 차장으로 임명하겠다는 언질이었다. 이렇게 해서 공사 교장으로 자리를 옮겼는데 그 곳에 부임하자마자 엄청난 모략을 받았다. 내가 회사 공금을 유용했다는 신문 보도가 터져 나온 것이다. 6년 전, 그러니까 1958년 제11전투비행단장 시절 미국 경제 원조의 일환으로 산업은행의 융자를 받아 전투조종사 관사 25동을 지었는데 이것이 문제가 된 것이었다.

그 때 관사 건설비용을 전투비행단장인 내 이름으로 융자를 받았었다. 미 대사관 무관 시절 산업은행 총재를 알게 된 것이 인연이 되어 어렵사리 따낸 일종의 특혜였다. 그런데 공이 돌아오기는커녕 공금을 유용했다는 혐의를 뒤집어쓰고 말았다. 사실 6년이 지난 상태에서 모르는 사람의 경우 서류상으로 드러난 대로라면 국방부로부터 나온 돈이 내 이름으로 입금돼 나갔으니 내가 착복했다고 볼 수도 있을 것이다. 하지만 이 문제는 한 번만 확인하면 금방 알 수 있는 내용이었다. 당시 비행단장이었던 내 이름으로 공사를 했고, 융자금 수입 지출이 내 이름으로 나갔다. 그렇지만 국방부에서 융자금 예산이 나오면 곧바로 산업은행으로 입금이 됐다.

그랬다. 내 이름은 돈의 정거장일 뿐 융자금을 갚아 나가는 과정은 나도 모르게 국방부-공군 본부-산업은행이라는 절차를 밟아 이루어졌다. 그것은 내가 다른 보직을 받아 떠난 뒤에도 마찬가지였다. 그런데 융자금을 갚아 나가는 과정이 중간에 내 이름이 끼었다고 해서 내가 공금을 착복했다고 뒤집어씌운 것이다.

거기에는 나를 제거하기 위한 엄청난 음모가 있었다. 6년 세월이 지난 일이라고 해서 어물쩍 뒤집어씌운 것이지만 결코 그들도 모르는 사안이 아니었다. 진위 여부에 상관없이 어떻게든 신문에 터뜨리고, 특히 돈 문제에 관한 한 그것이 사실이 아닌 것으로 드러났다 하더라도 보도 된 그 자체로써 본인에게 치명타가 된다. 그래서 어떻게든 엿을 먹이자는 음모가 깔려 있었다. 나를 음해하는 세력은 그 점을 노리고 의도적으로 중앙정보부와 위세를 부리던 국회의원을 동원해 이 같은 몹쓸 짓을 했던 것이다.

나는 군 수뇌가 참석한 국방위원회에서 이 얘기를 듣고 허위 사실을 폭로한 국회의원에게 명패를 집어던질 태세를 하며 고함을 질렀다.

빨간 마후라 하늘에 등불을 켜고

"분명히 알고 처신하라!"

그 때 김성은 국방장관이 달려와 말리고 그 국회의원이 자리를 피해 큰 충돌은 없었다. 그러나 도저히 묵과할 수 없는 문제였다. 이는 내가 차기 참모차장이 되고, 참모차장은 곧 참모총장을 승계하게 되어 있으니 어떻게든 공사 교장으로 물러나 있을 때 제거하려는 술책에서 나온 것이었다. 묵묵히 군인의 길을 걷고자 했던 나에게 이 때처럼 절망감을 안겨 준 적은 일찍이 없었다.

적어도 죽을 고비를 열아홉 번이나 넘겨 온 내가 자리 하나 때문에 무너져야 한다는 생각에 이르자 참을 수가 없었다. 일을 더 열심히 한 것이 흠이 된다면 누가 감히 나서서 일을 하겠는가. 주어진 직책을 시간 때우기 식으로 적당히 보내고 경력 하나 쌓는 것으로 있다가 더 나은 보직을 받아 나간다면 그 조직은 죽은 조직이나 다름이 없다.

나는 관사 공사 자금의 입출금 과정을 상세하게 소명하고, 비열하게 나를 죽이려는 사람들을 찾아 나섰다. 폭로한 국회의원은 사안이 180도 다르다는 것을 알고 곧 사과를 하고, 흉계를 꾸민 사람들은 깊숙이 '잠수'했지만 내 명예가 회복되었다고 볼 수는 없었다.

폭로된 신문만 보고 사실대로 믿는 사람이 있고, 사실이 아니라는 내용이 보도되더라도 보지 못한 사람이 있을 수 있다. 무엇보다 폭로된 내용은 대서특필되는 반면 사실이 아니라는 정정 보도 내용은 신문에 조그맣게 보도되거나 아예 묵살되기까지 한다. 그래서 억울한 것이다. 결백은 명명백백히 밝혀졌지만 뒷맛이 개운치 않은 것은 이런 이유 때문이다.

나는 이 때 용서받을 수 없는 짓을 한 사람은 끝내 말로가 좋지 않다는 것을 보았다. 역시 인생은 정도(正道)라야 값지다는 철리를 배웠다. 야비한 행동으로 인사상의 이익을 본 사람이 있기 때문에 때로 이런 사술과 흉계가 난무하지만 결코 정도를 이길 수 없다는 것을 알게 된 것이다.

이처럼 온갖 음해와 모함이 있었지만 나는 결국 공사 교장 7개월 만에 다시 공군 참모차장 명령(64. 8. 1)을 받았다. 박정희 대통령은 약속대로 참모총장과 참모차장 인사를 동시에 냈다. 이 인사로 내 결백이 입증되고,

나를 흔들었던 사람들이 오히려 곤혹스럽게 되어 버렸다.

　그러나 공군 참모차장으로서 역할을 수행하는데 일이 잘 풀리는 것은 아니었다. 베트남 파병 문제로 육·해·공군 차장 및 해병대 부사령관 회의가 서종철 합참본부장 주재로 국방부에서 열렸다.

　육군과 해군, 해병대의 대대적인 파병이 결정되고, 공군은 1개 전투대대를 파병하기로 했다. 이 안건은 참모총장에게도 보고하지 말고 보안을 유지하라는 지시가 있었다. 그러나 나는 뒷말을 남기고 싶지 않아 그대로 총장에게 보고했다.

　그런데 며칠 후 공군 파병 건은 뚜렷한 이유 없이 취소됐다. 나는 미국이 제공하는 최신예 전투기로 참전하여 전쟁이 끝나면 이를 모두 가져올 수 있다는 기대감, 전투력 향상의 기회 그리고 6·25 전쟁 때 100회 출격 기록을 세우려다 휴전 조인으로 뜻을 이루지 못한 후배들에게 기록 보유의 기회도 제공할 수 있다는 기대감 등으로 파병을 추진했던 것인데 수포로 돌아가고 말았다. 이런 문제는 참모차장·참모부장·작전국장 회의를 소집해 결정해야 하는데 그런 절차도 아예 무시됐다.

　그 해 공군의 대표적 행사인 국군의 날 기념 에어쇼도 뚜렷한 이유 없이 취소됐다. 국군의 날 피날레 행사로 에어쇼가 펼쳐지고, 이는 모든 국민이 하늘의 장관을 보며 긍지와 자부심을 갖는 계기가 되는 중요한 행사였다.

　국군의 날을 마치면 청와대 주최로 경회루에서 정부와 국회 주요 인사, 군 수뇌 등 수백 명이 초대된 가운데 축하 리셉션이 열린다. 이 때(1965년)도 리셉션이 열리고 주빈인 대통령이 좌석을 돌며 참석 인사들과 담소를 나누었다. 그런데 박 대통령은 나를 발견하자 가까이 다가오라고 손짓했다. 그리고는 불쑥 물었다.

　"왜 에어쇼를 취소했나?"

　내가 답변하지 못하고 우물거리자 대통령은 조용한 목소리로 말했다.

　"대통령과 국민이 한 자리에 모여서 스킨십을 하는 좋은 자리였잖나?"

　그리고는 다른 자리로 옮겨갔다. 대통령은 에어쇼를 갖지 않는 것을 궁금하게 여겼다는 것을 알 수 있었다.

제4부

공군참모총장
그리고 나의 군인관

참모총장 첫 임무-인사카드의 출신도를 지우며

　　1966년 8월 1일, 공군 중장 진급과 함께 제9대 공군참모총장 명령을 받았다. 이제 내 뜻대로 소신을 갖고 일할 수 있는 기회가 주어진 것이다. 공군 최고 책임자가 된다는 것은 이런 권리를 향유 받는다는 점에서 가슴이 뿌듯했다.

　　나는 총장으로 부임하자마자 맨 먼저 인사국장을 불러 영관급 이상의 인사기록부를 가져오도록 지시했다.

　　인사기록부 맨 오른쪽 상단에는 장교들의 출신도가 기재되어 있는데, 인사국장이 보는 앞에서 300장 가까이 되는 인사기록부의 출신도 란을 학습용 면도칼로 자를 대고 모두 잘라냈다. 인사국장은 나의 부임 첫 일이라 다소 당황한 빛으로 나를 지켜보고 있었지만, 나 역시 그에게 더는 설명하지 않았다. 무슨 설명이 필요하겠는가.

　　악마의 주술과도 같은 출신 지역……. 능력도 전문성도 고려의 대상이 되지 않고 오직 출신 지역에 따라 인사 기준이 적용되고 또 파벌이 조성된다. 이것처럼 비과학적이고 비합리적인 것이 어디 있겠는가.

　　혜택을 받은 사람은 자기 잘난 탓으로 생각할지 모르지만 불이익을 당한 사람은 출신 지역 때문이라며 승복하지 않고 눈에서 피눈물을 쏟는다. 나 또한 눈에 보이지 않게 궁지로 몰리거나 외롭게 밀려 온 것이 바로 출신 지역 때문이었다는 것을 뼈저리게 느꼈다.

　빨간 마후라 하늘에 등불을 켜고

나는 그 동안 장교인사위원회 위원으로 참여하면서 진급과 보직 결정의 불합리성을 너무도 많이 보아 왔다. 특히 출신 지역이 인사의 기준이 되는 것을 보고 그 폐해에 대해 많이 가슴 아파했다. 그래서 인사권자가 되면 이것부터 고치자는 생각을 마음 속 깊이 다졌었다.

비행기를 타는 사람은 경상도네 전라도네 충청도네 구분하는 것이 우습다. 김포기지에서 이륙하면 10분도 되지 않아 경상도나 전라도 땅끝에 도착하고, 4~5천 피트 상공에서 내려다보면 지역이 구분되는 것이 하나도 없다.

또한 산골짜기와 강줄기, 논과 밭, 농부들의 일하는 모습, 건물까지 무엇 하나 다를 것 없이 평화로운데 지상에만 내려오면 서로 다투며 승리자와 패배자로 나뉘어 웃거나 피눈물을 쏟는다. 이는 적어도 공군의 정신에는 맞지 않는 일이었다. 하늘을 나는 스케일로 보면 지역을 구분해 다투는 모습들이 너무도 천박하게 보이는 것이다.

두 번째 일에 착수한 것은 대통령 지방 순시 때와 경부고속도로 공중 실측을 위해 공군 1호기로 대통령을 직접 수행 비행한 일이다. 이는 어느 참모총장도 하지 못했고 할 수 없는 일이었다. 그만큼 나는 대통령의 지근 거리에서 움직였다.

공군과 해병대는 영원한 전우

1966년 8월 2일, 공군참모총장으로 취임한 다음 날 박정희 대통령이 진해의 대통령 별장으로 여름휴가를 떠나면서 동행하라는 연락이 왔다. 공군참모총장 첫 업무가 대통령 전용기에 동승해 수행하는 임무부터 주어진 셈이다.

나는 미리 여의도 공항으로 나가 대통령 전용기이자 공군 1호기인 C-54기(4발 프로펠러기)와 조종사 부조종사들의 조종 상태를 점검하고 있었다. 그 때 김성은 국방장관, 박원석 전임 총장 그리고 대통령이 차례로 공항으로 나왔다. 모두 한 비행기에 타고 갈 사람들이다.

진해 바다 남쪽 조그만 섬의 별장에는 좋은 낚시터가 있어서 낚시를 하기에 최고였다. 낚싯대를 드리우자마자 손바닥만한 물고기들이 낚여져 나오는 곳이었다.

비행기에서 내리자마자 푸른 바닷물이 일렁이는 경치 좋은 바닷가로 나갔다. 각자 낚시에 열중하면서도 나름으로 생각을 가다듬는 것 같았다. 나는 공군을 보다 합리적으로 운영하고 현대화 작업을 어떻게 펼칠 것인가 하는 구상을 했다. 대통령이 이런 기회를 주기 위해 특별히 별장에 동행시킨 것으로 받아들여졌다.

그런데 참모총장 직무 테스트를 하기라도 하는 양 다음 날 얼마 떨어지지 않은 김해비행장에서 엄청난 사고가 발생했다.

대통령을 수행하고 서울로 귀환한 다음 날, 김해비행장의 공군 병사들과 진해의 해병대 병사들이 충돌해 해병대 병사 한 명이 죽고 쌍방 부상자가 수십 명씩 속출했다는 보고가 들어 온 것이다.

　사고의 시발은 너무도 사소한 것이었다. 공군 병사 7~8명이 일요일 부산으로 외출을 나갔다가 귀대하기 위해 부산발 진해행 완행버스를 탔던 모양이다. 그 버스에는 진해 기지의 해병대 병사들도 10여 명 타고 있었다.

　그런데 공군 병사들이 낙동강 다리를 건너자마자 김해비행장으로 들어가는 삼거리에서 내리지 않고 김해비행장으로 들어갔다가 돌아 나오라고 운전사에게 요구했다. 물론 버스의 행선지는 아니었다. 그러잖아도 공군 병사들을 아니꼽게 보던 해병대 병사들이 욕설을 퍼부었다.

　"버스는 정해진 코스로 가게 되어 있는데 니들이 뭔데 자가용 부리듯이 이리 가라 저리 가라 하느냐!"

　이렇게 해서 이들은 버스를 세워 놓고 치고 박고 대판 싸움이 벌어지고 말았다.

　그러나 공군 병사들은 수도 적은데다 체력이 잘 연마된 해병대원들의 주먹을 당해 낼 수가 없어 고스란히 얻어터지고 귀대했다. 얼굴과 머리가 터져 피투성이가 된 공군 병사들을 본 동료 병사들이 분기탱천해 이번에는 공군 병사 40여 명이 두 대의 트럭에 분승해 해병대원들이 타고 가는 진해행 완행버스를 추격했다.

　김해와 진해의 중간 지점쯤에서 버스를 발견한 공군 병사들이 버스를 기습했다. 해병대원들을 모조리 끌어내려 잡히는 대로 두들겨 패기 시작했다. 이렇게 해서 다시 패싸움이 벌어졌지만, 이번에는 공군 병력이 절대적으로 우세해 해병대원들이 묵사발이 되었다.

　복수를 하고 돌아온 공군 병사들이 목욕을 하고 잠시 쉬고 있는 사이 이번에는 해병대 병사 80여 명이 트럭 네 대에 분승해 김해비행장으로 몰려들어 왔다. 동료 해병대 병사들이 공군 병사들의 습격을 받아 당했다는 얘기를 듣고 그들 역시 비상을 걸어 집결한 뒤 김해비행장까지 쳐들어 온 것이다.

해병대원들은 기지 내의 공군 병사 및 장교 할 것 없이 닥치는 대로 주먹을 휘두르고 발길로 찼다. 이런 중에 이들이 던진 돌멩이가 비행기 기체 여기저기에 맞아 비행기가 망가지는 사고까지 발생했다. 이에 위기를 느낀 주번 사관이 전체 비상을 걸어 전병력 출동 명령이 내려졌다.

해병대원은 트럭 네 대 분의 병력이지만 공군은 안방인데다 전투비행단으로서 병력이 3,000명이나 된다. 전 병력이 출동했으니 아무리 '귀신 잡는 해병'이라도 당해 낼 도리가 없었다.

이번에는 해병대원들이 얻어터졌다. 장교들까지 가세해 정문과 주요 게이트를 막고 퇴로를 차단한 뒤 해병대원들을 두들겨 패자 열세를 느낀 해병대원들이 철조망을 뚫고 도망치기 시작했던 것이다.

철조망 건너에는 갈대숲이 우거진 낙동강 지류가 흐르고 있었다. 그런데 갈대숲을 헤쳐가기도 어려운데 지류의 물살이 엄청나게 빨랐다. 얻어터져 부상한 해병대원들이 이 곳을 건너다 결국 한 명이 죽고 6~7명이 탈진해 병원에 실려 가는 사고가 발생한 것이다. 물론 공군 병사도 수십 명이 병원으로 실려 갔다.

사소한 싸움으로 해병대 병사 한 명이 죽고 쌍방간에 수십 명씩 부상자가 속출했다니 생각만 해도 끔찍한 일이었다. 적과 싸워도 인명 피해를 줄여야 하는데, 따지고 보면 동료나 친구끼리 이렇게 하찮은 시비로 죽고 죽이는 참사로까지 이어졌으니 보통 문제가 아니었다. 성질대로라면 가담자들을 모조리 영창에 보내고 싶은 마음이었다. 나는 사지가 벌벌 떨렸다.

그러나 나까지 이성을 잃으면 안 된다고 생각하고 곧바로 해병대사령관 강기천 장군에게 전화를 걸었다. 그 역시 보고를 받았던지 분을 못 이기고 있었다. 그는 나에게 험하게 성질을 부리고 있었다. 그러나 나는 차분히 강 사령관에게 제의했다.

"우리까지 싸워서는 안 됩니다. 빨리 현장으로 내려갑시다. 비행기를 낼 테니 지금 떠납시다."

나는 해병대사령관 출신인 김성은 국방장관에게도 약식 보고를 했다.

빨간 마후라 하늘에 등불을 켜고

국방장관이 객관성을 유지하는 위치이긴 했지만 그의 친정은 해병대가 아닌가. 팔은 안으로 굽게 되어 있는 것이다. 그래서 국방장관에게 미리 양해를 구하는 것이 도리라고 생각했다.

장관을 설득한 뒤 나는 재빨리 강기천 사령관을 비행기로 모시고 해병대 진해 기지로 들어갔다. 일부러 해병대부터 찾은 것이다. 연대 병력이 주둔하고 있는 해병대 진해 기지는 그야말로 폭발 일보직전이었다. 아니 이미 폭발해 있었다. 무장을 하는 단계까지 간 것이다. 특히 사랑하는 병사가 죽었다고 장교단마저 흥분하고 있어 대형 참사가 날 일촉즉발의 위기에 있었다. 해병대원들은 용맹과 투혼의 자존심에 상처를 받았다고 너나없이 흥분하고 있었다.

강 사령관을 설득해 전 병력이 연병장에 모이도록 했다. 나는 도열한 병사들 앞에 있는 단상으로 올라갔다.

"나는 공군참모총장 장지량 중장이다. 불미스런 일로 여러분 앞에 서니 면목이 없다. 내가 속죄하는 마음으로 여러분 앞에 섰다. 여러분은 나의 사랑하는 아들들이다. 그리고 이웃의 공군 병사들은 너희들의 가장 듬직한 형제들이다. 그릇된 형제가 있으면 버릇을 고쳐 주는 것은 당연하다. 그러나 한번 생각해 보자. 내가 먼저 그들을 대신해 사죄하러 여기 왔다. 명예를 사랑하는 해병대원들은 사죄하는 사람을 너그럽게 관용으로 포용하는 것으로 안다. 용서해 주기 바란다. 죽은 병사의 명복을 빌고 부상한 용감한 해병대 병사들에게도 심심한 위로의 말을 전한다. 내 돌아가서 공군 병사들을 철저히 교육을 시키겠다."

그러면서 나는 공군과 해병대와의 전우애를 몇 가지 사례를 들어가며 강조했다.

"사실 해병대와 공군은 전투 수행상 다른 어떤 군보다도 가까운 전우 사이다. 2차 세계대전 때 미 해병대와 공군은 서로 협력해 혁혁한 전공을 세웠다. 내가 강릉전투비행단장으로 있던 6·25 때 미 해병 비행 전대원들과 합동 작전으로 동부 전선 적진 깊숙이 쳐들어가 많은 땅을 빼앗아 오늘의 휴전선을 만들었다. 이런 공군과 해병대가 사소한 혈기로 죽음을 부른 싸움을 한다는 것은 대단히 유감스럽고 안타깝다. 이와 같은 일이 두 번 다시 일어나지 않도록 공군참모총장인 내가 공군 병사들을 철저히 단속하겠다. 책임도 물을 것이다. 해병대원 여러분의 남아다운 기백으로 멋지게 한 번 용서하기 바란다. 비온 뒤에 땅이 굳듯이 앞으로 더 친한 전우가 될 것이다."

그리고 또 경기도 김포에 주둔한 해병기지와 김포 전투비행단이 피를 나눈 친구처럼 가깝게 지낸 사연을 소개했다.

공군과 해병대의 충돌은 8년 전, 그러니까 내가 김포 제11전투비행단 시절(58~61년)에도 자주 일어났었다. 김포 반도에는 해병대 기지가 많다. 해병대 병사들은 외출을 나오면 김포 읍내나 김포공항 인근에서 술을 마시고 돌아갔다. 이 때 김포 전투비행단의 공군 병사들과 맞부딪치는 경우가 많았다. 툭하면 해병대원들이 공군 병사들을 두들겨 패는 것이었다.

이런 보고를 받을 때마다 나는 속이 상했다. 그렇다고 감정적으로 나갈 수 없어 며칠 궁리 끝에 해당 기지의 해병 여단장에게 제의했다.

"내 아이디어가 하나 있는데 해병대 병사 10명을 선발해 공군에 보내 줄 수 있겠습니까? 일주일간 데리고 있다가 보내 주겠소. 대신 해병대도 우리 공군 병사 10명을 받아 해병대원들과 함께 훈련을 받고 식사와 잠자리도 함께 하면 어떻겠소?"

해병 여단장 역시 골치를 썩이고 있는지라 좋은 아이디어라면서 당장 10명의 해병대원을 김포 전투비행단으로 보내 주었다. 나는 공군 전투비행단 기지로 파견된 해병대원들의 숙식을 특별히 체크하며 함께 훈련과 운동을 즐기도록 조치했다. 이윽고 일주일을 마치고 송별회가 열렸는데 병사들이 서로 얼싸안으며 석별을 아쉬워했다. 해병 기지에 간 우리 병사들도 그들과 끈끈한 우정을 나누고 돌아왔다.

공군참모총장이 직접 진해 해병 기지에 내려와 이런 일화까지 소개하자 해병대 병사들이 조금씩 술렁거리더니 한순간에 박수가 터져나왔다. 누가 시킨 것도 아니었지만 내 말을 경청한 그들이 박수를 치며 환호한 것이다. 이렇게 그들을 진무한 뒤 나는 강기천 사령관과 진해 기지 해병

빨간 마후라 하늘에 등불을 켜고

여단장을 대동하고 내 부하들이 있는 김해 전투비행단으로 향했다.

공군 병사들이 모인 자리에서 이번에는 강기천 해병대 사령관이 단상에서 연설했다. 강 사령관도 나와 비슷한 말로 가장 가깝게 형제처럼 지내야 할 공군과 해병대가 맞서는 것은 납득할 수 없다며 불미스런 일이 두 번 다시 일어나지 않도록 서로 친구가 되어 달라고 당부했다.

공군과 해병대의 최고 수뇌가 사건 해결에 적극 나선 덕분에 양 군은 멋지게 화해했다. 이런 우의를 다지기라도 하듯 이번에는 공군과 해병대 원들이 합세하여 공수부대원들을 두들겨 패는 불상사가 발생했다. 본래 해병대와 공수부대 그리고 공군 전투비행대가 거칠고 용맹하기로 유명한 집단이다. 그래서 서로 부딪치면 피를 보는 혈기를 보이기 일쑤였다. 그러나 이제 각기 개성을 인정하면서 친하게 지내는 것은 예나 오늘이나 반드시 필요한 일이라고 나는 생각한다.

대통령 전용기 조난

참모총장 취임 두 달 뒤인 1966년 10월, 총리 공관에서 합참의장과 3군 참모총장 등 군 수뇌가 참석한 가운데 만찬이 열렸다. 그런데 만찬 도중 비상 전화가 걸려왔다. 전화기를 받자마자 상대방이 다짜고짜 말했다.

"나 박종규요. 급히 대전으로 내려오시오."

대통령 경호실장이 호출한 것이었다. 당장 대전으로 내려오라는 것으로 보아 비상 상황이 발생한 것이 분명했다. 나는 그 길로 총리공관 연회장을 빠져 나왔다. 다른 참석자들에게 누를 끼칠 수 없기 때문에 개인적 선약을 이유로 자리를 떴다. 나는 승용차 안에서 L-26기(에어로 코멘더)를 준비하라고 지시하고 여의도공항으로 나갔다.

야간 비행으로 대전공항에 도착하자 활주로에 라이트가 켜져 있지 않았다. 유도등(런웨이 라이트) 시설이 되어 있지 않은 것을 그 때서야 알고 나는 아차 했다. 유도등이 없을 때의 착륙은 보통 위험천만한 것이다. 자꾸만 예감이 이상하다고 생각하며 상공을 몇 차례 선회하다가 아이디어를 하나 얻어냈다.

비상 착륙을 위해 지프 여러 대를 일직선상으로 배치해 라이트를 켜도록 하는 것이다. 그 불빛을 따라 비상 착륙하면 된다. 역시 궁하면 통하는 것이 있었다. 물론 이것도 규정에 없는 일이다. 하지만 워낙에 '이머전시'가 걸려 있는 것이라 뚫고 나가는 것이 공군의 임무이자 역할이다.

빨간 마후라 하늘에 등불을 켜고

위험을 무릅쓰고 착륙에 성공한 뒤 부랴부랴 대통령이 묵고 있는 유성의 호텔로 달려갔다. 아니나 다를까 박종규 경호실장이 대단히 화난 얼굴로 나를 맞았다.

"세상에 이럴 수 있소? 각하의 전용 헬기가 부산을 출발해 대전으로 오는데 공군 전투기가 전용 헬기를 향해 총을 쏘고 있는 거요. 도대체 어떻게 된 거요?"

도저히 있을 수 없는 일이었다.

"그럴 리가 있습니까?"

"총장이 모르면 되오? 당장 알아보시오!"

박 경호실장은 험악한 얼굴로 나를 노려보았다.

나는 곧바로 진상 조사에 착수했다. 구미 인근 낙동강 상류에는 모래사장이 질펀히 뻗어 있다. 공군은 그 모래밭을 대지 공격 사격장으로 사용하고 있었다. 김포비행장은 물론 김해·강릉·대구·군산·광주 등 전국의 각 비행장에서 공군기가 날아와 폭탄 투하, 로켓포 발사, 기관총 사격을 하고 돌아가는 훈련장이었다.

대통령 전용 헬기가 부산을 출발해 대전으로 가다가 때마침 헬기가 사격훈련장 영공 내로 들어왔다. 말하자면 헬기는 사격 훈련중인 전투기 밑으로 들어 온 것이었으며, 전투기는 헬기 위에서 폭탄투하 및 기총소사를 퍼부었던 것이다.

사건의 전말을 조사한 결과 이는 사전에 상호 교신이 안 된 결과였다. 무엇보다 대통령 전용 헬기가 항로를 무시하고 운항한 데서 나온 실수였다. 대통령 전용기가 항법을 외면한 채 무모하게 훈련장으로 들어온 것이다. 미리 콘트롤 타워에 알려 주었어야 하는데 대통령 전용기이다보니 알아서 하겠지 하는 안이한 자세가 그런 상황을 발생하게 만들었다. 그러나 규칙을 어겼더라도 결국 힘이 센 사람이 이긴다.

이런 경우 공군이 먼저 대통령 전용기 운항 코스와 시간을 체크했어야 옳았다. 우리 주장만 가지고 되지 않는 것이 바로 이런 경우다.

이 사실을 접한 박종규 경호실장이 대안을 내놓았다.

"아무래도 큰일 나겠소. 앞으로는 각하의 전용기에 참모총장이 반드시 동승해야 되겠소."

사상이 투철한 최우수 공군 조종사가 대통령 전용기에 배치되지만 그것만으로 안심할 수 없다는 것이 경호실장의 생각이었다. 그래서 나를 '인질'삼아 위험을 줄이겠다는 것으로도 받아들여졌다.

그 무렵 대통령은 유독 지방 순시를 많이 다녔다. 각 지역 현안 및 숙원 사업 독려와 지역 인사들을 두루 만나는 일정이 하루에도 두세 곳씩 잡혀 있었다. 당시만 해도 육로는 비포장도로가 대부분이어서 차량 이동은 생각할 수 없었다.

대통령의 잦은 지방 순시는 1967년 5·3 대통령 선거를 대비하는 일환이기도 했다.

빨간 마후라 하늘에 등불을 켜고

대통령과 소통령

대통령 전용기는 헬기 H-19와 공군 1호기인 L-26(에어로 코멘더)에 이어 C-54기(4발 프로펠러기)였다. L-26기는 쌍발 프로펠러기로서 조종사와 부조종사를 포함해 6인승이었으며 헬기도 마찬가지였다. 조종사들은 비행 기술이 뛰어나고 내 분신과도 같은 믿을 수 있는 사람들이었다.

대통령의 신변과 생명을 맡은 만큼 이들은 보직과 진급에서 특혜를 받지 않을까 하는 사람들도 있지만 사실은 그렇지 않다. 얼핏 보면 특권을 부여받은 듯이 보이지만 자기 할 일에 충실하면 된다는 파일럿 정신에 투철한 장교들이었다.

나는 박 대통령의 행선지를 거의 빠짐없이 공중 수행했다. 조종사와 부조종사가 조종간을 잡고 바로 뒷좌석에 박 대통령이 타고 그 옆 좌석에 내가 앉는다. 이러니 대통령의 조그만 숨소리까지도 듣게 된다.

이 때 나는 박 대통령의 진면목을 빠짐없이 지켜보았다. 농담을 즐기기도 하고 국가 발전 비전과 순방하는 지역 유지의 면면까지 소상히 아는 소박한 지도자상을 보여 주었다.

나는 그 무렵 육군참모총장과 달리 공군과 해군참모총장의 계급이 중장이라는데 대해 다소 불만을 갖고 있었다.

국방부에 들어가 일을 하려면 불편한 것이 한두 가지가 아니었다. 절차상 국방장관을 만나려면 차관보를 만나야 되는데, 이들은 군단장을 마치

공군참모총장 시절(왼쪽 앞에서 네 번째가 나, 1967년) 참모회의를 주재하고 있다.

고 돌아온 3년 이상의 군 선배들이다. 이들 앞에 내가 참모총장으로 나서니 서로가 불편했다.

몇 년 후배인 참모총장이 직급상 부하인 선배들과 일을 하려니 거북하고 쑥스럽다. 또 각 군 참모총장끼리 만나도 육군은 대장 계급이어서 신분상의 차이가 있는 것처럼 공연히 주눅이 든다. 나는 이 점을 염두에 두고 대통령께 말했다.

"각하, 인구가 1억이 넘는 나라 영도자도 대통령이고, 100만도 안 되는 조그만 나라 영도자도 대통령입니다."

박 대통령은 무슨 뚱딴지같은 얘기냐는 듯이 물었다.

"거 무슨 소리야?"

"큰 나라 대통령이라고 해서 대통령이고, 작은 나라라고 해서 소통령이라고 부르진 않잖습니까."

"그야 그렇지. 그런데 뭐야?"

"네, 말씀드리죠. 육군은 병력 수가 많아서 대장 참모총장이고, 해·공군은 수가 적다고 중장 참모총장을 하고 있는 것이 불공평합니다. 업무

빨간 마후라 하늘에 등불을 켜고

분야의 특성과 차이가 있는데 차별이 있으니 일하는 데 애로가 많습니다."

박 대통령은 아무런 말이 없었다. 그래서 국방부에 올라가 일을 하면서 겪은 애로를 차근차근 설명했다. 내가 계급에 욕심이 나서 얘기를 꺼내는 것으로 비쳐질까 싶어 조심스럽게 건의를 한 것이다.

"각하, 앞으로 해·공군 참모총장을 대장 보직으로 해 주신다면 제가 제안한 만큼 저는 거기서 제외해 주십시오."

그러자 대통령이 힐끗 옆으로 나를 살피더니 별 싱거운 사람 다 보았다는 듯한 표정을 지었다.

"일리 있어. 병력 수가 많고 적음의 문제가 아니지."

대통령도 동의했다. 그래서 속으로 안도했다. 베갯머리 송사라고 안사람이 남편에게 이런저런 얘기로 민원을 해결한 경우가 있는 것처럼, 나는 대통령의 숨소리까지 듣는 비행기 바로 옆자리에서 이런 얘기도 스스럼없이 내 놓았다.

그러나 국면은 대통령 선거의 한 복판으로 빠져 들어가던 시기였다. 나역시 그런 제안에 마음을 쓸 겨를이 없었다. 박 대통령은 1963년 대선에서 불과 10만 표 차이로 윤보선 후보에게 승리했지만, 이로 인해 대통령직 수행이 수월하지 못했다. 윤보선 씨 자신이 '정신적 대통령'이라며 박 대통령을 대통령으로 인정하지 않았다. 그래서 재대결한 1967년 대선에서는 확실하게 이겨야만 했다.

마침내 5·30 대선에서 박 대통령은 110만 표라는 압도적인 표차로 승리했다. 그 사흘 후 국방장관과 합참의장, 3군 참모총장이 청와대로 대통령 당선 축하 인사를 갔다. 접견실에서 다과를 나누면서 대통령이 나를 보며 웃더니 국방장관에게 지시했다.

"국방장관, 공군참모총장과 해군참모총장을 대장 승진 상신하시오."

통상적으로 해군 다음에 공군인데 대통령은 공군부터 호칭하며 지시했다. 저간의 사정을 알 리 없는 다른 참석 인사들은 의아해 했으나 내막을 알고 있는 나는 조용히 웃으며 고개를 끄덕였다.

이 인사는 내 후임 총장 때(1969년 1월 1일) 해병대 사령관까지 포함해 적용되었다. 대통령은 내 건의를 100% 받아들인 셈이다. 그 첫 혜택을 받은 김성용 공군참모총장이 대통령으로부터 대장 승진 계급장을 받고 곧바로 나에게 달려와 엎드려 큰절을 했다. 그 때 나는 예편해 다른 일을 하고 있었다.

해·공군 참모총장이 대장 계급을 받다보니 기구와 편제가 확 달라졌다. 중장 참모총장 때는 참모총장 차장, 참모부장 작전사령관, 군수사령관, 공사 교장 등 장성이 8명에 불과했다. 하지만 대장 참모총장 때는 55명으로 대폭 늘어났다.

"고속도로가 짝발이입니다"

박정희 대통령을 공중 수행하는 일은 어떤 누구도 범접할 수 없는 공간에서 서로 어깨를 맞대며 시간을 독차지한다는 의미가 내포되어 있다. 그래서 누구를 나쁘게 말할 수도 있고, 또 누구를 치켜세울 수도 있었다. 말하자면 정치적 발언을 할 수 시간인 것이다. 그러나 나는 이를 철저히 배제했다. 그 점을 대통령도 높이 사는 것 같았다.

조금만 사람을 가까이 하면 별별 아첨과 청탁으로 대통령을 부담스럽게 한다는 것을 대통령과의 대화 중 알 수 있었다. 부득이 들어 주어야 할 인사 청탁과 들어 줄 수 없는 사안인데도 계속 접근해 오는 사람들로 인해 고민하는 것을 보았다. 그래서 나는 공적으로는 대통령과 참모총장, 사적으로는 일본 육사 선후배 사이 그리고 이 우주 안에서 유일하게 단둘이 앉아 있는 비행기 안이었지만 공과 사를 분명히 했다.

군이 말한다면 공공의 이익을 위한 제언과 고언, 때로는 농담을 나누지만 대화를 사적으로 해 본 적은 없다. 지도자가 지루해 하면 그것도 모시는데 결례가 된다. 그래서 유머를 챙겨서 말씀드리거나 시중의 그럴싸한 이야깃거리를 제공하면 흡족한 웃음을 짓는다. 박 대통령은 유머를 좋아했고 음담패설도 많이 알고 있었다.

박종규 경호실장은 위급한 문제가 발생할 때를 대비해 경험 많은 참모총장이 동승해 조종사를 리드하고 통신 교신으로 정확하게 자신에게 보고

1967년 공군이 도입한 다목적 제트 헬리콥터 HU-1.

해 주기를 원했다. 심리적으로 대통령을 안전하게 수행하는 것이 기분이 좋은 모양이었다. 그와 나는 먼 후일 사돈 관계가 된다.

1968년 1월 1일, 대통령이 새해 국정 구상을 위해 남해안의 진해 별장으로 전용기를 타고 떠났다. 나는 시무식 주재로 본부에 남아 있다가 1월 3일 새로 도입한 제트 헬기인 휴이(HU-1)를 몰고 진해로 날아갔다. 그 사이 월남 추가 파병 문제로 진해로 불려갔던 김성은 국방장관이 미국 측 요청이 상세하게 적시된 문건을 다시 가지러 서울에 왔다가 내려가면서 내 헬기에 합류했다.

나는 미국에서 도입한 최신형 제트 헬기인 휴이 6대 중 2대를 시험 비행 완료했다. 그래서 보고차 정비 완료한 헬기 중 한 대를 주·부조종사더러 비행하도록 하여 진해로 날아갔던 것이다.

3일 아침 대통령이 묵고 있는 숙소의 2층에 올라가자 10여 평 남짓 되는 방바닥에 박 대통령이 50,000분의 1 남한 지도를 방 안 가득 깔아 놓고 돋보기 안경을 쓴 채 붉은 색연필로 지도에 선을 그어 가고 있었다.

서울에서 시작해 대전-대구-경주를 거쳐 부산으로 내려가는 선이었다.

바로 경부고속도로였다. 그러나 선이 서울-대전에서 오른쪽으로 꺾여 부산으로 연결된 것이 나로서는 조금 납득되지 않았다. 대전에서 목포로 가는 호남선 표시도 있어야 하는데 그것이 없는 것이다. 그래서 대통령께 물었다.

"각하, 왜 선이 짝발이입니다."

농담 식으로 말하자 대통령이 말뜻을 알아듣고 손가락으로 입을 가리더니 이내 말했다.

"고향을 챙기누먼. 가만 있어 봐. 이것이 첫 출발이야. 호남고속도로는 경부고속도로 상태를 봐가면서 더 좋은 기술로 만들어 줄 거야."

내 고향이 호남인지라 슬쩍 말했던 것이고, 대통령도 사심 없이 그렇게 대답해 준 것이다.

"각하, 꼭 짝발이가 되지 않도록 해 주십시오. 외발이 상당히 외로워 보입니다."

"알았다니까."

나는 자랑삼아 대통령께 새로 도입한 새 제트 헬기를 몰고 왔다고 보고했다. 그러자 박 대통령이 반색했다.

"그래? 그럼 그 헬기를 타고 올라가야겠구먼. 헬기를 타야 지형을 찬찬히 살펴볼 수 있단 말이야. 비행기는 고도가 높아서 지형을 살피기가 어렵잖아."

제트 헬기는 6인승이었지만 뒤에 보조 좌석을 두면 8인승도 가능했다. 그리고 무엇보다 성능이 우수해 미국에서도 자랑하는 기종이었지만 신제품은 엔진이 관숙되지 않아 반드시 좋은 것만은 아니었다. 그러나 대통령이 헬기를 타고 지형을 좀더 세밀하게 관측하고 싶다고 하여 전용 비행기 대신 제트 헬기를 타고 가기로 결정했다.

대통령 일행은 전용기를 먼저 올려 보내고 모두 헬기에 탑승해 진해를 떠났다. 주·부조종사가 맨 앞자리, 바로 뒤에 박 대통령과 김성은 국방장관, 그 뒤에 이후락 비서실장과 박종규 경호실장, 그 뒤에 내가 탑승했다.

말하자면 국정을 수행하는 나라의 수뇌부가 이 헬기에 모두 탑승한 셈이다.

헬기는 진해를 이륙한 지 30분 만인 오전 9시 30분 경주 뒷산에 내렸다. 고속도로 지형을 살피기 위해서였다. 대통령이 이곳 저곳 고속도로가 날 지형을 살피고 다시 탑승하려는데 헬기 엔진에서 검은 연기가 나기 시작했다.

"왜 그러는 거야? 확인해 봐!"

나는 깜짝 놀라 조종사를 옆으로 불러 내 다급하게 지시했다. 대통령과 일행이 알면 동요가 있을 것은 불을 보듯 빤한 일이었다.

영하 30도의 산 정상 비상 착륙

주조종사가 엔진 상태를 살피더니 별 이상이 없다고 보고했다. 미심쩍었지만 이상이 없다는 데야 더는 지체할 수가 없었다. 날씨는 영하 13도나 됐다. 헬기는 다시 대구로 날았다. 대구에는 이효상 국회의장을 비롯해 경북지사, 대구시장 등이 환영을 나왔고, 우리 일행은 그들과 함께 음식점으로 가 오찬을 함께 했다.

그러나 예감이 좋지 않아 나는 대구비행장에 날아와 대기하고 있는 전용기(공군 1호기)로 상경하자고 대통령께 건의했다. 대통령은 여전히 고속도로 지형을 살펴야 한다며 헬기 탑승을 고집했다.

헬기가 대구를 이륙한 지 20분쯤 지났을 때였다. 추풍령을 넘어 시계바늘 1시 방향에 있는 황간읍을 살피고 있는데 조종사가 갑자기 기체를 급강하하고 있었다. 뒷좌석에서 리시버 마이크로 주조종사를 급히 불러 물었다.

"기장, 왜 이러는 거야?"

조종사가 우물거리더니 잠시 후 떨리는 목소리로 말했다.

"어째 엔진이 이상합니다. 올라가지 않습니다."

그리고 교신하는 사이에도 헬기는 계속 밑으로 곤두박질쳤다.

"불시착하겠습니다!"

아래를 살펴보니 도저히 불시착 할 지형이 못 되었다. 잘못하면 바위산에 부딪쳐 헬기가 박살나 버릴 것 같았다. 순간 필리핀의 막사이사이 대통령이 전용기로 지역 순시를 마치고 귀환하던 중 마닐라 남쪽 쎄부의 산에 부딪쳐 대통령과 수행원이 모두 순직한 사건이 떠올랐다.

"아니다. 다음 고지에서 불시착하라!"

다음 산 정상으로 건너가 불시착하자 모두들 의아해했다. 그러나 대통령이 별 내색 없이 헬기에서 내려 계곡 아래로 걸어가더니 바지 자크를 내리고 오줌을 누기 시작했다.

일행은 대통령이 대구에서 막걸리를 많이 마신 탓으로 소변이 마려워 헬기를 비상 착륙시킨 것으로 알고 있었다. 산 정상의 날씨는 칼로 베는 듯한 강추위였다. 체감온도가 영하 20도 정도 되었다. 살을 에는 듯한 추위로 잠시도 머물 수가 없었다.

그런 중에도 여기 저기 지형을 살피는 대통령께 추우니까 기내에 올라가 계시라고 하고 기체를 살펴보았다. 그러면서 주위를 둘러보니 황간 시가지가 30km 정도 떨어져 있는 것을 알 수 있었다. 계곡에는 눈이 쌓였고 지형은 험했다.

"이건 나의 최후다."

나는 불길한 예감 때문에 눈앞이 캄캄했다. 기왕 헬기가 착륙한 만큼 비행기를 한 번 더 살피는 요량으로 기체 여기 저기를 점검하면서 계속 작전 본부로 비상 호출을 했다. 그 사이 대통령을 비롯해 국방장관·비서실장·경호실장도 눈치를 챈 것 같았지만 어쩔 수 없었다. 이럴 때일수록 침착하게 말없이 기내에 앉아 있을 수밖에 없는 것이다.

20분쯤 지났을까. 마침 우리와 같은 기종의 헬기 2대가 대구-대전-서울 코스를 잡아 날아오고 있었다. 나는 이 때다 싶어 파일럿 야전잠바를 벗어 던지고 흰 와이샤쓰 바람으로 두 팔을 들어 SOS 수신호를 수차례 반복했다. 그러자 헬기가 내 머리 위까지 날아오더니 두세 바퀴 상공을 선회했다. 정상에 불시착한 비행기와 내 수신호를 이상하게 여겼던 모양이다. 헬기 두 대는 이윽고 우리 헬기 옆에 착륙했다.

"아, 살았다!"

나는 안도의 숨을 내쉬며 착륙한 헬기 쪽으로 달려갔다. 바로 미 육군 헬기였다. 1기는 준위가, 2기는 상사가 조종하고 있었다.

"Who are these Guys?(이 자들 누구야?)"

준위 조종사가 조종석에서 내리더니 우리 헬기에 타고 있는 사람을 향해 비속어로 불쑥 물었다. 나는 그에게 바짝 다가가 엄지손가락을 치켜세워 보였다.

"Shout up, Its code One!(닥쳐. 코드 원이야≒코드 원은 대통령의 암호)"

그 때서야 준위가 깜짝 놀라며 엉뚱한 방향에 대고 거수경례를 착 올려 붙였다.

"엔진 트러블이다. 이머전시 콜을 했지만 도대체가 불통이다. 대전까지 태워줄 수 있겠느냐?"

"Thats OK!"

나는 그 때서야 우리 헬기에 올라가 자초지종을 설명했다. 대통령과 일행은 내가 이머전시 콜을 해서 헬기가 도착한 것으로 알고 있었다. 그러나 이는 순전히 운일 뿐이었다. 만약에 그 비행기가 오지 않았다면 나라의 수뇌부가 눈이 1미터나 쌓여 있는 험한 산골짜기를 내려가 황간읍까지 걸어가야 할 웃지 못 할 상황이 연출됐을 것이다.

이렇게 해서 일행은 무사히 귀경했다. 그런데 얼마 후 본스틸 유엔군사령관을 만나 이 사실을 얘기했더니 그가 말했다.

"Your Lucky Man."

그러면서 엄지손을 치켜세웠고, 박 대통령도 웃으며 한 마디 했다.

"새 비행기는 역시 길을 잘 내야 해. 공군참모총장이 타니까 정말 안심이야."

제대 군인들의 기술 교육

내가 공군참모총장으로 재직시에는 매일 450~480대의 비행기가 전국의 각 비행 기지에서 이륙하고 착륙했다. 밤에도 100대, 많을 때는 200대까지 이착륙을 한다. 초계 비행을 비롯해 연락·훈련 비행을 하기 위해서다.

참모총장은 이를 매일 체크하는데 대통령을 수행하는 데만 신경을 쓸 수 있느냐는 반론이 나올 수 있다. 실제로 경호실의 협조 요청을 받고 이 부분을 고려하지 않은 것이 아니다. 하지만 긴요한 것은 무선 통신으로 해결하고 참모차장에게 더 많은 역할을 부여하면 임무가 원활하게 돌아갔다.

어느 날 C-54기 4발 비행기로 대통령을 모시고 제주로 가는데 기상 악화로 도저히 제주공항에 내릴 수가 없었다. 이런 때 악천후가 꼭 내 탓인 양 쩔쩔 매게 된다. 그리고 쉽게 결단하기가 곤혹스럽다.

대통령의 스케줄을 맞추려면 반드시 제주공항에 내려야 하고, 대통령은 또 기상 악화에 대한 절박성을 모르는 수가 있다. 그러나 사고 방지가 우선이기 때문에 공중에서 여러 차례 선회 비행을 하면서 순간적인 판단을 해야 한다.

결국 비행 계획을 변경해 김해비행장으로 회항했다. 단순히 젊은 조종사의 판단에만 맡긴다면 대통령의 엄한 지시와 명령을 따르지 않을 수 없을 것이다. 신념을 갖고 있는 조종사라 할지라도 대통령 앞이라면 움츠

빨간 마후라 하늘에 등불을 켜고

리게 되는 것이다.

그러나 경험 많은 참모총장이 직접 비행기에 동승해 안전을 도모할 수 있는 여러 가지 조치를 취하면 대통령도 조종사도 안심하게 된다. 실제로 황간의 산 정상에서 엔진 고장으로 헬기가 비상 착륙한 뒤로 대통령은 더욱 나를 신뢰했다.

나는 그 무렵 우리 군 병사들이 제대하면 대부분 빈둥거리며 놀고 있는 것을 보고 가슴 아프게 생각해 왔다. 매년 16만 명의 제대 군인이 배출되지만 산업 구조가 70%가 농업이어서 일자리 창출이 안 되었다. 또한 기술도 없어서 젊은이들이 제대하면 술 먹고 개떼처럼 쏴 다니며 사고나 치는 것이 다반사였다. 그래서 평소 생각하던 것을 대통령께 건의했다.

"각하, 제대 병사들을 써 먹을 방법을 생각해야 할 것 같습니다."

"제대하면 각자 집으로 돌아가는데 어떻게 써 먹는다는 거야?"

나는 길게 설명했다. 병사들이 제대하기 한 달 전쯤 기술 교육을 시켜 사회에 나가 유용하게 사용할 수 있도록 한다는 방안이었다. 일종의 취업 교육으로서 공병·자동차 정비·운전 병과를 익힌 군인을 제외하고 일반 병사들에 대한 집중적인 기술 교육 실시를 의미했다.

"장비와 교관 충당이 문제 아닌가?"

내 설명에 대통령도 깊은 관심을 보였다. 그러나 장비 문제는 크게 걱정할 것이 없었다. 우리 군은 미국으로부터 군사 원조를 받아 각종 장비들이 들어 와 있고, 그보다 우수한 장비는 미군들이 보유하고 있었기 때문이다. 이것들을 군 막사 짓는 것으로만 쓰기에는 좀 아까운 측면이 있었다.

"각하께서 유엔군사령관을 불러 협조를 요청하시면 가능한 일입니다. 미군 장비들이 우수합니다."

"좋은 안이다. 청년들이 공장에 들어가고, 철공소에서 일하고, 고속도로를 건설하고, 항만을 건설하는 모습을 보고 싶었어."

이렇게 하여 각 도별·지역별·부대별 기술학교(6곳)가 편성되어 운영됐다. 군원 장비를 총동원해 굴삭기와 불도저, 터널파쇄기, 그레이다 운전을 익혀 산업화로 이행해 가는 초기 기초 인력으로 동원되는 동력이 되었다. 또한 취업도 용이해져 농업에만 의존하던 가계에 큰 보탬이 되고, 10년 후에는 인력이 사우디·쿠웨이트·이란·이라크 등 중동 특수의 풍부한 인적 자원이 되어 주었다.

16만 명의 제대자는 단순한 제대자가 아니라 각종 기술자로써 새로운 비전을 갖고 사회에 진출한다. 조국의 산업 역군으로서 조국 근대화에 앞장 선 '코리안 드림'을 이룬 주역들로 등장한 것이다. 그 이후 대통령은 비행기를 타면 다음 말을 재촉할 정도였다.

"장 총장, 오늘은 어떤 아이디어를 갖고 왔나?"

빨간 마후라 하늘에 등불을 켜고

고속도로 비상활주로 건설

공군 부대는 비행장 안에서 생활하면서 갇혀 지내는 경우가 태반이다. 미 공군대학에 입교했을 때 경험한 일이지만 미 공군은 비행장 안에 온갖 복지 시설을 갖춰놓았다. 공군의 특성상 유사시 30분 이내 출동해야 하기 때문에 비행장에서 멀리 벗어날 수 없다는 전략적 측면이 작용한 결과다.

그러나 우리는 이와는 너무 다르다. 일요일이 되면 병사들이 외출을 나가는데 대부분 도시로 나가 영화를 보고 술집을 찾는다. 이런 점을 고려해 나는 대통령께 건의했다.

"각하, 공군은 비행장과 멀리 떨어져 있을 수가 없습니다. 또 대부분 비행장 부근에서 가족들이 살고 있습니다. 공휴일이 되면 군인들이 도시로 나가는데 이는 군사력 낭비 요인이 됩니다. 그러므로 비행장 안에 복지 시설을 갖춰줘야 할 것 같습니다."

대통령은 육군이나 해군과 형평성에 문제가 있지 않을까 하는 우려를 나타냈다. 하지만 다행히 드넓은 활주로 주변 빈 땅이 있다는 것을 말씀드렸다. 미국의 사례를 벤치마킹한 것이지만 이렇게 해서 생긴 것이 각 비행장에 9홀의 골프장과 각종 체육 시설들이다.

공군에서는 조종사에게 비행 수당을 주고 있었다. 고공 비행이나 야간 비행 그리고 위험한 폭탄을 달고 다니기 때문에 이에 대한 위험 수당과 함께 특수 기술을 장려하고 보장하기 위해 주는 수당이다. 그런데 수당에 세금이 부과되고 있었다. 그러잖아도 박봉인데 비행 수당까지 세금이 부과되니 취지에 맞지 않다는 의견들이 있었다.

"각하, 우리 조종사가 앞으로 많이 성장해도 공군에 1,000명 이상 유지하기 어려울 것입니다(2005년 현재는 약 1,500명). 이 1,000명에 대한 조종사 수당을 세금 징수한다고 해도 얼마 되지 않을 것입니다. 북한 조종사들은 국가적으로 차관 예우를 받고 있다고 합니다. 선진국에서 하는 제도를 받아들여 Flying Pay에 대해서는 면세 혜택을 주십시오."

그 때까지만 해도 제도적으로 실시되는 것이 아니라 대통령의 의지나 발언 하나로 이런 문제들이 해결되는 시대였다.

"이 사람 챙길 것은 다 챙기누만…… 알았어!"

오늘날 공군뿐만 아니라 육군이나 해군의 비행기 조종사들의 Flying Pay에 대해서 면세 조치가 이루어진 것은 그 때 대통령이 결심해 주었기 때문이다.

박 대통령은 고속도로 건설 현장을 비행 답사할 때 가장 열의를 보였다. 기상과 지형 상태가 위험해도 헬기의 고도를 한껏 낮추라고 지시하며 지형지물을 관측했다. 이 때는 대개 국방장관이나 고속도로 주무 부서인 재무·건설·교통 장관이 동승하게 되는데, 관련 사항을 공중에서 협의하거나 지시하기 위해서다.

어느 날 나는 주 모 건설장관이 수행한 것을 보고 작심하여 대통령께 건의했다.

"각하, 고속도로를 건설하는 곳에 유사시 사용할 수 있는 비상활주로를 만들어야 할 것 같습니다."

"비상활주로?"

나는 6·25 때 평양 공격을 다녀 온 뒤 김포비행장이 적군의 습격을 받아 전투기들이 착륙하지 못한 사례를 들어서 설명했다.

"유사시 적지를 폭격하고 귀대하던 중 아군의 비행장이 적군의 폭격으로 파괴됐을 때 조종사는 비행기를 버리고 낙하산을 타고 내릴 수밖에 없습니다."

고속도로
비상활주로
건설 모습

고속도로
비상활주로
이착륙 시험 장면.

　그래서 고속도로를 건설하는 차에 전국에 최소 16개의 비상활주로를 건설해야 한다고 건의했다.

　"그러면 엄청나게 땅이 필요로 하지 않을까?"

　"많이 필요한 것은 아닙니다. 비상활주로는 기존 4차선 도로에 양방향 2차선만 더 확보하면 됩니다. 길이는 전투기 이착륙과 무기고, 임시 격납고를 둘 수 있는 약 9,000피트(약 3㎞)면 됩니다."

　그러자 주 모 건설장관이 대뜸 거절했다.

　"각하, 건설비 추가 부담 때문에 곤란합니다."

　"아닙니다. 조금만 더 땅을 확보하면 됩니다. 고속도로에 얹혀가는 것인데요."

　"고속도로가 어린애 땅 빼앗아먹기 놀이인 줄 아시오?"

　건설장관이 화를 내며 응수했다. 대단히 고집스런 사람이었다.

　"왜 그렇게 감정적으로 말씀하십니까. 저는 군의 전력 증강책에 대해 말씀드리는 것입니다."

"고속도로에 빌붙어서 해결할 생각일랑 마시오!"

그는 대통령 앞에서도 신경질적으로 말했다. 결국 건설장관과 내가 비행기 안에서 크게 옥신각신 했다. 싸움을 한참 동안 지켜보던 대통령이 한 마디 했다.

"이 사람들 뭐하는 거야. 내일 당장 청와대로 들어와!"

그리고는 굳게 입을 다물어 버렸다. 대통령의 평소 성품으로 보아 청와대로 불러 단단히 기합을 줄 모양이었다.

대통령 수행 비행기 안에서 대판 싸움이 붙었으니 결례도 보통 결례를 한 것이 아니었다. 그래서 청와대에 들어가면 혼이 날 것은 뻔한 일이었다. 나는 다음 날 잔뜩 긴장하고 청와대로 들어갔는데 건설부 장관은 벌써 와 있었다.

박 대통령은 우리를 맞으면서 천천히 말했다.

"싸우면서 자기 주장할 것 없잖아. 여기서 합의해 봐!"

꾸중을 들을 줄 알았는데 대통령은 두 사람이 협상을 해 보라는 것이었다. 그러나 그와 나는 한 발도 물러서지 않았다. 청와대에서도 이렇게 다투자 대통령은 정말 화가 났던지 우리를 밖으로 쫓아냈다.

"이거 못 말리는 친구들이군. 두 임자 형편없어. 둘 다 나가서 해결하고 들어와!"

대기실로 나온 주 장관과 나는 여전히 삿대질을 하며 자기주장을 폈다. 다른 일을 마치고 난 대통령이 우리를 들어오라고 지시했다.

"어떻게 됐나?"

"잘 안됐습니다."

"허허 싱거운 사람들 봤나. 그럼 내가 중재하지. 비상활주로 열여섯 곳은 좀 많은 것 같고, 그렇다고 중요한 군사 기지를 안 세울 수도 없으니 그 반인 여덟 곳으로 해 봐."

내 주장을 반 정도 해결해 준 셈이었다. 한 곳도 안 해 주겠다는 주 모

빨간 마후라 하늘에 등불을 켜고

건설장관은 결국 여덟 곳을 손해 본 셈이었다. 나는 즉석에서 인사를 했다.

"고맙습니다, 각하.

얼굴이 벌겋게 달아오른 건설장관도 결국은 승복했다. 이렇게 해서 경부선에 신갈·오산·구미·경주 등 6곳, 호남선에는 정읍과 나주 두 곳에 각각 비상활주로를 건설했다.

지금 돌이켜보면 여덟 곳의 비상활주로를 만들어 놓은 것이 얼마나 국가적으로 이익인가. 당시 고속도로 1㎞ 건설비용이 1억 원이 소요된다고 했다. 그러나 지금은 500억 원이 소요된다고 한다. 지가(地價) 보상비와 인건비 때문에 천문학적으로 공사비가 들어가고 있다는 것이다. 당시 1억 원의 가치도 대단하지만 요즘처럼 비싼 땅값과 인건비를 계산하면 당시 내 주장이 많은 국가 예산을 아낀 결과가 되었다.

나는 비상활주로가 고속도로 확장용으로 전용되고 있는 것을 보고, 어차피 할 일이라면 미리 하는 것이 이처럼 큰 이문을 남긴다는 것을 알게 되었다.

꿈에 그리던 팬텀기를 보유하다

1967년 초의 일이다. 공군력 증강책의 일환으로 전투기 도입 문제가 집중적으로 거론됐다. 사실은 내가 공군참모차장 때부터 이 문제가 논의됐지만, 군원 문제 등 어려움에 봉착해 별 진전이 없었다. 그러다가 참모총장으로 임명되면서 이를 가시화 했다.

나는 최신예기인 팬텀기(F-4)를 꼭 도입할 생각이었다. 미 공군의 주력기인 팬텀은 말 그대로 공중의 천하무적이었다. 속도·항속 거리·무기 탑재량 등에서 타 기종의 추종을 불허했다. 팬텀기는 2인승으로서 음속의 2.4배이며, 항속 거리는 한반도에서 만주-몽골, 일본의 규슈 남쪽, 중국의 베이징까지 커버할 수 있을 뿐 아니라 무기 탑재력이 2차 세계대전 때의 B-17 폭격기와 비견될 정도였다.

1967년 6월, 미 공군참모총장이 나를 미국으로 초청했다. 1년에 한 번씩 양국 공군참모총장이 순환 방문하는 것으로 내가 먼저 미국 방문길에 나선 것이다.

미 공군 사령부에서 공식 일정을 마치고 뉴욕으로 와 귀국길에 오르려는데 맥도널더글러스 사장이 갑자기 전용기를 보내 주면서 자기 회사 방문을 요청했다. 마침 이틀 간의 시간 여유가 있어서 맥도널더글러스사 사장의 전용기를 타고 이 회사를 방문했다.

전용기에서 내리자 맥도 더글러스 사장이 직접 영접해 조종사 준비실

빨간 마후라 하늘에 등불을 켜고

로 안내했다. 그리고 내 이름이 씌어진 비행복과 장갑, 모자를 구비해 놓았다. 귀신이 곡할 정도로 모든 것이 내 사이즈와 딱 맞았다. 이들의 치밀한 계획과 로비 작전(이 때는 로비라는 용어에 익숙지 않았다)에 혀를 내두르지 않을 수 없었다.

"저희 팬텀기를 한 번 타보십시오."

나는 말만 듣던 팬텀기가 어떻게 생겼을까 궁금하기도 해서 곧바로 탑승했다. 10,000 미터상공에 오르자 앞좌석의 주조종사가 나더러 직접 조종간을 잡아보라고 했다. 뒷좌석에 앉아 앞에 있는 조종간을 움직이는데 정말 놀라운 성능이었다. 전폭기로서 거의 완벽한 성능을 갖추고 있었다.

미국에서 귀국하자마자 박 대통령이 급히 청와대로 들어오라는 연락이 왔다. 미국 출장을 잘 다녀왔다는 내 보고를 보자마자 부른 것이다.

"장 총장, 전투기 구입은 F-102가 좋다는데……?"

나는 깜짝 놀랐다. 대통령이 F-102 기종을 직접 들고 나왔기 때문이다. 내가 의아해하자 대통령이 말했다.

"실은 말이야……. 주한 미 대사와 유엔군사령관이 찾아와서 F-102기를 구입하라고 강권하는 거야. 그래야 군원 지원도 더 해 줄 수 있다고 말이야."

만약 F-102기를 선택한다면 대단히 곤란한 공군 현대화 계획이었다. 록히드 사 제품인 F-102기는 독일과 일본이 구입해 사용하고 있으나 연료 소비량이 많고 엔진 고장이 잦을 뿐 아니라 가격도 비싸 단종되는 비행기였다.

반면 맥도널더글러스 사의 팬텀기는 미국과 영국·이스라엘만이 사용하는 우수한 기종이면서 값도 쌌다. 이 때문에 이란이 1개 대대(18대)를 주문해 놓았고, 이집트와 인도·인도네시아·터키도 도입하기 위해 혈안이 되어 있었다(이 기종 도입에 미국이 제동을 걸고 있었다).

"미국 대사와 유엔군사령관은 팬텀기가 까다로워서 한국 조종사들이 조종하기가 어렵다고 하던데……?"

대통령이 올바른 정보를 갖고 있지 않아 나는 주저 없이 말했다.

"각하, 이번에 제가 팬텀기를 직접 타 보고 왔습니다. 성능이 최고입니다. 참모총장은 한 달에 한 번 밖에 유지 비행을 하지 못합니다. 그런 저도 멋있게 타고 왔는데 매일 타는 조종사들은 두말할 필요가 없지요. 조종사들이 타기에 제일 좋은 전투기가 바로 팬텀기입니다."

"그래?"

대통령이 놀라는 모습을 보였다.

"사실은 저한테도 미 태평양사령관과 유엔군사령관이 직접 찾아와서 F-102기를 구매하라고 요청해 왔습니다. 비행기를 몇 대 더 주겠다고 말입니다. 하지만 단종되는 기종을 살 필요가 없어서 거절한 것입니다."

"그래, 단종된다고……?"

이미 생산된 것들을 모두 팔아야 하는데 뜻대로 되지 않으니까 내가 미국 출장으로 자리를 비운 사이 록히드 사 측이 미국 대사 등을 동원해 박 대통령을 움직여 보려고 한 것이었다. 비행기 사정을 잘 알고 있는 내가 자리를 비우면 로비를 하는데 도움이 되리라고 보았던 모양이다. 이들의 로비는 이처럼 집요하고 용의주도했다.

"알았어."

대통령도 내막을 알고는 입을 한 일 자로 굳게 다물었다. 어떤 결기가 묻어날 때 나오는 표정이다.

1967년 10월, 사이러스 밴스 미 대통령 특사가 한국을 방문했다. 베트남전 추가 파병(1개 사단 병력) 요청을 위해 미 대통령 특사 자격으로 박 대통령을 예방한 것이다.

파병 협상 조건은 한국이 원하는 군사 원조를 충족시켜 준다는 내용이었다. 이 때 우리 정부는 국군 현대화 작업에 필요한 3억 달러 지원을 요청했다. 그러나 밴스 장관은 3억 달러는 너무 많고, 1억 달러는 가능하다고 하여 서로 줄다리기가 진행중이었다.

박 대통령은 우리 측 협상 대표인 최규하 외무장관(후에 대통령)을 불러 지시했다.

빨간 마후라 하늘에 등불을 켜고

공군의 팬텀 전폭기.

"팬텀기 지원을 보장받지 못하면 회담을 깨고 나오라!"

물론 내 건의를 100% 수용한 결과였다. 대통령은 팬텀기를 지원받지 못하면 독자적으로 100대를 사겠다고 나를 청와대로 불러 언명하기까지 했다.

결국 군사 원조는 1억 달러로 낙착됐고, 이 돈에 대한 용처는 대통령이 직접 관여한다는 지침이 내려왔다.

며칠 후 국방장관 주재 하에 합참의장, 각 군 참모총장, 군무회의가 국방부에서 열렸다. 국방장관이 대통령 친서라며 대학생 노트를 찢어서 보낸 메모를 펴 보였다.

"다들 들으시오. 최규하-밴스 미 대통령 특사의 회담 결과에 관한 대통령 각하의 지시 내용이오. 군원 지원액 1억 달러 중 팬텀기 1개 대대(18대) 구입비(6,800만 달러)와 비행장 개선비(500만 달러)를 포함해 7,300만 달러를 공군이 쓰고, 나머지 2,700만 달러는 육군과 해군, 해병대와 경찰이 나눠 쓰라는 지시요."

순간 다른 참석자들의 시선이 일제히 나에게로 모아졌다. 한 마디로 좋은 인상들이 아니었다. 각 군은 서로 군원 예산을 더 가져가려고 혈안이 되어 있었다. 그런데 공군이 거의 독식하다시피 하자 모두 불쾌하다는 표정을 지었다.

그러나 현대전의 개념상 공군 현대화 작업은 불가피한 일이었다. 그리고 육군·공군·해군을 떠나 국가의 재산이 아니겠는가.

팬텀기 구입 계획이 확정됨에 따라 공군 조종사들이 1968년 미국 연수를 떠났고, 이듬해 마침내 1개 대대가 들어왔다. 이로써 우리는 미국, 영국, 이스라엘에 이어 세계 네 번째로 팬텀기 보유국이 되었다.

1948년 연락기 L-4기를 보유한 것을 시작으로 1950년 훈련기 T-6기, 6·25 전쟁중 전투기 F-51기, 1956년 세이버제트기 F-86기, 1963년 F-5기에 이어 1968년 팬텀기를 보유해 오늘에 이른 것이다. 우리 공군 비행기 도입사와 내 공군 일생이 함께 한 셈이다. 이 모든 비행기를 조종했다는 것이 나로서도 행운이라면 큰 행운이다.

그리고 팬텀기를 도입한 1969년 이후부터는 우리 F-4 팬텀기가 RADAR에 나타나기만 하면 북한 공군기는 무조건 꽁무니를 빼면서 도망쳤다.

빨간 마후라 하늘에 등불을 켜고

서울 시내 비행기 추락과 관제탑의 통신 지휘

1967년 4월 8일 오전 10시, 나는 공군 본부 회의실에서 공군 친목 단체인 보라매회 창립에 관한 회의를 주재하고 있었다. 보라매회를 창립하기로 한 것은 주미 대사관 무관 시절 겪은 경험이 토대가 되었다. 주미 대사관에 근무하고 있을 때 미공군협회(AFA)로부터 명예회원 위촉장과 항공회관 이용 안내서를 받았다.

백악관에서 두 블록 떨어져 있는 항공회관 클럽은 손님을 접대하고 회합도 가질 수 있는 좋은 사교장이었다. 2년간 클럽을 이용하면서 우리 공군도 이와 같은 클럽을 하나 만들었으면 하는 생각을 가졌다.

그런데 당시 우리 공군은 예비역 장교 숫자가 100명 미만이어서 실행할수가 없었다. 그러나 10여년 세월이 지나면서 숫자도 늘고, 주변에서 필요성도 제기해 마침내 이 날 보라매회 창립에 관한 회의를 진행중이었다.

그런데 공화당 사무총장으로부터 긴급 전화가 걸려왔다. 급한 상황이었던지 비서실에서 직접 회의실로 전화를 연결해 주었다. 전화를 받자마자 다급한 목소리가 들려왔다.

"장 총장, 지금 청구동(김종필 씨 자택)에서 나오는 길인데 청구동 산언덕에 비행기가 떨어졌소. 난리요!"

"뭐라구요?"

"비행기가 민가에 떨어져 마을이 불타고 있어요! 어떤 비행기인 줄은

공군의 C-46 수송기.

모르겠소."

이 날은 토요일이어서 공군 비행기의 비행 스케줄이 없었다. 그래서 조금은 안도하고 있었다. 그런데 대방동 공군 본부에서 바라다 보이는 동쪽 방향 금호동 상공에서 시커먼 연기가 치솟고 있었다. 비행기가 떨어져 불이 나고 있다면 큰 사고였다. 나는 회의를 진행하다 말고 화재 현장으로 달려갔다.

현장에 도착하자 공군 C-46 수송기가 추락해 박살이 나 있었다. 김포공항을 이륙해 여의도공항에 일시 착륙한 뒤 그 곳에서 일부 사람을 태우고 이륙해 대구로 가려다가 고도를 잡지 못하고 청구동 산 중턱에 추락해 버린 것이다.

추락 현장은 한 마디로 아비규환이었다. 수송기가 산 중턱의 판자촌을 덮쳐 탑승자나 민간인 희생자가 엄청나 보였다(사고 수습 후 여의도비행장에서 탑승자 전원을 포함해 민간인 합동 장례식을 치렀는데 희생자는 47명이었다. 추후 부상과 화상을 입은 사람들이 추가로 목숨을 잃어 탑승자 24명, 주민 56명 사망, 가옥 21동 전파의 피해를 냈다).

내가 산비탈에 도착할 때까지 모든 것이 속수무책이었다. 소방차는 좁은 비탈길을 올라오지 못하고 대신 소방관들이 사망자와 부상자를 업어 나를 뿐 우왕좌왕이었다. 나는 공군의 소방 헬기 출동을 명령하고 공군 병력을 비상 소집했다.

빨간 마후라 하늘에 등불을 켜고

판자촌 마을이지만 일부 주민은 비탈에 토굴을 파서 기거하고 있었다. 그것도 두세 세대가 함께 어울려 살고 있었다. 그러다 보니 민간인 희생자가 많이 났다. 모두가 그 날 벌어서 그 날 먹고 살아가는 빈민층들이어서 내 가슴은 미어질 듯 아팠다. 화상을 입은 부상자의 신음 소리, 시커멓게 탄 시체들이 나뒹구는 모습은 차마 눈뜨고 볼 수 없었다. 나는 사고 수습 때까지 현장을 떠나지 않고 구조 활동을 진두지휘했다.

이 사고는 김포공항 관제탑의 실수로 빚어진 어처구니없는 사고였다. 그 동안 비행 지휘탑(관제탑)은 공군이 맡아 왔으나, 3년 전부터는 교통부 항공국에 이관되어 관할하고 있었다. 그런데 이 날 관제탑의 통신 지휘가 이상하게 엇갈리고 말았다.

대구를 출발해 김포로 향하던 민간 항공기가 김포비행장에 내리기 위해 서울 동남방 무선통신지휘소 상공으로 다가오고, 공군 수송기 C-46 역시 여의도공항을 이륙해 무선통신지휘소 상공을 향해 오르고 있었다. 무선통신지휘소가 있는 곳은 착륙과 이륙을 위해 신호를 받는 교차 지점이었다. 이 곳에서 관제탑의 통신 지휘를 받게 되어 있었다.

그런데 이륙과 착륙 비행기가 동시에 있을 경우 먼저 착륙 비행기를 상공에서 선회케 한 뒤 이륙 비행기가 이륙을 마치고 무선통신지휘소를 빠져 나갈 때 착륙 허가를 내주는 것이 항공의 기본 수칙이다.

하지만 관제탑은 뭔가 착각을 했던지 이륙하려는 비행기(공군 C-46기)에게 홀딩 명령(상공 선회)을 지시하고, 대구에서 오는 민간 항공기에게 먼저 착륙 허가를 내주고 말았다. 정반대의 지시인 것이다. 이륙중인 비행기에게 상공을 선회하라는 것은 잘못된 지시였다. 이륙하는 도중에 공중에 선회하라는 지시이기 때문이다.

C-46기 조종사는 관제탑의 사인이 옳지 않았지만 그럴만한 이유가 있을 것이라고 여기고(이유 여하를 불문하고 통신 지휘를 그대로 받는 것이 기본이다) 오르다 말고 낮은 고도에서 상공을 선회했다. 그러니 동쪽의 불암산, 남쪽의 남한산성, 북쪽의 도봉산과 청와대가 있는 인왕산도 들이

받을 수 있는 상황이었다. 더군다나 그 날은 구름이 잔뜩 낀 악천후였다. 결국 조종사는 낮은 고도에서 구름 속을 헤매다 방향을 잃고 끝내 청구동 산비탈에 기체를 들이받고 추락해 버린 것이다.

이 때는 대통령 선거(67. 5. 30)가 막바지에 이른 시점으로, 박정희 후보와 윤보선 후보의 혈투가 전개되고 있던 때였다. 그것은 문자 그대로 총성 없는 전쟁이었다. 온갖 흑색선전과 비방전 그리고 자금이 총동원되는 전쟁이었다.

이런 때 진상 조사를 하고 책임 추궁을 하다 보면 대통령 선거에 심대한 영향을 끼칠 것은 뻔한 일이었다. 청와대에서도 어떻게든 사건을 축소해야 한다고 하고, 정보기관에서도 책임 추궁 따윈 거들떠 볼 필요가 없다는 듯 매시간 체크하며 조용히 사건을 마무리할 것만 지시했다.

결국은 진상 조사 한 번 제대로 해 보지 못하고, 이 사고의 모든 책임을 공군이 뒤집어쓴 채 사건이 일단락되었다. 요즘 같으면 상상할 수 없는 일이다. 하지만 당시에는 군사 기밀 차원으로 여론을 차단할 수 있었고 언론 통제도 가능했던 시절이었다.

이 사고에서 애틋하고도 운명적인 희생의 사연이 하나 있다. C-46 수송기가 김포공항을 이륙해 여의도공항에 있는 탑승객을 싣기 위해 잠깐 여의도비행장에 기착했다(비행 거리가 짧지만 당시는 그랬다). 이 곳에서 몇 명의 탑승객을 싣고 C-46이 이륙하려던 때 공군 장교 A가 택시를 몰고 쏜살같이 여의도비행장으로 달려 들어갔다.

A장교는 애초 동료 장교 B와 함께 기차로 고향인 대구를 다녀올 예정으로 김포기지에서 시내버스를 타고 서울역으로 나가던 중이었다. 버스가 제2한강교에 이르자 수송기가 여의도비행장에 기착하는 것이 보였다.

순간 A는 시내버스를 세웠다.

"저 수송기가 대구로 가는 비행기인데 우리 저걸 타고 가자!"

그러나 B는 서울역에 볼 일도 있고 하여 그대로 가겠다고 해서 B는 그대로 버스로 떠났고, A는 버스에서 내려 택시를 잡아타고 여의도비행장으로 달려갔다.

A가 막 비행장에 도착했을 때는 수송기가 이륙을 위해 활주로로 나오는 중이었다. 그런데 택시에서 내려 쏜살같이 활주로로 달려오는 사람이 조종사 동기생이었다. 그래서 C-46 조종사는 브레이크를 걸어 놓고 A가 타기를 기다렸다가 잠시 후 이륙했다. 그 사이 약 1~2분 정도의 시간이 지체되었다(비행 시간의 1~2분은 긴 시간이다).

그대로 기차를 타고 갔으면 될 것을 A는 결국 모험하듯 아슬아슬하게 달려가 비행기를 타고 가다 변을 당하고 말았다. 인간의 운명이란 이처럼 기묘한 것이다. 혹 수송기가 A를 태우지 않고 그대로 활주로로 나와 이륙했다면 사고가 안 났을지도 모른다. 운명이란 정말 묘한 것이다. 역시 인생은 억지로는 안 된다는 철리(哲理)를 배우게 된다. 물 흐르듯 가야 된다는 것을 뼈저리게 느끼는 순간이었다.

1·21 사태와 격동의 나날

1968년 새해가 밝았다. 나는 공군참모총장 임기가 만료되는 해를 맞아 새롭게 마음을 다졌다. 의욕적으로 임무를 수행함으로써 유종의 미를 거두자는 결의였다. 그래서 1월 초순부터 각 공군 기지 초도순시에 나섰다. 초도순시는 각급 지휘관들을 독려하고 병사들의 근무 태세와 복지 문제를 살피는 임무였다.

대구·사천·광주 기지를 돌아보고, 1월 21일 오후 군산 전투부대를 방문하는데 예감이 이상했다. 손에 잡히지 않는 그 어떤 불안감이 마음을 짓누르고 있었다. 이것은 오랜 무인(武人) 생활에서 터득한 본능적 감정이었다. 그래서 본부를 불러 상황 점검을 했더니 총장실을 지키고 있던 비서실장이 건의해 왔다.

"곧바로 올라오셨으면 좋겠다."

그 역시 이상한 기류가 감지된다는 것이었다.

나는 군산 기지를 방문하자마자 곧바로 상경했다. 며칠 전부터 전방이 뒤숭숭한데 지상 부대나 정보 부대가 전방을 교란하고 사라지는 일당을 잡지 못하고 허둥대고 있다는 정보가 계속 들어왔다. 그 무렵 각 군 참모총장 연석회의 때 김계원 육군참모총장의 볼멘소리가 자주 튀어나왔다.

김 육군참모총장은 전방 지역이 육군에 의해 장악되지 못하고, 중앙정보부(중정)에 의해 작전이 이루어지고 있는 것에 대해 심히 우려와 불만을

빨간 마후라 하늘에 등불을 켜고

토로했다. 당시 중정은 CCC(작전지휘통제소)를 운영하면서 후방의 작전 권을 행사하고 있었다.

중정의 각 도지부장이 해당 지역의 지상군 지원을 받아 대간첩작전을 수행하는 것이었다. 파격적인 임무 수행이고, 나쁘게 말하면 중정이 군 부대를 좌지우지하는 형편이었다. 때로는 지상군의 소대 병력이나 중대 병력을 차출해 작전을 수행하기도 했다. 이러다 보니 각 부대 지휘관이 핫바지가 되기 일쑤였다. 군의 기강이 서지 않는 상황이었다.

중정의 시·도지부장이 꼭 군 출신만 되는 것은 아니어서 작전의 개념 을 제대로 파악하지 못하거나 지형도 잘 알지 못하는 경우도 있었다. 때문 에 수색에 나서지만 뒷북치듯 괴인 일당이 지나간 뒤만을 쫓고 있었다. 그러나 그 책임은 군에 돌아왔다.

이에 작전권을 빼앗기고 욕만 먹는 육군참모총장이 불만을 토로했다. 나 역시 그것은 지휘 체계가 어긋나도 한참 어긋난다는 생각을 하고 있었 다. 특히 지휘관들이 못마땅해 하는 것은 대대장보다 계급이 낮은 중정 요원들이 이래라 저래라 하인 부리 듯하고 때로 주먹질까지 한다는 것이 었다.

지방 출장 중 부랴부랴 상경한데다 잔뜩 긴장한 마음으로 사무실에서 집무를 보고 나니 몸은 천 근 만 근 무거웠다. 그래서 퇴근해 저녁을 먹자 마자 밤 8시 30분경 일찍 잠소에 들었다. 이불을 펴고 누웠는데 작전용 비상 전화가 요란하게 울렸다. 수화기를 들자 공군 본부 주번 사령(대령) 으로부터 다급한 목소리가 들려왔다.

"총장님, 오늘 오후 청와대가 습격을 당했습니다!"

"뭐? 누구에게?"

나는 놀라 되물었다.

"그런데 상황이 다 끝났습니다."

"뭐가 어째? 습격을 당했다면 이제 시작이지 끝이라고?"

나는 본능적으로 위기를 느끼고 자초지종을 설명하라고 다그쳤다. 그러 나 주번 사령도 육군 부대로부터 그 이상의 얘기를 듣지 못해 상세한 내용은 모른다고 했다.

"알았다. 쉬어라!"

수화기를 내려놓은 뒤 나는 훈련 상황을 훈령 받은 것이겠거니 여겼다. 가끔 이런 훈련 상황에 대한 훈령이 있었기 때문이다. 하지만 아무리 생각해도 청와대 훈련 상황이라는 것이 이상했다. 청와대에서 이 같은 훈련 상황이 일어날 리는 만무하기 때문이다. 나는 다시 전화기를 들고 주번 사령을 찾았다.

"지금 보고는 훈련 상황이냐, 실제 상황이냐?"

"훈련이 아니고 실제 상황입니다."

"뭐가 어째? 실제 상황인데 끝났다고? 이 사람아, 정신 있나 없나. 내 지금 본부로 나가겠다. 비상을 걸어라."

나는 공군 본부로 차를 몰았다. 상황실에 도착해 점검해 보니 상상도 할 수 없는 무장공비 도발 사건이 일어나 있었다. 1·21 무장공비 청와대 습격 사건이 터진 것이다.

"박정희 목 따러 왔시다"

    고도로 훈련된 북한의 무장공비 31명은 미군 사단 책임 지역의 군사 분계선 철책선을 뚫고 대남 침투해 주로 산을 타고 북한산까지 내려왔다. 이들 일당은 청와대 뒷산에서 하룻밤을 자고 일요일인 1월 21일 오후 청와대를 습격하기 위해 침투로를 따라오다 세검정에서 종로경찰서 경비대와 맞부딪쳤다. 무장공비들은 종로구 청운동까지 들어왔으나 경찰 심문에 걸리자 갑자기 기관단총을 난사해 그 자리에서 종로경찰서장 및 경찰관과 민간인이 숨졌다.

    산으로 도망친 공비들은 또 지나가는 시내버스에 총기를 난사해 민간인 수 명을 살해했다. 그것도 서울 복판, 청와대 바로 뒤편 자하문 터널에서 충격적인 도발 사건을 일으켰다.

    그 동안 전선을 교란하고 있다는 괴인 일당이 바로 이들이었다. 나는 순간 공비 일당이 사건을 저지른 만큼 어둠을 틈타 북의 퇴로를 찾아 도망갈 것이라고 단언했다. 그래서 이들의 퇴로를 차단하기 위해 대구에 있는 비행 수송 부대를 동원했다.

    비행 수송 부대에는 무장 수송기 AC-46기 편대가 있었다. 이 수송기는 우리 기술진이 동체 옆구리에 구멍을 네 개씩 뚫어 유사시 조명탄을 탑재하는 장치를 해 둔 비행기였다.

    나는 AC-46기를 모두 서울로 올려 보내도록 지시했다. 그리고 서울 제

1·21 사태시 공군은 항공기를 출동시켜 병력 수송 등 지상군 지원 작전을 폈다.

2한강교에서부터 한강 하류 임진강과 만나는 지점에서 임진강 하류를 타고 휴전선의 최근접 거리인 고양-파주-송추-의정부 라인, 다시 의정부에서 서울로 들어오는 도봉산-북한산 일원, 이렇게 삼각 벨트라인을 구축해 조명탄을 터뜨리도록 지시했다.

1월 21일, 밤 10시경부터 작전이 개시돼 조명탄이 파라슈트를 타고 주변을 환히 밝히기 시작했다. 개미 새끼 한 마리 얼씬거리지 못하도록 조명탄을 투하하자 산야가 온통 대낮처럼 환히 밝아졌다. 최정예 특공대라고 해도 적은 독 안에 든 쥐였다.

조명탄은 약 2,000 미터 상공에서 투하하면 10초쯤 급전직하했다가 파라슈트가 펴지면 지상으로 천천히 내리게 된다. 일주일 동안 저녁부터 새벽 여명이 틀 때까지 계속 투하하자 조명탄이 바닥이 났다. 그래서 오산 미군 기지의 미 공군이 보유하고 있는 조명탄까지 동원해 작전 지역을 밝혔다.

이는 심리적 효과가 컸다. 적은 주로 낮에 산 속에 비트를 구축해 숨어 있다가 밤이 되면 도망을 갔다. 그런데 작전 지역을 조명탄으로 대낮같이

빨간 마후라 하늘에 등불을 켜고

밝히자 그 공세에 기가 질려 퇴로를 잃어버린 것이었다. 이 작전이 바로 '전투 교훈 1호'다. 박정희 대통령은 이 같은 내용을 보고 받고 유사시 이 작전으로 대간첩침투작전을 완수하라고 지시하고 '전투 교훈 1호'로 지정해 하달했다.

육·공·경찰 합동 작전으로 일주일 만에 무장공비 31명 중 28명을 사살하고, 1명을 생포(김신조)하는 전과를 올렸다(1~2명은 도망간 것으로 추정).

생포한 김신조를 통해 알려진 내용은 참으로 놀라운 사실이었다. 김신조는 생포된 즉시 기자의 물음에 평안도 사투리로 거침없이 말했다.

"박정희 목 따러 왔시다!"

그들은 북한 124군부대의 특수 요원으로 고도의 훈련을 받고 남파된 무장공비들이었다. 적은 후방 침투를 위해 결사대를 조직해 특수 부대로 편성, 초인적인 강훈련을 받고 침투한 최정예 특공대들이었다.

당시 우리 군은 중앙정보부 지휘 아래 적의 침투 경로로 판단되는 1군 산하의 파주와 고양군, 노고산 일대를 수색했지만 뒷북만 쳤다. 노고산에서 나무를 하던 민간인 네 사람이 이들에게 붙잡혔다가 살아 나와 경찰지서에 신고함으로써 이들의 정체를 파악하게 됐다. 그러나 언제나 그들이 우리 군의 경계망을 앞질러 나가고 있었다.

그 이유는 무엇보다 대간첩작전의 고유 업무를 중정이 맡은 데 원인이 있었다. 각 지상군들이 공조 체제를 강화해 서울로 침투해오는 적을 중간에서 저지 격퇴해야 하는데 도무지 손발이 맞지 않은 것이다.

생포한 김신조의 진술에서도 이 문제가 그대로 드러났다. 적들은 우리 군의 비상경계망을 언제나 한 발 앞서 뚫고 나갔고, 세검정에 이르러서도 검문을 받았지만 특수부대원(방첩대)들이 훈련을 마치고 귀대중이라고 속이자 무사 통과됐다. 거의 2개 소대 병력의 침투인데도 군경은 서로 자기 관할 구역이 아니라는 이유로 공조 체제에 미온적이었다.

합참이나 육군이 아니라 작전의 전문성이 떨어진 중앙정보부가 관할하다 보니 통합 작전 계획과 세부적인 작전 수행의 프로세스가 작동하지 못한 것이다. 이런 문제점들이 노출되어 초동 진압을 더욱 어렵게 하고 말았다.

약 일주일간의 작전 끝에 이들을 일망타진했지만 아군의 손실도 컸다. 31명을 잡기 위해 수만 명의 병력이 투입되었으며, 군과 경찰 및 민간인 희생자가 34명과 수십 명이 부상했다.

사살된 적의 시신에서 특이한 점이 나왔다. 한 공비가 휴대한 군사 지도에는 청와대까지 이어진 산을 타고 남북으로 길게 침투로가 나타나 있었지만 도피로는 아예 없는 지도였다(침투로와 도피로는 일치하지 않는다). 말하자면 청와대를 습격한 뒤 되돌아가는 길은 없었던 것이다. (평양 측에선) 이들이 살아 돌아오면 다행이고 죽으면 그만이라는 논리가 성립되는 전략이다.

생포된 김신조에 따르면, 이들은 노고산에서 붙잡은 나무꾼 네 명을 어떻게 처리할까로 갑론을박 했다. 뒷일을 위해 모두 죽이자는 의견과 민간인 피해까지 입히다 화를 자초할 수 있다며 살려 보내자는 의견이 서로 대립해 통일된 지휘권이 행사되지 못했다.

말하자면 지휘자도 없었다. 지휘자가 없다면 살아 돌아가는데 한계가 있을 것은 너무도 당연하다. 위기에서 갈팡질팡할 것은 명약관화한 일이기 때문이다. 그러니 그들이 살기 위해 악랄해질 수밖에 없었을 것이다. 이런 그들을 초기에 진압하지 못하고 활동 공간을 넓혀주고 말았으니 두 말할 것 없이 작전의 실패였다.

프에블로 호 납치

1·21 사태가 터진 지 이틀 후인 23일 오후 3시경, 나는 김포 11전투비행단 긴급 출격 대기실에서 북한 전투기의 동향을 빠짐없이 살피고 있었다. 특별한 움직임은 없었지만 상황이 상황인지라 비상 대기하며 전 기지를 진두지휘했다.

이 때 오산의 미 공군 314사단장으로부터 긴급 전화가 걸려왔다. 314사단장이 떨리는 목소리로 말했다.

"총장, 빠른 시간 내에 동해상으로 전투기를 출격시켜 주시오!"

"전투기 출격이오?"

나는 다급하게 되물었다. 이 말이 무슨 뜻인가. 바로 전쟁이 아닌가. 1·21 사건이 터진데 이어 마침내 전쟁이 일어난 것이라 생각했다. 그러자 다시 청천벽력 같은 말이 이어졌다.

"지금 이 시간 미 해군 정보 수집함 프에블로 호가 북한군 해상 부대에 납치되어 원산항으로 끌려 들어가고 있소. 빨리 전투기를 출격시켜 방어하시오."

이제는 미 해군 정보함까지 납치되어 가는 상황으로, 한반도 전쟁이 숙명적으로 받아들여졌다. 한국 공군은 도쿄의 미 5공군사령부와 그 휘하인 오산 314사단장의 작전 지휘를 받게 되어 있었다.

314사단장은 다급하게 덧붙였다.

"미 공군기가 출격할 수 있지만 우리 정보함이 납치되어 간 델리키트한 문제 때문에 한국 공군의 출격을 요청한다."

미 국방성과 백악관도 긴박하게 돌아가고 있다고 전해 주었다.

나는 즉각 전투기 3개 편대의 출격을 명령했다. 전투기는 평상시에도 완전무장을 하고 대기중이지만, 1·21 사태 때는 전투기에 폭탄을 만재한 상태로 24시간 만반의 출격 태세를 갖추고 있었다.

나는 각오하고 전쟁 준비에 들어갔다. 1·21 사태와 함께 미 정보함 납치, 이것은 바로 선전포고였다. 수차 휴전선에서의 도발 행위가 있었지만 청와대 습격과 미 정보함 납치 사건은 종전의 도발 사건과는 전혀 다른 개념이었다. 바야흐로 전쟁은 동해상에서 불붙게 되는 것이다.

이 때 동해상으로 출격한 우리 전투기 조종사로부터 긴급 무전 연락이 왔다.

"미 정보함이 이미 북한 방공선(防空線)을 넘었습니다."

일촉즉발의 순간, 어떤 결정을 내려야 할까. 북한 방공선 안으로 아군기가 쫓아 들어가면 원산·청진·신포에 주둔해 있는 북한 전투기들이 대응해 올 것이다. 그러면 동해상에서 공중전을 벌여야 한다.

나는 스스로에게 자문했다. 아군기가 북한 방공선 안에서 프에블로 호를 납치한 북한 전함을 부수고 프에블로 호를 견인해 온다면 어떻게 될까? 그건 돌이킬 수 없는 전쟁이었다. 끌고 나올 확률도 낮지만, 그럴 경우 제2의 한국전은 불가피했기 때문이다.

지휘관으로서 결단을 내리는 것이 결코 쉬운 일은 아니다. 특히 나라의 운명이 걸린 전쟁 여부가 달려 있는 절체절명의 순간에 직면했을 때 용단을 내리기는 더욱 어렵다.

국면을 회피한다고 해서 해결되는 것도 아니고, 촌각을 다투는 시간에 어떻게든 결정을 내려줘야 할 때 광야에 홀로 서 있는 비장한 고독감마저 느낀다. 역사에 대한 책임감을 생각할 때는 더욱 그러하다.

전투기가 공중에서 다음 명령을 기다리는 긴박한 순간을 더는 지체할 수 없었다. 나는 냉정하게 출격한 전투기 3개 편대에게 명령을 내렸다.

미 해군 정보함 프에블로 호.

"프에블로 호가 북한 방공선 안으로 들어갔으면 작전(폭격)을 취소하라! 귀대하기 바란다."

전쟁을 하느냐 마느냐의 갈림길에 섰을 때 나는 최소한 국제법 조항을 준수해야 한다고 생각했다. 북한 방공선 안으로 우리 전투기가 들어가 작전을 수행하면 그건 바로 전쟁이다.

비록 관점의 차이가 있다 하더라도 일견 북한 영토를 침범한 것이니까 우리가 침략을 하는 셈이다. 이 때 북의 전투기들이 달려들어 공중전을 벌일 것이다.

이런 때 나를 지탱하고 나라를 보전하는 지렛대는 원칙과 명분이다. 감정과 충동적 행동을 보일 때 오는 엄청난 재앙을 그 동안의 세계 전사를 통하여 얼마나 많이 보아 왔던가.

나의 결단으로 전투기는 무사히 기지로 귀대했다. 그 때 내가 냉정을 잃지 않았다면 분명코 제2의 6·25가 발발했을 것이다. 충동적인 내 명령 하나가 한반도의 운명을 바꿔 놓았을지도 모른다.

전쟁이 발발하면 남이나 북의 산하가 치유 불능으로 파괴되고, 수백만의 고귀한 인명이 희생되었을 것은 자명하다. 지금 돌이켜보아도 정말 아찔한 순간이 아닐 수 없다.

프에블로 호 납치 사건이 터지자 미국의 최대 항공모함 엔터프라이즈 호를 비롯해 최신예 전함과 전투기들이 원산 앞바다에 집결하고, 일본 괌과 오키나와 기지까지 전시 상황에 들어갔다.

프에블로 호 납치에 대한 군사적 위협이자 무력 시위였지만 여차하면 전쟁을 하기 위한 작업이었다.

"확 부숴버리고 새 판을 짜?"

1968년 1월 28일 오전 10시. 1·21 사태와 프에블로 호 납치사건이 발생한 지 약 일주일이 지난 때였다. 청와대에서 전국 군·검·경 및 중앙정보부 핵심 간부 2백여 명이 참석한 가운데 긴급 합동 안보비상회의가 소집됐다. 이 회의는 직접 박 대통령이 소집했으며, 북에 대한 응징 방안과 치안 유지 대책을 강구하는 자리였다.

긴장감이 감도는 가운데 각 군 상황과 역할이 차례대로 보고됐다. 여러가지 대책과 지침이 발표되면서 회의가 정리되는 시각 김형욱 중앙정보부장(중정)이 자리에서 일어났다. 다부진 체격의 김 부장이 준비된 듯한 발언을 하기 시작했다.

"앞으로는 보다 더 확실하게 국내의 대간첩작전 임무를 중앙정보부에서 책임을 지고 통합 수행하겠습니다."

이 말은 바로 합참의장이나 각 군 참모총장을 엿 먹이는 보고나 다름이 없었다. 군을 자신이 지휘 통제한다는 뜻과 다를 바가 없었기 때문이다. 무장공비가 청와대에 오기 전 이들이 일망타진했다면 몰라도 청와대 뒷마당까지 내 준 책임자가 그런 제안을 하다니 한 마디로 앞뒤가 맞지 않는 말이었다.

대통령은 한 동안 아무 말이 없었다. 그리고 잠시 동안의 침묵을 깨고 무겁게 그러나 단호히 말했다.

1·21 사태 당시 전군 지휘관 회의.

"안 돼! 국방장관 책임 하에 두시오."

전국 군·검·경과 정보부 수뇌가 모여 있는 자리에서 대통령이 김형욱에게 대간첩작전을 수행하도록 권한을 공개적으로 부여했다면 어떻게 되었을까? 무소불위의 권한을 행사하고 있는 그에게 대간첩작전이란 이름으로 군권까지 위임한다면 어떻게 되었을까? 지금도 그 때를 돌이켜보면 가슴이 써늘해진다.

회의는 무겁게 끝나고 참석자 전원이 착잡한 마음으로 회의장을 빠져 나왔다. 200여 명의 인원이 2층 강당을 빠져 나가려니 몇 분의 시간이 흘렀다. 이 중 김형욱 부장은 회의가 끝나자마자 머쓱했던지 맨 앞장서서 나가고 있었다.

나는 암울한 조국의 상황을 무겁게 어깨에 느끼며 맨 나중에 밖으로 나왔다. 그런데 1층 홀로 내려섰을 때 뒤에서 누군가가 나를 부르는 것 같았다. 뒤돌아보니 대통령이 2층 로비 난간에 서서 회의실을 빠져 나가는 참석자들을 내려다보다가 맨 후미의 나를 발견하고는 부른 것이었다.

"잠깐 올라와!"

빨간 마후라 하늘에 등불을 켜고

나는 2층으로 올라갔다. 2층 로비로 들어서자 대통령이 한쪽 벽면을 가득 채운 한반도 지도를 바라보고 있었다. 대통령은 내가 곁에 서 있어도 한 동안 지도를 바라보더니 혼잣소리로 말했다.

"이것을 다 부숴버리고 다시 시작해?"

나는 시국이 여기까지 온 것이 마치 내 책임인 양 무겁게 침묵을 지키며 대통령의 다음 말을 기다렸다. 그런데 또 대통령이 지도를 보며 반복해서 말했다.

"이것들을 다 부숴버리고 다시 시작해?"

그 말은 두말할 것 없이 전쟁을 해서라도 새 판을 짜겠다는 대통령의 굳은 의지라는 것을 알 수 있었다. 고뇌에 찬 대통령의 독백은 차가울 정도로 냉정했다. 대통령은 한참 후 나를 돌아보며 이렇게 물었다.

"응, 그래. 장지량 총장은 김신조 부대가 어디 있는 줄 아는가?"

"모르고 있습니다. 죄송합니다."

"이노무 자식들이 내 목을 따러 와?"

대통령은 대단히 분개하고 있었다. 이 때 김형욱 중앙정보부장이 슬쩍 들어와 대통령과 내 뒤에 와 섰다. 나는 놀랐다. 회의가 끝나기가 무섭게 맨 앞장서서 부랴부랴 나가던 사람이 어떻게 이것을 알고 다시 돌아와 우리 측에 바짝 다가 와 서는가.

맨 선두에 앞장 서 나갔기 때문에 누가 달려가 대통령의 독대를 알려주었을 리도 만무하다. 또 참석자 모두 나를 앞서 나갔기 때문에 뒤에 있는 내가 대통령을 독대한다는 것을 아는 사람도 없는 것이다. 그가 눈치가 비상하긴 했지만 대통령의 발언도 잡아내는 고도의 첨단 도청기를 휴대하지 않고는 알 수 없는 사실이라는 것을 나는 단박에 알아차릴 수 있었다. 나는 속으로 전율하며 판단했다.

'으음, 이 친구가 대통령과 군 책임자들의 일거수일투족을 모두 꿰고 있구나.'

대통령이 김형욱 부장을 보더니 물었다.

"김 부장도 왔구먼……. 김 부장, 김신조 부대가 어디 있는지 알아?"

"모르고 있습니다."

중정부장도 모른다는 말에 대통령은 대단히 실망하는 빛을 보였다. 나는 대통령의 고민을 덜어 줄 생각으로 말했다.

"각하, 일주일만 시간을 주십시오."

"그래 찾아봐. 우리가 몰라서 되겠어?"

나는 그 길로 공군 본부로 돌아와 오후 1시 30분쯤 도쿄의 미 5공군사령관을 찾았다. 5공군 사령관인 세스 맥키 중장과는 사적으로도 친교가 깊은 사이였다. 프에블로 호 납치의 순간에 전투기를 출격시켜 준데 대해 그는 대단히 고마워하고 있었다.

전화가 연결되자 나는 그에게 단도직입적으로 말했다.

"내가 오늘 대통령으로부터 질문을 받았지만 답변하지 못했소. 전화 통화여서 자세한 얘기를 전달하지 못하는 고충을 이해하시오. 협조를 부탁하오. 필요하면 내가 그 쪽으로 갈 수 있소. 어떻습니까?"

"알겠소. 내가 (서울로) 가리다. 오후 5시까지 가겠소."

"감사합니다."

상황이 상황인지라 한 · 미 간의 군 협조도 긴박하게 잘 이루어지고 있는 편이었다. 맥키 사령관은 전화를 마친 3시간 반 후인 오후 5시 정확하게 대방동 공군 본부 헬기장에 모습을 나타냈다. 그는 전용기로 도쿄에서 오산 미 공군 비행장으로 날아오고, 오산에서 다시 헬기를 타고 공군 본부로 온 것이었다. 공군의 기동력은 이처럼 놀라운 면이 있었다. 그와 나는 내 집무실에 마주 앉았다.

"김일성 숙소도 찾아냈다!"

맥키 사령관과 나는 보안 유지를 위해 가능라면 말을 아끼며 필담을 했다. 맥키 사령관은 미국의 정보함 프에블로 호 납치 순간에 우리가 전투기를 출격시켜 준 데 대해 정중하게 감사의 표시를 했다.

"출격만으로도 (납치되어 가는) 병사들에게 큰 위안과 힘이 되었을 테니 매우 유용한 출격이었습니다. 만나자는 용건은 무엇입니까."

"청와대를 습격한 김신조 부대(124군 부대)와 김일성 숙소를 찾고 있소. 우리가 보유하고 있는 F-5기 가지고는 알 수가 없소."

그리고 이어서 설명을 했다.

"KCIA(한국중앙정보부)는 물론 국내의 어떤 첩보부대도 124군부대를 알지 못하고 있다."

내 요청에 맥키 사령관은 잠시 생각에 잠기더니 흔쾌히 대답했다.

"알겠소. 오늘 저녁 펜타곤에 연락해 OK를 요청하겠소."

사실 미군은 A급 군사 기밀에 관해서는 우리와 공유하려고 하지 않았다. 주한 미군 주둔은 북을 겨냥한 것이 사실이지만, 동시에 우리가 북침하려는 것도 경계하고 있었다.

맥키와 나 사이에는 개인적 친분 관계도 있지만, 그는 내가 프에블로 호를 데려오기 위해 공중전까지 불사하며 전투기를 출격시켜 준 것에 대단히 고마워하고 있다.

납북되어 가는 선원들에게 우리 전투기가 출격함으로써 안도하라는 심리적 효과를 주기 때문에 그 자체만으로도 의미 있는 협력이었던 것이다.

"내일 오전 10시까지 예스냐 노를 알려 주겠소."

그는 약속을 하고 전용기로 다시 도쿄로 날아갔다. 다음 날 오전 10시, 정확하게 맥키 사령관으로부터 전화가 걸려왔다.

"헤이 모닝 찰리(그들은 내 이름 '지량'을 본 따 '찰리'라는 닉네임으로 불렀다), 원하는 것은 다 됐다. That's OK."

"댕큐, 세스."

나는 저절로 두 어깨에 힘이 들어갔다. 이틀 후 레이더망 탐색 책임 장교가 하얗게 질린 얼굴로 총장실로 뛰어왔다. 북의 영공을 탐지하는 레이더망에 깜짝 놀랄만한 물체가 들어왔다가 사라졌다는 것이다.

"총장 각하, 큰일 났습니다. 서해안 진남포 상공에서 동해안 원산 방향으로 이상한 비행 물체가 순식간에 나타났다가 사라졌습니다. 그것도 두 차례나 그랬습니다. 10만 피트(33,000m) 이상의 고도를 유지한 것 같습니다. 이동 시간은 불과 3분 밖에 걸리지 않았습니다."

전쟁 발발 직전의 긴박한 상황인지라 나 역시 긴장했다. 소련 첩보기인가 하는 의구심을 갖고 곧바로 국방장관에게 뛰어갔다. 내 보고를 받은 장관도 안절부절 못했다.

그로부터 사흘 후인 1968년 2월 초, 도쿄의 맥키 사령관으로부터 직접 전화가 걸려왔다.

"총장이 원하는 것은 해결됐다. 오후에 정보국장을 보내겠다."

그때서야 나는 짐작이 갔다. 그것은 내 부탁을 받고 북한의 주요 지형지물을 촬영하며 지나간 미 공군 첩보기였던 것이다. 이윽고 이 날 오후 5공군사령부의 정보참모(대령)가 필름을 담은 나무 박스 두 개를 들고 도쿄로부터 날아왔다.

나는 이를 직접 받아 항공사진 판독반에 넘겼다. 밤새 수천 장의 필름 판독 작업에 들어갔는데, 마침내 124군부대와 김일성 숙소를 알아내는데 성공했다. 원산 앞바다에 정박해 있는 프에블로 호도 찾아냈다.

빨간 마후라 하늘에 등불을 켜고

1·21 사태를 계기로 준공된 항공기 엄체호.

나는 순간 일을 완수했다는 안도감보다는 또 다시 바짝 긴장이 됐다. 보복은 불가피한 선택이다. 북의 무장공비들이 우리 대통령의 목을 따러 청와대까지 침입해 왔으면 그에 상응하는 책임도 져야 한다. 우리 국민도 누구나 보복을 생각하지 않은 사람은 없었다. 그랬을 때 대치의 차원을 넘어 전쟁이 날 수도 있다.

나는 필름 판독반에게 철저히 보안을 유지시킨 가운데 주요 사진을 뽑도록 지시했다.

사진 판독 결과 124군부대는 평양에서 동남쪽 100㎞ 이내의 험준한 산 속에 있었다. 훈련장은 엄폐되어 있어 별다른 점을 발견하기 어려웠고, 대신 퀀셋 30여 동이 골짜기 이곳 저곳에 산개되어 있는 것이 특징이었다. 밤에는 산을 타며 청와대까지 오는 산악 훈련을 했을 것이고, 낮에는 이 퀀셋에서 대남 침투 교육을 받았을 것이다. 특수 부대원들은 당성 강한 청년과 강인한 체력의 소유자 그리고 강력범이 포함된 것으로 알려져 있었다.

김일성 숙소는 평양 시내 한쪽에 있었다. 정보팀의 사진 분석관들은 평소 평양 시가지 지도와 최근의 사진, 첩보 활동에서 얻어진 지형을 꿰고 있었기 때문에 구체적인 사진만 있으면 숙지한 기술로 지형지물을 판독해내는데 별 어려움이 없었다.

나는 완성된 사진을 하나하나 체크한 뒤 이 중 30장만 골라 봉투에 밀봉한 뒤 김성은 국방장관을 찾아갔다.

"124군부대와 김일성 숙소, 프에블로 호 정박 장소까지 찾아냈습니다. 프에블로 호는 선수쪽 부서진 부분도 나와 있습니다. 나포 당시 함포 사격을 받은 것 같습니다."

나는 준비해 온 사진들을 펼쳐 보이며 설명했다.

"큰 일을 했소. 김일성 이 자의 잠자는 곳까지 알아냈으니……. 저 놈들 이제 사시나무 떨듯 할 거요. 김일성도 잠을 못 잘 거요."

"이 사진들을 직접 대통령께 갖다드리고 설명해 주십시오."

그러자 국방장관이 크게 손을 내저으며 사양했다.

"안 돼. 전문가가 가서 설명을 해야지 내가 가서 뭐하겠소. 공군총장이 지금 가서 보고 드리도록 전화해 놓겠소. 그게 원칙이야. 항공사진이니 공군총장이 가서 설명해야지."

국방장관실에서 '이머전시 콜'로 대통령께 핫라인이 연결되자 대통령이 곧바로 들어오라고 했다. 나는 그 길로 청와대로 달려갔다.

대통령께 일주일만 기다려 달라고 했던 약속을 나는 정확히 지킨 셈이었다. 대통령은 모든 일을 제쳐 놓고 밀폐된 별실로 들어가 사진 한 장한 장을 꼼꼼히 살폈다. 대통령이 김일성 숙소와 124군부대에 대해 그처럼 관심을 보일 줄은 몰랐다.

"각하, 이 사진이 김신조 부대가 훈련받고 있는 훈련장입니다. 막사들이 아주 특이합니다. 솜이불에 이 박히듯 골짜기에 박혀 있습니다."

내가 사진마다 설명을 해 주자 대통령이 기분 좋은 목소리로 말했다.

"그러면 그렇지. 수고했어."

대통령은 기분이 흡족해지면 늘 이런 투의 말을 사용했다.

"요게 김일성 숙소란 말이지?"

여기에 이르러서는 대통령이 입을 한 일 자로 꾹 다물었다. 그리고 한

빨간 마후라 하늘에 등불을 켜고

동안 침묵을 지켰다. 어떤 결기가 묻어나는 표정이었다.

"그런데 미군들이 잘 협조를 해 주지 않았을 텐데?"

대통령은 미국이 특급 정보는 우리와 공유하지 않으려는 것도 잘 알고 있었다. 나는 세스 맥키 미 태평양 5공군사령관과의 친교와 프에블로 호 납치 순간에 그의 부탁을 받고 우리 전투기 3개 편대를 출격시켜 준데 대해 고마워한 답례였던 것 같다고 설명했다.

"사적인 우정이 이런 좋은 수확을 올렸구먼."

"네, 그런 것 같습니다."

사실 우정은 이처럼 그 사람 인생의 값진 도반이 되어 준다는 것을 그 때 새삼스럽게 실감했다.

"그러면 그렇지. 큰 일 했어."

다시 대통령이 흐뭇해 한 모습을 보였다. 그 이틀 후 김형욱 중앙정보부장이 대통령으로부터 크게 혼찌검을 당했다는 정보가 들어왔다. 나는 조금 불안한 기분이 들었다. 정보에 따르면 김 부장이 업무 보고차 청와대를 방문했는데 대통령이 격노하며 내가 제출한 사진을 꺼내 보이며 호통을 쳤다는 것이다.

"그래, 대간첩작전을 책임지겠다는 놈이 이런 사진 한 장 구해오지도 못하나!"

김형욱 중앙정보부장과의 악연

박정희 대통령은 대단히 화가 나 있었던지 김형욱 중앙정보부장을 계속 닦달했다.

"이거 봐! 이 사진이 김신조 일당의 훈련장이고, 이 숲 속이 김일성 숙소다. 푸에블로 호가 끌려가 원산항에 정박해 있는 사진도 여기 담겨 있어. 귀하는 막대한 조직, 국내외적으로 엄청난 정보력, 정부의 천문학적인 돈을 가져다 쓰면서도 이런 사진 한 장을 못 구해 왔다. 도대체 중정이 뭐하는 곳이냐? 그러고도 대간첩작전을 책임지겠다고?"

대통령은 더 거칠게 김 부장을 몰아붙였다.

"이 사진은 공군총장이 돈 한 푼도 들이지 않고 얻어 낸 거야. 돈 안들이고 선물 받아 온 것이란 말이야!"

이 정보를 듣고 나는 참으로 기분이 미묘했다. 좋자고 한 일이 결과적으로 중앙정보부장의 입장을 난처하게 했으니 말이다. 그래서 나에게 또 어떤 불이익이 올까 싶어 불안했다.

김 부장은 대통령으로부터 깊은 신임을 받지 못한 것이 주위 사람들 때문으로 오판하고 있었고, 그것이 나에게도 영향이 미칠 것이라는 불길한 예감이 들었다. 대통령은 평소 미덥지 않게 보이던 김 부장에게 잘 됐다 싶어 항공사진을 빌미로 질책한 것이었다.

하지만 나는 평소 김 부장의 성격으로 보아 이 일이 쉽게 넘어갈 것 같지 않다는 예감이 들었다. 아니나 다를까 며칠 후 이철희 중앙정보부 차장이 '사진 접수 명령서'를 보내왔다. 공군 정보국장을 중정으로 불러 이 문건을 내놓고 으름장을 놓더라는 것이다.

"사진을 모두 내놓으라고 합니다."

생전 보지도 듣지도 못한 '사진 접수 명령서'라니? 그러나 공군 정보국장은 이 명령서를 나에게 내밀고는 떨고 있었다.

나는 어느 정도 예감했던 일이라 단호하게 명령했다.

"이런 나쁜 놈의 새끼들, (사진) 한 장도 내 주지 마라!"

김형욱과 나 사이에는 눈에 보이지 않은 안개 같은 미묘한 악연이 있었다. 이것이 또 나를 압박하고 있다는 것을 감지했으나 이런 때는 정면 돌파해야 한다고 생각했다. 사실 나는 김형욱 뿐 아니라 중정 기구와는 썩 좋은 인연을 갖지 못했다.

그들은 공군참모차장 때 나를 몰아내려고 전투조종사용 관사를 지어 준 것을 공금 착복이라고 국회의원까지 동원해 모략하면서 대대적인 수사를 편 적이 있고, 또 인사 비리에 연루시켜 나를 쫓아내려고 음해 공작을 폈었다.

그들은 중정 3국장 등 나와 관계가 매끄럽지 않던 군대 내 경쟁자의 친제(親弟)를 비롯해 정보부 간부들이 나를 몰아내려고 혈안이 되어 있었다. 그 중심에 바로 김형욱도 있었던 것이다(이 부분은 추후 상술).

이런 구원 때문에 김형욱은 직접 문건으로 '사진 접수 명령서'라는 것을 만들어 나를 압박해 왔던 것이다. 그러나 나는 눈 하나 깜짝 하지 않았다. 밀리면 끝없이 밀리게 되고, 결국 그들의 밥이 되어버린다. 이것이 권력 사회의 생리다. 그 옛날 나를 엿 먹였던 것까지 떠오르자 나는 이번만은 참지 않을 생각이었다.

그러나 공군 정보국장이 계속 난처한 얼굴로 내 앞에서 떨고 있었다. 하긴 그는 그 동안 중정의 하수인처럼 업무를 수행해 왔고, 단 하루도 중정과 협조를 하지 않으면 업무가 마비되는 입장에 있었다.

"총장 각하, 저쪽 말을 들어 주지 않으면 제가 일할 수가 없습니다."

그도 그들의 '급사' 노릇을 하고 있는 것을 좋아하지 않았을 것이다. 하지만 무소불위의 정보부를 상대하는 당시의 부서 상황은 그랬다.

다음 날까지 정보국장이 나를 따라다니며 체면치레로 몇 장만이라도 주자고 건의했다. 그래서 나는 124군부대와 김일성 숙소를 알아볼 수 있는 사진 두 장만을 내주도록 지시했다.

다음 날 김형욱 정보부장이 육·해·공군 참모총장과 해병대사령관을 불러 안보회의를 소집했다. 중정이 입수한 사진을 토대로 안보 대책을 논의하겠다는 것이다. 나는 속으로 웃음이 나왔지만 모른 체하고 회의장으로 나갔다.

"마침내 김신조 부대를 알아냈습니다. 우리도 김신조 부대를 부숴야 할 때가 온 곳이오. 특수부대원 30~40명을 이미 차출해 놓았소. 이들 중에는 상당수의 사형수 등 강력범 출신 재소자가 포함돼 있고, 특수훈련을 받은 병사들이 있소."

김형욱 부장이 한 건 하겠다는 듯 다부지게 말했다.

특공대 훈련

긴급 안보회의라고 했지만 사실은 보복 작전 회의였다. 김형욱 부장은 1·21 사태를 제대로 수습하지 못한 실추된 이미지를 만회해 보려는 듯 의욕을 보였다. 내가 제공한 사진을 마치 자신이 얻어 낸 것처럼 대형 사진으로 만들어 브리핑하면서 반드시 124군부대를 부숴버려야 두 번 다시 이런 만행이 나오지 않을 것이라고 했다. 그리고 경고의 의미로라도 반드시 보복, 응징하겠다고 언명했다.

김형욱은 선발한 특수부대원들에 대한 자신감을 갖고 있었다.

"시원하게 한 판 치를 태세가 되어 있소. 중정이 이들 특수부대원 인력을 제공하겠소. 이들을 어느 부대에서 맡아 훈련을 시키겠습니까? 먼저 육군부터 말해 보시오."

김계원 참모총장이 머뭇거리다 내키지 않은 표정으로 입을 열었다.

"육군이 휴전선에 배치해 놓은 대포로 포격을 해도 20㎞ 이상 나가지 못합니다. 124군부대까지 사거리가 150㎞는 되어야 하는데 그렇게 되지 못하니 답답한 일이오."

"그렇다면 해군은 어떻소."

김영관 해군참모총장 역시 난색을 표하며 대답했다.

"배로 들어가 상륙해야 하는데 잠수함이 한 척도 없고, 또 육상 침투하려면 200㎞ 이상을 가야하는데 해군으로서는 직무상 적절치 못한 작전입니다. 그래서 대책이⋯⋯."

그러자 김형욱 부장이 나에게 시선을 옮겼다. 나와의 관계가 매끄럽지 못했지만, 언제 그랬더냐 싶게 표정을 감추고 진지하게 물었다.

"그렇다면 공군이 맡아야겠구먼. 고공 침투가 최상의 방법 아니오?"

맞는 말이었다. 그는 그것을 염두에 두고 각 군 참모총장 회의를 소집한 것이다. 미리 결론을 만들어 놓고 형식적으로 회의를 소집해 공군이 떠맡도록 하는 전략을 세운 것이다. 적진 깊숙이 들어가 기습 작전을 펼치려면 한밤중 비행기로 지정된 장소에 침투해 들어가 행글라이더나 낙하산으로 특공 작전을 펴고 돌아오는 것이 최상의 방법이었다.

그러나 이런 계획이 있기 전부터 나는 별도로 김일성 숙소를 부숴버릴 계획을 세워 놓고 있었다. 대통령 목을 따러 왔다면 그들의 영도자 목도 내놓아야 하는 것 아닌가. 그래서 극비로 이 계획을 세워 1편대기는 직접 내가 몰고 적진에 들어갈 생각이었다. 이스라엘 다얀 장군이 1967년 수행한 엔테베 작전을 그대로 재현할 계획이었다. 그런데 김형욱 부장도 이와 유사한 계획을 내놓고 특공대 훈련을 공군이 맡아 줄 것을 강권하다시피 했다.

"특수 임무를 띤 대원을 우리가 차출하고 소속도 중정으로 하며 예산 집행도 중정에서 할 것이오. 공군에서 고공 침투 훈련만 맡아 주시오."

그러면서 차출된 인력에 대해 다시 한 번 설명했다.

"특공 대원은 중정에서 특별히 선발한 자들인데 일부는 강력범 출신도 있소. 사형수도 몇 명 포함돼 있소. 이 자들이 특공 작전을 펴고 살아 돌아오면, 그 공으로 자유의 몸으로 해 줄 것이오. 죽으면 그것으로 그만이고⋯⋯. 그러니 공군이 갈 수 있는 길을 제공해 주시오."

이렇게 해서 공군은 1968년 4월 중순 30여 명을 중정으로부터 인계받아 특수 부대로 배치해 특공 작전 훈련에 들어갔다. 124군부대가 평양으로부터 동남방 100㎞ 지점에 있으므로, 우리의 특수 부대 훈련장도 그와 유사한 서울 동남방 100㎞ 지점의 산악 지대에 마련하고 야간 훈련을 실시했다. 야간 고공 침투가 주 임무이기 때문에 파라슈트 투하 훈련이 위주였다.

이들이 거칠고 용맹스러워 훈련은 두세 달 만에 100% 목표치에 달성됐다는 보고가 들어왔다.

공군의 특수 부대는 6·25 때도 운영해 왔기 때문에 중정으로부터 인계받은 특수 부대원 훈련은 큰 어려움은 없었다. 또한 중정 관리자가 24시간 파견되어 이들의 숙식과 주부식 식단까지 마련해 주었다.

한편 나는 별도로 김일성 숙소를 타격할 공군 특공대 훈련을 진행해 나갔다. 가장 신임하는 전투조종사 몇 명을 마음 속으로 지목해 놓고 계획을 진행했다. 이들은 언제든지 명령만 내리면 작전을 수행할 만반의 준비와 실력을 갖추고 있었다. 그런 어느 날 나는 참모차장과 주요 참모부장만을 한정시킨 가운데 비상 회의를 소집했다.

"공군 타격대 2개 편대를 긴급 편성한다. 1편대장은 내가 직접 맡겠다. 휴전선을 넘다 보면 북한의 대포를 맞을 수 있는 위험도 있다. 그러나 전부 맞지는 않을 것이다. 누가 목표 지점에 도달할지 모르지만 김일성 숙소를 반드시 부수고 돌아올 것이다."

그러자 한 참모가 심각한 얼굴로 말했다.

"총장님이 직접 나서시는 일은 좀 곤란합니다. 총장님께서 유고라도 되신다면 공군의 앞날이 더 걱정입니다."

"쓸데없는 소리 마라! 참모차장은 뭐하는 사람이야. 내가 없으면 그 다음 사람이 하는 거야! 그래서 참모차장이 있는 거야."

나의 결의를 본 참모들은 그 이후 내가 하는 일을 숙연하게 따랐다. 군인의 길을 걸어온 나로서는 전장에서 목숨을 버리는 것이 오히려 영광이라고 생각했다. 전쟁을 불사하는 비상시국, 그래서 나는 별도로 공군 특공대에 심혈을 쏟으며 제11전투비행단 벙커에 나가 전열을 가다듬었다.

미군 책임자의 긴급 전화

1·21 사태에 이어 미 정보 수집함 푸에블로 호가 북에 납치되자 미국은 핵 추진 항공모함 엔터프라이즈 호와 7함대의 주력 전함을 원산 앞바다에 집결시켰다. 단순한 군사 위협이 아니라 여차하면 북한을 초토화시켜 버릴 태세였다.

사실 정보 수집함 푸에블로 호 피랍 사건은 미국이 중대한 군사 기밀을 노출하는 전력상의 엄청난 손실과 함께 83명의 승조원(장교 6명, 사병 75명, 민간인 2명)이 납치된 수모를 받는 처지였다. 세계 최강 미국의 자존심이 여지없이 짓밟혀 버린 사건인 것이다.

그래서 외국 신문의 시사만화에는 호랑이(미국)의 수염을 뽑아 버린 고양이(북한)로 프에블로 호 납치 사건을 비유해 미국의 자존심을 긁기도 했었다.

푸에블로 호에는 첨단 정보 수집 기자재들이 탑재되어 있는데, 이것이 만천하에 드러나는 수모도 겪을 수 있다. 이 때문에 미국은 푸에블로 호를 불법 납치로 규정하고 괌과 오키나와는 물론 미국 본토에서 공중 급유를 받으면서까지 전폭기를 한반도로 급파했다.

1월 28일부터 2월 초까지 김포·군산·오산·대구·광주·김해·강릉 기지 등 국내 비행장에 미군 전투기들이 빼곡히 들어차 버렸다. 함대에 만재한 전투기까지 포함하면 1,500대는 넘어보였다. 이들이 출격한다면

빨간 마후라 하늘에 등불을 켜고

북한은 단 몇 분 만에 모두 가루가 될 판이었다.

1952년 미 공군대학 시절 클래스메이트였던 척 에이거 장군도 전폭기를 직접 몰고 군산에 왔다. 에이거 장군은 미 공군의 전설적인 인물로 세계 최초로 음속 돌파를 기록한 전투조종사였다. 그 역시 전쟁을 당연한 것으로 받아들이고 있었다. 응징 차원에서도 전쟁은 기정사실화 되는 듯했다.

박정희 대통령도 1·21 사태 직후 청와대에서 가진 군·검·경 긴급 안보대책회의를 마친 뒤 전의를 다지면서 이렇게 말했다.

"전부 부숴버리고 새롭게 판을 짜겠다."

어쩌면 박 대통령이 미국보다 더 강경한 입장이었을지 모른다. 그런 영향이 알게 모르게 전군에 파급됐고, 그래서 육·해·공군 모두 여차하면 치고 올라갈 계획을 세워 놓았다.

이렇게 긴장된 나날을 보내고 있는데 1968년 4월 하순 도쿄의 미 5공군 사령관 세스 맥키 장군으로부터 급전이 날아왔다.

"헤이 찰리(지량), 별 일 없나?"

'이머전시 콜' 치고는 싱거운 안부 전화였다.

"별 일 없다. 모든 것이 순조롭게 진행되고 있다. 만반의 준비가 완료된 상태다."

"내가 하고자 한 말이 그것이다. 그럴수록 신중하라. 감정적으로 사태를 판단해선 안 된다."

전화를 끊고 나서 나는 기분이 좀 언짢았다. 동해상에 7함대를 집결시켜 놓고 여차하면 북을 치려는 미국이 느닷없이 이처럼 늘어진 소리를 하다니. 나는 뭔가 낌새가 이상하다고 생각했는데 며칠 후엔 오산의 미 314사단장으로부터 전화가 왔다.

"제네랄 플리스(장 총장), 신중해야 합니다."

그 역시 미 5공군사령관과 유사한 말을 하고 있었다. 이런 전화를 김계원 육군참모총장도 받았다고 한다. 그는 미 육군고문단장(KAMG)으로부터 매일 안부 전화를 받는데, 자신의 일거수일투족을 감시하는 듯하다고

1·21 사태 당시 김포기지로 이동한 F-4와 F-102 전폭기.

했다.

그때서야 미군 책임자들이 우리의 육·해·공군 참모총장과 해병대사령관의 카운터 파트가 돼 동태를 살피고 있다는 것을 알았다. 나에게는 미 5공군사령관과 오산의 314사단장이 따라붙은 셈이었다. 그들은 매일같이 나에게 안부 전화를 걸어왔는데, 내용은 한 마디로 북 침공을 자제하라는 요구였다.

"행동을 신중해 달라!"

어느 날 나는 화가 나서 314사단장에게 호통을 쳤다.

"당신들 완전 무장을 해 놓고 왜 그러는가?"

그때서야 그 쪽에서 조심스럽게 응답을 해 왔다.

"미안하오. 우리 정보함이 끌려가 있지 않은가. 부커 함장을 비롯해 83명의 우리 승조원이 끌려가 있소. 전쟁이 나면 이들의 안전을 보장할 수가 없습니다. 이 문제가 해결되어야 하오. 그런 뒤에 행동을 개시해도 늦지 않소."

내가 듣기 거북해하자 미 314사단장은 이런 언질을 했다.

"아시다시피 지금 우리는 월남전을 수행 중이오. 한반도에서 전쟁이 나면 전선이 분산, 확대됩니다. 이럴 경우 작전 수행이 난처해지오. 두 전선

빨간 마후라 하늘에 등불을 켜고

을 감당할 수가 없다는 것이 우리의 군사 정책 판단이오."

우리가 전쟁 준비를 해 나가는 사이 미국은 합참회의를 통해 전쟁 억지력을 발동해 우리의 동태를 감시하는 입장으로 바뀌어 있었다. 그들은 북을 견제하지만 남의 '호전성'도 제어하고 있다는 것을 알았다.

나는 그 길로 공군 본부 참모총장실 의자 뒤쪽에 간이침대를 마련하고 전화선을 모두 끊은 뒤 비상 근무에 들어갔다. 때로는 전투비행단 벙커로 몸을 피해 작전을 수행하기도 했다. 그러자 그들은 정보망을 가동해 나를 찾아다니기 시작했다. 나는 몰래 숨어 다니고, 그들은 결사적으로 나를 찾아내려고 혈안이 된 마치 숨바꼭질을 하는 형국이 되고 말았다.

내가 계획을 세운 공군 특공대는 미국 CIA도 처음에는 감지하지 못했다. 그래서 그들은 막연히 우리를 의심하다가 뭔가 이상하다고 여겼던지, 어느 날부터 나의 모든 것을 미행 감시하기 시작했던 것이다.

사실 공군 특공대는 별도의 훈련이 필요 없었다. 날짜와 시간만 정해 주면 언제든지 임무를 수행할 수 있을 정도로 완벽한 전투조종술을 갖추고 있었다. 그래서 내 머릿속에 이들의 면면을 담아 두고 언제 어느 때든지 지명해 출격시키면 된다고 생각했다.

이 때문에 미국 CIA도 감을 잡지 못하고 계속 내 주변만 맴돌았다. 중앙정보부가 인력을 차출해 공군에 보내 준 특공 대원 훈련도 순조롭게 진행됐다. 이들 역시 언제 어느 곳이든지 출동하면 작전을 수행할 수 있을 정도로 만반의 준비를 갖춰나갔다.

한편 1971년 2월 25일, 닉슨 미국 대통령이 아시아 태평양 지역에서 미국·소련·중공·일본의 협력 체제 필요성을 강조하는 '닉슨 독트린'을 발표했다. 이를 위해 닉슨은 대통령 집무 초기(1969)부터 키신저 국무장관을 내세워 분쟁 지역 간의 긴장 완화와 현상 유지 정책을 목표로 다각적인 외교를 펼치고 있었다.

이를 바탕으로 미국은 중국과 핑퐁 외교(71년 4월)를 펼치면서 수교 준비를 다져나갔고, 한국에게도 남북 화해를 유도해 남북 적십자 회담 준비 회담(71년 8월)과 남북 고위급 회담 준비 회담 등 남북 화해와 협력의 분위기를 고조시켜 나갔다.

이런 때 김일성 숙소를 때려 부순다든지 124군부대 보복은 상상할 수가 없었다. 강대국의 해빙 무드에 찬물을 끼얹었을 수 있기 때문이다. 그래서 무엇보다 미국의 만류와 저지로 북한 응징을 달성할 수 없는 상황이 됐다.

나는 1968년 8월 전역해 공군참모총장직에서 물러났다. 이로써 중앙정보부로부터 인력을 차출 받은 특공대 훈련을 6개월 정도 맡은 뒤 물러난 셈이다. 이들은 내 재임 시절 특공 훈련을 완전 마스터했다. 차출된 지 두세 달 만에 야간 산행을 거침없이 했으며, 완전 군장으로 이 산에서 저 산으로 이동하는 시간을 최대한 단축했다. 그것도 은폐물을 이용해 감쪽같이 이동하는 놀라운 기술을 익혔다. 모두가 무술 유단자에 돌과 칼 쓰는 법, 권총과 기관단총의 백발백중 사격 솜씨도 자랑했다.

나는 부하의 보고로 이를 체크했으며, 때로 변복을 하고 이들의 훈련 상황을 관찰하며 확인했다. 이들 30여 명은 1개 중대 병력(160명)과 육박전을 벌여도 10분 안에 고스란히 때려눕힐 정도의 무술 실력을 갖추고 있었다. 그런데 그들은 이것을 하루빨리 써 먹고 싶은 다부진 욕망도 갖고 있다는 것을 알았다.

내가 참모총장직에서 물러나자 후임 김성용 총장이 이들을 그대로 물려받아 특공대를 운영했으며, 1970년 8월 그 후임인 김두만 총장 역시 이를 인계 받아 훈련을 계속했다. 금방 작전에 돌입할 것으로 생각했던 이들은 해를 넘겨가며 대기하던 중 1969년 말이나 1970년 초 실미도로 옮겨갔다. 내 재임 시절에 특공대가 창설되었는데 김성용-김두만 총장 때까지 3대에 걸쳐 훈련과 대기 상태로 있었으니, 이들은 지루하다 못해 절망했을 수도 있다.

거기에 미·중국 간의 정치 질서가 데탕트 분위기로 이행되면서 남북 관계에도 영향을 미쳐 화해와 협력의 분위기가 무르익었다. 그러자 특공대의 위상이 달라지고, 결국 그들에게 처우나 대접도 허술해졌을 수 있다. 내일이 불확실하고 훈련마저 느슨해지니 정신력도 해이해져 여기저기서 사고가 터졌을 개연성도 높다.

특히 김형욱 정보부장이 경질되고 이후락 청와대 비서실장이 후임으로 들어서면서 특공대의 위상과 역할이 재고되었을 수 있다. 새 정보부장의 정보부 운영 철학이나 개성이 다를 수 있고, 특히 이후락 부장은 1972년 7·4 남북공동성명을 위해 북한의 김일성 주석을 만나고 돌아오는 등 일 년여 전부터 밀사로 활약했던 만큼 북을 치기 위한 특공대에 대한 인식이 다를 수 있는 것이다. 이 때문에 특공대원들이 극도로 신변 불안을 느꼈을 수 있다.

야간 고공 침투가 아니라 해안 상륙 작전으로 임무 수행 방법이 전환되면서 실미도로 훈련장이 바뀌고(물론 이들에 대한 격리 차원으로 옮겨갔을 수 있다), 제대로 주·부식이 보급되지 않는 등 처우가 허술한데다 목표가 사라진 내일이 없는 불안한 나날을 살았다. 그리고 특공대 창설 3년여 후인 1971년 8월 23일 실미도 난동 사건을 벌인 것으로 나는 해석한다.

당시 에티오피아 주재 한국 대사로 근무하던 중 이 소식을 듣고 나는 망연자실했다. 고공 침투가 아닌 상륙 특수부대로 재편성하긴 했지만, 부대원의 상당수는 1968년 1·21 사태 직후 중정에서 차출된 인원이었다. 내가 공군참모총장 재임 시절 중정으로부터 인계받아 훈련받은 대원들이 상당수 포함됐다는 점에서 자괴감이 없지 않았다.

결국 이들은 냉엄한 국제 정치 질서의 냉탕과 온탕을 왔다 갔다 하는 이른바 냉전과 데탕트 분위기의 와중에서 희생된 사람들이라는 안타까운 생각을 한다.

무서운 음모

1968년 5월 어느 날이다. 이날 국방장관 주재 아래 각 군 참모총장 회의가 열렸다. 새 국방장관이 부임한 지 두 달쯤 지나서였다. 각 군 참모총장과 해병대사령관이 참석한 가운데 회의가 시작되려는 때 국방장관이 나를 바라보더니 불쑥 말했다.

"장 총장, 작년 장군 진급 심사 때 불미스런 금품이 오갔다며?"

"네?"

"장군 진급 심사 때 돈을 먹었다는 거야."

이 무슨 뚱딴지같은 발언인가. 군 수뇌부 전체가 마주앉아 있는 공개적인 장소에서 진의를 파악하기도 전에 이런 말을 불쑥 내뱉다니. 나는 순간 분노가 치밀어서 자리를 박차고 벌떡 일어섰다.

"그게 무슨 말씀입니까?"

설사 심증이 간다 하더라도 개인에게 치명상을 주는 말을 함부로 하는 것이 아니다. 하고 싶다면 조용한 자리로 불러 알아보는 것이 순서이다. 그런데 전혀 사실이 아닌 것을 당연한 것처럼 말하다니…… 이건 도저히 묵과할 수 없었다. 그래서 다시 따져 물었다.

"무슨 말씀입니까?"

"그렇다는 거요."

장관도 눈 하나 까딱하지 않고 응수했다. 나는 순간적으로 '엄청난 음모

빨간 마후라 하늘에 등불을 켜고

다 !'라고 판단하고 부딪칠 각오를 다지며 장관에게 물었다.

"근거를 대십시오. 그렇지 않으면 결단코 묵과하지 않겠습니다. 이것은 내 이름과 내 가문의 명예를 걸고 밝히겠습니다. 장관은 꺼낸 말에 대해 책임을 져야 합니다!"

나는 이 말을 마치고 회의장을 박차고 나왔다. 공군 본부로 돌아오면서 억울해서 견딜 수가 없었다. 공군참모차장 임명 당시 느닷없이 7~8년 전에 전투조종사 관사를 지어 준 것을 공금 착복했다고 음모를 꾸미며 음해했다. 그런데 또 뭔가 심상치 않은 움직임이 있는 것이다. 그 때 군 라이벌의 친아우가 중앙정보부 언론담당 책임자로 있으면서 온갖 음해와 언론 플레이로 나를 궁지로 몰아넣더니 또 누군가가 음모를 꾸미고 있다고 생각했다.

굳이 따지자면 1·21 사태 해결의 핵심 인물은 바로 나였다. 1·21 사태가 발생하자 공비들의 퇴로를 차단하기 위해 수색 작전 내내 한강 하류-임진강-송추-의정부-북한산 삼각 지역에 밤이면 조명탄을 쏘아올렸다. 그래서 쥐새끼 한 마리도 빠져나가지 못하도록 하면서 30명 전원을 사살 생포(1명은 도주)하는 데 기여했다. 이를 두고 박정희 대통령은 '전투 교훈 1호'로 각 군에 훈령을 내렸던 것이다.

다음으로 푸에블로 호 납치 순간 가장 먼저 아군기를 출격시킴으로써 한·미 군사 동맹의 의의를 새롭게 했다. 청와대를 습격한 북한 124군부대와 김일성 숙소, 원산항에 끌려가 정박해 있는 푸에블로 호 사진을 단독으로 입수해 보복 작전의 기초를 마련했다. 중앙정보부에서 차출해 준 특공대(후에 실미도 특공대)를 인계 받아 훈련을 완벽하게 치르는 한편 별도로 공군 자체의 특공대를 편성해 보복과 응징의 체계를 갖춰나가자 청와대와 정부는 나에 대한 신임이 두터웠다.

이 같은 공적으로 참모총장 연임 얘기가 자연스럽게 거론됐으며, 항간에서는 합참의장 설까지 논의됐다.

어느 날 삼성 고문으로 있는 김정렬 선배(1·3대 공군참모총장, 국방장관, 국무총리)로부터 만나자는 연락을 받았다. 오찬을 함께 한 자리에서 김정렬 선배는 내 업무 수행 능력을 평가하면서 매월 한 차례씩 독대하는 대통령께 참모총장 임기가 끝나면 합참의장 임명을 건의하겠노라고 했다. 나를 여전히 아끼고 이끌어 주는 김정렬 선배가 고맙기만 해서 나는 묵묵히 듣기만 했다.

그런데 이런 것들이 중앙정보부 정보망에 걸려든 모양이다. 중앙정보부에는 내 연임이나 영전을 바라지 않는 세력 그 중심에 군 라이벌의 친아우(중정 핵심 간부)를 비롯해 김형욱 부장이 있었다.

그들은 멀쩡한 사람도 하루아침에 병신을 만들어 버리는 놀라운 기술을 갖고 있었다. 이들에게 잘못 보이거나 거추장스럽게 비쳐지면 개망신을 당하고 쫓겨나고 심지어 감옥까지 가는 경우가 비일비재했다.

나는 하늘의 불침번으로서의 사명감과 긍지, 원칙에 충실하고 부하에 대한 사심 없는 사랑, 국군 통수권자에 대한 충성심으로 군 생활에 충실해 왔다. 여기에만 충실해도 하루 일과가 부족할 정도였다.

그런데 이런 때는 늘 그렇듯이 시기하고 모함하는 세력이 나타난다. 능력이 모자란 사람들이 이러저러한 연고를 동원해 앞만 보고 가는 사람을 모략하고 음해하는 것이다. 그리고 뒤가 구리면 거기에 굴복하고 좋은 여론을 만들어 주도록 선물도 갖다 바친다.

그렇지만 나는 삶이 떳떳했고 국군 통수권자로부터 두터운 신임을 받고 있었으며, 또 신임을 받을만한 자격도 있다고 생각해 김형욱 정도는 신경도 쓰지 않았다. 실제로 5·16 당시 한참 후배인 그는 영관급이고 나는 장성이었다. 군은 계급 사회인지라 은연중 나는 그를 인정하지 않았던 면도 있었다.

그런데 그 동안 군부 내에서 여러 모로 나와 사이가 좋지 못했던 사람의 아우가 중정 핵심 부서에 있으면서 나를 떨어뜨리려고 온갖 음해 문건을 돌리고, 이 때 조직의 수장인 김형욱이나 이철희 차장도 나를 우호적으로 보지 않았을 것이다. 특히 김형욱과는 1·21 사태 해결 과정에서 나와 눈에 보이지 않는 간극이 있었다.

이런 때 총장 연임과 합참의장 설까지 흘러나가자 그들 나름으로 '작전'

을 폈을 것으로 미루어 짐작한다. 그것은 물어보나마나였다.

나는 1·21 사태 해결의 공적을 평가받아도 부족할 판에 누명까지 쓰자 분이 나서 견딜 수가 없었다. 정말 세상은 무섭고 사람이 가장 두려운 존 재라는 것을 이 때 비로소 알았다. 나는 비장한 각오를 다지며 공군 간부 회의를 소집했다. 간부회의에서 국방장관으로부터 들은 얘기를 소상하게 알리고, 특위를 구성해 철저히 진상 조사를 하도록 지시했다. 일주일쯤 지나자 진상이 드러나기 시작했다. 이 때 전혀 터무니없는 사실이 밝혀졌 다. 부하 한두 명을 옭아매(그 중 덜렁대는 부하가 한 명 있긴 하다) 엉터 리 조서를 꾸며 놓은 것이었다.

나는 이미 청와대로 올라 간 내 인사 비리 문건을 다른 비선을 통해 확보했다. 내용에 따르면 8개월 전 장군 심사 때 대령 1~2명이 아내에게 돈을 갖다 바쳤다는 것이다. 그 중에는 집을 팔아서 진급 비용을 마련했다 는 내용도 들어 있었다. 이 과정에서 아내가 '참모총장이었다'는 평도 붙어 있었다. 너무도 황당무계한 날조요 음해였다. 아내는 결코 그런 위인이 되지 못했는데 대단한 사람으로 만들어 놓으니 본인보다 가족들이 더 놀 랐다(나는 이 문건을 지금까지 보관해 오고 있다).

우격다짐으로 몰아붙여도 통용되는 시대라고 해도 전혀 사실이 아닌데 다 소소한 팩트(Fact) 하나 맞지 않는 것을 확인하고 나는 김형욱 부장에 게 전화를 걸었다.

"김 부장, 조용히 만나서 얘기할 것이 있소."

"무슨 일이오?"

"만나서 상의할 일이 있소."

"그렇다면 오후에 부장실로 오시오."

김형욱은 여전히 건방졌다. 한참 후배인 그가 나더러 자기 사무실로 오 라는 것이다. 나는 각오하고 리벌버 권총에 실탄을 장전한 뒤 품에 숨겼다. 이런 억울한 일은 더는 당하고 싶지 않고, 이런 일들이 두 번 다시 통용돼 서는 안 된다고 생각했다. 이런 장난은 내 선에서 끝나야 한다고 다잡으며 남산의 중앙정보부로 향했다.

중앙정보부 부장실 접견실로 안내를 받아 대기하고 있는데, 김형욱 부장은 나타 날 기미를 보이지 않았다. 10분이 지나고 20분, 30분이 지나도 나타나지 않았다.

'건방진 자식……!'

나는 분노가 치밀어 나타나기만 하면 그대로 쏘아 버릴 생각이었다. 세상을 살고 싶은 생각이 없었다. 명예를 먹고 사는 내가 이런 대접을 받고 산다는 것은 군인의 길을 걸어온 나로서 견딜 수 없었다.

40분쯤 지났을까. 문이 살짝 열리더니 김형욱의 한쪽 눈과 입이 좁은 문틈으로 살짝 보였다. 그는 3cm 정도만 문을 열고 한쪽 눈만 안으로 내민 채 내 동태를 살피고 있었다. 한참 살피던 그가 빠르게 말했다.

"장 총장, 우리가 오해했소. 다시 알아보았는데 아무것도 아니오. 오해야 오해. 다 해결됐으니 그냥 돌아가시오."

이 한 마디를 남기고 문을 닫더니 그는 그대로 사라져 버렸다. 그는 방어 본능이 뛰어난 사람이었다. 이런 경험이 많아서였겠지만 그는 내 속마음을 간파한 듯 속사포같이 말하고는 줄행랑을 놓아 버린 것이다. 단단히 각오하고 갔던 나는 어이가 없었다. 실컷 장난을 치고는 언제 그랬더냐 싶게 없던 일로 치부해 버리는 무책임한 행동……. 이런 식으로 얼마나 많은 사람을 억울하게 잡았을까를 생각하니 온몸에서 전율이 일었다.

그 일은 없는 일로 깨끗이 마무리됐다. 없는 일이었으니 없는 일이 될 수밖에. 하지만 뒷맛은 영 개운치 않았다.

전역 그리고 나의 군인관

　1968년 8월 1일, 나는 공군참모총장 임기 만료와 함께 전역했다. 임기 연장과 합참의장 설까지 나돌았지만 중앙정보부의 여러 가지 방해로 진이 빠져 버린 나는 다른 생각을 할 생각도 갖지 못한 채 빨리 임기가 끝나기를 바랐다. 정말 연임이 지긋지긋할 정도였다. 자리 하나로 사람을 골탕먹이는 나날이 지겹고 고달팠다.

　8월 1일, 오전 청와대에 올라가 대통령께 전역 신고를 하고 집으로 돌아오는 길에 김정렬 전 총장이 동행해 함께 집으로 왔다. 나를 위로하기 위해 중간에 나를 찾아 동행해 준 것이었다.

　점심을 함께 하며 지난날을 회고하는데 갑자기 청와대에서 오후 2시까지 접견실로 들어오라는 연락이 왔다. 대통령이 이례적으로 나를 부른다는 것이었다. 나는 이제 승용차도 없는지라 부랴부랴 공군 본부의 지프 지원을 받아 청와대로 들어갔다.

　나를 맞은 대통령은 차를 권하며 천천히 말했다.

　"그 동안 일 많이 했어. 임자 심정을 잘 알아. 그래서 부른 거야. 나도 일생일대 가장 섭섭하고 서운했던 일이 군복을 벗던 때였어. 만감이 교차하더군."

　그러나 나는 꼭 그런 것만은 아니었다. 그래서 조심스럽게 말했다.

　"각하, 저는 시원섭섭합니다."

"시원섭섭하다고?"

대통령이 의외라는 듯이 반문했다.

"네. 참모총장 기간 동안 단 하루도 마음 편할 날이 없었습니다. 긴장된 순간순간이었습니다."

말을 하다 보니 너무 나가지 않았나 싶어서 재빨리 톤을 낮추어 말했다. 자리로 인한 경쟁자들과의 눈에 보이지 않는 갈등과 대립 그리고 충돌이 지겨웠던 것이다. 그러나 나는 그런 말을 하고 싶지 않아 말을 바꾸었다.

"각하, 공군의 비행기가 하루에 450~480회를 떴다 내립니다(지금은 약 800회). 낮에도 뜨고 밤에도 뜹니다. 비행기 한 대에 정비·전기·통신·유류 보급·무장사·조종사 등 80~90명의 병사와 장교들이 매달립니다. 이러니 잠자기 전에는 마음을 놓을 수가 없습니다. 아침에는 사고 없이 하루가 가기를 기도하고 잠자리에 들 때는 오늘도 무사했다는 감사의 기도를 올리죠. 그러니 하루도 편할 날이 없었습니다. 하지만 이제는 긴장을 풀고 발 뻗고 잘 수 있을 것 같습니다."

대통령의 정서와 반대되는 이야기를 하고 있었으니 멋쩍은 면도 있었다. 그러나 대통령은 내 말에 고개를 끄덕이며 위로했다.

"그랬었군. 고생했어."

"보병은 1시간에 4㎞ 밖에 가지 못합니다. 공군은 비행기에 오르면 1시간에 음속의 1.5를 가 버립니다. 2,000㎞가 넘죠. 그래서 육군은 호루라기로 부를 수 있지만 공군은 호루라기로 부를 수가 없습니다. 고도의 기술로 부르고 또 고도의 기술로 돌아오는 것이죠."

"잠시 동안 쉬게. 그리고 나라의 부름이 있으면 언제든지 나와서 일을 해야지."

이 말을 듣자 나는 코허리가 시큰해졌다. 대통령은 헤어지면서 악수를 청하면서 나를 격려했다.

"앞으로도 나라 일을 잘 도와야 해."

"감사합니다, 각하!"

나의 군인관은 두 분 조부들로부터 정립되었다. 두 조부님은 조선조 말

무과 급제를 했다. 그 중 친조부님은 시골에서 후생을 길렀고, 작은 조부님은 만호 벼슬(육군 준장과 소장 사이 계급)을 지냈으며, 만년에는 동학농민운동에 가담했다. 친조부님과 선친은 군사력을 키우지 못한 것이 망국을 자초했다고 탄식했다. 그래서 튼튼한 군대만이 나라를 지키는 방책이라고 했다. 나도 똑같은 생각을 해왔으며, 이것이 군인관으로 정립되었다.

선친은 철저히 사치를 금하고 몸소 실천했다. 고을에서 큰 부자셨으나 못 사는 사람보다도 옷이 헐었다. 읍내 나가실 때도 부잣집에 흔히 있는 자전거도 없이 걸어 다니셨다. 나 역시 그런 검소와 내핍의 인생을 살았다.

전역하던 때의 내 나이 43세. 3남 2녀의 가장으로서 아직도 할 일이 많았다. 대학을 다니는 큰딸부터 초등학교 4학년에 다니는 막내딸까지 모두 학령기의 중심에 있었다. 그 동안 군문에만 충실해왔기 때문에 아이들이 어떻게 자랐는지조차 몰랐다. 그런데도 나는 7남매를 낳으려고까지 마음먹은 적이 있었다. 사주에 그렇게 나와 있다는 것이고, 또 정비 출신의 김영재 선배(대령 예편, 작고) 때문이기도 했다.

김영재 선배는 김홍일 장군의 친조카로서 중국 공군 장교 출신이었다. 그는 장제스(蔣介石) 장군의 전용기 정비사로 복무했다. 그만큼 중국 군부의 신임이 두텁고 실력이 있는 사람이었다.

김 선배는 상하이 홍구공원에서 일본의 파견군사령관인 시라카와 대장과 수명의 일본 점령군을 폭사케 한 윤봉길 의사의 도시락 폭탄을 직접 제조해 준 바로 그 주인공이었다.

그런데 그가 강릉 제10전투비행단 정비전대장 시절의 어느 날 혼자 툴툴거리고 있기에 내가 물었다.

"김 선배 무슨 일이 있습니까?"

"또 딸이야. 여섯 번째라구."

행여나 했는데 또 딸을 보았다는 서운함으로 그는 망연자실해 있었다. 그래서 내가 위로했다.

"한 번만 더 도전해 보시지요?"

"그런 소리 말어. 집에 들어가면 기집애들이 방마다 널브러져 있고, 남자는 나 혼자 뿐이니 신물이 나. 정말이지 들어가기가 싫을 정도야."

"그러니까 한 번만 더 도전해 보시라니까요, 그러면 들어가고 싶은 집이 될 겁니다. 선배님 실력이 이제야 나올 거예요."

그렇게 하고 헤어졌는데 몇 개월 후 그가 나를 보더니 웃는 것 같기도 하고 우는 것 같기도 한 이상한 얼굴을 보였다.

"왜 좋은 일 있습니까?"

"또 (아이를) 가졌대."

남의 말 하듯이 했지만 그는 나의 권유를 받아들여 '도전'했다는 뜻을 암시했다. 그 결과 부인이 또 임신했다는 것이다.

"잘 하셨습니다. 틀림없이 이번엔 좋은 소식이 있을 겁니다."

나는 이렇게 위로하고 지내다가 1년이 지난 어느 날 갑자기 생각나서 그를 찾았다.

"어떻게 됐습니까?"

"말 말어. 일곱 번째야."

그는 거의 울상을 짓고 있었다. 좋은 일이 있었다면 맨 먼저 나를 찾았을 사람이었다. 자랑했을 텐데 또 딸이니 그런 의전을 아예 생략해 버린 것이었다. 나는 아내를 시켜 뒤늦게 기저귀와 미역을 사 보냈지만, 그의 막내딸은 내 강요에 의해 태어난 것이나 다름이 없었다(다행히도 효성 지극한 막내딸이었다고 하니 안심이다).

어쨌든 나도 그에 대한 예의로 7남매를 둘까 생각했었다. 그러나 기분으로 살 수가 없다고 판단하고 기왕 태어난 애들이라도 잘 기를 것을 다짐했다. 하지만 잘 보살피지 못했으니 가장으로서 도리가 아니었다.

전역 후 행정개혁위원회 부위원장(장관급)에 위촉됐으나 비교적 한가한 자리여서 그 동안 못다 한 아버지 도리를 다하기 위해 학교 다니는 아이들 뒤따라 다니는 일에 열중했다.

제5부

다시 조국의 부름을 받고
해외 주재 대사 시절

에티오피아 대사-기적의 콜레라 백신

1969년 초 외무부에서 연락이 왔다. 대사 자리가 네 군데 나왔으니 그 중 하나를 선택하라는 것이었다.

대사 자리는 A급지도 있었으나 에티오피아를 선택했다. 이 나라를 선택한 데는 내 나름의 사정이 있었기 때문이다. 집권자 셀라시에 황제와의 인연이 그것이다.

공군참모총장 재임 시절 셀라시에 황제가 한국을 국빈 방문했다. 6·25 동란 때 16개 유엔군 참전국 중 하나인 에티오피아는 한국전에서 용맹을 떨쳤다. 셀라시에 황제의 한국 방문 때 전사자가 많았던 강원도에서 참전 기념비 제막식을 가졌을 때 황제를 수행하게 된 것이다.

이 때 본 꼿꼿하고 늠름한 80 노객의 황제가 인상적이었다. 셀라시에 황제는 시바 여왕의 후손으로서 누대의 왕족이었으며, 그 기품과 꼿꼿한 자세는 비동맹국가 지도자들의 리더로서 전혀 손색이 없었다.

비동맹 국가는 미국과 소련 등 열강의 팽창 정책을 반대해 온 동맹체로서 유고의 티토 대통령, 중국의 주은래 수상, 인도네시아의 스카르노 대통령과 함께 아프리카에서는 셀라시에 황제가 주도하고 있었다. 따라서 셀라시에 황제는 따라서 아프리카 대륙의 정치적 대부(代父)였다.

또 에티오피아 참전 군인들이 우리의 중동부 전선을 지키며 큰 전공을 세웠다는 전사(포로가 없는 군대/맨발로 액체 독가스 지대를 통과해 적을

셀라시에 에티오피아 황제에게 신임장을 증정한 뒤 악수하고 있다.

파괴)를 보면서 에티오피아에 대해 깊은 인상을 받았다.

이런 인연과 호기심으로 에티오피아 대사를 원했다. 그런데 부임하자마자 나를 맞이한 것은 창궐하는 콜레라였다. 일년 사이 20만 명이 병사했다.

나는 대학에 다니는 큰딸과 대입 준비중인 고 3 장남을 고국에 두고 세 아이를 데리고 임지에 왔다. 그런데 역병에 꼼짝달싹 못하게 되었다.

콜레라가 도는 지역은 완전 격리된 채 어느 누구도 접근하기가 어려웠다. 하지만 전국적으로 콜레라 주사약이 절대 부족해 매일 수천 명씩 죽어가고 있었다. 나는 곧바로 청와대에 지원 요청을 급전으로 때렸다.

내가 직접 청와대로 콜레라 예방 백신 긴급 지원을 요청한 것은 절차를 생략한 행동으로 외무부에는 미안한 일이었다. 하지만 외교 통로를 통해 절차를 밟으면 그만큼 시간이 걸려 환자의 구제가 늦어진다는 절박감 때문이었다.

담당자의 기안을 시작으로 과장-국장-차관보-차관-장관 등 결재가 올라가는 동안 시간이 걸리고 현실성 있는 지원이냐 아니냐 의견 조율을 하는 사이 소중한 목숨들이 자꾸 죽어나가는 것이다.

특히 내가 청와대 직접 라인을 구축한 것은 에티오피아 보건 당국의 불쾌한 반응 때문이기도 했다. 나는 인도적 일념으로 에티오피아 보건장관을 방문했다. 그는 미국·소련·영국·프랑스·독일 등 선진국들도 나 몰라라 하는데 동방의 조그마한 분단국가가 돕겠다고 자청하고 나서니 신빙성 있는 제안이냐며 묵살하려고 들었다.

나는 보건장관에게 자신 있게 장담했다.

"대한민국의 약으로 에티오피아 국민을 도울 것이다."

그리고 사무실을 나오는데 보건성 공무원들이 등 뒤에서 중얼거렸다.

"코리아는 우리가 도왔다."

도움을 받은 나라가 어떻게 자기들을 도울 수 있느냐 하는 반응이다. 그들은 솔로몬 왕과 시바 여왕의 나라라는 자부심이 대단했으며, 무엇보다 6·25 전쟁 때 한국에 파병한 나라라는 것을 은연중 자랑하며 우리를 무시하고 있었다. 말단 공무원들까지도 그런 인식을 갖고 있다는 것에 나는 자존심이 상해 기어이 관철시킬 것이라고 마음 속으로 다졌다. 우리의 제약회사 실력을 몰라도 너무도 모른다고 생각되어 이번에 단단히 한 수 가르쳐 줄 심산이었다.

에티오피아는 국토가 한반도의 6배에 달하고, 인구도 4,500만 명(70년 당시)이나 됐으며, 아프리카의 정치 지도국으로서 외교적으로 무시할 수 없는 나라였다.

며칠 후 서울에서 전세기 한 대가 날아왔다. 20만cc나 되는 콜레라 예방 백신을 한국에서 에티오피아까지 직접 공수한 것이다. 실로 놀라운 일이 아닐 수 없다. 이 약은 에티오피아 13개 주 주립병원에 배당되었는데 몇 개월 분의 비축 물량이라고 했다.

박정희 대통령의 하사품이라는 표시가 붙은 '메이드 인 코리아'의 콜레라 예방 백신은 며칠 후 전국에 보급되어 투약이 실시되어 금세 효과가 나타났다. 매일 수백 명씩 죽어가는 환자들이 주사 한 방으로 거뜬히 일어나 기동했다.

현지 TV는 물론 라디오에서 연일 한국의 '기적의 약'을 방송으로 내보냈다. 그 때서야 선진국 어느 나라도 하지 못한 일을 한국이 해냈다고 여기저기서 평가했다.

며칠 후 에티오피아 보건장관이 한국대사관을 찾아와 '코리아의 아름다운 인도적 손길'에 대해 고마움을 표시하면서 내 두 손을 잡으며 거듭 감사의 인사를 했다.

그 후 '콜레라 백신'을 맞고 완쾌한 환자들이 대사관을 찾는가 하면 편지로 고마움을 전해오기도 했다.

폐허가 된 코리아 빌리지

1970년 4월, 부임한 지 8개월쯤 되는 날이다. 나는 수도 아디스아바바 인근에 '코리아 빌리지'가 있다는 소식을 접하고 그 곳을 방문했다. 아프리카에 한국촌이 있다는 사실이 신기했으나 현장에 가 보니 왠지 주민들이 우리 일행을 기피했다.

한국촌은 그야말로 폐허나 다름이 없었다. 한국촌이라는 이름을 쓰지 않았으면 하는 생각이 들 정도였다. 퇴락한 집들과 꾀죄죄한 절망적인 모습의 주민들 그리고 무엇보다 학교 건물이 금방 쓰러질 정도로 기울어져 있었다. 그나마 교실이 절대 부족해 5부제 수업을 실시하고 있었다. 2부제 수업도 불편한데 5부제를 하고 있으니 따지자면 학교라고 할 것도 없었다.

나는 한 젊은 주민에게 다가가 한국촌이 왜 이처럼 황폐하게 됐느냐고 물었다. 주민이 주변을 두리번거리더니 조심스럽게 말했다.

"10년 전(1960년) 셀라시에 황제를 몰아내고 대신 황태자를 새 황제로 옹립하려는 군부 쿠데타가 있었습니다. 그 쿠데타 세력의 주력이 한국전에 참가한 군인들이었지요. 쿠데타가 실패하자 그들 대부분이 처형되고 황태자는 감금됐습니다. 한국전에 참전한 용맹스런 군인들이 처형되면서 유족들이 사람 대접을 받을 수가 없게 됐지요. 정부는 그들이 살고 있던 이 곳을 '반역의 땅'이라고 해서 핍박을 가하며 거들떠보지도 않았습니다. 그래서 이 곳 사람들은 죄인처럼 살고 있고 먹고 살 길도 막혔으니 폐촌이 되어버린 것입니다. 사태가 이렇게 된 것은 황태자 때문이지요."

셀라시에 황제가 한국전 참전 용사와 상이군인들을 위해 조성해 준 코리아 빌리지는 이런 연고로 버림 받은 땅이 되었던 것이다.

쿠데타의 배경은 이렇다.

50년 이상 집권한 셀라시에 황제는 관의 부패가 극심하고 경제는 나아질 기미를 보이지 않았다. 그래서 황제가 외국 순방길에 오른 공백기를 이용해 한국전 참전 군인들이 중심이 된 군부가 황태자를 앞세워 무혈 쿠데타를 일으켰다. 그 쿠데타는 성공하는 듯이 보였다. 순식간에 정부 주요 기관을 장악하고 혁명 과업을 선포했다. 이 때 첩보를 접한 황제가 순방을 취소하고 급히 귀국길에 올랐던 것이다.

한편 쿠데타 세력의 옹립을 받은 황태자는 번민에 빠졌다. 아버지를 배신하느냐 마느냐로 밤잠을 이루지 못하다가 결국 황제가 귀국하자 공항에 나가 무릎 꿇고 사죄하고 말았다.

셀라시에 황제는 트랩 아래 엎드려 있는 60대의 자식(황태자)을 발길로 냅다 걷어차고, 그 길로 집무실로 돌아와 병력을 동원해 쿠데타 세력을 진압해 나갔다. 쿠데타 세력은 체포되고 곧 요식 재판을 거쳐 주동자 전원 처형됐다. 황태자를 믿고 거사했던 한국전 참전 군인들은 이렇게 황태자의 우유부단한 태도 때문에 참혹한 최후를 맞았으며, 공범들은 죽기보다 못한 수형 생활로 신음하며 연명했다. 그 가족들 역시 10년이 지난 지금까지 비참한 생활을 하고 있었다.

이런 아픈 과거를 안고 있는 한국촌을 돌아보며 나는 무엇을 해야 할지를 살폈다. 그 중 학교 교사 신축이 가장 시급한 문제였다. 6,000명의 주민 중 70%가 아동들인데 대부분 학교를 다니지 못하고 있었다. 설사 학교에 다니는 아동들도 5부제 수업으로 진행되어 학교에 다닌다고 말할 수도 없었다.

나는 청와대에 긴급 지원 요청을 했다. 3만 달러를 지원하면 교실 두 동을 지어 줄 수 있었다. 당시 스웨덴은 50대 50으로 에티오피아에 원조를 해 주고 있었는데, 원주민이 나머지 50%의 예산을 감당할 수 없어 원조

에티오피아 셀라시에 황제가 한국촌에 준공된 학교를 둘러보고 있다.

자체를 포기하는 상황이었다. 나는 전액을 우리 정부 지원으로 교사 신축에 들어가기로 했다. 청와대로부터 지원받아 건물을 신축하는데 6개월이 지나자 교사가 멋들어지게 완공됐다. 그런데도 일부 예산이 남아돌았다. 나는 책상과 걸상을 마련하고, 본국에서 지우개나 공책, 책가방 등 학용품 일습을 들여왔다.

공책 대신 모래 바닥에 글씨를 쓰며 공부하던 아이들이 책걸상은 물론 학용품까지 지급되자 왕자처럼 우쭐대며 좋아했다. 한국촌 학교가 갑자기 에티오피아에서 가장 부유한 명문 학교가 된 것이다.

이 소식이 황실에도 전해졌다.

나는 준공식 날짜를 잡고 정중히 셀라시에 황제를 주빈으로 초청했다. 구원(舊怨) 때문에 초청에 응하지 않을 줄 알았던 황제가 준공식장에 모습을 나타냈다(황제는 미리 일정을 알려 주지 않는다). 그 감격은 나보다 주민들이 더했다. 황제가 하사한 한국촌을 10여년 만에 다시 방문하자 숨 죽이며 살던 주민들이 더 놀라고 있었다.

황제는 준공식 축사에서 한국촌 참전 용사들과의 구원을 씻는 일을 한

빨간 마후라 하늘에 등불을 켜고

국대사관이 대신해 주었다고 치하했다. 그 발언은 바로 황제가 화해의 손길을 내밀었다는 것을 의미했다. 결국 한국대사관이 황제와 한국촌 사이에 화해의 계기를 마련해 준 셈이었다. 이후 내가 대사로 근무하는 동안 매년 두 칸씩 교실을 증축했다.

이 때 한국은 유엔 가입 찬성표를 단 한 표라도 더 얻기 위해 북한과 외교전을 벌이고 있었다. 표를 얻기 위해서는 비동맹국가의 지원을 받는 것이 급선무였다. 하지만 비동맹권은 자유 진영보다 공산 진영과 더 가까운 관계를 유지하고 있어 득표가 쉬운 일이 아니었다. 비동맹권은 북한에 더 많은 지지를 보내 주고 있었다.

에티오피아는 아프리카의 중심 국가였고, 셀라시에 황제는 역내 정치적 리더였다. 그래서 그와 긴밀한 관계를 유지하는 것은 한국 외교 승리를 위해서 반드시 필요했다.

1972년 여름 뮌헨올림픽이 열리자 고국의 강선영 무용공연단이 독일 순회 공연에 나섰다. 나는 이들이 귀로에 에티오피아에서 공연할 수 있도록 전 무용단원을 아디스아바바로 초청했다. 이윽고 강선영무용단이 아디스아바바에 들어 왔다.

국립극장을 빌려 공연 일정을 잡는데 그 날 하필이면 황제가 지방 순회 스케줄을 갖고 있었다. 황제가 참석하지 않는 행사는 사실 팥소 없는 빵이나 다름이 없었다. 에티오피아는 황제의 참석 여부가 공연 성패의 기준이 되는 나라였다.

나는 황궁 비서실을 통해 황제의 참석을 간곡히 요청했으나 확실한 응답이 없었다. 노구의 황제가 많은 스케줄을 소화하기에는 무리가 따른다는 간접적인 불참 의사를 보내왔다. 그런데 공연 시작 불과 몇 분 전에 황제의 리무진이 극장 마당으로 들어오는 것이 아닌가. 실로 극적인 장면이었다.

그것은 황제가 나에 대한 우정의 표시로 공연 관람을 강행한 결과였다. 황실의 권위 때문에 외교 사절이나 국빈이 면담을 신청해도 곧바로 성사

되는 것이 아니라 몇 개월씩 기다렸다가 만나는 것이 관례이다시피 했지만 나에게는 예외가 적용된 셈이다.

황제를 모신 가운데 강선영무용단이 한국 전통 무용과 아리랑, 도라지 합창 등 아름다운 선율과 율동을 선보이자 객석은 갈채와 환호 일색이었다. 좀처럼 표정을 드러내지 않던 셀라시에 황제도 고개를 끄덕이며 박수를 쳤다. 공연은 대성공이었다. 공연이 끝나고 황제가 돌아가면서 나를 부르더니 말했다.

"내일 황실로 아이들을 데리고 오시오. 점심을 대접하겠소."

이것은 전례 없는 일이었다. 곁에서 비서실장이 "경하합니다"라고 축하해 주었다. 나는 대사관으로 돌아와 아이들에게 이 사실을 전하고 교육을 시켰다.

"내일 오찬장에 황제가 나오시면 모두 우리 임금님에게 절하듯이 넙죽 엎드려 큰절을 하라!"

다음 날 나는 무용단을 인솔해 황실로 들어갔다. 대기 중 황제가 나타나자 곱게 한복을 차려 입은 어린 무용단원들이 일제히 엎드려 큰 절을 올렸다. 황제가 흡족한 웃음을 만면에 띠었다.

사실은 나도 황제를 면담할 때 처음에는 이렇게 무릎을 꿇고 인사했다. 황제는 나의 정중한 조선왕조식 인사에 매우 흡족한 표정을 지으면서도 그러지 말라고 만류했다.

"한국에서는 임금님에게 예를 차릴 때는 이렇게 한다."

나는 면담 때마다 그대로 큰절을 했었다. 이것이 그에게 큰 인상을 남겨준 모양이었다. 하긴 100여개 국 대사가 똑같은 연미복에 똑같은 인사를 하고 똑같은 의례적인 인사말을 하면 뚜렷한 인상을 남기지 못할 것이다. 이런 때 가장 개성 있는 예의를 차리면 그 사람은 황제의 뇌리에 오래 남게 될 것이다.

어린 무용단원들이 나처럼 큰절을 올리자 황제는 매우 흡족해 하면서 40여 명의 단원 모두에게 조약돌만한 크기의 금반지 하나씩을 선물했다. 에티오피아가 세계적 금 산지였지만 이런 선물은 정말 파격적이었다.

빨간 마후라 하늘에 등불을 켜고

이 때 수행한 임병직 순회대사(전 외무장관)와 나는 또다른 걱정을 했다. 만약 아프리카식대로 예쁜 무용단원 중 한두 아이를 두고 가라고 하면 어떻게 할 것인가. 생각이 거기에 미치자 겁이 덜컥 났다.

황제는 2차 대전 전 일본 황실과 결혼설이 있었다. 이 때 그는 황실의 궁녀들을 모두 일본 여자들로 바꾸어 놓았다. 그러나 2차 세계대전 때 일본이 에티오피아의 적국인 이탈리아와 동맹을 맺자 결혼을 파기해 버렸다. 그는 이처럼 무엇이든 하는 신과 같은 존재였다.

1972년 당시엔 황후가 노환으로 이미 죽고 큰 공주가 퍼스트레이디 역할을 하고 있었다. 그래서 개인적으로는 고적한 편이었다. 80 노인이지만 나라 전체가 황제 개인 것이나 다름없으니 무엇인들 못하겠는가. 자기 식대로 예쁜 아이가 욕심나면 한두 명을 두고 가라고도 할 수 있었다. 이런 것이 걱정되어 고민하고 있는데 황제는 더는 욕심을 부리지 않고 우리 아이들 볼을 차례로 만져 주며 사랑스럽다는 표정을 지으며 점심식사를 제공한 뒤 보내 주었다.

1972년 10월, 유엔 총회가 열렸다. 한국은 유엔 가입을 위해 각 나라의 표를 확보해 나가는 중이었다. 이 중 우리는 비동맹국가들의 표를 얻기 위해 부단히 노력했다.

그러나 이들은 북한과 가까운 관계를 유지했고 한국을 배척했다. 유엔 가입을 위한 득표가 북한과 경쟁하는 입장이어서 한 표라도 더 얻는 것이 외교전의 승리를 담보하는 상징인데 도무지 진척을 보이지 못하고 있었다. 이 때 김용식 외무장관이 나를 유엔 임시 지명 대사로 임명하고 뉴욕으로 오도록 지시했다. 뉴욕에 도착하자 김용식 장관이 4명의 상주 직원을 진두지휘하며 표 점검을 하고 있었다.

본국에서 국회의원들이 지원을 나왔지만 별로 실효를 거두지 못하고 며칠 묵고 돌아갈 뿐이었다. 매일 아침 임시 대표부 사무실에서 김 장관과 나를 비롯하여 6명이 각자 수집한 정보를 토대로 회의를 열었다. 나라별로 접촉한 결과를 토대로 ×, ○, △ 표시를 해가며 점검했지만 크게 진전이 없었다.

김 장관은 에티오피아 표를 대단히 중시했다. 에티오피아 표를 확보하면 다른 비동맹 국가들의 표도 고구마 줄기처럼 따라올 것으로 기대했다. 그러나 에티오피아 표를 기대하기란 현실적으로 상당히 어려웠다. 6·25 때 16개 유엔 참전국 중 하나였지만, 지금은 공산권과 가까운 비동맹권의 지도국으로서 정치적 입장이 다른 것이다.

상황이 그런데도 김용식 장관은 회의를 열 때마다 물었다.

"에티오피아는 어떻게 됐소?"

나는 예스냐 노냐를 말하는 대신 "두고 보시지요"라고만 대답했다. 사실 그것 이상 대답할 확실한 근거가 없었다.

한편 유엔 주재 에티오피아 대사는 황태자 사위였다. 황태자는 일단의 군인들과 함께 아버지를 축출하는 쿠데타에 가담했다가 실패한 뒤 연금 상태에 있었다. 그런데 지금은 비교적 자유의 몸이 되어 정치 기구와는 특별한 관련이 없는 에티오피아 적십자사 총재를 맡고 있었다.

나는 황태자의 처남이 유엔 주재 대사로 떠나기 전 아디스아바바 한국 대사관으로 초청해 그에게 성대한 만찬을 베풀어 준 적이 있다. 한국대사관은 큰 공주(퍼스트 레이디)의 사저를 전체 세 들어 사는 집이었다. 더군다나 나는 쿠데타 실패 이후 무력해 있는 황태자를 만나 "3S를 조심하라"고 경고해 황실로부터 큰 반향을 불러일으킨 바 있다.

23년 만의 에티오피아 UN 찬성표

나는 대사관 건물주인 큰 공주(퍼스트 레이디)의 소개로 우연히 황태자를 만났다. 그 무렵 에티오피아는 남쪽 국경선의 소말리아와 국경 충돌이 빈번했다.

소말리아에는 북한이 대규모 테러 훈련장을 제공받아 사용하고 있었으며, 여기서 훈련 받은 게릴라들이 국경 지대인 에티오피아 유전 지대를 침략해 양국의 사이가 좋지 않았다.

나는 이 점을 유의하며 군 출신답게 에티오피아 안보 문제를 거론하면서 "3S를 조심하라"고 당부했다.

"3S라니요. 스포츠, 스크린, 섹스를 말하는 얘긴 들어보았지만……. 그렇다면 우리와는 상관없는 일인데요."

"그것이 아니라 에티오피아의 주변 나라인 사우스 예멘(남예멘)과 소말리아 그리고 이들을 배후 지원하고 있는 소비에트 유니온(소련)을 말합니다. 에티오피아를 둘러싸고 있는 이들 나라를 주의하지 않으면 안보상 큰 구멍이 생길 수 있습니다."

황태자는 소말리아 때문에 매우 골치 아픈 상황인지라 진지하게 내 말을 경청했다. 이렇게 담소를 마친 다음 날 저녁 큰 공주가 대사관을 찾아왔다.

"어제 장 대사가 황태자에게 말씀해 준 내용을 황실 회의에서 정식 거론했다. 황제께서 장 대사의 의견을 직접 듣고 싶어 하신다."

그녀는 내게 정식으로 면담 의사를 타진해 왔다.

며칠 후 나는 황궁으로 들어갔다.

"황제 폐하, 국력이 약해지면 먼저 주변국이 기회를 보고 침략을 노립니다. 상황을 보니 소련은 지중해 입구 남예멘에 아프리카의 병참 기지로 삼고 에티오피아의 턱밑을 노리고 있습니다. 소말리아에는 북한이 게릴라전 훈련장으로 쓰면서 실제로 유전 지대를 습격하면서 국경 충돌이 빈발하고 있습니다. 이러니 3S를 조심하셔야지요."

황제는 수긍하면서도 내심 곤란한 표정을 지었다. 비동맹권의 리더인 그가 국경의 경비를 강화하면서 소말리아와 관계를 악화시킬 수 없다는 것이었다. 그리고 다른 나라와도 정치적으로 오해를 받을 소지를 남기고 싶지 않다는 뜻을 갖고 있었다. 그는 이런 문제는 외교로 해결 가능하다는 의사도 비쳤다. 그러면서도 내 충고에 대해 고마움을 표시했다.

"우방국의 어느 누구도 우정어린 충고를 해 주지 않았는데 장 대사가 사심 없이 말씀해 준 것 감사하다."

이런 인연 때문에 황제가 내 호의를 무시할 수 없을 것이라고 생각했다. 아닌 게 아니라 유엔 주재 에티오피아 대사(황태자의 사위)가 나를 긴급히 찾는다는 연락이 왔다. 에티오피아 대사관 역시 유엔 본부 건물 우리와 같은 층에 들어 있었다. 우리는 뜨겁게 재회의 악수를 나누고 자리에 마주 앉았다.

"황제 폐하께서 친서를 보내오셨는데 직접 장 대사께서 펴 보시라는 지시입니다."

에티오피아 대사가 말했다.

셀라시에 황제의 친서는 네모반듯한 쇠가죽 박스 안에 들어 있었다. 그만큼 위엄과 권위가 있었다. 쇠가죽 박스에서 꺼낸 친서에는 다음과 같은 내용이 들어 있었다.

<이번 유엔 총회에서 대한민국의 안건은 대한민국 장지량 대사가 원하는 대로 처리하라.>

에티오피아 황제가 UN에서 한국을 승인한 뒤 김용식 외무장관(왼쪽)이 기뻐하며 나에게 악수를 청하고 있다.

찬성과 반대가 아니라 장지량 대사가 원하는 대로 하라는 지시의 내용이었다.

나는 친서가 담긴 박스를 향해 경례를 하고 대사의 손을 굳게 잡았다. 대사 역시 나를 안아주며 노고를 격려했다.

이렇게 해서 에티오피아는 유엔 창설 23년 만에 처음으로 한국에 찬성표를 던졌다. 이것은 단순한 찬성의 의미가 아니다. 비동맹권의 표를 움직일 수 있는 단초가 마련되는 것이다. 북한의 집요한 방해 공작에도 불구하고 에티오피아가 이를 무시하고 한국을 지지해 준 점이 성과인 것이다.

이러한 결과를 두고 김용식 외무장관이 칭찬했다.

"다른 10개국의 표를 얻는 것보다 더 값진 표였소. 초임 대사가 큰 일을 했소."

그러나 에티오피아가 찬성표를 던지기까지의 배경을 설명하기에는 사연이 너무 길다. 나는 조용히 웃으면서 대답했다.

"피라미드도 사람이 쌓았듯이 모든 것은 사람이 하는 것입니다."

외교는 공식적인 루트보다 비공식적인 인간적 유대가 더 큰 결실을 가져온다는 것을 이 때 알았다.

세계의 오지 아프리카 특히 한국과는 너무나 멀리 떨어져 있는 검은 대륙…… 이 곳에서 한 건 한 것이 그토록 우리 외교 역량을 과시할 줄은 몰랐다.

군 출신으로서 외교관 생활을 제대로 수행할 수 있을까 하는 것이 일반적 시각이다. 그래서 당시 주요 장성이 퇴역하면 시혜 차원에서 대사 자리 하나 주는 것쯤으로 인식하는 경우가 많다.

딱딱한 병영 생활을 해 온 군인이 사람과의 소통을 기본으로 하는 부드럽고 유연한 자세를 가져야 하는 외교관 임무를 제대로 수행할 수 있을까 하는 우려 때문에 그런 인식이 있는 것으로 안다.

그러나 사람을 상대하고 이끄는 것은 군 생활이나 외교관 생활이나 마찬가지이다. 둘 다 기본적으로 사람을 다루는 일이다. 어떤 제도, 법리보다도 사람을 알아야 하고 상대방과 가슴을 열어 놓는 진실한 대화가 중요하다. 나는 어느 자리에서건 이 점에 충실했고 늘 진정성이 묻어나도록 일했다. 그런 면에서 외교관 생활이 군 생활의 연장이었다고 나는 늘 강조한다.

김용식 장관이 일을 마치고 귀국하기 바로 전날 나에게 물었다.

"장 대사의 업무 능력은 여러 모로 귀감이 됐소. 곧 에티오피아 대사 임기가 끝나 가는데 다음 후임지를 생각해 보았소?"

그러나 나는 그런 생각 없이 지내 왔었다.

"아직까지 생각을 해 본 적이 없습니다."

"저런. 그럼 내가 하라는 대로 하시오. 필리핀 대사로 가시오. 내가 수년 전에 대사로 일했던 곳이오. 아주 좋은 곳이야."

그리고 필리핀은 아시아에서 북한을 받아 주지 않는 유일한 나라이며, 6·25 참전국으로서 맨 먼저 파병해 준 나라라고 소개했다.

"장 대사가 가면 좋은 친구들을 많이 만날 것이오."

내가 외교관 생활을 시작할 무렵 대사 자리가 네 군데 났을 때 그 중에서도 한국에서 가장 알려지지 않은 에티오피아를 가겠다고 하자 외무부가 의아하게 생각했다. 개인적으로 셀라시에 황제와의 인연이 있긴 했지만, 그 곳은 누구나 기피하는 곳이고 너무도 우리에게 낯선 곳이었다.

그러나 나는 교묘하게 비방과 음해·모략·배척 등 사람 병신 만들기 좋은 풍토가 환멸이 나서 한국 사정이 가능한 한 많이 격리된 곳이 좋다는 생각을 하고 에티오피아를 선택했었다. 정말 한국 생활은 사람을 피폐하게 만들고 지치게 했다. 선의의 경쟁이 아니라 적과 적의 관계가 유지되는 곳이었다.

그래서 사람의 심성이 다치지 않는 곳을 찾아 에티오피아를 선택해 왔는데 다행히도 성과물까지 얻게 되니 보람이 생기지 않을 수 없었다. 역시 사람은 어떤 위치에 있는 것이 중요한 것이 아니라 어떤 자세로 있는 것이 중요하다는 것을 알았다.

1972년 한국은 비동맹회원국 중에서 유일하게 유엔 창설 이래 23년 만에 에티오피아 표를 확보하면서 북한과의 외교전에 우월적 위치에 한 발다가 설 수 있었다. 사실 아프리카는 북한의 지지표가 더 많았고, 북한 역시 많은 외교 역량을 이 곳에 쏟아 붓고 있었다. 그런데 내가 이 곳을 비집고 들어 갈 틈새를 마련했다는 것이 우리 외교사에 적지 않은 기여를 한 셈이었다.

"한국인이 저지른 만행을 아시오?"

1973년 6월, 나는 근 4년의 에티오피아 대사 생활을 청산하고 필리핀 주재 대사로 임명되어 마닐라로 날아갔다. 마닐라에 도착하자 마침 국경일 연휴가 이어져 곧바로 신임장을 제정 받지 못하고 보름이 지나서야 마르코스 대통령으로부터 직접 받았다. 뒤이어 부통령 접견실로 안내되어 나이 지긋한 로페스 부통령을 면담했다. 부통령은 나를 맞이하자마자 반갑다고 손을 내밀면서 정중히 말했다.

"한국 대사께 꼭 충고 하나 해 줄 것이 있습니다."

나는 신임 대사에게 충고한다는 말에 마음 속으로 놀랐다.

외교 관례상 초면에는 대개 의례적인 인사와 덕담을 나누는 것이 순서인데, 로페스 부통령은 상당히 파격적인 발언을 하고 있었다. 부통령은 설탕 공장 등 유수한 회사를 갖고 있는 필리핀의 대부호였지만 국민적 추앙을 받는 인물이었다.

마르코스 독재가 강화되고 국민적 저항과 선진국의 비판이 일자 이를 무마하기 위해 국민들로부터 존경받는 이를 설득해 부통령 자리에 앉혀 놓았는데 그가 바로 로페스였다. 그러나 그도 마르코스 독재를 견디지 못하고 얼마 후 물러 난 인물이었다.

나는 충고한다는 말에 바짝 긴장하고 무릎을 곧추 세우며 로페스 부통령을 바라보았다.

빨간 마후라 하늘에 등불을 켜고

필리핀공화국 대사로서 마르코스 대통령에게 신임장을 증정하고 있다.

"각하, 제가 일하는데 도움 될 것 같으니 기탄없이 말씀해 주십시오."

"태평양 전쟁 때 일본군의 헌병 보조병들이 대부분 한국인 출신이었소. 이들이 필리핀 국민을 가혹하게 했습니다."

그는 내가 일본 육사 출신이고 공군참모총장을 지낸 경력을 미리 파악해 두었던 모양이다. 부통령이 다시 말을 이었다.

"한국 출신 헌병 보조병들은 일본 헌병의 앞잡이로서 나쁜 짓을 많이 했소. 일본군은 나쁜 짓은 모두 한국인들에게 시켰소. 이 때 필리핀인들이 기다란 섬인 팔라완 섬 끝에서 끝까지 500㎞를 도보로 끌려갔소. 그런데 두 달 동안 먹이지 않고 때려 거의 다 죽었소. 그들을 끌고 간 사람들이 헌병 보조병인 한국인들이오. 아주 죄질이 나빴소. 그래서 한국 사람에 대한 감정이 좋지 못하오. 이 점 유의하시오."

한 마디로 충격적인 발언이었다. 식민지 조선도 필리핀과 똑같이 그들의 압박에서 벗어나지 못한 운명이 아니었던가. 부통령의 말이 이어졌다.

"인간의 광기가 극에 달했던 그 때 정말 인간이 저토록 비정한가를 보았는데, 그 역할을 한국인이 했으니 나로서도 보기가 참담했소. 한국에서는 종전(1945년 8월 15일) 직후 이승만 박사까지 나서서 홍사익을 구제하려고 했지만 뜻대로 되지 않았소."

홍사익 장군은 필리핀에 있는 최대 규모의 일본군 태평양포로수용소 소장이었다. 그 곳은 남양군도에서 포로로 잡힌 미군을 비롯해 필리핀·대만·중국·자바·말레이시아 군들을 가두어 놓고 가혹 행위를 했다는 악명 높은 수용소였다.

일제 때 한국인 출신으로 일본군 장성은 단 두 사람뿐이었다. 한 사람은 영친왕이고, 다른 한 사람은 홍사익 중장이었다. 영친왕이 정책적으로 주어진 직책인 반면에 일본 육사 출신인 홍사익 중장은 탁월한 지휘 능력을 인정받아 일본 최고위급 장성이 되어 전쟁 말기 태평양포로수용소장직을 맡고 있었다.

해방 직후 이승만 박사는 홍사익 장군의 구명을 위해 발 벗고 나섰다. 외교 채널을 가동하고 우방국의 지원을 요청해 맥아더 사령부에 구명 탄원을 했다. 하지만 끝내 A급 전범으로 처형되고 말았다. 이 같은 단죄는 이처럼 필리핀의 민심도 반영됐음을 부통령의 발언에서 어렴풋이 느낄 수 있었다.

"팔라완 섬 등 일부 지역에서는 한국에 대한 감정이 나쁘니 각별히 유의하시오."

그런 얘기는 금시초문인데다 전임자로부터 어떤 정보도 받지 않았기 때문에 나는 바짝 긴장하지 않을 수 없었다.

그러나 지나고 보니 부통령의 그 발언은 대단히 고마운 말이었다. 의례적인 인사에 비해 얼마나 속 깊은 얘기인가. 이럴수록 겸허하고 주재국의 과거 역사도 더듬어야 한다는 생각을 했다. 그것이 필리핀 대사 시절 일하는데 많은 도움이 되었음은 물론이다.

어느 날 마카파칼 전 대통령으로부터 골프 초청을 받았다. 마닐라 근교의 골프장에 들어서니 마카파칼은 물론 전 외무장관 라모스 1세(라모스 전 대통령의 부친) 뿌얏트 전 상원의장이 나를 기다리고 있었다. 이들은 필리핀의 대표적 인물들이었다. 현직에서 물러나긴 했지만 국민적 존경을

빨간 마후라 하늘에 등불을 켜고

받는 사람들이었다.

당시 미국이 민주주의를 수출해 대표적으로 성공한 나라가 필리핀인데, 바로 이 사람들이 필리핀 민주주의를 정착시킨 주인공들이었다.

이후 나는 이들과 팀을 만들어 매월 한 차례씩 라운딩을 했다. 라운딩을 마치면 마카파칼 전 대통령의 사저로 가서 함께 저녁을 했다. 정원수 밑에서 식사를 하면 대통령의 딸이 차를 날라 왔다. 깜찍하고 귀엽고 예쁜 대학 1년생쯤 되어 보이는 이 여학생이 바로 현 필리핀 대통령인 아로요다.

로물로 장관과 나

아로요 양은 체구는 작지만 총명한 눈을 빛내며 아버지의 친구들을 영접했다. 다부지면서 활달하고 예의가 깍듯한 그 모습이 장차 큰 인물이 될 것이라고 점쳤는데, 지금 대통령으로서 필리핀을 이끌고 있다.

2005 APEC 총회 때 부산을 방문한 그를 만나지 못했지만, 2004년 한국을 방문했을 때는 몇 십 년 만의 해후를 하면서 짧으나마 의미 있는 대화를 나누었다. 아로요 대통령은 여학생 시절 나를 영접했던 일을 떠올리며 "아버지 친구"라며 반가워했다.

이런저런 인연으로 나는 한·필리핀 친선협회 회장직을 10년 넘게 수행해 오고 있다. 그만 두려고 하지만 전·현직 대통령 등 필리핀의 지인들이 "이것만은 종신직"이라며 사임을 한사코 만류한다.

라모스 전 대통령도 외무장관을 지낸 아버지와의 친교를 고마워하며 한국을 방문하면 꼭 나를 찾는다. 이처럼 외교관 생활은 상대국 지도자들과 교류를 증대시키는 계기를 만들어 준다. 그것이 외교관 인생의 큰 자산이자 자원이 되고 있다.

그런 면에서 잊을 수 없는 사람이 바로 로물로 필리핀 외무장관이다. 세계 외교계의 거물로 통하는 그는 우리 나라와 뗄 수 없는 인연을 갖고 있는 분이다. 그가 있는 한 북한은 필리핀에서 명함을 내밀 수가 없었다.

이멜다 여사가 네팔 왕 즉위식에 대통령 특사로 참석해 함께 참석한

빨간 마후라 하늘에 등불을 켜고

북한의 이종옥 특사와 접촉한 뒤 필리핀 대사관을 마닐라에 설치할 계획을 추진했다. 하지만 이를 막은 사람이 바로 로물로 외무장관이었다.

그러나 그보다 그는 이승만 박사를 해방 직후 미국에서 국내로 신속히 보내 준 한국 현대사에 한 획을 그은 인물이란 점이 평가받을 만하다. 그와 이 박사와의 인연은 특이하고 남달랐다.

로물로 장관은 맥아더 사령부의 핵심 참모였다. 원래 그는 필리핀 트리뷴지 기자로 일본군에 패주해 호주까지 밀려난 맥아더 사령부를 취재하는 종군기자였다. 영어에 능통한 데다 판단력이 뛰어나 맥아더가 그를 곧 자신의 참모로 임명했다. 그래서 종군기자 신분에서 하루아침에 장교(대위)가 되어 맥아더의 참모로 활약했다. 그런데 맥아더가 1944년 필리핀을 일본으로부터 되찾자 그는 연락장교로 워싱턴에 파견됐다. 이 때 그는 미 육군 준장이었다.

로물로 준장은 펜타곤과 백악관을 드나들면서 일을 보던 중 어느 날 포토맥 강가에서 낚시질을 하고 있는 한 초라한 동양 늙은이를 발견한다. 70쯤 되어 보이는 노인은 꾀죄죄한 옷차림으로 우두커니 낚싯대에 시선을 꽂은 채 석상처럼 앉아 있는데 그 모습이 너무도 처량했다.

그런 어느 날 노인은 낚시 도구를 챙겨서 귀가하는데 바로 로물로 장군 숙소의 건너편 집으로 들어가는 것이 아닌가. 기울어가는 오막살이집과 헤지고 때가 절은 와이샤쓰를 입은 노인의 모습이 안쓰러웠다. 그래서 로물로는 다음 날 자신이 입고 있는 와이샤쓰와 새 옷 몇 벌을 준비해 낚시터로 나가 노인에게 건네 주었다. 그러면서 그에게 물었다.

"혹시 중국이나 대만에서 오신 분이 아니신가요?"

"아니오. 나는 코리아에서 온 이승만(1875~1965)이 올시다."

그 때까지도 코리아는 낯설었다. 일본의 식민지 반도이거나 그냥 일본 또는 지식이 좀 있는 사람에게는 조선으로 알려졌을 뿐 코리아라는 이름은 생소했기 때문이다. 그래서 그가 약간 아는 지식을 토대로 다시 물었다.

"코리아라면 일본의 속국을 말하는 것인가요?"

"그렇소. 조선 반도를 말하오. 지금은 일본 식민지가 되어 있소."

"그렇군요."

1945년 8월 15일, 일본이 항복하고 식민지 조선은 해방이 되었다. 그러나 미국의 태평양사령부는 일본 접수에만 정책을 집중했을 뿐 한국에 대한 것은 특별한 것이 없었다. 그 해 7월, 포츠담선언에서 조선과 대만을 독립시킨다고 했지만 실제로는 정책이 전무했다. 그래서 한반도 미래에 관해서는 방치했다는 편이 옳았다.

반면 소련은 그 해 8월 8일, 일본에 선전 포고를 하고 만주와 조선 국경선을 진격해 해방 5일 후에는 함흥·원산에 상륙했다. 소련의 한반도 상륙 일정은 공식적으로 그렇지만 7월 28일 청진·회령에 이미 들어 와 있었다.

격동기, 현대사의 전환점

내가 일본 육사 본과(항공사관학교) 시절인 1945년 7월 생도들이 1, 2진으로 나뉘어 만주로 비행 훈련을 가기로 방침이 세워졌다. 일본 내에서는 미국의 폭격이 심해 도저히 훈련을 받을 수 없어 만주로 나갔던 것이다. 그런데 1진이 7월 28일 청진에 도착해 소련군이 진격해 들어와 있는 사실을 알게 되었다. 만주로부터 패주하는 일본군과 함흥에 들어가 있는 이들은 소련군을 피해 탈출해 일부가 서울로 돌아왔다.

나는 2진으로서 뒤이어 가기로 했으나 1진의 탈출 상황 때문에 가지 못하고 결국 일본에서 해방을 맞았다.

1945년 9월 2일, 맥아더 사령관이 북위 38도선을 경계로 미·소 양군이 조선을 분할 점령한다는 포고령을 발표했다. 미 태평양사령부는 9월 7일 남한에 군정을 선포하고, 같은 달 하순 하지 중장의 미 24군단이 서울에 진주했다. 소련보다 1개월 더 늦게 상륙한 것이다.

해방은 됐지만 한반도는 이렇게 해서 어정쩡하게 분단되고 말았다. 그리고 서로 헤게모니 쟁탈전으로 혼란상이 거듭됐다. 날마다 무슨 무슨 위원회가 생기고 단체가 난립하면서 상호 비방과 모략, 배척과 대립, 테러가 격화됐다. 이 때 하지 중장은 미국을 잘 아는 사람이 지도자가 되어야 한다며 워싱턴에 급전을 보냈다. 이 과정에서 로물로 장군의 역할이 한 몫을 한 것이다.

로물로 장군은 미국 망명 생활을 하면서 조국을 찾겠다는 의지가 강한 이승만 박사를 하지에게 소개하며 이 박사의 귀국을 요청했다. 그러나 한국으로 보낼 교통편이 마땅치 않았다. 요즘처럼 항공편이 있을 리 만무하고 선편도 없었다. 설사 가더라도 한 달 이상 걸리고, 또 70 노객이 태평양의 험한 파도를 헤치고 가려면 건강도 악화할 수가 있는 것이다.

다른 길이 없다고 판단한 로물로 준장은 곧 맥아더 태평양사령관을 찾았다. 이 때 맥아더는 업무 협의차 워싱턴에 와 있었다.

"각하, 하지 중장의 요청도 있으니 이승만 박사를 급히 서울로 보내야 할 것 같습니다. 선편으로 보내자면 한 달 이상 걸려서 내년(1946년) 초에나 도착할 것 같고 무엇보다 70 노객이라 건강이 문제입니다. 미국을 잘 아는 사람이 한국의 지도자가 되어야 한다면 각하의 전용기로 신속히 보내 줄 필요가 있습니다. 서울은 지금 헤게모니 쟁탈전으로 혼란의 패닉 상태에 빠져 있습니다."

맥아더 원수는 막료의 건의에다 하와이에 항일국민군단(군사학교)을 세워 활동하다 죽은 노백린과 같이 항일운동을 했던 이승만 박사를 어렴풋이 알고 있어 건의를 받자마자 곧 자신의 전용기를 내 주었다.

이것은 엄청난 정치적 상징성을 내포하고 있었다. 태평양 전쟁 승전국의 총사령관이 자신의 전용기를 내주었다는 것은 술독처럼 바글거리는 서울의 분위기를 일거에 잠재워 버리는 일대 사건이 되고도 남았다. 이렇게 해서 이승만 박사는 1945년 10월 16일 귀국, 전국 순회 연설회에 나서면서 해방 정국의 이니셔티브를 잡아 나갔다.

배를 타더라도 이틀이면 올 수 있는 중경 임시 정부의 김구 주석을 비롯한 임정 요인들은 이 박사보다 한 달 이상 늦은 11월 23일 격이 다른 모습(개인 자격)으로 귀국해 모든 면에서 뒤처졌다. 중국의 우리 독립군도 단체 입국이 허용되지 않아 패잔병처럼 들어와야 했다. 만에 하나 이승만 박사 귀국길이 순조롭지 못했거나 선편으로 해가 바뀌어 귀국했더라면 해방 공간의 한국 현대사도 달라졌을지 모른다.

이처럼 이승만 박사의 귀국에 크게 일조한 사람이 로물로 장군이었으며, 그는 그 역할 수행을 대단한 긍지로 여겼다. 그는 6·25 때의 비화도 나에게 소개했다.

"유엔 총회 의장으로 있던 1950년 6월 25일, 나는 코리아에서 전쟁이 난 것을 전문으로 확인했소. 북한의 불법 남침을 묵과할 수 없어 곧 임시 총회를 소집하라고 지시했는데 그 날이 일요일이었소. 사안이 사안인지라 긴급 회의를 소집했는데, 회의 주재 실무 책임자가 집에 부재중이라는 것이었소."

로물로는 유엔 안보리 상임이사국 대표인 소련 대사가 본국에 일을 보러 간 사이 참전을 가결시키려고 했다. 그런데 답답하게도 실무 책임자가 없는 것이다. 그러나 그가 일요일이면 어디에 가 있는 줄을 그는 알고 있었다.

"그 친구는 일요일이면 버지니아 산림 지대로 야생 사슴 사냥을 가는 헌터였소. 내가 그것을 알고 그리로 사람을 급히 보냈지. 말하자면 우리는 그를 사냥하러 간 것이야."

"박정희 대통령은 럭키맨이야"

　사람을 보내 유엔 실무 책임자를 데려온 로물로는 일사천리로 유엔의 한국전 참전을 결의했다. 그리고 맨 먼저 필리핀이 참전하도록 행동으로 보여줬다.

　로물로의 이 같은 조치는 맥아더와 함께 애써 확보한 민주 진영이 위기를 맞았다는 절박감에서 뿐 아니라 그로부터 3개월 전 에치슨 미 국무장관과 하버드 대학에서 격렬한 논쟁을 벌인 것도 한 요인이 됐다.

　로물로는 1950년 3월 에치슨과 함께 하버드 대학에서 명예박사 학위를 받았는데, 그는 수상 연설에서 1949년 6월 29일 미군이 한국에서 전면 철수한 것은 공산주의자들에게 한국을 침략하라는 초청장을 발부해 준 것이나 다름없다며, 이 정책을 수행한 옆자리의 에치슨 국무장관을 격렬히 비난했다.

　에치슨은 로물로의 이 같은 무례와 내정 간섭적 발언에 대해 거칠게 반발해 수상식장이 얼음집인 '이글루'가 되었다는 보도가 나올 정도였다.

　3개월 후 6·25가 터지자 로물로의 우려가 100% 현실로 나타났다. 이에 에치슨은 책임감을 느끼고 재빨리 유엔 총회 의장이라는 직분을 십분 활용해 유엔 참전 결의를 이끌어 낸 것이다(이 일로 그는 더욱 유명해진 인물이 됐다).

　로물로 장관은 나보다 23세가 많은 아버지뻘이었다. 그렇지만 언제나

　빨간 마후라 하늘에 등불을 켜고

같은 군인의 길을 걸어 온 동지로 나를 따뜻하게 대했다. 내가 필리핀 대사 임기를 마칠 때쯤 3급지인 덴마크 대사로 전보되자 누구보다 안타깝게 여겼다. 그런데 덴마크 대사로 가려면 그냥 필리핀에 눌러 앉으라고 권할 정도로 내 보호자 역할까지 했던 사람이다.

나는 7년 동안의 해외 생활에 지쳐서 고국으로 돌아가 조용히 쉴 예정으로 있었다. 그런데 덴마크 대사관에서 망명자가 나오는 등 사고가 터지자 박동진 외무장관이 내가 아니면 해결할 사람이 없다고 한 번만 더 고생하라는 간곡한 당부를 해 가게 된 것이다. 그런데 로물로 장관은 본국으로 영전되어 가야 할 사람이 3급지로 좌천되어 간다며 항의 서한을 보낼 움직임까지 보였다. 그 때 필리핀은 덴마크에 격이 떨어진 순회 대사를 두고 있었다.

1974년 8월 6일, 내 주선으로 로물로 장관이 서울대에서 명예철학박사 학위를 받았다(그는 명예박사 학위가 80여 개 된다). 수상식이 끝나자 박정희 대통령이 그를 위해 청와대에서 오찬을 베풀었다. 오찬을 위해 로물로 장관을 수행해 청와대로 들어가는데 로물로 장관이 불쑥 말했다.

"박 대통령은 럭키 맨이야.".

"왜 럭키 맨입니까?"

"부인 육영수 여사를 두었기 때문이야. 조용히 뒤에서 남편을 뒷바라지하는 모습을 보면 박 대통령은 정말 럭키 맨이야."

그 말은 마르코스 대통령의 부인 이멜다를 빗대고 한 말이었다. 박 대통령과 육 여사를 칭찬하는 동시에 매사에 설쳐대는 이멜다 여사와 이를 방관하는 마르코스를 비판하는 외교적 수사인 것이다.

8월 12일, 출국 보고를 위해 청와대를 방문했을 때 나는 박 대통령께 로물로 장관의 얘기를 꺼냈다.

"각하, 로물로 장관이 각하더러 럭키 맨이라고 합니다."

"왜 내가 럭키 맨이야?"

"네. 육영수 여사 같은 영부인을 두었기 때문이라는 것이지요."

"내 칭찬은 아니구먼……."

이렇게 말하면서도 박 대통령은 싫지 않은 표정을 지었다. 그리고 대통령이 말했다.

"마르코스 대통령이야말로 럭키 맨이야."

"왜 그렇습니까?."

"생각해 봐. 로물로 같은 인물을 외무장관으로 두었으니 럭키 맨이지."

그 무렵 미국·영국·프랑스·독일 조야에서는 마르코스가 독재를 하고 있다고 여론이 들끓었다. 이 때 로물로가 이들 나라를 한 번 순방하고 돌아오면 마르코스 비난의 목소리들이 한 동안 잠잠해졌다. 이런 것을 두고 박 대통령은 매우 부러워하고 있었다.

그러나 로물로 장관이 그토록 칭찬해마지 않던 육영수 여사는 그로부터 4일 후 8·15 경축식장에서 문세광의 저격을 받고 사망하는 비운을 맞는다.

빨간 마후라 하늘에 등불을 켜고

격세지감의 필리핀 고속도로 건설

1958년 김포 11전투비행단장 시절 필리핀 기술자들이 김포비행장 활주로를 건설했다. 그만큼 우리의 토목 기술은 형편없었다. 장비가 부족하고 기술도 없으니 필리핀 기술자들이 우리의 도로와 항만, 활주로를 건설해 주고 있는 것이다.

그런데 그로부터 불과 15년 후 우리 기술진이 필리핀 고속도로를 건설하기 시작했다. 그것도 가장 싼 값으로 가장 좋은 도로를 만들어 주고 있었다. 나는 이를 직접 현장에서 보고 가슴 벅찬 감격을 맛보았다.

공사 현장의 우리 기술진은 매사 자신감이 넘쳤다. 놀라운 토목 기술과 세계를 향해 포효하는 자긍심을 보면서 나 역시 할 일이 많다고 생각했다. 그래서 우리 업체의 공사를 위해 조력하는 한편 기술진이 들어가 있는 오지 현장에 비행기와 자동차 때로는 자전거를 타고 들어가 격려했다.

1974년 9월 필리핀에서 가장 큰 섬인 민다나오. 현대건설 등 우리 건설 회사들이 섬 남쪽에는 국도 건설, 북쪽에는 고속도로를 건설했다. 나는 이 공사 기공식에 참석하기 위해 멜초 마르코스 대통령 비서실장과 함께 전용기를 타고 민다나오로 날아갔다.

그러나 전용기는 오지인 현지까지 갈 수가 없어 돌려보내고, 대신 민다나오 비행장에서 준비한 경비행기 L-20기 두 대에 분승해 갔다. 내가 탄 6인승 비행기에는 공군 중위가 조종간을 잡고 정비사가 수행했으며, 탑승객은 우리 건설사 사장을 비롯해 한국인 4명이었다. 비행기가 이륙하기 전 공항기지사령관(대령)이 조종사에게 나를 한국의 공군참모총장 출신이라고 소개하며 비어 있는 부조종석에 앉도록 조치했다.

비행기가 30분쯤 날았을까 갑자기 '선더 스톰(번개 돌풍)'을 만났다. 그런데도 조종사는 멋모르고 악천후 속의 구름층으로 들어가고 있었다. 나는 순간 소리 질렀다.

"들어가지 말라!"

그러나 그는 경험과 기술이 미숙해 피하지 못하고 두터운 구름층으로 이미 들어가 버렸다. 순간 동체가 종잇조각 구겨지듯 요동치기 시작했다. 비행기가 속수무책으로 우측으로 기울면서 급강하하기 시작했다. 나는 순간적으로 조종사를 걷어차듯 옆으로 밀쳐내고 콘트롤 스틱을 잡았다. 위급 상황에서 동체를 간신히 정상화시킨 다음 고도 수정과 속도 조절을 해 나갔다.

이 때 뒷좌석에 앉아 이를 지켜보던 정비사가 갑자기 뛰어들더니 두 팔로 내 목을 힘껏 조이는 것이었다. 내가 조종사 출신인 줄 모르고 하는 행동이었다. 젊은 정비사가 목을 조르자 숨을 쉴 수가 없었다. '꿱꿱!' 거친 호흡을 하면서도 조종간을 놓지 않고 잡았다. 그런데 이번에는 조종사가 달려들어 나를 밀쳐 내며 조종간을 가로채 갔다. 동체가 더 심하게 요동쳤다. 이러다가는 다 죽을 것이 뻔했다.

순간 나는 목을 조르고 있는 정비사의 샅을 걷어차 옆으로 눕히고 쓰러진 그의 목을 구둣발로 밟은 채 조종사로부터 다시 조종간을 빼앗았다. 비행기는 계속해서 걷잡을 수 없이 요동치고 있었다. 조종사도 도리가 없던지 벌벌 떨며 옆으로 밀려났다.

이 때 비행기 고도는 50피트(약 20m)로 떨어져 있었다. 바로 발아래 파인애플 밭이 휙휙 지나가고 있었다. 만약 그 곳이 파인애플 농장 지대가 아니었으면 비행기는 어딘가에 부딪쳐 박살났다.

나는 간신히 고도를 잡고 구름층을 뚫고 나가 이륙비행장으로 회항했다. 비행장에 내리자 동체의 요동에 탑승객 모두 오물을 토해 내며 사색이

빨간 마후라 하늘에 등불을 켜고

필리핀에 농업기술진을 초청, 벼 품종 개량 작업을 도왔다. 이후 한국은 2모작을 했다.

되어 있었던 것을 그제야 알았다. 그러나 비로소 모두들 안도의 숨을 내쉬었다.

내가 정신없는 중위에게 물었다.

"비행기 몇 시간 탔나?"

"230시간 탔습니다."

"비행기를 돌이킬 수 없는 상태로 끌어올린 것을 알고 있는가?"

"모르겠습니다. 구름층으로 들어가 비행기가 요동치자 방향을 잃었습니다."

"그렇다. '앤 유절 포지션'에 들어갔다. 고도·방향·속도를 다 잃어버린 상황이다."

그러자 그가 나에게 거수경례를 했다.

"Thank you, sur. Today is my second birthday, sur."

"그래, 오래 살아라. 그래야 훌륭한 조종사가 될 수 있다."

사실 그렇다. 오래 살지 않으면 훌륭한 조종사가 될 수 없다. 내 경험으로 보아 얼마나 많은 훌륭한 빨간 마후라들이 있었던가. 그러나 사소한 실수나 기체의 고장으로 아까운 생명을 잃고, 그 좋은 기술과 기록들을 일찍 마감하고 말았다. 역시 최후의 승자는 장수자인 것이다.

조종사가 오늘이 제2의 생일이라고 하는데 축하해 주지 않을 수 없었다. 나는 한국 기술자들에게 줄 선물 중 위스키 한 박스를 생일축하 파티로 쓰라고 그에게 내 주고 비행장 인근 호텔로 들어갔다. 다른 비행기도 악천후 때문에 회항해 내가 내린 비행장으로 돌아왔다. 결국 기공식은 귀빈들이 불참한 가운데 조촐하게 치러졌다. 필리핀의 기상 상태는 이런 의전상의 어려움을 주는 곳이기도 했다.

한편 농업국인 필리핀은 벼농사를 3모작까지 하고 있었다. 주민들이 게을러서 그렇지 4모작도 가능했다. 농촌 출신인 나는 벼농사 한 번 하고 3계절을 빈 땅으로 놀리는 우리 농촌 현실이 늘 안타까웠다. 이러니 필리핀은 우리와 같은 농토를 갖고 있다 하더라도 결국 우리보다 세 배가 많은 농토를 갖고 있는 셈이었다.

사계절 기후가 온난해 3모작을 하겠지만 그들은 특별한 경작법도 갖고 있는 것 같았다. 그래서 마닐라 인근 농사개량연구소를 방문하고 수원에 있는 농업진흥청의 벼 품질 개량 연구자들을 초청했다. 이 때 대대적인 벼 품종 개량이 이루어져 우리의 미곡 증산에 큰 보탬이 되었다.

빨간 마후라 하늘에 등불을 켜고

서울-마닐라간 직항노선을 개설하고

　국내 사람들이 필리핀을 오가려면 직항 노선이 없어 여간 불편하지 않았다. 무역하는 사업가들을 비롯해 공직자들과 여행객들이 필리핀을 찾아오지만 그들은 대부분 홍콩에서 1박을 하고 필리핀을 건너오게 된다. 이때 드는 비용이 적지 않다. 필리핀을 오는데 공연히 홍콩에 숙식비를 지불해야 하는 불이익이 생기는 것이다. 또 시간상으로도 이틀이 걸린다. 직항 노선이 개설되면 4시간 반이면 오는데 이틀씩이나 잡아먹으니 이 바쁜 세상에 시간 허비도 보통이 아닌 것이다.

　이런 점을 감안해 여행객들이 애로사항을 건의해 왔다. 필리핀 거주 교포는 숫자가 많지 않지만 모두 소중한 사람들이다. 필리핀과는 스포츠 교류와 문화 교류 등 우방국 중에서도 상당히 활발하게 전개하고 있는 편이었다. 그런데 항공 노선이 개설되지 않아 보통 불편한 것이 아니었다.

　나는 이 같은 여러 가지 애로사항을 접하고 1975년부터 필리핀 정부당국에 의사를 타진했다. 필리핀 쪽에서는 한국 측에서 개설하면 응해주겠다는 답변이 왔다. 나는 서울로 출장을 가는 길에 대한항공 조중훈 회장을 면담했다. 그는 항공사 대표인지라 내가 공군참모총장 출신이란 점을 잘 알고 있었으며, 그래서 만나자 정중한 예의를 표했다.

　"필리핀에 직항노선이 없어서 교포들이나 여행객들이 많은 불편을 겪고 있습니다. 미래를 내다보시고 직항노선을 개설하시는 것이 괜찮을 것

한-필리핀 직항노선을 타결 짓기에 한 자리에 모였다.
(왼쪽부터 조중건, 장지량, 조중훈, 로물로 씨).

같습니다."

필리핀은 6 · 25 참전국의 하나요 미국과 가장 가까운 맹방이며 지리적
으로도 대단히 가까운 나라다. 풍부한 천연자원과 아시아에서 대표적으로
민주주의가 성공한 나라이기도 하다. 그럼에도 불구하고 항공사 측에서는
필리핀에 대한 지식이 별로 없었다.

"노선을 신설해 보았자 적자입니다."

조중훈 회장은 내 기분을 고려하며 정중히 거절했다. 그러나 이 한마디
에 물러날 내가 아니다.

"단언컨대 몇 년 안에 흑자 노선이 될 것입니다. 처음부터 흑자를 낸다
면 누군들 장사를 안 하겠습니까. 미래 가치를 보시고 한 번 현장 조사를
해 보십시오."

이렇게 간곡히 부탁하자 조 사장은 적절한 시기에 마닐라를 찾겠다고
약속했다. 그로부터 두 달 후 조중훈 사장은 동생인 조중건 부사장을 대동
하고 마닐라를 방문했다.

빨간 마후라 하늘에 등불을 켜고

나는 맨 먼저 로물로 외무장관을 면담시켰다. 로물로 장관은 단순한 외무장관이 아니다. 필리핀의 대외활동이나 국제 업무에 막대한 영향력을 행사하는 외교통인 것이다. 조중훈·조중건 형제는 로물로 장관을 예방하면서 조금씩 직항 노선에 대한 확신을 갖고 있는 것 같았다.

"필리핀 정부는 직항 노선이 열리면 전폭적으로 탑승객 지원을 하겠습니다."

이 발언은 로물로 장관이 나를 생각해서 한 말이었다. 필리핀에서 미국을 가려면 직항 노선이 없었다. 거리상의 문제 뿐아니라 비용 절감 때문에 대부분 도쿄를 경유했다. 로물로 장관은 서울-마닐라 노선이 개설되면 마닐라-도쿄-미주 노선의 탑승객을 김포공항으로 옮겨줄 수 있다는 점을 강조했다. 이는 사전에 나와 입을 맞춘 내용이었다. 그래서 내가 나섰다.

"필리핀 탑승객들이 도쿄를 경유하면 비용이 더 들지요. 도쿄의 물가가 세계에서 가장 비싼 곳인데 그곳에서 트랜스퍼(경유)하면 서울서 트랜스퍼 하는 것보다 손해입니다. 그러니 서울 노선이 훨씬 유리하지요."

이 말을 듣고 돌아간 조중훈 사장은 시장 조사를 더한 뒤 곧바로 직항 노선을 개설하겠다는 연락을 해 왔다.

지금 필리핀 노선은 대한항공은 물론 아시아나까지 매일 수편씩 운항하는 황금 노선이다. 사실 직항 노선을 개설한 지 얼마 되지 않아서 탑승객 만원을 이루었다. 필리핀을 찾는 무역업자는 물론 관광객, 골프투어 여행객, 어학 연수 유학생, 필리핀의 산업연수생 등 80년대 초반부터 탑승객이 불어나 대표적 흑자 노선, 이른바 '효자 상품'이 되었다.

내가 대사 시절 필리핀 거주 한국인은 100명 미만이었다. 그러나 지금은 80만 명의 교포가 필리핀에서 살고 있다. 또 한국에는 필리핀인이 40만 명 거주하고 있다. 실로 어마어마한 인적 교류요 발전이다. 필리핀은 이제 일본보다 더 가까운 이웃사촌이 된 것이다.

나는 15년째 한-필리핀 친선협회장을 맡고 있다. 양국의 눈부신 친선과 교류를 보면서 뿌듯한 감회에 젖는다. 그 일역을 담당하고 있다는 자부심도 있다.

난장판의 덴마크 대사관

고국의 식량증산책을 지원하면서 외교관 생활을 마칠 생각이었다. 그러데 갑자기 고국의 박동진 외무장관으로부터 전화가 걸려왔다.

"장 대사, 필리핀 대사 임기가 끝나는 대로 덴마크로 가야 되겠소."

"네? 덴마크라뇨? 이제 쉴 생각을 하고 있습니다."

나는 좀 불쾌했다. 느닷없이 3급지 대사로 가라고 명령했기 때문이다.

"아니오. 친구로서 부탁이니 꼭 좀 덴마크로 가줘야겠소. 지금 덴마크가 큰 일이오. 서기관 놈이 망명을 해 버리고 북한 대사관이 계속 우리를 궁지로 몰아넣고 있소."

그와 나는 동년배로서 오래 전부터 친구로 지내왔다.

"아닙니다. 이제는 쉬고 싶소."

"아직은 쉴 때가 아니오. 벌써 우리는 덴마크 정부에 아그레망(신임장)을 신청해 놓았소."

그러나 평양감사도 자기 싫으면 그만 아닌가. 나는 완강하게 고국으로 돌아가겠다는 뜻을 굽히지 않았다. 3급지 대사도 싫지만 이제는 외국 생활에 넌덜머리가 나고 있었다. 그래서 이번에 아예 물러날 생각을 하고 있는 것이다.

"정말 어렵겠소?"

"미안합니다. 이것으로 마무리하고 싶소."

1967년 덴마크 여왕이 주최한 연회에 부부 동반으로 참석하며.

　내 거부에 따라 외무부가 부랴부랴 신임장을 취소하기 위해 덴마크 정부에 연락을 취했다. 그런데 이번에는 덴마크 정부가 발끈했다. 신임장을 신청했다가 다시 취소하고, 애들 장난하느냐는 것이었다. 이는 외교 관례상 결례가 되는 사안이었다.

　며칠 후 박동진 장관이 다시 전화를 걸어왔다.

　"입장이 곤란하게 됐소. 덴마크와 관계가 복잡해질 것 같아요. 더군다나 북한과 외교 전쟁을 벌이고 있는 때 사소한 실수도 해서는 안 되는 상황이오. 나를 위해서나 나라를 위해서 한 번만 더 고생해 주시오."

　거의 울상이다시피 하며 간청해 오는데 한 동안 혼란스러워 갈피를 잡을 수 없었다. 결국 응낙을 하고 1976년 6월 덴마크로 떠났다.

　덴마크 대사관은 3등 서기관 한 명이 공금을 유용한 뒤 뒤탈이 두려워 덴마크 정부에 정치적 망명을 해 버리고, 그 사이 대사도 두 사람이나 교체된 상황이었다. 1년 4개월 만에 나는 세 번째 대사로 부임한 것이었다. 그러니 외교가에서 한국 대사 꼴이 말이 아니었다. 여기에 아그레망 취소 소동까지 벌어졌으니 우스개가 되어 있었다.

부임 며칠 후 나는 관례대로 우방국의 대표격인 미국 대사관을 찾았다. 미국 대사는 나를 보자마자 고개를 내저으며 언짢게 말했다.

"동맹국으로서 민망하다."

그는 월남전 때 미군 사단 사령부의 정치 고문으로 근무하면서 인근에 있는 우리 해병 여단과 교류가 있었던 사람이었다. 그래서 한국 사정에 매우 밝은 사람이었다.

"OOO 대사가 외교 공식 리셉션에는 나오지 않고 비사교적이고 비협조적이었소. 주정뱅이로 악명이 높았소. 북한 친구들이 와서 사사건건 부딪치는데도 제대로 대처하지도 못했소. 거기에다 망명자가 나오고 남북한 양쪽에서 번갈아 추문이 터져 나오니 정말 부끄러운 일이오. 북한 애들이 술·담배·마약 밀수 혐의를 받고 있지만, 타국인들이 친절하게 북한 애들 수작이라고만 생각하는 것이 아니오. 한국 대사관이 단단히 대비하시오. 한국대사관 직원들마저 그런데 관련됐다는 혐의를 받는다면 고립되고 맙니다."

우방국 대사의 애정어린 충고였지만 그런 말 듣는 자체가 충격이고 불쾌한 일이었다. 우리 외교관이 망명을 하고, 거기에 북한 대사관이 불법을 저지르고 있었던 것이다. 그렇지만 외국인의 눈으로는 북한이냐 남한이냐에 관심이 없고, 오로지 코리아로 인식되기 때문에 남북 모두 망신당한다는 말에 더 충격을 받지 않을 수 없었다.

나는 대사관으로 돌아와 직원 회의를 소집했다. 각별히 유의해야 한다는 당부의 말을 하자 직원들이 자신들을 범죄자 취급한다며 궁시렁거렸다. 예방 차원에서 한 얘기인데도 그들은 대사인 나에게까지 반발하고 있는 것이다. 한 마디로 기강이 서 있지 않았다.

어느 날 자고 있는데 새벽 두세 시경 정체 불명의 사람으로부터 전화가 걸려왔다.

"나는 미국 시민권을 가진 OOO의 아빠 OOO입니다."

망명한 3등 서기관이었다. 그는 자기 자식 미국 시민권을 얻기 위해 아내가 임신하자 대사관 금고를 털어 아내와 함께 미국으로 건너가 아이를

빨간 마후라 하늘에 등불을 켜고

낳아 아이의 시민권을 얻은 사람이었다. 이 같은 비리를 알고 본국 송환 명령이 떨어지자 망명을 한 것이다. 그런데 무엇이 못마땅한지 매일 신임 대사인 나에게 전화를 걸어 되지도 않는 욕을 퍼붓고 조국을 비난했다.

나는 화가 나서 잡히면 반 죽여 놓으리라 생각했는데, 대사관 직원들은 제풀에 꺾일 때까지 내버려 두라고 해서 지켜보기로 했다. 아닌 게 아니라 한 달쯤 지나자 잠잠해졌다. 대사 부임 통과의례 치고는 너무도 시끄러운 절차였다.

그것만이 아니었다. 어느 날부터 대사관 앞 도로와 숙소 앞에 북한 대사관 사람들과 정체 모를 사람들 10~15명이 요란한 피켓을 들고 나와 구호를 외쳐댔다.

"불쌍한 고아들을 팔아먹는 남조선 물러가라!"

"미국 놈과 붙어먹어 낳은 종자를 팔아먹는 남조선 물러가라!"

한국은 매월 30여 명의 고아들을 덴마크 가정에 입양시키고 있었다. 그렇게 해서 내가 부임할 때는 수천 명의 한국 어린이들이 덴마크에 입양해 있었다. 아이들을 입양하면서 얼마씩의 돈이 한국에 지급되는 모양이었다. 그들은 그것을 비난하는 것이다. 시위하는 꼴을 보고 있자니 속이 부글부글 끓어올라 견딜 수가 없었다.

그런 어느 날 기어이 싸움이 붙고 말았다.

북한 대사 추방령

동양인 4~5명이 내 숙소와 주변 거리 그리고 마을 이곳 저곳을 더듬듯 사진을 찍고 있었다. 아내가 이 장면을 발견하고 놀라면서 안방으로 뛰어 왔다. 나는 현관문을 거칠게 열어젖히고 집 앞으로 뛰어 나갔다.

"어느 놈들이냐?"

나의 갑작스런 외침에 그들이 놀라더니 대뜸 대들었다.

"어느 놈들이라니?"

그들은 분명히 한국말을 사용하고 있었다. 나는 온몸이 떨렸다. 북한 놈들이 내 숙소까지 쫓아와 몰래 촬영하고 있었다. 그래서 밀리면 안 된다고 생각해 강하게 나갔다.

"썩 물러가라!"

"이 사람, 누구한테 물러가라 마라 야단이야?"

"몰래 촬영하는 못된 놈들! 정체가 뭐냐. 나는 대한민국 대사다."

나는 그 동안 당한 것까지 생각나 그 중 한 사람의 멱살을 잡아 흔들면서 외쳤다.

"우리도 한국에서 왔는데요?"

"한국에서 왔다구요?"

나는 순간 맥이 빠져서 멱살 잡았던 손을 풀고 물었다.

"우리는 경남의 ○○건설회사 주택건설팀 직원들입니다. 코펜하겐의 이

빨간 마후라 하늘에 등불을 켜고

마을이 세계적으로 아름다운 마을이라고 해서 주택건설 연구 과제용 사진으로 담아가는 중입니다."

나는 그들을 집으로 데려와 점심 대접을 하면서 북한 대사관의 장난 때문에 노이로제에 걸릴 것 같은 심정을 설명하고 양해를 구했다.

외교 리셉션 장에 갈 때마다 각국 대사들이 자유 진영과 공산 진영 두 패로 갈려서 모이는 장면들이 곧잘 연출됐다. 특이한 모습이었다. 자유 진영은 미국 대사 편에 7~8명씩 자유롭게 몰려서 학생들처럼 떠들고, 소련 대사 쪽에는 동유럽과 아프리카 대사들이 20여 명씩 떼거리로 붙어 있었다. 반면 중국 대사는 언제나 외톨이였다. 자유 진영도 공산 진영도 붙지 않아 혼자 앉아 있기 일쑤였다. 냉전의 한 복판에 있던 때의 우울한 풍경이다.

1976년 11월 말 오후 6시 30분경, 저녁식사를 하려는 중인데 덴마크 기자로부터 전화가 걸려왔다. 평소 지면이 있는 기자였다. 내가 정보통으로 활용하는 사람이었다.

"장 대사께 중대한 일을 알려드리겠습니다. 조금 전 6시 뉴스에 북한 대사관이 술·담배·마약을 향락촌에 밀매하려다가 덜미가 잡혔다고 보도됐습니다. 북한 대사 추방령이 내려졌습니다."

"뭐가 어째요?"

나는 반사적으로 반문했다. 기자에 따르면 코펜하겐 경찰청이 한 대학에 근무하는 한국인 교수를 데려다 북한 대사관의 전화 통화 내역을 감청한 것을 분석한 결과 동유럽 및 덴마크·스웨덴·노르웨이·핀란드 주재 북한 대사관 사람들이 공모하여 위조지폐 유통과 마약·밀주·담배를 밀매한 현장을 급습했다는 것이다.

이 중 마약과 담배 제조 현장은 미 대사관의 CIA 요원이 찾아냈다. 미 정보원은 스페인 참사관과 친구로 지내면서 그 집에 자주 놀러갔는데, 한 밤중이면 이웃집에서 드릴 돌아가는 소리, 못을 빼고 박는 소리가 규칙적으로 들려왔다. 수상하다고 생각한 CIA 요원이 수사 요원을 증파해 살펴보니 그 곳이 바로 북한 대사관 직원이 사는 집이고, 한 밤중이면 별도의 위장 상자에 물건(밀수품)을 담기 위해 작업하는 중이었다. 고요한 한 밤 중에는 소리가 더 크게 나고 또 민가에서 규칙적으로 이상한 소리가 나면 이웃으로부터 의심을 받는다는 것을 모르고 작업을 하다 두 외국인 정보 원에 의해 덜미가 잡힌 것이다.

물증을 포착한 덴마크 경찰은 전화 통화 내용대로 동독에서 덴마크로 오는 배에서 물건을 받아 북한 대사관 차에 옮겨 싣는 것을 급습했다. 운 전기사는 '외교관 차'라며 트렁크 열기를 거부했으나 경찰은 '범죄 차량에 대한 압수 수색 영장'을 발부해 트렁크에 가득 실은 물품들을 모두 꺼냈다. 물품들은 불법 마약류였다. 덴마크 정부는 북한 대사 이하 전원에게 6일 내 추방령을 내렸다. 뒤이어 스웨덴·노르웨이·핀란드 주재 북한 대사와 직원들에게도 추방령이 내려졌다.

덴마크 신문기자는 이 같은 사실을 나에게 알려 주기에 앞서 우리 대사 관 참사관(중앙정보부 파견원)에게 먼저 알려 주었다. 그래도 혹시나 하는 마음으로 나에게 다시 알려 주었던 것인데, 우리 참사관은 나에게 보고하 지도 않고 서울의 자기 본부로 전보를 치고는 음악회에 가 버렸다.

나도 곧 서울로 전화를 걸어 박동진 외무장관에게 이 사실을 알렸다. 하마터면 큰일 날 뻔한 일이었다. 사안도 사안이지만 부하는 알고 대사는 모르는 꼴이 되기 때문이다. 이런 중대한 일이 벌어졌는데도 참사관은 현 지 직속 상관인 나를 무시하고 제 일만 하고 음악회에 가 버리다니……. 이제 일이 시작인데 이런 식으로 해서는 안 되겠다는 생각이 들었다.

나는 그 날 밤 10시 대사관 전체 회의를 비상 소집했다. 대사관 직원이 라야 대사를 포함해 모두 6명이다. 그런데도 손발이 잘 맞지 않는다. 참사 관이 나에게 보고하지 않고 자기 본부로 전보를 보낸 것은 아무리 공명심 이 앞선다고 해도 묵과할 수 없었다.

나는 헌법에 명시된 대로 대한민국의 최고 통수권자를 대신해 임지에 와 있는 사람이다. 한국의 대표이고 대통령의 대리자인 것이다. 그런 나를 무시하고 자기 공을 세우겠다고 몰래 서울로 전보를 치다니? 생각할수록 화가 나는 일은 없었다. 그러나 나는 화를 누르며 먼저 외무장관에게 전화

빨간 마후라 하늘에 등불을 켜고

한 사실부터 말했다.

"내가 전화할 때 서울은 새벽 2시가 좀 넘었다. 박동진 장관이 주무시다가 내 전화를 받고 대단히 흥분했다. 신문 1면 톱 감이라며 '장지량 만세'하고 소리 지를 정도였다. 그만큼 엄청나고 중대한 사건이다. 그런데 참사관은 이 사실을 알고 있었나?"

"네, 알고 있었습니다."

"그럼, 어떻게 했나."

"본부로 전보를 쳤습니다."

"북한 대사가 담배와 마약 밀수 혐의로 추방 명령을 받았다면 누구에게 먼저 보고해야 하나. 눈 앞에 있는 지휘관에겐 보고를 안 하고 멀리 떨어져 있는 기구에 알리고는 음악회에 가는 것이 온당한 일인가."

그제서야 참사관이 말했다.

"일 처리가 적절치 못했습니다."

"적이 처들어왔을 때 지휘관에게 보고를 안 하고 멀리 떨어져 있는 지인에게 알린다면 일의 대처가 어떻게 되겠는가."

한편 사무실에는 덴마크 여성 미스 크론이라는 여비서가 있었다. 본래는 주 5일을 근무하게 되어 있었는데, 얼마 후에는 주 4일 근무하더니 또 주 3일이 되었다가 나중에는 멋대로 근무하는 것이었다. 그러면서도 천연덕스럽게 굴었다.

내가 덴마크 말을 하지 못하기 때문에 비서 겸 통역으로 쓰고 있는 여자였다. 그래서 그녀가 없으면 업무가 마비될 정도인데 근무 태도가 엉망이었다. 내용을 알아보았더니 그 문제의 참사관이 술 사 먹이고 함께 이곳저곳 놀러 다니다 보니 그리 된 것이었다. 한국 대사관 기강이 엉망이라는 말을 들을 수밖에 없는 상황이었다. 명예 총영사인 덴마크 실업가 롬버도 나에게 우려의 말을 해 준 적도 있었다.

"문제의 참사관이 대사처럼 행세한다."

외교관 생활을 하다 보면 정보 담당이 대사관을 좌지우지하는 경우를 자주 목격한다. 현지 대사가 CIA에서 파견 나온 참사관에게 꼼짝 못하는 미국 대사도 보았고 소련 등 공산권의 경우는 더했다. 하지만 이것은 정상적인 기구가 아니다. 그래서 미국은 대통령이 바뀔 때마다 외교 훈령을 내려 '재외 공관원은 지위 여하, 직무 여하를 불문하고 대사에게 복종하라'고 지시한다.

나는 위계 질서를 무시한 처사를 그대로 방치할 수 없어 다음 날 중앙정보부 차장에게 전화를 걸었다. 마침 중정차장은 공군 장군 출신으로서 후배였다.

"○○○ 차장, 전화로 말할 수 없는 중요한 사항이니 나에게 사람을 보내줄 수 있겠소? 급한 일이니 가능한 한 빨리 말이오."

독일 공사를 보내 주겠다는 답변이 왔다. 서독은 대사관 규모가 커 중정에서 파견한 공사가 있었다. 다음 날 공사가 부랴부랴 덴마크 대사관을 찾아왔다. 공사도 자초지종을 듣더니 사과를 했다.

"업무 순서가 잘못되었습니다."

그래서 내가 주문했다.

"다만 부탁이 있으니 들어주면 좋겠소. 참사관을 이보다는 나은 곳으로 보내 주시오. 그래야 내 마음이 편하오."

참사관은 중국어에 능통했다. 그래서 중국어가 통용되는 부서에 중용되었다. 이렇게 해서 대사관의 질서를 잡아나갔다. 기구가 문제의 기관으로 추락하느냐 정상적으로 작동되느냐는 것은 직원이나 주변 여건 탓이라기보다 지휘자의 통솔 능력에 달려 있다는 것이 나의 생각이다.

서울에 덴마크 상주 대사관 설치

대한민국은 덴마크에 상주 대사관이 있는데 덴마크 왕국은 서울에 상주 대사관을 두지 않았다. 대신 일본 주재 대사가 한국 대사를 겸하고 있었다. 그리고 일년에 한 번 정도 한국을 찾아보고 돌아가 대통령이 대단히 불만스러워했다. 커가는 경제력으로 보나 인구로 보나 당연히 상주 대사관이 설치되어야 했다.

나는 덴마크 외무상에게 만나줄 것을 요청했다. 외무상은 북한 대사 추방령 때문에 몹시 신경이 날카로워져 있었다. 그러나 이런 때 비집고 들어가는 것이 전략상 좋다고 나는 판단했다.

"외무장관, 남한 인구가 4,000만 명입니다. 서울시 인구만도 덴마크 인구보다 많은 800만 명입니다. 내가 1969년 첫 외교관 생활을 시작할 때 우리 나라 수출액이 5억 달러에 불과했지만, 현재는 100억 달러를 돌파했습니다(당시 덴마크는 약 150억 달러). 경제성장만 해도 연평균 20%에 육박합니다. 반면 북한은 우리보다 인구가 2분의 1도 안되고 경제도 마이너스 성장을 하고 있습니다. 이런데도 서울에 상주 대사관을 두지 않겠습니까?"

외무상은 난처한 표정을 짓더니 세부적인 것은 동아시아 담당 국장과 상의하라며 자리를 피했다.

나는 담당 국장에게 가서 다시 간곡하게 요청했다.

"덴마크 조선 산업이 한국의 현대중공업 등과 손발을 맞춰가면서 경제 협력을 활성화시키고 있습니다. 세계적인 덴마크 조선 산업이 노동력이 우수한 한국과 접목해서 좋은 배를 만들어 내고 있는 것이지요. 덴마크는 이보다 앞서 6·25 전쟁 때는 참전국의 일원으로서 병원선을 보내 준 은혜로운 나라입니다. 이런 나라와의 유대를 강화하기 위해서도 이제는 서울에 상주 대사관을 설치해야 한다고 봅니다. 외무상께서도 담당 국장과 잘 상의해 보라고 권하셨습니다."

덴마크 외무상은 들어주기가 거북하니까 아랫사람에게 일을 미뤄버린 것이지만, 나는 가능한 한 외무장관의 말을 물고 늘어질 심산이었다. 외교란 그런 것이다. 외교적 수사(修辭)란 해석하기에 따라 여러 가지로 달리 생각할 수 있다. 이것을 우리에게 유리하게 작동시키면 된다.

아시아 담당 국장 역시 서울에 대사관을 설치하면 형평상 평양에도 설치해야 하는데, 그럴 경우 예산이 부족하다고 난색을 표했다. 북한 대사를 추방하긴 했지만 여전히 북한을 의식하고 있었다. 그래서 내가 제의했다.

"비용 문제라면 크게 걱정하지 않아도 됩니다. 내가 외교관 생활을 하면서 서울의 내 집을 빈 집으로 두고 왔습니다. 그 건물을 대사관 건물로 쓰십시오. 무상으로 드릴 수도 있습니다."

국장이 웃으며 그럴 수는 없다고 손을 내저었다. 그러나 나의 간곡한 주문에 알아보자고 하더니 한 달 후 국회의원 시찰단(여야 8명)을 서울로 보내 상주 대사관 설치 분위기를 점검했다. 나는 서울의 담당자에게 연락을 취해 이들을 깍듯이 접대할 것을 주문했다. 결국 이런저런 협력 관계들이 주효해 덴마크 의회 사절단으로부터 OK 사인이 떨어져 상주 대사관이 서울에 설치하게 되었다. 모처럼 만의 유쾌한 일이었다.

1978년 한 해가 저물어갈 무렵 대사 임기도 끝나가고 있었다. 원하지 않던 곳에 왔으나 생각보다 큰 임무를 수행하고 떠나는 자리가 됐다. 그래서 조금은 안도하면서도 막상 떠나려 하니 아쉬운 마음이 들었다.

나는 이임 인사차 각국 대사관을 찾았다. 그 중 '딘(Dean=대사 대표단장)'을 맡고 있는 소련 대사를 만나고 싶었다. 이상스럽게도 그를 한 번

만나고 떠나고 싶었다. 그러나 소련 대사를 개인적으로 만난 한국 대사는 우리 외교 사상 그 때까지 아무도 없었다. 이는 수많은 해당 주재국의 소련 대사들이 한국 대사를 만나주지 않았기 때문이었다. 물론 우리도 경계하고 기피했던 것이 사실이다. 공산권은 원수이고, 그 중 소련은 얼굴이 붉은 악마와 같은 존재로 비쳐져 악수하기조차 싫었던 것이 그 간의 내 경험이기도 하다.

그러나 다른 한편으로 생각하면 그 곳도 사람이 사는 곳은 분명하다. 그래서 떠나기 전에 그를 만나보고 싶어 소련 대사관에 전화를 걸었다. 예상대로 한국 대사와 이스라엘 대사를 만나지 않는다는 답변이 왔다. 그 이유는 여러 가지가 있겠지만 한국 대사와 이스라엘 주재 대사를 만나지 않겠다는데 대해 심히 자존심이 상해 물러나고 싶지 않았다.

나는 즉시 소련 대사관에 협박 비슷한 문서로 통보했다.

"딘은 외교 관례상 다른 주재국 대사가 이임하면 고별 만찬까지 열어 주게 되어 있다. 그런데도 만나 주는 것까지 거부한다면 소련 대사는 '딘'으로서 자격이 없다는 것을 말해 주는 것이 아닌가. 이런 편파적인 딘을 더는 용납해서는 안 된다는 편지를 각국 주재 대사관에 보내겠다."

반응은 즉각적으로 나타났다. 몇 시간 후 내일 방문해도 좋다는 답신이었다. 그러나 막상 소련 대사관을 방문한다고 하자 대사관 직원들이 적극 만류했다. 만약 억류를 하고 정치적 망명을 했다고 엉뚱하게 발표하면 어떡하느냐는 것이었다(당시 그런 일이 있었다). 그렇게까지 하겠느냐는 의견도 있었지만, 이런 때는 나에게도 불안감을 주고 또 강경 발언이 설득력을 얻게 된다. 그러나 초대를 요청해 놓고 막상 OK가 나니까 안 간다는 것은 나라를 대표하는 대사로서의 자세가 아닌 것 같았다. 나는 수행하겠다는 무관을 뿌리치고 혼자 소련 대사관을 방문했다. 사태가 불리하면 휴대한 독약을 삼키면 그만인 것이다.

소련 대사는 정중히 영어로 응답했다. 품위가 있고 지적인 풍모를 지니고 있었다. 나는 고국에서 가져온 금형 조형물인 신라금관을 선물로 증정하고 우리 역사 얘기부터 꺼냈다.

"구한말 우리 국왕이 일본에 침략을 당했을 때 서울에 주재한 러시아 공관에 들어가 일년 동안 살았습니다(俄館播遷). 러시아 공관이 우리 국왕을 모셨던 것이죠. 그처럼 우리는 러시아와 가까웠습니다. 그런데 러시아가 일본과의 전쟁에서 패배하자 우리의 운명도 바뀌었습니다. 왜 그 큰 대륙이 일본에 패했습니까?"

소련 대사가 큰소리로 웃었다. 영어에 능통한 그는 외교관답게 유연하고 침착했다. 나는 북한에 대해서도 얘기를 꺼냈다. 그러자 그가 먼저 손사래를 쳤다.

"다투는 말씀을 하려면 그만 두세요. 먼 훗날 후회하게 됩니다."

서로 얼굴을 마주하고 대화하는 동안 그들은 물론 우리 스스로도 기피하고 상종하지 못할 인종으로 대했다는 사실이 부끄러웠다. 소련 대사와의 공식 대면은 이렇게 해서 내가 첫 테이프를 끊은 셈이다.

한 인물 할 것 같던 소련 대사는 그 후 모스크바 시장을 지냈다. 그로부터 10여년 후 우리는 소련과 국교를 맺었다. 그를 통해 사소한 이해관계로 상대방을 욕하면 훗날 후회할 수 있다는 교훈도 얻었다. 참으로 통찰력이 있는 외교관이란 생각이 든다.

1978년 12월 하순, 나는 이상한 꿈을 꾸었다. 임기가 끝나 귀국을 앞둔 시점이다. 꿈에 박정희 대통령이 표창장 같은 종이를 둘둘 말아들고 대사관 2층 계단으로 올라오더니 "자, 받아" 하며 나에게 내미는 것이었다. 그리고 다음 날 아침 일찍 대사관에 출근해 보니 텔렉스에 '축 국회의원 당선'이란 전보가 박동진 외무장관 명의로 와 있었다. 유정회 의원으로 지명된 것이었다. 이는 외교관으로서도 성공했다는 징표라고 생각하며 나는 고국을 향해 마음 속으로 외쳤다.

"이제 다시 시작이다."

임기를 마치면 조용히 전원생활을 하려고 했는데 국회의원으로 활동하기를 조국은 기다리고 있었다.

빨간 마후라 하늘에 등불을 켜고

제6부

스포츠와 나 그리고
가족 이야기

88서울올림픽 유치 신청에 열정을 바치고

1979년 1월, 유정회 소속 국회의원으로 등원해 상임분과위원회 국방위원회에 배속됐다. 원내 활동은 활발하지 않았지만 대한체육회 부회장으로서 스포츠 외교에 일익을 담당했다. 박종규 전 청와대 경호실장이 대한체육회장에 선출되면서 조상호 의원과 부회장을 맡게 되었다.

어느 날 박종규 회장이 10여 년의 대사 외교적 경험을 살려 이번에는 스포츠 외교에 성과를 내보자며 영어에 정통한 조상호 의원과 나를 대한체육회 부회장으로 옹립하겠다고 했다. 그러나 대한체육회 이사회에 출석한 첫날부터 나는 크게 실망했다. 우리나라의 첫 올림픽 금메달 리스트, 그것도 '올림픽의 꽃'이라는 마라톤에서 금메달을 따 낸 손기정 옹에 대한 예우가 전연 없었던 것이다. 그래서 회의가 열리자마자 나는 손기정 옹에 대한 예우를 강조했다.

"손기정 선수는 식민지 시절 자라나는 청소년들에게 꿈이자 우상이었습니다. 비록 일본 선수로 출전하긴 했지만 베를린 올림픽에서 금메달을 따내면서 스포츠 한국의 위상을 드높였습니다. 그런데 이 분에 대한 예우가 없으니, 우리 스스로 면구스럽습니다. 그러므로 저는 손기정 씨를 대한체육회의 명예고문으로 추대할 것을 제안합니다."

명예고문이야 순전히 이름만 걸어 두는 상징적 존재다. 그래서 어느 누구 하나 이의를 제기하는 사람은 없었다. 미처 그 깊은 뜻을 생각하지 못

빨간 마후라 하늘에 등불을 켜고

했다고 아쉬워했을 뿐이다. 이렇게 해서 손기정 옹은 명예고문으로서 대한체육회의 상징적 얼굴이 되었다.

1979년 9월초, 대한체육회 이사회의가 소집되었다. 이 날의 안건은 서울 올림픽 유치 신청에 관한 건이었다. 그런데 모두들 우리가 올림픽을 주최할 수 있을까 하는 부정적인 자세를 보이고 있었다. 하기는 힘들게 유치한 아시안 게임도 경제 및 안보상의 이유로 반납해서 태국에서 개최된 일도 있었다.

그러나 10년 후 1979년이라면 우리 국가 경제 발전 속도로 보아 자신을 가질 만도 했다. 그럼에도 불구하고 올림픽을 주최할 여건이 되지 못한다는 것이 공직 사회는 물론 언론, 나아가 기업의 분위기였다.

체육회 이사들도 그런 고루한 생각을 갖고 있었다. 나는 너무도 소극적이고 자기 냉소적인 반응에 참을 수가 없어 자리에서 벌떡 일어나 발언을 시작했다.

"88올림픽은 앞으로 10년 뒤의 일입니다. 그 때는 우리의 국력이 대단히 향상되어 있을 것입니다. 재작년에 벌써 100억 달러 수출도 달성(1977년)했고, 매년 경제성장도 20% 가까이 하고 있습니다. 자신을 가질 만하지요. 올림픽을 개최하면 국가의 브랜드 가치 향상은 물론 분단된 전쟁 상흔도 확 털어버릴 수 있는 절호의 기회입니다. 그러므로 우리 체육인들이 이 기회를 살려야 합니다. 더 적극적으로 유치의 의지를 가져야 합니다."

장내가 숙연해졌다. 그러자 한 기업인 출신 부회장이 발언을 했다.

"짐을 지고 갈 걸 지고 가야지요. 아시안 게임을 반납한 것처럼 또 망신을 당할 수 없어요."

그러면서 그는 일본이 제11회 올림픽을 주최하기로 했으나 중·일 전쟁을 치르느라 기권한 적이 있는 사실을 적시했다.

"일본도 반납한 사실이 있는데 분단국가인 우리가 막대한 국방비를 쓰면서 어디서 그 돈을 마련한단 말입니까."

이사 30명 모두 이에 동의하는 것은 아니지만 대체로 기업인 부회장의 발언에 고개를 끄덕이는 분위기였다. 그러나 물러설 수가 없었다.

"너무 우리 스스로를 낮춰 볼 필요가 없습니다. 신청한다고 해서 반드시 유치에 성공하는 것도 아니니 일단 신청서를 내 봅시다. 나중에 후회하지 않게요. 일본이 반납했듯이 우리 역시 여건이 되지 못하면 그 때 반납할 수 있잖습니까."

그래도 기업인 출신 이사들은 돈을 끌어들일 일이 난망하다는 뜻을 표했다. 그래서 나는 다시 제안을 했다.

"그렇다면 체육회장님이 대통령 각하를 직접 면담하고, 그 때 다시 신청 여부를 결정하면 어떻겠습니까?"

대통령까지 언급하는 데야 반대할 사람은 없었다. 박종규 체육회장은 박 대통령이 혈육처럼 아끼고 신임하는 사람이기 때문이다. 나는 그 점을 활용해 보자는 것이었다. 또 대통령이 움직이면 이사회도 추인할 것이며, 특히 체육인들이 탈락할까 봐 걱정되어서 그렇지 유치만 된다면 누구보다 반기고 기뻐할 사람들이라고 믿고 제안을 했던 것이다.

며칠 뒤 박정희 대통령을 면담하고 돌아온 박 회장은 떨떠름한 표정이었다. 그는 평소의 웃는 듯 마는 듯한 표정으로 "해볼 테면 해 봐"하고 각하가 소극적으로 대답했으며, 이런 표현은 해도 좋고 안 해도 좋다는 뜻이라고 설명을 했다. 그러나 나는 대통령이 그 정도의 언질을 준 것은 적극적으로 나서보라는 뜻도 함의되어 있다고 설명을 했다.

"그럴까요?"

박종규 회장이 반신반의하면서도 결국 내 의지를 따랐다. 사실 박종규 회장과 나와는 사돈 간이어서 서로 어렵게 생각하면서도 암묵적으로 도울 일이 있으면 먼발치에서 돕는 입장이었다.

"자, 10년 후의 일입니다. 그 때 우리나라 경제력은 대단할 것입니다. 두고 보십시오."

"조상호 부회장과 잘 협의해 보시오."

나는 조상호 부회장과 해군참모총장 출신의 다른 부회장을 설득해 올림픽 유치 신청의 불꽃을 당겼다. 올림픽 유치 신청 기간은 1979년 9월 30일까지였다. 불과 보름 밖에 기간이 남지 않았다.

빨간 마후라 하늘에 등불을 켜고

준비를 해 오지 않은 터라 시일이 다가오자 입이 바작바작 탔다. 나는 본시 계획을 세우면 밤잠을 안 자는 성격으로, 늦은 밤에도 유치 신청 책임자를 불러 서류 작성 내용을 확인하면서 일을 진행했다. 그리고 마침내 신청 최종 마감 날인 9월 30일 유치 신청서를 제출했다.

만약 그때 유치 신청을 유야무야 방치했다면 어떻게 되었을까. 아마도 88서울올림픽은 없었던 일이 되었을 것이다. 지금 그 때 일을 생각하면 정말 잘한 결단이었다고 생각한다. 그 후 전두환 정권이 들어서면서 현대그룹 정주영 명예회장과 박영수 서울시장이 올림픽유치추진위원회를 맡아 베이징과 나고야의 벽을 헤치고 서울올림픽 유치에 성공했다. 실로 단군 이래 최대의 업적을 쌓은 것이다.

서울올림픽을 계기로 우리 한국은 세계에 널리 이름을 떨쳤다. 무엇보다 공산 국가인 소련이 참가해 선수단은 물론 이들을 인솔한 공식 비공식 인사들의 눈을 휘둥그렇게 했다.

한국의 놀라운 경제 성장과 깨끗한 거리, 수준 높은 문화, 품위 있는 질서 의식을 보고 공산권의 대표 주자인 소련의 사는 모양과 비교되어 큰 충격을 받았다는 것이다.

6·25 전쟁을 치른 폐허의 나라, 전쟁 고아의 나라로만 인식했던 한국이 성장 동력 엔진을 달고 자신 있게 살아가는 모습을 보고 자본주의 학습을 유익하게 돌아갔다는 것이다. 결국 소련 붕괴 요인 중 서울올림픽도 그 하나가 됐다는 평가는 결코 헛말이 아니었다.

대부분의 체육회 이사들이 우리의 저력을 과소평가하고 미래에 대한 비전을 어둡게 보았지만 나는 10년 후의 일을 자신 있게 낙관했다. "엽전이 뭘 해" 따위의 자기 비하나 자기 냉소에 빠지는 '코리아 디스카운트'에 젖는 것에 과감히 반기를 들고 올림픽 유치 신청을 강력 주장했던 것이 코리안 드림을 키워 낸 계기가 되었던 것이다. 서울올림픽 유치에 일익을 담당했던 사람으로서 한없는 기쁨과 자부심을 느낀다.

대한배드민턴협회장을 맡으며

　나는 스포츠와 많은 인연을 갖고 있다. 1962년 공군참모차장 시절 대한
배드민턴협회 회장을 비롯해 1979년 해외 주재 대사직을 마치고 돌아오자
한국골프협회 경기위원장을 맡는가 하면, 같은 해 국회의원 시절 대한체
육회 부회장직을 수행한 것이 그것이다.

　배드민턴협회장 재임 때는 국력이 형편없는 시절이라 국가 대표 선수
한 사람을 제대로 육성할 수 있는 여건이 못 되었다. 일반인들은 배드민턴
이 무슨 종목인 줄도 잘 모르는 때였다.

　잠자리채로 파리나 모기를 휘어잡는 것 같은 동작들이 기존 축구나 배
구에 길들여진 우리에게는 매우 낯설고 운동 같지도 않게 느끼고 있었다.
스포츠로 인식하는 분위기도 아니기 때문에 선수층이 얇은 데다 배드민턴
인구는 눈을 씻고도 찾을 수가 없었다.

　그러나 배드민턴협회장을 맡은 이상 제대로 보급해야 한다는 각오를
다졌다. 그래서 대표 선수부터 발굴해 기량을 향상시키기로 했다. 선수들
이 대회에 출전해 우승하면 신문과 방송에 크게 보도될 것이고, 그러면
자연스럽게 사람들로부터 관심을 불러일으킬 것이라고 확신했다.

　국가 대표 선수 두세 명은 공군사관학교 소속으로 하고 직접 이들을
지휘했다. 그러나 고깃국을 사 먹일 식비도 없었다. 할 수 없이 아내가
가정부 한 사람을 데리고 선수들이 연습하고 있는 훈련장 옆 마당에 솥을

빨간 마후라 하늘에 등불을 켜고

걸어놓고 뼛국을 끓여 먹이는 등 한동안 취사반을 담당했다. 예산이 없어 그렇게라도 하지 않으면 안 되었다.

당시엔 일기예보도 맞는 것도 없어서 마당에서 장작불로 밥을 짓다가 갑자기 소나기를 맞으면 아궁이가 물구덩이가 되어 선수들이 쫄딱 굶는 사례도 생겼다.

하지만 정신력은 대단했다. 맨 처음 일본 원정에서 전패를 했지만 다음 해는 5승 5패로 반타작을 했으며, 얼마 후에는 전승하기도 했다. 그리고 지금은 세계 최고의 선수들이 배출되고, 특히 전 국민이 배드민턴을 즐기는 국민 스포츠로 인식되어서 초창기 배드민턴협회장을 맡은 감회가 남다르다.

배드민턴은 우리나라 실정에 맞는 스포츠라고 생각한다. 무엇보다 스포츠 용구가 간편하고 경기장 면적이 넓지 않아도 되기 때문이다. 조그만 마당 하나면 배드민턴 1~2개 면을 만들 수가 있다. 그리고 연령에 구분없이 누구나 가까이 할 수 있는 운동이다. 비용이 많이 들지 않고 언제 어디서나 즐길 수 있는 장점이 있다. 그래서 전국적으로 직장인, 부녀회, 장년 또는 노년 배드민턴 구락부 등이 생겨나 가장 많은 배드민턴 인구를 두고 있는 것이다.

52년의 골프 인생

골프를 시작한 것은 1954년 주미 대사관 공군 무관으로 재직하면서부터다. 대사관에 부임한 얼마 뒤 해군 무관인 정규섭 대령(전 대사)이 나를 옆방으로 불러냈다.

"이번 일요일 나를 따라가겠나?"

나는 일요일은 외롭고 쓸쓸하게 지냈다. 그나 나나 고국에 처자를 두고 왔으니 고국 생각 가족 생각으로 늘 가슴이 비어 있는 듯했다. 그래서 이를 벗어나고자 그는 필드에 나갔는데, 그런 내가 안 되었던지 나를 골프장으로 인도한 것이다.

맨 처음 따라간 곳은 워싱턴 근교 골프장이었다. 골퍼들이 골프하는 모습이 너무도 호쾌하고 멋있어 보여서 한없이 매료됐다. 그래서 그 날로 연습장에 나갔다. 그리고 기초도 제대로 배우지 않는 상태에서 정 대령을 따라 미 육군과 해군이 합동으로 건설한 골프장을 출입했다. 당시 파견 나온 우방국 군인들도 미군과 똑같이 군 골프장을 자유롭게 사용할 수 있는 특전이 주어졌다. 그린피도 거저나 다름이 없었다.

정 대령은 도쿄 유엔군사령부에서 근무할 때 골프를 배워 상당한 수준에 이른 사람이었다. 그러나 미국 대사관에 파견된 뒤로는 골프하는 사람이 없어 동행자를 구하던 중 가장 젊은 나를 끌어 낸 것이다. 그런데 내가 열의를 보이자 수제자로 여기는 것 같았다. 나 역시 재미를 붙이면 집중하

빨간 마후라 하늘에 등불을 켜고

는 사람이라 군 골프장에 배속되어 있는 골프 사범인 미스터 폴에게서 골프를 배우기 시작했다.

골프 재미가 붙자 시간만 허락되면 주중에도 필드에 나갔다. 정 대령이 힐끗 눈치를 보이면 우리는 어느 새 골프채를 둘러메고 정 대령의 낡은 고물차를 타고 군 골프장으로 향했다.

그런 어느 날 하우스에서 대사관을 자주 찾아오는 교포를 만났다. 우리는 그와 반갑게 인사를 나누었다. 그런데 며칠 뒤 양유찬 주미대사 주재로 대사관 전 직원들이 워싱턴 시내 식당에서 회식을 갖는 자리에서 양 대사가 갑자기 물었다.

"어이, 두 무관들, 펜타곤 회의에 간다더니 골프장에서 회의를 했나?"

농담 반 진담 반의 물음이었다. 순간적으로 하우스에서 만난 재미동포가 생각났다. 그는 양 대사와 절친하게 지내는 사이였다. 물론 그도 우리를 나쁘게 얘기한 것은 아니었으리라. 젊은 친구들이 필드에 나오는 것을 보니 보기가 좋더라며 양 대사에게도 골프를 권유하면서 얘기를 했다는 것이다. 하지만 깐깐한 양 대사 입장에서는 숫자도 적은 대사관 직원 중 젊은 무관 두 사람이 일과 시간에 몰래 빠져나가 골프를 쳤다면 조직의 기강도 기강이려니와 여러모로 속상할 일이었을 것이다.

하지만 재미를 붙인 우리는 시간만 나면 골프장으로 달려갔다. 그리고 6개월 뒤부터는 내가 앞서나가기 시작했다. 이를 지켜본 정 대령은 껄껄 웃으며 나를 격려했다.

"청출어람이라더니 바로 장 대령을 두고 하는 말이야."

이렇게 해서 시작한 골프가 올해로 구력 52년이 되었다. 지금도 일주일에 한 번 정도는 필드에 나간다. 2006년 현재까지 아시아에서 11개국 150개 골프장, 아프리카는 5개국 12개 골프장, 중동 1개 골프장, 유럽 12개국 32개 골프장, 아메리카 3개국 32개 골프장으로 총 32개국 227개 골프장을 이용했다(이 기록은 2002년 1월까지의 기록).

이 중에서는 진기록 명승부는 물론 잊을 수 없는 추억들이 많다. 그 중 에티오피아 주재 대사 시절의 일을 잊을 수 없다. 1971년 여름, 수도 아디

장지량의 골프 인생

GOLF RECORD(2002. 1. 現在)

ASIA

ROK	73
JAPAN	35
TAIWAN	10
PHILIPPINES	12
THAILAND	3
HONG KONG	2
OKINAWA	9
SINGAPORE	2
MALAYSIA	2
INDONESIA	1
INDIA	1

(11 - 150)

AFRICA

EGYPT	1
ETHIOPIA	2
KENYA	6
MALAWI	1
S. AFRICA	2

(5 - 12)

MIDDLE EAST

BEIRUT	1

(1 - 1)

EUROPE

ITALY	2
W. GERMANY	2
GREECE	1
SWISS	2
FRANCE	3
BELGIUM	2
NETHERLAND	2
UNITED KINGDOM	4
DENMARK	9
SWEDEN	3
NORWAY	1
FINLAND	1

(12 - 32)

AMERICA

U. S. A.	30
BRAZIL	1
BAHAMA	1

(3 - 32)

TOTAL : *32 Countries, 227 Courses*

① 1954. 10(#5 IRON)   USA Lesson
                by Pro "Mr. Paul"
② Lowest HDCP "2" (1970)
③ Lowest Score "69" 1970(-2)
④ Hole In One "4"
⑤ Eagle "3"
⑥ Ball on the Tree "1",
   Ball bounced into Lady's Skirt "1"
⑦ Bird Picked up Ball away "1"
⑧ Fox Picked up Ball away "1"
⑨ President ET. Imperial Golf (1972)
   Course (USSR AF L/C 투표)
⑩ Chairman KGA Tournament Commity

빨간 마후라 하늘에 등불을 켜고

스아바바 근교에 셀라시에 황제 이름을 딴 셀라시에 CC가 있었다.

에티오피아에는 미군 1개 사단 병력이 주둔해 있었기 때문에 사령부가 있는 아디스아바바 근교에 미군이 건설한 골프장이 있었다. 셀라시에 황제는 민간 시찰을 나가거나 지방 순시를 할 때는 동전을 몇 포대씩 차에 담아가지고 나간다. 마을을 지나갈 때마다 포대에 담아둔 동전을 모인 인파를 향해 던진다. 말하자면 황제의 시혜인 것이다.

마침 내가 골프를 하던 때 황제가 골프장 인근 마을을 지나면서 동전을 던져 주는 모양이었다. 에티오피아에는 주로 소년 캐디들이 근무했는데, 나를 따르던 캐디가 갑자기 사라졌다. 나는 골프를 하다 말고 사라진 캐디를 찾아 헤맸다. 그런데 얼마 후 캐디가 만면에 웃음을 띠고 호주머니에 손을 집어넣은 채 짤랑짤랑 동전 소리를 내며 달려왔다.

"갑자기 어디를 갔나?"

"네. 황제가 지나가시면서 동전을 던져 주시는데 그걸 받아와야죠."

어이없는 일이었다. 그러나 그것은 그들의 습관이었고 아주 순수한 행동이었다. 그렇지만 이런 모습을 보고 한동안 혼란이 왔다.

소년 캐디들은 담배를 줄곧 피우면서 따라다닌다. 한국인의 눈으로 보면 새파란 놈이 어른 앞에서 담배 피운다고 싸가지 없는 놈이라고 몇 번 얻어 터졌을 것이다. 그런데 그쪽 세계는 개의치 않았다. 그러나 내가 보기엔 썩 좋은 모양은 아니었다. 9홀쯤 돌았을까? 캐디 녀석에 나에게 말했다.

"나 담배 한 대 주소."

어이가 없었지만 나는 가지고 있던 담배 한 가치를 주었다. 그랬더니 통째 달라는 것이다.

"대사님은 사무실에 담배가 많잖아요."

결국 담배 한 갑을 주었더니, 그 중 한 가치를 빼물고는 라이터를 켜라는 것이다. 물론 그는 라이터가 없으니 그럴 수 있지만 이런 버르장머리 없는 것도 에티오피아에선 자연스런 행동이었다. 캐디가 오히려 주인을 하인 부리듯 하는 것이 무지에서 오는 것이든 아니든 간에 그 자체가 너무도 천진난만해서 심심하면 그에게 라이터 불을 켜주었다.

어느 날이었다. 한 홀은 그린이 높은 언덕에 있었다. 그래서 캐디는 먼저 그린에 올라가 내가 친 공을 살펴야 한다. 나는 온 그린 한 것 같다는 생각으로 언덕에 올랐으나 공이 홀에 들어가 있었다. 아무리 생각해도 이상했지만 공은 엄연히 홀인원이 되어 있었다. 주위를 유심히 살핀 결과 내 공이 샌드(모래판) 그린 해 있는 것을 캐디 녀석이 아무도 보지 않자 발가락으로 공을 집어서 살짝 홀에 집어넣은 것이었다.

홀인원을 하면 캐디들에게 팁을 주고 기념으로 회식도 하는 것이 관례였는데, 캐디가 팁을 더 받기 위해 장난을 한 것이었다. 결국 나는 부정 홀인원으로 녀석에게 팁을 주었지만, 그 후 순수한 내 실력으로 몇 차례 더 홀인원을 했다.

또 어느 날이다. 골프를 마치고 집에 돌아오는데 집 앞에 캐디가 와 있었다. 내 전용 캐디인 바로 그 소년이었다. 나는 의아해서 운전하는 에디오피아 운전기사에게 물었다.

"저 녀석 뭣하러 온 거야?"

기사가 내려가서 그를 만나고 돌아오더니 말했다.

"오늘 공을 잘 치셨는데 팁을 안 주고 갔다고 받으러 왔답니다."

기사도 대수롭지 않게 말했다.

"팁 받으러 집에까지 오는 놈도 있나? 팁은 안 줘도 그만 아닌가."

그렇게 말은 했지만 나는 호탕하게 한번 웃고 녀석에게 평소보다 많은 팁을 주었다. 그러자 녀석이 앞으로는 자주 집을 찾아오겠다며 뛰어갔다.

내가 최초로 언더 파를 친 기록이 아디스아바바에서 나왔다. 1970년 2 언더파를 친 기록이다. 홀인원도 모두 4차례 중 아디스아바바에서 두 차례 기록했다. 이런 기록을 보면 에티오피아 대사 시절 가장 좋은 성적을 냈던 것 같다. 이글은 3번 기록했는데, 이는 필리핀 대사 시절 세운 기록이다.

진기록으로는 공이 나무에 걸려 (영원히) 떨어지지 않은 것이 한 번, 일하던 여자의 치마폭으로 공이 들어가 모른 척하고 지나친 일본의 한 필드도 있다. 그리고 새가 급강하 해 잔디에 있는 내 공을 물고 가버린 경우(아디스아바바)도 있다.

1975년 방학 때 돌아온 아들들과
함께 필리핀 와쿠와쿠 골프장에서
(왼쪽부터 차남 유환, 삼남 석환,
장지량, 장남 대환).

셀라시에 황제 골프장 회장 선출에 소련이 나를 지지하다

1972년 에티오피아 대사 시절이다. 셀라시에 황제 골프장 회장을 선출하게 되어 있었다. 회장은 내국인보다 외교 사절 중에서 뽑는 것이 관례였다. 골프장 이용객이 국민소득이 낮은 에티오피아 국민이 이용하기보다 외국인이 대부분 사용하기 때문이었다.

그런데 어느 날 갑자기 골프장 운영위원회에서 회장을 맡아달라는 연락이 왔다. 회장 출마를 권유한 것이다. 에티오피아는 비동맹국가의 맹주 역할을 하는 대표적인 나라 중 하나로, 비동맹권 중심인 공산권 나라 외교가의 한 주축을 이루고 있었다.

그런 나라들과 적대 관계에 있는 대한민국 대사가 회장을 맡는다는 것은 사실상 불가능한 일로 꿈을 꿀 수조차 없었다. 그런데 골프장 운영위원회에서 회장 출마를 권유했다. 존경심에 대한 표현이거니 여기고 기분이 나쁘진 않았다.

그 무렵 중앙정보부 파견 참사관이 우리 대사관에 와 있었다. 그는 소련 대사관의 공군 무관과 친하게 지내는 중이었다. 나도 이를 묵인하고 때로 더 가깝게 지내도록 독려했다.

이념과 체제로 인한 적대 관계에 있지만 이처럼 서로 가까이 지내면서 정보를 공유하는 경우도 적지 않았다. 소련 무관은 내가 공군참모총장 출신이란 점에 개인적으로 많은 호감을 갖고 있었다. 그 자신 공군 출신이기 때문에 나에 대한 호기심이 더 많았던 것으로 이해한다. 그는 우리 대사관에 오면 보드카나 소련 군사 관련 책자를 선물했으며, 나 역시 인삼주와 홍삼을 선물로 주었다. 그리고 소련 기밀 문서급에 해당하는 군사학 관련 책을 우리 참사관에게 한 박스 가져다주기도 했다.

회장을 선출하는 날이 되었다. 투표장에는 소련 무관이 비동맹권의 몇몇 외교관들과 함께 앞자리에 나와 있었다. 전연 생각하지도 못한 일이었다. 결국 나는 압도적인 표 차로 회장에 당선되었다. 사교 클럽이지만 적성 국가의 표까지 확보해서 회장이 된 것은 아마도 내가 첫 번째 사례가 아닌가 싶다. 골프를 통한 친선과 골프 세계에는 이데올로기도 없다는 것을 확인하고 좋은 스포츠라는 것을 실감했다.

어느 날 파 3의 쇼트홀에서의 일이다. 공을 쳤는데 공이 사라져 버렸다. 아무리 뒤지고 살펴보아도 찾을 수가 없어 그냥 돌아왔다. 그리고 2개월 후 다시 그 골프장을 찾았다. 그런데 쇼트홀 인근 나무 밑둥의 조그만 굴에서 여우가 사는 것을 발견했다. 혹시나 하고 굴을 헤집자, 굴 한쪽에 골프공이 26개나 새알처럼 쌓여 있었다. 여우가 날아온 공을 재빨리 물어 굴 속에 갖다 놓은 모양이었다. 그 26개 중에는 내가 2개월 전에 잃어버렸던 공이 있었음은 물론이다.

또한 아디스아바바는 고원지대로서 우리나라 가을 날씨처럼 언제나 기온이 청명하다. 많은 사람들은 아프리카라고 하면 무덥고 기후 환경이 좋지 못하다는 선입견을 가지고 있다. 그런데 아프리카 북부는 우리나라보다 사람 살기가 좋은 곳이다.

빨간 마후라 하늘에 등불을 켜고

어느 날 공을 치는데 독수리만한 새가 떨어진 공을 물고 날아가 버렸다. 캐디가 쫓아가 확인해 보니 언덕 너머에 있는 집 마당에 떨어뜨렸다. 캐디가 그 공을 찾아와서 그린 앞에 살짝 떨어뜨렸다. 새가 물고 날아갔기 때문에 캐디 재량으로 가져와 가장 좋은 그린 앞에 떨어뜨린 것이다. 그 새로 인해 나는 두 포인트를 더 벌었다.

안양CC와 와쿠와쿠CC의 자매결연을 맺어주다

필리핀 대사 시절의 일이다. 마닐라 근교에 있는 와쿠와쿠골프장은 경치가 좋고 새가 많은 곳이다. 새 울음 소리가 와쿠와쿠한다고 해서 골프장 이름을 새 소리를 본 따 지은 골프장이다.

어느 날 전 공군참모총장이자 국무총리를 지낸 김정렬 선배가 필리핀을 방문했다. 그 때 그는 삼성 고문으로 재직하고 있었는데, 와쿠와쿠골프장의 뛰어난 풍광과 멋진 골프 코스를 둘러보고 감탄을 하더니 귀국한 뒤 연락이 왔다.

삼성이 운영하는 안양CC와 와쿠와쿠CC 간에 자매결연을 맺도록 도와주었으면 좋겠다는 의사였다. 안양CC는 삼성 이병철 회장이 가장 좋아하는 곳이고, 또 자주 필드에 나가는 곳이어서 예나 지금이나 권위 있는 골프장이었다.

와쿠와쿠 측에 교섭에 나서자 안양CC의 한국에서의 그래이드, 위치와 코스 등을 상세히 문의해 왔다. 나는 한국 대표적인 골프장이며, 특히 한국의 최대 재벌 기업이 직접 운영하는 골프장이라고 소개했다. 그러자 곧바로 OK 응낙이 떨어졌다.

이 소식을 알리자 이병철 회장이 사신을 보내왔다. 정중한 문안 인사와 함께 자매결연에 협조해 준 공로를 치하한다는 내용이었다.

그 후 안양CC와 와쿠와쿠CC는 상호 정보 교환은 물론 멤버십도 동등한 자격을 부여해 지금까지 운영해오고 있는 것으로 알고 있다.

코펜하겐에서는 섬에 골프장이 많다. 그러나 겨울엔 춥고 해가 짧아 많

張志良 大使 貴下

盛夏之節에 異域萬里 外交
一線에서 오늘도 國威宣揚과
國利民福의 增進을 爲하여 줄곧
勞苦하시는 張 大使의 健勝을
비는 바입니다.

今般 張 大使의 格別하신 聲援과
配慮로 저희 安養「칸트리클럽」과
와쿠「칸트리클럽」과 姉妹結緣을
맺었읍니다.

國事로 한결같이 多忙하신
가운데도 저희 클럽의 計劃에 關
心을 가지시어 本件을 成事시켜
주신 大使의 勞苦에 深謝드립니다.

本人은 이갈은 자그만한 結實이
「民間外交」의 한窓口로서 兩國民
間의 親善및 友誼增進에 多少나마
寄與될수 있으리라 믿어집니다.

張 大使의 더욱 淸安하심과 貴公館
및 宅內에도 萬福이 깃드시길 祈願하
옵고 歸國할 機會가 有하오면 訪門하여
주시옵기 懇囑하면서 이만 擱筆합니다.

一九七四年 七月 十八日

李 東 喆 拜上

와쿠와쿠 골프장과 자매결연에 협조해 준데 대한 삼성 고 이병철 회장의 감사의 편지.

이 이용할 수가 없다. 대신 여름철은 해가 길어서 자정 때까지 진행을 하는데 두 바퀴(36홀)를 도는 경우가 많다.

미국의 여러 곳도 골프를 하기에 적합한 곳이 많다. 하지만 엔조이하는 데는 단연 필리핀이라고 말하고 싶다. 일본과의 가스라 태프트 협정(미국이 필리핀을 점령하는 대신 일본은 한국과 대만을 병탄한다는 협정) 이후 미국의 식민지가 된 필리핀은 아시아에서도 가장 미국적 문화와 정치 체제를 도입해 안정된 민주 국가를 운영하면서 외국인에 대한 배타성도 없고 골프장 시설도 잘 되어 있어 골퍼들이 즐겨 찾는 나라이기도 하다. 그래서 지금은 그 곳으로의 골프 투어가 성행하고 있는 것으로 안다.

한국골프협회 경기위원장 시절

대사 생활을 마치고 1979년 귀국한 뒤에는 골프와의 인연으로 한국 골프협회(KPGA) 경기위원장을 맡게 됐다. 국회의원 생활을 하면서 대한체육회장에 이어 골프협회 경기위원장을 맡은 것이다.

경기위원장이 된 것은 당시 골프협회장인 이동찬 코오롱 회장 덕분이

빨간 마후라 하늘에 등불을 켜고

었다. 경기위원장은 선배이자 전 주일 대사를 역임한 육군 출신의 최경록 장군이 물망에 올랐었다. 그런데 어느 날 이동찬 회장이 나를 부르더니, 최 장군은 나이가 연만하니 활동적인 장 의원이 맡아달라는 것이었다.

이 무렵 서울컨트리클럽 회장을 맡고 있는 이호 전 총리가 나에게 회장 자리를 넘기려고도 했다. 그러나 서울컨트리클럽은 조선일보 방우영 사장이 욕심을 낸다는 소문이 들렸고, 그래서 명예만 있는 회장보다는 활발하게 활동하고 경기할 때마다 골프장을 다닐 수 있는 특전이 주어지는 경기위원장에 더 매력을 느끼고 경기위원장을 선택했다.

경기위원장은 룰만 잘 소화해 경기에 적용하면 된다. 국제적 룰을 준수하면서 세계적 선수들의 골프하는 모습을 경기 진행의 대표 자격으로 구경할 수 있다는 것은 특전인 동시에 큰 즐거움이다. 이 때 나는 골프의 룰과 품위 있는 매너가 무엇인지를 세계적 선수들을 통해 알았다.

골프장에서 생긴 이런 일들은 평생의 아름다운 추억이 되고 있다.

나의 가족 이야기

42번의 이사를 다니다

군인으로서 살아온 내 일생은 전국 방방곡곡을 이사 다닌, 이른바 전국 이주사나 다름이 없다. 1947년 국방경비대 사관학교(육사 5기)에 입교하여 오늘에 이르기까지 이사 다닌 숫자를 헤어 보니 총 42차례나 된다. 길게는 10년을 한 집에서 산 경우도 있지만, 짧게는 한두 달 살다가 이사 간 때도 있었다.

이러한 내 이력 때문에 아이들의 출생지가 각기 다르다. 맏딸은 경기도 김포비행장 인근 공군 관사에서, 장남은 대구 달성동, 차남은 대구 삼덕동 그리고 3남은 서울 돈암동, 막내딸은 서울 상도동에서 태어났다. 3남 2녀 모두 각기 다른 동네에서 태어난 것이다.

전국적으로 이사 다닌 지역을 살펴보니 태릉 육사 기숙사를 시작으로 이리·전주·김포·대구·강릉·김해·대전·사천·제주·서울 등지다. 서울에서 이사 다닌 숫자만도 스무 번이 넘는다(미국과 에티오피아·필리핀·덴마크 등 외국 생활도 포함되지만, 대사 시절 공관에서 지냈기 때문에 이사를 많이 한 편은 아니다).

나는 결혼한 직후 사관학교에 입교했기 때문에 결혼 초기부터 아내와 별거 생활을 했다. 육사를 졸업하자 이리에서 첫 장교 생활을 시작했고(육

빨간 마후라 하늘에 등불을 켜고

군 이리교육대) 그 뒤 전주 연대로 갔다. 본래의 병과로 찾아가기 위해 항공대가 편성된 서울 수색 기지로 이동했으며, 뒤이어 김포비행장—서울 대방동—상도동—여의도 생활을 했다.

덜렁 궤짝 하나 들고 찾아가는 곳이 숙소고, 언제 이동할지 몰라 궤짝을 풀지 않은 채로 있다가 다른 곳으로 이동하는 것이 군 생활의 편린들이다. 바로 유목민과 같은 삶의 과정이다.

6·25 전쟁 중에는 전쟁통이라 가족이 뿔뿔이 흩어진 채 사선을 넘으며 이사를 다녔다. 김해—사천—강릉에서 다시 사천으로 옮기고, 뒤이어서 제주로 갔다가 강릉과 임시 공군 본부가 설치된 대구로 이주했다.

전쟁 시기 아내는 본가의 나주로 갔다가 인민군에 쫓겨 친정으로 들어가 숨어 살았으며, 다시 광주 친정으로 옮겨가는 등 도망과 피신의 나날이었다. 그 때 대부분의 경찰 가족이나 군인 가족은 그랬을 것이다.

내가 집을 장만한 것은 1956년 가을이다. 본래 서울 돈암동 집을 사기로 했으나 중간업자가 장난을 쳐 못 사고 대신 상도동 옛날 일본인이 살았던 집을 사 입주해 그 곳에서 30년간 살았다. 해외 주재 대사로 나갈 때는 세를 주고 떠나서 살진 못했지만 30년간 소유했던 집이다. 그 곳에서 아내와 어머니와 장모, 자식들이 비로소 정주(定住)생활을 했다.

2001년 아내가 먼저 저 세상으로 떠나면서 내 손목을 잡고 해 주던 말이 생각난다. 아내는 병석에서 "친정어머니까지 거들어 주어서 당신이 고맙다"고 말한 뒤 그 길로 영원히 저 세상으로 떠나버렸다.

우리집 아이들은 외할머니 손에 의해 자랐다고 해도 틀린 말은 아니다. 청상과부가 된 장모는 외동딸이 나와 결혼하자 일찍이 내 집에 와서 살았는데, 3남 2녀의 자녀들 모두 장모의 손으로 길러졌다. 진사의 손녀딸로서 절도 있고 조신한 장모는 어머니와 함께 살 때도 사돈끼리 한 번도 큰소리를 내거나 부딪친 적이 없었다. 그만큼 조심성 있고 심성이 고왔다.

내가 이사 다닌 곳 중 가장 기억에 남는 곳은 대구다. 내게는 6·25 전쟁 중인 이 때가 빛나는 세월이었다. 대구 달성동에서 장남 대환(매일경제 회장)이 태어나고, 차남 유환(세계은행 임원)이 삼덕동에서 태어났으며,

무엇보다 내 개인적으로 미 공군대학 입교는 물론 워싱턴 주재 한국대사관 무관으로 복무하면서 인생의 황금기를 준비하던 때였다.

재수가 있는 고장이라는 생각이 들어 나는 가족들을 모두 대구에 남겨두고 미국으로 떠났었다(1952년). 물론 가족들을 그 곳에 남겨 둔 것은 전시 공군 본부가 대구에 있었기 때문이다. 언제나 공군 본부는 나의 든든한 배경이 되었던 것이다.

첫 아이 장녀 효경은 1950년 6·25 바로 두 달 전인 3월 11일(음력) 김포비행장 인근 공군 관사에서 낳았다. 김포비행장 인근에서 살았던 것은 미군이 쓰다가 버리고 간 퀀셋을 우리 공군이 관사로 사용했기 때문이다. 나는 공군 관사에서 모처럼 오붓한 가정생활을 하며 여의도비행장으로 출퇴근하고 있었다.

아내는 아이를 급하게 낳은지라 병원에 갈 겨를도 없었다. 마침 이웃에 간호사 출신 산파가 있어서 순조롭게 아이를 낳았다.

나는 큰 딸을 생각할 때마다 어떤 아릿한 아픔에 젖곤 한다. 태어나자마자 6·25 동란을 맞아 민족이 겪는 온갖 수난을 2개월짜리 젖먹이가 고스란히 겪었기 때문이다.

6·25가 터졌을 때 나는 공군 본부 작전국장이었다. 공군 본부가 정신없이 후퇴하는 가운데 처자를 고향으로 피난 보내야 하는데 차편이 마땅치 않았다. 한강을 건너고 안양을 거쳐 수원까지 밀려갔지만 공군은 전선으로 투입되고 작전국장인 나는 작전을 지휘해야 했다.

그런데 때마침 들어온 임시 군용열차에 아내를 태워 광주 친정으로 보낼 수 있었다. 광주에서 후방 병력을 싣고 올라온 군 수송 열차가 돌아갈 때 보낸 것인데, 만약 그마저 없었다면 어린 아내는 아이를 업고 보퉁이를 이고 폭격을 맞을 수도 있는 천 리 길을 무작정 걸어갔을 것이다.

아내는 힘들게 나주 산포면 본가에 도착했다. 그런데 도착하자마자 아버지가 땅이 무너지는 한숨을 쉬며 걱정했다고 한다.

"아가, 왜 하필이면 오늘 오느냐."

바로 그날 밤 인민군이 퇴각하면서 경찰 가족과 군인 가족을 잡아 모아

빨간 마후라 하늘에 등불을 켜고

놓고 인민재판을 열어 즉결 처분하는 날이었다. 그래서 큰 형수가 몰래 자기 친정인 광산군 대촌면으로 아이 업은 아내를 데리고 갔다. 나룻배도 끊긴 깜깜한 밤중에 두 부녀자가 젖먹이 아이를 업고 영산강을 건너는 것은 사선을 넘는 것 이상으로 위험했다. 그런데도 위험하거나 무서운 줄 모르고 목까지 차오르는 강심을 차고 나가 큰형수 친정에 당도했다.

그러나 큰형수의 친정도 안심할 곳은 되지 못했다. 좌익 세력이 유엔군에 쫓기면서 지주로 살고 있는 큰형수의 집에 들이닥쳤다. 보급 투쟁(식량 확보)을 위해 습격해 온 무리들이었다. 만약 이때 어린아이가 젖을 달라고 보채거나 울음을 터뜨렸다면 이들의 운명은 거기서 끝날 수도 있었다. 운이 따르려고 그랬는지 지친 아이는 곤히 잠이 들어 이들이 식량을 약탈해 가는 사이 아무 일이 없었다.

9월 28일 서울이 수복이 되자 10월 6일 나는 이틀 휴가를 얻어 아내와 헤어진 지 3개월여 만에 광주로 갔다. 미군이 상륙해 광주를 접수해 가는 과정에 있었기 때문에 산발적인 전투가 전개되고 있었다. 김신 대령이 모는 T-6기를 타고 송정리 비행장에 내리자 세상이 텅 빈 듯 고요적막했다. 사위가 죽은 듯이 처연하였다. 김신 대령은 나를 내려놓자 다시 비행기를 몰고 서울로 떠나고, 나는 활주로를 벗어나 큰길로 나왔지만 행인이라곤 찾아볼 수 없었다.

한참을 서 있자 자전거 탄 중년 사내가 쏜살같이 광주 쪽으로 달리고 있었다. 그에게 손을 들어 태워 줄 것을 부탁했는데 외면하고 그대로 지나 쳐갔다. 나는 권총을 빼들어 허공을 향해 공포탄 한 발을 쏘았다. 그러자 중년 사내가 자전거에서 떨어져 바닥에 고꾸라졌다. 총을 맞은 것도 아닌데 총소리에 놀라 제풀에 넘어진 것이다. 나는 그에게 다가가 짐받이에 태우고 광주로 갈 것을 명령했다.

"네…, 네……."

그는 그제서야 말 잘 듣는 학생처럼 순순히 따랐다. 광주 처가를 찾아갔지만 아내는 집에 없었다. 친정도 안전하지 못해 다른 친지 집에서 기거하고 있었다. 이 때 젖먹이 아이를 보니 한 마디로 처참했다. 아이 얼굴과

몸뚱이는 물컷에 물려 습진으로 도배질 해 있었다. 죽지 않고 가느다랗게라도 숨을 쉬고 있는 것이 기이할 정도였다.

그 여름 내내 잠자리가 불편한 이곳 저곳을 옮겨 다니면서 깔따구(호남 지방에 많이 나는 물면 대단히 따가운 벌레), 모기, 빈대 등 온갖 벌레에 뜯겼으니 피부가 온전할 리는 만무한 것이다. 제대로 먹지도 못한 데다가 물컷들에게 피를 빨렸으니 아이는 가을 가랑잎처럼 시들해져 있었다. 전쟁은 이토록 군인보다 후방의 민간인에게 더 가혹한 것이다.

바로 그 아이가 자란 뒤 서울의 성심여학교(성심여고)에 진학했다. 1968년 공군참모총장 시절이다. 아이가 3학년이 되던 어느 날 아내가 청와대 부름을 받았다. 육영수 여사가 아내를 찾고 있었다. 그 동안 교류가 없었던 것은 아니지만, 대개는 공적인 자리에서 만났을 뿐 사적으로 부른 것은 처음이었다.

청와대를 다녀온 아내는 육 여사로부터 청을 하나 받았다. 육 여사의 큰 딸 근혜(한나라당 총재) 양이 성심여고 1학년에 다니는데, 대통령 부인이 학부모로서 직접 학교에 나가면 남의 시선도 있고, 또 사사로운 일에 매달릴 수도 없으니 근혜 양의 학부모 역할을 대신하면서 학교 일에 조력해 달라는 부탁이었다.

이렇게 해서 아내는 큰딸 효경이와 근혜 양의 학부모로서 학교의 크고 작은 행사에 참여했다. 학교 일을 거들고 근혜 양의 학교 생활을 간접적으로 보고하면서 안사람들끼리 내왕도 빈번하게 됐다. 그 관계가 지금까지 유지돼 나는 박정희 전 대통령 기념사업회 이사를 맡고 있다.

큰 딸은 고교의 같은 재단인 일본의 성심대학교로 진학했다. 일본 성심 대학교 총장(여자)이 서울에 왔을 때 우연히 내 집에서 숙식을 하게 되었다. 가톨릭 계통인 성심대학교는 조신한 여성 지도자를 배출하는 명문이었다. 총장이 찻잔을 나르는 고3의 내 딸을 보고 욕심을 내더니 도쿄 자기 대학으로 보내줄 것을 요청했다. 큰 딸은 이렇게 해서 본의 아니게 유학을 떠나게 됐다. 성심대학교는 전원 기숙사 생활을 하면서 우아하고 품위 있는 여성을 만드는 학풍을 지니고 있었다.

빨간 마후라 하늘에 등불을 켜고

그러나 조신한 숙녀로 성장한 큰딸은 결혼을 앞두고 엄청난 시련을 겪었다. 1975년 필리핀 주재 대사로 근무하고 있을 때 큰딸의 혼처가 나왔다. 몇 군데 선 볼 자리가 나오더니 가장 좋은 혼처가 나왔다는 친지의 연락을 받고 마침 본국 출장길에 딸아이의 선을 보기로 했다.

나는 상도동에 사저를 두고 있었지만 세를 주었기 때문에 기거할 집이 없었다. 마침 서대문구 연희동에 처외사촌 동서가 살고 있고, 서울에 오게 되면 그 동서 집에서 신세를 지곤 했다. 그 때도 동서 집에서 숙식을 하는데 모처럼 청평댐 근처의 메기매운탕을 먹으러 가자고 제안해 우리 가족 일행은 동서의 승용차를 타고 청평 친구의 별장으로 향했다.

매운탕을 먹고 돌아오는 길인데 영동대교 못 미쳐 동서가 공사중인 도로를 달리다 앞의 영업용 택시와 추돌한 뒤 그대로 공사 중인 한강 바닥으로 굴러 떨어졌다. 나는 머리가 쿵 뜨는 것 같은 충격을 받고 잠시 정신을 잃었는데 눈을 떠보니 가족들이 온통 피투성이였다. 순간 차 밖으로 뛰쳐나온 나는 큰딸부터 찾았다. 바로 며칠 후면 선을 보는 아이다. 그런데 아이의 이마와 눈 주변에서 피가 콸콸 쏟아져 나오고 있었다. 아, 이때의 절망감이란……. 아내나 다른 친족은 몰라도 대사를 앞둔 큰딸 얼굴 때문에 절망감으로 눈앞이 캄캄했다.

경찰이 달려오더니 지나가는 차를 세워 딸아이부터 싣고 병원으로 달리도록 조치했다. 다급하게 찾아간 곳이 광진교 근처의 개인병원이었다. 원장은 딸아이의 상처를 살피더니 마취도 안한 채 찢어진 눈자위며 이마를 굵은 바늘로 바느질하듯 꿰매기 시작했다. 아이가 통증을 참는 것이 안쓰러워 볼 수가 없었다.

그런데 그 날 밤 난리가 나고 말았다. 아내의 여학교 동창생이 아내에게 전화를 걸어왔는데, "금방 밤 10시 라디오 뉴스에 장 대사 가족이 교통사고를 당했다"며 가족 한두 명이 위독하다는 소식을 보도했다는 것이다. 그러면서 당장 병원으로 달려가겠으니 어느 병원이냐고 다급하게 물었다.

아내는 당장 선을 볼 딸아이 얼굴이 심하게 다쳤다고 하자, 그 친구는 세브란스병원의 성형외과 의사를 찾으라고 알려주었다.

나는 기자들이 병원을 찾아오는 일부터 막는 것이 중요했다. 선 볼 아이가 그 일로 공개되면 무슨 낭패인가. 나는 가족들을 데리고 곧바로 동서 집으로 돌아왔다. 아내도 어깨와 다리가 걸리고 통증이 심해도 큰딸에 비하면 아무것도 아니었다.

집에 돌아와 찬찬히 살펴보자 큰딸의 수술 자국이 너무도 거칠고 투박했다. 그래서 다음 날 아내 친구가 일러준 대로 세브란스 병원으로 달려갔다. 수술 자국을 보던 담당의사가 우리 가족을 위로했다.

"워낙 다급해서 여성의 미용을 생각하지 않고 꿰맨 것 같습니다."

그리고는 너무도 세밀하고 정교하게 재수술을 해 주었다.

나는 이번 선을 보는 자리가 인연이 닿지 않는다는 낙담으로 없는 일로 할까 하고 잠시 망설였다. 그 쪽에서 원하면 일정을 연기해도 좋겠지만, 첫 만남부터 연기 운운하면 피차 인연이 없다고 할 수도 있는 사안이다. 그것은 배려의 차원이 아니라 당연히 그럴 수 있는 것이다.

그런데 천만 다행으로 세브란스 병원의 재수술로 감쪽같이 제 모습으로 돌아왔다. 화장으로 상처 자국을 엷게 감추고 이마 쪽은 머리칼로 살짝 감추면 되는 것이었다. 그래서 예정대로 선은 진행하기로 했다.

그 사위가 지금의 이선이다. 경기고와 서울대 공대를 졸업하고 김우중 회장의 대우그룹에서 근무하고 있는 장래가 유망한 청년이었다. 사위 쪽도 우리의 교통사고 소식을 알았다고 한다. 그래서 더 위로삼아 성혼을 진행해 나가고 있었다. 교통사고가 두 사람을 더 가깝게 한 계기가 되었다고 볼 수는 없지만, 사위 가족의 이해심 많은 배려로 두 사람이 화촉을 밝히는 데 교통사고는 아무런 지장이 없었다.

그런데 이때 참으로 기이한 일을 하나 겪었다. 그로부터 50일 전 현대건설이 민다나오 섬에 건설한 고속도로 준공식이 있었다. 나는 현지 주재 대사로서 축사를 하기 위해 민다나오 섬으로 떠났다. 필리핀 정부에서도 마르코스 대통령 비서실장이 참석하는 등 준공식은 대단히 성대하게 치러질 계획이었다.

그러나 필리핀의 기후가 그렇듯이 악천후로 현지에 도착하지 못하고

빨간 마후라 하늘에 등불을 켜고

비행기가 중간에 되돌아와야 했다. 귀로에 일행은 세부 섬에 기착(막사이사이 전 대통령이 비행기 사고로 순직한 곳)했는데, 그 곳 호텔 건너편 산 속에 아담한 사찰이 하나 있는 것을 발견했다. 화교가 지은 절로 일행과 함께 그 사찰을 찾았다. 경내를 구경하는데 일주문 쪽의 신주단지에 기다란 대나무가 수십 개 담겨 있는 것을 보았다.

일행을 안내하던 주지 스님이 귀한 손님들이기 때문에 대나무를 하나씩 뽑으라고 했다. 나는 무심코 하나를 뽑아 주지 스님에게 주었다. 주지 스님은 대나무에 새겨진 문자를 들여다보더니 점괘를 설명해 주었다.

"매일 아침 일어나면 동쪽을 향해 49배를 49일간 계속하시오."

이 말대로 실천하면 가정과 국가, 자식들이 번성하게 된다는 것이었다. 나는 다음 날부터 주지 스님이 일러준 대로 새벽에 일어나 동쪽을 향해 49배를 올렸다. 그리고 서울에 와서 교통사고를 당했던 것이다.

나는 뭔가 예감이 이상해 날짜를 되짚어 보았다. 그런데 사고 난 날이 바로 49배의 49일째 되는 날이었다. 나는 서울 출장과 여러 복잡한 일정 때문에 일주일 정도 49배를 잊어먹고 있었던 것이다. 나는 소스라치게 놀랐다. 49배를 마저 하지 못해서 일어난 사고구나. 그나마 더 큰 사고를 당하지 않은 것은 49배를 43일 동안 했던 덕이 아니었을까. 나는 숙연한 마음으로 가슴을 여몄다.

장남 대환의 국무총리 임명동의안

김대중 대통령 정부 시절이다. 김대중 대통령은 2002년 8월 초 큰아들 대환에게 국무총리 서리로 지명했다. 매일경제신문사 회장으로 근무하고 있던 큰아들이 국무총리로 임명된 것은 전투적인 정치판에 비정치적 신선한 인물, 그러면서도 국가 경영 능력이 뛰어나며 온화한 젊은 인물이라는 이유로 발탁됐다는 도하 신문의 평이 있었다.

큰아들은 장상(張裳) 총리 임명동의안이 7월 31일 국회에서 부결된 이후 9일 만에 대통령이 지명한 것으로, 지명되자마자 김 대통령으로부터 임명장을 받은 뒤 공식 집무에 들어갔다.

정부는 곧 큰아들의 총리 인준동의안을 국회에 제출하고, 국회는 인사 청문특위에서 청문회를 실시한 뒤 본회의에서 무기명 투표를 실시해 국회 인준 여부를 가리게 되어 있었다. 큰아들의 총리 인준 동의 여부는 139석으로 원내 과반 의석을 차지한 한나라당의 선택과 청문회 결과가 결정적 변수로 작용할 것이란 전망도 나왔다.

청와대 대변인은 "장대환 총리서리는 신문사 CEO로서 한국의 지식 기반 사회와 정보화를 선도해 왔다"면서, "시장의 생생한 목소리를 국정에 반영시켜 한국 경제를 안정적으로 발전시키는데 큰 기여가 있을 것으로 기대한다"고 지명 배경을 설명했다.

경기고를 나와 미 뉴욕대에서 국제경영학 박사 학위를 받았으며, 매일경제신문 사주였던 고 정진기 회장의 외동사위로서 1988(36세)년부터 매일경제신문 대표이사 겸 사장으로 근무해 왔다는 프로필도 소개되었다. 즉 장인인 정진기 회장이 병석에 눕자 1986년 매일경제신문 기획실장으로 입사해 업무개발본부장과 상무, 전무를 거쳐 정진기 회장이 별세하자 대표이사 사장과 회장을 맡아 오늘에 이르고 있다는 것이다.

큰아들의 경영 능력과 리더십은 국제적으로도 인정을 받아 1992년 세계경제포럼으로부터 차세대 지도자로 선정되기도 했고, 1998년부터는 세계지식포럼의 집행위원장을 맡아오고 있었다.

도하 언론 매체는 매일경제신문의 급성장 비결을 다루기도 했다. 1997년 외환 위기를 거치면서도 매일경제는 더욱 빠른 성장세를 보였으며, 그것은 정진기 창업주가 강조했던 위기를 준비하는 의식, 부채 없는 경영, 전 사원에게 고취시키는 사업 마인드, 기업 친화적 태도 때문이라는 결론을 내렸다. 이것은 아들의 평소 지론이었다.

이 중 특히 기업 친화적 열정이 많다는 것이었다. 나는 이런 내용을 신문 보도를 통해 보면서 비록 내 아들이지만 아주 대견하다고 생각했다.

그러나 국회 인준동의안에 마음이 이르자 일견 걱정이 되었다. 국회의원 경험을 통해서도 알고 있지만 우리 국회는 쓸모없는 파쟁과 암투, 무용

빨간 마후라 하늘에 등불을 켜고

한 폭로 전술이 횡행해 그 진위 여부를 떠나서 처음 정치판에 뛰어든 사람일수록 상처를 받기 십상이다. 내 아이도 그렇지 않을까 하는 우려가 있었다. 특히 나나 큰아들은 김대중 정부와 특별한 인연이 없다. 김 대통령과 같은 전남 출신으로 고향이 같긴 했지만 노선을 함께 해온 처지도 아니다. 그런데도 발탁이 됐다니 아들의 능력과 포용력 있는 인품이 인정받은 것으로 생각했다. 그런데 야당이 발목을 잡고 있는 것이다.

야당은 김대중 정부 정책, 특히 인사 정책을 사사건건 물고 늘어지고 있었다. 그것은 순수한 명분과 건전한 견제에서 나온 것이라기보다 정략적으로 할퀴고 뜯는 형국이었다. 도처에 지뢰밭을 깔아 놓고 쓰러져 일어나지 못하게 하는 모양새였다. 모욕적인 비난과 음해, 모함이 난무했다. 이른바 '상처내기 시합'을 하는 것이다.

마침내 청문회가 열렸다. 그 중 한 야당 의원이 아들에게 물었다.

"출생지가 어디지요?"

하릴없이 고향 얘기가 무슨 중요한 일이란 말인가. 그만큼 아들은 깨끗하고 흠잡을 데가 없다는 것을 반증하는 셈이었다. 오죽하면 고향을 가지고 물고 늘어지겠는가.

"대구직할시 달성동입니다."

"거짓말 마소. 고향이 전남 나주시 아닌가요?"

"저는 대구직할시 달성동에서 태어났습니다."

"우리가 핫바지저고리입니까. 나주가 출생지 아니란 말입니까. 무슨 망발을 하세요!"

"나주는 저희 할아버지와 아버지 고향이십니다."

"그래요? 우리는 나주가 장 총리서리의 고향으로 알고 있는데……."

청문회를 이런 질문으로 하고 있다니, 나는 어이가 없어서 당장 때려치워버렸으면 좋겠다는 생각을 했다.

엄연히 큰아들은 내가 주미 대사관 무관으로 가 있던 1952년 4월 대구 달성동에서 태어났다. 그리고 대구 생활을 거쳐 경남 사천에서 사는 등 경상도에서 유년기의 상당 부분을 보냈다. 그것은 내 군 복무 경력으로 보아도 잘 아는 내용이다.

그럼에도 불구하고 흠집을 내려는 것은 아들이 호남 출신으로서 같은 출신인 김대중 대통령이 지역 편중 인사를 한다는 점을 알리기 위한 술책이었다. 그야말로 저급하고 천박한 정치 공세였다. 믿거나 말거나 식으로 퍼뜨려 놓고 사실이 아니면 언론이 확인하지 않고 보도했다는 식으로 엉뚱한 곳에 책임을 떠넘기고 슬쩍 빠져나가버리는 행동들이다.

투표 결과 아들은 야당의 반대로 국회 인준동의안에 실패했다. 그래서 약 한 달 간의 짧은 국무총리 서리를 끝으로 총리직에서 물러났다. 나는 분노를 삭일 수 없었지만 아들은 별로 개의치 않는 모습이었다.

사실 무기명 비밀 투표를 했으면 인준 안은 통과되었을 것이라는 말이 많았다. 투표 며칠 전부터 안면이 있는 야당 의원들을 교섭한 결과 인준동의안은 무리없이 통과될 것으로 낙관했었다. 아들이 경기고교 동문 국회의원을 만난 결과 비밀 투표를 하게 되어 있으니 걱정하지 말라면서 총리턱이나 내라며 오히려 격려하더라는 것이다. 찬성표를 던지겠다는 지지 표시였다.

그런데 투표 바로 전날 이회창 총재가 의원 총회를 소집하더니 국무총리 인준동의안을 당론으로 부결시키기로 하고 투표 방식을 기명 투표로 하기로 결정했다. 물론 이는 이탈표를 막기 위한 수단이었다. 개인적인 호불호나 찬반을 떠나 일사불란한 표를 행사하겠다는 뜻이었다.

이처럼 국무총리 인준 반대를 당론으로 결정한 것은 만약 통과되면 차기 집권이 불가능하다는 판단과 어떻게든 정부 여당을 골탕 먹이자는 속셈이 작용한 결과였다. 총재 측은 국무총리 인준 안이 통과되면 이회창 총재의 차기 집권에 부담이 오기 때문에 이를 미연에 막기 위해서도 반드시 부결시켜야 한다고 지시했다는 것이다. 이로 인해 개인적으로 돕겠다는 경기고 동문 등 일부 야당 의원 표는 모두 무산이 되고, 결국 아들은 총리 인준동의안에 실패했다.

나는 마음이 한결 시원하면서도 쓸데없는 암투의 희생물이 되었다는 안타까움으로 한동안 밤잠을 이루지 못했다.

정진기 매일경제 창업주와 사돈이 된 사연

많은 사람들이 큰아들 대환이 매일경제 창업주 고 정진기 회장의 외동사위가 된 내력에 대해 궁금하게 여기는 것 같다.

정진기 회장은 내 제자다. 1946년 1월 나주 민립중(현 나주중) 교사로 근무할 때 정진기·한갑수(전 농림부장관) 등이 나에게서 수학과 물리를 배웠다. 일본 육사를 다니던 중 해방을 맞아 귀국하면서 어수선한 정정에 휘말리지 않고 고향에서 후진을 기르자는 고향의 홍승화 선배(광주 서중/일본 육사 선배) 권유로 나주 민립중 교사로 부임했었다. 이 때 인근에서 모여든 수재들 중에서도 머리가 우수한 이들을 가르치게 되었던 것이다.

이들은 나중에 서울대 등 명문대에 합격해 사회에서 두각을 나타내기 시작했다. 정진기 회장은 매일경제신문을 창업해 날로 사세를 확장시켜 나가고 있었고, 한갑수 군은 국회의원과 장관을 지냈으며, 다른 제자는 은행 총재, 서울대학교 교수가 되었다. 중학 동창회가 열리면 나는 스승으로 초청을 받아 옛날을 회고하면서 즐거운 시간을 보냈는데, 정진기 회장은 깍듯한 예의로 나를 반가이 맞았다.

그런 어느 날 정 회장의 동기이자 제자들이 나를 찾아오더니 전혀 뜻밖의 의사를 타진해 왔다.

"큰아드님과 정진기 회장의 외동 따님이 혼인을 하면 어떻겠습니까?"

나는 어찌해야 좋을지 몰라 망설이고 있는데, 두 젊은이가 환상의 커플로 보인다며 한 제자가 교제를 주선했다.

당시 아들은 경기고를 마치고 미국으로 건너가 로체스터 대학과 유럽 칼리지, 조지워싱턴대학원을 졸업하고 MBA 자격증을 딴 뒤 공군 간부후보생 시험에 합격하여 대위 계급장을 달고 공군사관학교에서 교관으로 근무하고 있는 중이었다. 현희 양은 성균관대학을 졸업하고 조용히 규수 수업을 하는 중이었는데 천성이 착하고 인정이 많은 숙녀였다.

제자들의 주선으로 큰아들과 정진기 회장의 고명딸 현희 양이 데이트를 하면서 천생배필인 양 금세 가까워졌다. 이렇게 해서 1980년 초 아들은 28세, 현희 양은 25세의 나이로 결혼식을 올렸다.

큰아들은 밑으로 동생들을 네 명이나 두고 있었지만 성인이 될 때까지 집안에서 단 한 번도 다투는 소리를 듣지 못할 정도로 따뜻하고 이해심 많은 아이였다. 큰형이 배려하는 마음이 큰지라 집안은 늘 화목하고 평화롭고 모든 것이 순조로웠다.

형제들끼리 사소한 다툼 한 번 없었다는 것이 말이 되느냐고 할지 모르지만 적어도 내가 아이들을 지켜볼 때는 단 한번도 다투는 광경을 보지 못했다. 장남의 말없는 가운데 동생들을 이끌어가는 친화력과 리더십에서 온 것이라고 생각한다.

아들과 며느리는 결혼하자마자 곧바로 미국 유학을 떠났다. 아들은 뉴욕대학원에서 박사 코스를 밟아 학위를 받았고, 며느리는 뉴욕대학을 졸업했다. 각기 공부를 하며 신혼생활을 보낸 셈이다.

이처럼 아름답고 좋은 일만 있는 것에 대한 신의 질투라고 할까. 아들과 며느리는 아들을 낳아 씩씩하게 기르는데 정진기 회장이 큰 병으로 쓰러지고 말았다. 치료가 별무 효과로 병세는 날로 악화되어 갔다. 그래서 아들이 매일경제신문사에 입사해 경영에 참여하게 되었다. 그러나 정 회장은 한창 일할 나이인 50대 초 손자의 재롱도 보지 못하고 끝내 타계했다.

외교관의 자녀 교육

에티오피아 주재 한국 대사로 부임한 것은 1969년 8월이다. 큰딸 효경은 도쿄 성심여대에 유학중이고, 장남 대환은 경기고 3학년 재학중으로 대학 입시 준비에 한창인 때였다.

나는 나머지 식솔들을 이끌고 낯설기만 한 검은 대륙 에티오피아로 날아갔는데, 가장 문제가 되는 것이 아이들 교육이었다. 차남 유환과 3남 석환, 막내딸 영은이를 어느 학교로 보낼 것인가 하는 고민이 그것이었다. 미국이나 유럽이라면 몰라도 아프리카에선 아이들 교육이 보통 심각한 문제가 아니다.

이곳 저곳 알아본 결과 미국인 아이들을 중심으로 운영되는 외국인 학교가 있었다. 학년마다 한 학급 정도 둔 미니 학교로, 외교관 자녀는 대개 이 학교를 다니고 있었다. 그 곳 학교를 3년 다니던 둘째 아들은 미국 MIT에 합격해 입교하고, 셋째아들은 내가 다시 필리핀 대사로 전보되자 마닐라 외국인 고등학교를 마치고 둘째형을 따라 역시 MIT를 지망해 합격하여 미국으로 떠났다. 막내딸은 덴마크 대사 시절 코펜하겐 외국인 고등학교를 졸업했다. 아이들은 그야말로 세계의 학교를 두루 다닌 셈이다. 그중 막내딸 영은은 고국의 학교 문턱이 어떻게 생긴 줄도 모르고 초등학교부터 중고교 과정을 모두 외국에서 이수했다.

차남은 MIT에서도 성적이 우수해 담임 교수가 미국의 유수한 회사로 스카우트 되어 갈 때 함께 데리고 갔을 정도였다. 3남 석환과 막내딸은 위로 두 형(두 오빠)이 미국에 가 있자 덴마크 고교를 마친대로 함께 미국으로 건너가 그 곳에서 학업을 계속했다.

이 과정에서 학비 지원이 큰 문제였다. 빠듯하게 지원하는 것이지만 그마저 송금이 큰 문제였다. 당시 국가에서는 정해진 액수 이상 외국 송금을 금지하고 있었는데, 내 경우 다섯 자녀가 모두 외국 유학중이던 것이다. 나라에서는 달러가 부족해 어떻게든 국부 유출을 막고 있는 형편이었다.

그러나 집을 팔아서라도 자식들 교육을 시키는 마당인데 최소한의 생활을 위해서 쓰는 학비 송금을 못하게 한다는 것은 문제가 있었다. 이런 애로를 국내 출장길에 대통령을 만나 직접 보고했다.

"제 자식들은 미국 친척집에 맡겨서 큰 생활비는 들지 않습니다. 하지만 다섯 명이 학교를 다니니 돈이 들 수밖에 없죠."

대통령은 교사 출신인지라 이런 애로사항을 잘 알고 있었다. 그러나 그 자신으로서는 적절한 대책이 없다고 했다. 이는 내 스스로 해결책을 찾아보라는 언질이나 다름이 없었다. 그래서 박동진 외무장관과 유기춘 문교장관을 찾아갔다. 박 장관과는 친구 사이이고, 유기춘 장관은 광주 서중 선배가 되는 분이었다.

● 가족 관계(2006년 5월 현재)

이 름	관 계	주 요 약 력
송광희(宋光姬) (1929 .4. 7 ~2001. 5. 3)	처	전남여고 졸업, 경성여자사범대학교 졸업
장대환(張大煥) (1952. 4)	장남	대구 달성동 출생, 경기고 졸업 미국 로체스터 대학 유럽 칼리지 졸업 조지워싱턴대학원, 뉴욕대학원 졸업(박사) 공군 대위 제대, 공군사관학교 교수 근무 매일경제신문・TV 사장, 한국신문협회 회장 국무총리 서리
정현희(鄭賢姬) (1955. 11)	자부	서울 출생, 성균관대학교 졸업, 뉴욕대학원 졸업 정진기(鄭進基) 회장 장녀
장유환(張惟煥) (1955. 1)	차남	대구 삼덕동 출생, 미 고교 졸업 미국 MIT대학 졸업, Sloan School(대학원) 졸업(박사) 세계은행 간부, 한국기업데이터(주) 전무이사
이녹주(李綠珠) (1959. 5)	자부	서울 출생 이화여자대학교 졸업, 미국 아메리칸대학 졸업 이민하(李敏廈) 회장 장녀(이순신 장군 12대 손)
장석환(張碩煥) (1957. 11)	3남	서울 출생, 미 고교 졸업, 육군 중위 제대, 육군사관학교 교수 미국 MIT 대학 졸업, Sloan School(대학원) 졸업(석사) HANASSET 사장
민희경(閔喜卿) (1959. 10)	자부	서울 출생, 미국 콜럼비아대학 졸업, 서울대 음대 졸업 민기식(閔機植) 대장 차녀
이 선(李 銑) (1949. 9)	사위	서울 출생, 경기고, 서울공대 졸업 도미 기업 경영
장효경(張孝敬) (1950. 4)	장녀	경기 김포 출생, 도쿄성심여대 졸업(불문과)
김 량(金 亮) (1955. 6)	사위	서울 출생, 미국 아리조나대학, 게이오대학, 고려대 졸업 경방필・삼양제넥스 사장, 김상홍(金相鴻) 삼양사 회장 차남
장영은(張令恩) (1960. 3)	차녀	서울 출생, 에티오피아, 마닐라, 코펜하겐, 미국 고교 졸업 이화여대 졸업(불문과)
장승준(張承準) (1981. 6)	손자	미국 미시간대학 졸업, 공군 복무중
장필호(張弼皓) (1992. 8)	손자	초등학교 재학중
장윤지(張允誌) (1983. 2)	손녀	이화여대 졸업
장현주(張鉉珠) (1995. 10)	손녀	초등학교 재학중
이태훈(李泰勳) (1977. 4)	외손자	미국 예일대학 졸업, 미 법무사
김태호(金泰昊) (1988. 11)	외손자	미국 고등학교 재학중
이승윤(李承允) (1981. 6)	외손녀	미국 다트머스대학 졸업(교원)
김민지(金旼志) (~1986. 7)	외손녀	미국 고등학교 졸업 후 미시간대학 재학중

빨간 마후라 하늘에 등불을 켜고

앞줄 왼쪽부터 외손자 김태호, 외손녀 김미지, 장지안 장은, 큰며느리 정형희, 아내 송광희, 손자 장필호, 손녀 장현주, 장녀 장효정,
둘줄 왼쪽부터 둘째사위 김함, 막내딸 장예은, 둘째며느리 이누주, 차남 장유환, 3남 장태환, 셋째며느리 민희경 씨
(1998년 가족 연회를 마치고, 큰손녀 윤지와 큰손자 승준은 미국 유학으로 참석하지 못해 맨 오른쪽에 별도로 사진을 첨부했다).

이렇게 해서 만족스럽진 않았지만 달리 송금 문제는 해결되었다. 그러나 이번에는 막내딸의 대학 진학이 문제였다. 초등학교부터 고교까지 외국에서 다닌 막내딸을 꼭 국내 대학에 보내고 싶었다. 대사 생활을 마치고 귀국한 것이기도 하지만, 막내딸만은 함께 살며 고국의 대학을 보내주고 싶었던 것이다. 하지만 고국의 대학 입학 문이 만만치 않았다. 외국에서 중고교 과정을 이수한 학생에게는 국어·역사·지리 등 교과목 때문에 어렵기만 한 관문이었다.

나는 이 문제 역시 국내 출장길에 대통령께 직접 보고했다.

"생각해 보십시오. 국내에서 고등학교를 다닌 아이들은 국내 대학 입시에 관한 학업만을 계속했을 것입니다. 반면에 외국에서 중고교 과정을 마친 아이들은 국내 대학 입시와는 동떨어진 교과목을 이수하고 있습니다. 애초에 경쟁의 대상이 될 수 없는 것이지요."

"그렇다면 대안을 내 봐."

대통령도 관심을 보이고 있었다.

"네, 복안이 있습니다. 국내 대학에 외교관이나 해외 주재 상사원 및 특파원 출신 자녀들에 대해서는 정원 외 특례 입학을 시켜주면 불이익은 당하지 않을 것 같습니다."

"다른 지원자에게는 피해가 가지 않도록 하는 방안이란 말이지. 학교도 정원 외로 선발할 수 있으니 괜찮고……."

"그렇습니다."

이는 곧 실천에 옮겨졌다. 문교부에서 정원 외 특례 입학 제도가 발표되자 나는 막내딸을 이화여대에 지원서를 냈다. 이화여대 김활란 총장과는 개인적으로 친분이 있는 분이었다. 그를 만났을 때 막내딸 얘기를 했더니 적극 권유했다.

"우리 대학으로 보내세요. 잘 가르치겠습니다."

이렇게 해서 막내딸만이 유일하게 국내 대학을 마쳤다.

● 장지량(張志良) 장군 연보

1924년　12월 15일 아버지 장한수(張瀚洙)와 어머니 노내하(盧內下)의 3남으로 전남
　　　　나주시 산포면 매성리 60번지에서 태어남
1940년　3월 남평보통학교 졸업
1943년　12월 광주서중학교 4년 수료(5년제였으나 4학년 말에 일본 육사에 합격)
1945년　8월 일본육군사관학교 제60기(항공사관학교) 수료
1946년　1월 나주중학교 교사
1947년　2월 송광희와 결혼
1948년　4월 육군사관학교 제5기 졸업(육군 소위 임관)
　　　　4월 국방경비대 제3연대 소대장, 제7기 사관후보생 교육대장
　　　　5월 5·10 총선거 전라북도 경비대장
　　　　9월 육군 중위 진급
　　　　10월 국방경비대 항공기지사령부 비행 2중대 선임 장교
1949년　3월 육군 항공 대위 진급
　　　　7월 육군참모대학 제1기 수료
　　　　10월 공군 창설 초대 공군 본부 작전국장, 미 공군 참모대학 1기 수료
1950년　3월(음력) 장녀 효경 출생
　　　　6월 공군 소령 진급, 6·25 전쟁 발발
　　　　　　작전국장으로 공군 본부 수원 이동 지휘, 맥아더 원수 일행 안내
　　　　7월 낙동강 방어전선 참전
　　　　10월 전투비행단(작전처장) 평양 미림기지 점령
1951년　3월 공군 중령 진급(제주 기지)
　　　　7월 지리산 공비토벌작전 참가(사천기지)
　　　　　　해인사 폭격을 중단시켜 팔만대장경을 보존함
　　　　10월 공군 단독 출격 작전 지휘(강릉기지)

1952년 3월(음력) 장남 대환 출생

7월 미 공군지휘참모대학 수료

12월 제10전투비행 전대장(강릉기지, F-51)

1953년 3월 제10전투비행단 창설, 비행전대장. 공군 대령 진급(부단장 겸무)

7월 휴전 직전 최고 횟수의 출격 지휘

12월 제10전투비행단장(강릉기지, F-51)

1954년 6월 주미 대사관 공군 무관

7~8월 한미군사회담 공군팀 대표(김정렬·장성환 장군, 장지량 대령)

F-86 JET전투비행단 창설

C-46 수송기대대 T-33(제트훈련기 대대)

레이더(Radar)망, H-19헬리콥터 도입

12월(음력) 차남 유환 출생

1955년 9월 영화「전송가」기획 고문(Battle Hymn)

1956년 2월 공군대학 창설 군원 계획 추진 달성

7월 미 JQC-56(제트 비행 훈련 과정) 수료

9월 공군 본부 작전국장

1957년 11월(양력) 삼남 석환 출생

1958년 5월 미 태평양사령부 합동참모대학 과정 수료

8월 제11전투비행단 창단 및 단장(김포기지, F-86F)

1959년 9월 공군 준장 진급

1960년 3월(양력) 막내딸 영은 출생

1961년 5월 대한중석 사장(5·16 때 군인 신분으로 참여)

8월 국방대학원 졸업

1962년 8월 공군 소장 진급. 공군작전참모부장(副長)

10월 대한배드민턴 협회장

11월(~1963년 12월) 공군 본부 참모차장

1963년 「빨간 마후라」 영화 제작 위원장(공군 본부)

10월(~1964년 10월) 군사정전위원회 한국 측 수석대표(자유의 집 건립)

1964년 1월(~8월) 공군사관학교 교장

8월 공군참모차장

1966년 8월 공군 중장 진급, 제9대 공군참모총장

1968년 8월 정년 전역

12월 행정개혁위원회 부위원장(장관급)

1969년 8월 에티오피아 주재 대사

1972년 12월 제24회 유엔 총회 대표(최초로 에티오피아 찬성표 획득)

1973년 6월 필리핀 대사(북한 대표단 입국 차단)

1976년 6월 덴마크 대사(서울 상주 덴마크 대사관 유치, 북한 대사 추방)

1978년 12월 제10대 국회의원 당선

1979년 5월 대통령 특사로 유럽 6개국 순방

8월 대한체육회 부회장(88서울올림픽 신청 추진)

1980년 4월 제11대 보라매회 회장

서울대학교 최고경영자 과정(AMP-10)

1981년 11월(~1992년 10월) 고려연초가공주식회사 사장

1983년 4월(~현재) 한국·필리핀 친선협회 회장

1987년 3월 서울올림픽추진 중앙위원

1995년 6월(~현재) 사단법인 한국군사학회 회장

1997년 1월 재경전남향우회 회장

12월(~1999년 12월) 제5대 성우회 회장

1998년 7월(~현재) 6·25 전쟁 50주년 기념사업위원회 위원

1999년 (~현재) 박정희 대통령 기념사업회 위원

2001년 5월 부인 송광희 여사 별세

현 재   한국군사학회 회장

전 공군참모총장 장지량 장군의 일대기

빨간 마후라 하늘에 등불을 켜고

제1판 제1쇄 찍음 | 2006년 6월 10일
제1판 제1쇄 펴냄 | 2006년 6월 15일

지 은 이 | 이계홍
펴 낸 이 | 이영희
펴 낸 곳 | 도서출판 이미지북

등록번호 | 제2-2795호(1999. 4. 10)
주   소 | 서울시 강남구 논현동 193-8(우창빌딩 2층)
대표전화 | 02) 483-7025, 팩시밀리 02) 483-3213
전자우편 | ibook99@korea.com/ibook99@naver.com

ISBN 89-89224-06-3   03810